하 위 의 시 간

하 위 의 시 간

소영현 평론집

문학동네

책머리에

기억과 기록

독일작가인 제발트(1944~2001)는 1997년에 취리히 대학에서 행했던 강연 내용을 글로 옮겨, 두 해 뒤인 1999년 『공중전과 문학』(문학동네, 2013)을 출간했다. 책에서 그는 제2차세계대전 막바지였던 몇 년간 영국이 독일 도시에 행했던 공중전과 그 결과인 도시의 전면적 파괴가 패전이후의 재건과정 동안이나 수십 년이 지난 후에도 독일에서 공론화되지 않았음을 짚었다.

1940년 영국 왕립 공군부대의 지원으로 시작된 영국의 독일 도시에 대한 무제한 공중폭격은 독일 국민의 사기를 꺾고 전쟁의 이른 종결을 이끌어낼 것을 의도했으나, 어떤 뚜렷한 성과도 얻지 못한 채 대규모 희생만을 치르고 끝났다. 융단폭격에 의한 무차별적 파괴의 성격으로 영국 내에서는 처음부터 논란의 불씨였지만, 정작 폭격의 대상이었던 독일에서는 1945년 이후 수십 년이 지나도록 폭격에 대한 어떤 논의도 공론장에 등장하지 않았다(이후 확인된 바에 따르면 논란 속에서도 폭격 계획이 실행된 것은 영국 군수물자 사업의 피할 수 없는 팽창의 여파였다. 폭격은 비인륜성만의 문제가 아니었다).

제발트가 무엇보다 주목한 문제는 대규모 공중폭격에 대한 기록이 전혀 없다는 사태가 갖는 의미였다. 이를 두고 제발트는 여러 추정을 시도했는데, 그의 추정이 아니더라도, 독일에서 공중전에 대한 기록이 없었던 사정이 이해 못 할 일만은 아니다. 전쟁을 일으킨 국가/국민이라는 죄의식과 인류의 일원이라는 인식 사이에 윤리적 충돌이 있을 수밖에 없었는데, 전쟁기뿐 아니라 국가 재건기에도 독일인이 국가와 인류 차원에서 윤리적 갈등을 완전히 벗어던지기는 어려웠을 것이다.

제발트는 독일인이 대폭격과 그에 따른 희생을 전쟁 책임에 대한 징벌로서 이해한 측면이 있음을 정황적으로 포착해낸다. 당시 독일인을 두고 제발트는 연합군이 벌인 무차별적 공중포격을 보복 행위로 보기보다 전쟁을 일으킨 국가에 대한 "정당한 징벌로 여겼을 것"(26쪽)으로 이해한다. 독일 전체의 죄의식을 대속하는 희생으로 여겼기에, 대폭격의 참사는 말할 것도 없이 공중전 자체에 대한 기록을 피할 수밖에 없었다는 것이다. 공중전에 대한 독일인의 "말 없음", "닫아버리고 회피하는 상태"(49쪽)의 원인을 희생 대속의 구조 속에서 발견하고 있는 것이다. 정황적 추정을 통해 제발트는 종전 이후의 독일이 대폭격으로 파괴된 도시와 거기에 "파묻힌 시신들 위에 세워진 것이라는" 비밀을 공유했으며, 사실상 그 비밀이 오늘날에도 여전히 민주주의의 실현 같은 그 어떤 긍정적인 목표 설정이 성취했던 것보다 더 강하게 "독일인들을 묶어주고"(25쪽) 있다고 결론짓는다.

제발트의 사유의 흐름 속에서 보자면 에세이를 출간한 의도가 독일에서 대폭격에 대한 기록 없음을 환기하는 것에만 한정되지 않는다. 무차별 폭격이 불러온 참혹한 피해의 현장에 대한 기록은 역설적으로 그리고 불가피하게 자국이 전쟁을 통해 행했던 가해의 기억을 환기한다. 공중전에 대한 기록 없음의 사태를 우회하면서 제발트가 들춰낸 것은 재건된 독일이 숨긴 불편한 진실이자 회피하고자 한 집단 무의식이다. 그는 무차별 폭격에 대한 기록작업이 이루어지지 않은 사태가 집단적 망각을 통한 전쟁 폭력과 가해 기억의 삭제임을 지적한다. 기억의 삭제가 역사와의 대면을 회피하려는 뻔뻔스러움의 소치임을 지적하는 동시에, 보다 근본적으로는 폭력 이후의 폭력의 반복이자 폭력의 순환에 집단적으로 갇히는 일임을 환기한다. 초토화전에 대한 기억을 망각해온 사정은 저편 유럽에만 해당하는 특수한 것이 아니며 인류를 절망에 빠뜨렸던 전쟁과 같은 국가 차원의 일만도 아닐 것이다. 전쟁기 '학살'이라는 공공연한 비밀의 뚜껑을 연 비판적 사회학자 김동춘이 지적하고 있듯, 학살에 대한 기록을 남기지 않으며 그것을 기억하지도 않으려는 시도들은 유사 이래 지금껏 계속되었고 앞으로도 사라지지 않을 것이다.(『이것은 기억과의 전쟁이다』, 사계절, 2013) 민족국가 단위의 갈등이 극심했던 지난 세기에 기록의 회피와 기억의 삭제는 한계를 모르고 증폭되었다고 말하는 것도 가능하다.

제발트가 폭로한 기억의 정치학과 관련하여 짚고 넘어가야 할 중요한 사안은, 기록을 삭제하고 기억을 망각하는 행위가 놓인 장소다. 독일사회 전체가 암묵적으로 동의했던 기록의 삭제와 기억의 망각은 인류애의 차원, 국가 재건의 차원, 사회 통합의 차원, 그리고 말 그대로의 생명을 보존하기 위한 일상의 차원, 이 다층적 구성면의 어디쯤에 놓여 있었던 것일까. 희생 대속의 논리를 마련한 독일인의 죄의식은 누구를 향한 것이었을까. 그 죄의식은 독일이라는 국가 범주 바깥을 향한 것이라기보다 국가의 재건을 위해 희생해야 했던 국가의 일부에 대한 것이 아니었을까. 인류를 향해 내뿜었던 폭력적 가해의 기억을 망각할 수 있는 도피처를 내부의 희생을 통해 만들어냈던 것은 아닐까. 제발트가 공중전에 대한 독일의 철저한 무관심을 지적하면서 심문하고 있는 것이야말로 가해에 대한 기억을 희생에 대한 기억으로 뒤바꾸는 이 기만적 기제가 아니었을까.

역사적 재난과 문학적 애도에 관한 제발트의 성찰에서 문학의 '가능한' 미래, '하위(자)의 시간'이 어떻게 도래할 수 있는지를 읽는다.

*

이 비평집은 누락된 말, 배제된 공간, 소외된 존재에 대한 관심을 문학의 이름으로 풀어보고자 했던 사유실험의 흔적들이다. 십여 년에 걸쳐 발표되었고 형식도 서로 다른 글들을 한 권의 책으로 묶는다. 존재방식에서 차별적이지만 여기 불러 모은 글들은 하나의 질문을 공유한다. 직간접적으로 문학의 범주를 묻는 글들이다. 하위자로 불릴 수 있는 이들이 한국문학에 본격적으로 등장한 이후로 그들에 대한 관심을 지속해왔으며, 그것이 문학의 범주에 관해 어떤 질문을 던져왔는지를 짚어왔다. 한 갈래가 젠더적 시각에 의한 문학의 보편성(새로운 가능성)에 대한 관심으로 지속되었고 한 갈래는 현실의 틈새로 빠져나간 흔적들에 대한 문학적 관심으로 지속되었다. 타자로, 여성으로, 배제된 존재들로, 사라진 존재들로도 불렸던, 흔적이 없어 존재도 가늠하기 어려운 것들에 대한 복원으로 향했으며, '누락시키고 배제시키며 소외시키는' 기제를 투명하게 드러내려는 시도로 이루어지기도 했고 때로 직접적으로 문학의 존재론적 위상을 묻는 형태로 드러나기도 했다. 매번 명시적으로 짚었던 것은 아니지만, 문학이란 무엇인가라는 질문을 염두에 둔 채 '지금 여기서 가능한' 최선의 답안을 찾고자 했으며, 유용한 해답이 될 만한 단서들을 사유의 힘이 닿는 한 찾고자 했다. 비평활동을 시작한 이래로 '문학이란 무엇인가'라는 질문에서 벗어난 적이 없음을 새삼 깨닫는다. 꽤 멀리 왔다고 생각했는데, 돌아보니 이 질문은 비평작업을 위한 베이스캠프가 되어 있었다. 애초에 무언가에 대한 질문은 그 질문을 요청하는 시공간과의 관련성 속에서 이해될 수밖에 없다. 문학에 대한 질문도 그렇다. 십여 년에 걸친 문학에 대한 질문이 어떻게 움직여왔으며 어떤 지형도를 그리게 되었는가를 보여준다는 점에서

이 비평집은 한 비평가의 비평작업의 궤적이다. 문학 범주에 대한 질문의 궤적이 한 비평가의 것으로만 환원될 수 없는 기억이자 기록이라 믿기에 이 글들을 한 권의 책으로 묶어낸다. 서로 다른 지층을 병치하면서도 책에 고저장단의 리듬을 마련해보고자 덜어내고 덧붙이는 작업을 거듭했다. 그 리듬에 한 권의 책으로서의 색이 담겨 있으리라 믿는다. 그간 여러 형태의 잡지를 만들면서 만난 동료들, 『21세기문학』으로 만난 박형서, 신용목, 전성태, 정한아, 주진형, 최고라씨, 문학에 대한 관심과 우려를 나누면서 만난 '비온뒤(beyond)'의 벗들에게 인사를 전한다. 넘치거나 모자란 부분들을 꼼꼼하게 짚어주고 울퉁불퉁한 사유의 거친 면을 가지런히 다듬어준 이경록씨와 문학동네 편집부에 감사드린다.

2016년 6월
소영현

차례

1부

소설, 공동체, 휴먼

데모스를 구하라

—민주화의 역설과 한국소설의 종말론적 상상력 재고

> 적이 없다면, 동지도 없다면, 인간은 어디에서 자기로서 그 자신을 찾을까?
> —자크 데리다

> 민주주의는 공공영역에 대해 하나의 원칙을 구현하려는 정부의 의도를 거부한다.
> 동시에 그것은 이 영역에 대한 호의와 확대를 꾀하려는 정부의 의사도 거부한다.
> 만일 민주주의에 고유한 "무한성"이라는 것이 존재한다면,
> 민주주의는 이 무한성 안에서 살고 있는 것이라고 말할 수 있다.
> 여기서 무한성이란 개개인에게서 발생하는 욕망이나 필요성의 기하급수적인 증식이
> 아니라 공적인 영역과 사적인 영역, 그리고 정치적인 것과 사회적 것
> 양자 간의 위치를 끊임없이 바꾸게 하는 운동이다.
> —자크 랑시에르

1. '현실-지옥'에 직면한 문학

2000년대 중반 이후로 한국소설에서 미래와 희망에 관한 이야기를 만나기가 쉽지 않아졌다. 한국소설에는 점차 세계 소멸의 상상력과 자아 퇴행의 이미지가 팽배해지고 있다. 개별자에게 가해지는 고통에 압도되어

타인의 고통을 외면하는 고립된 개인들이 한국소설의 주류가 되었다고 말하는 것도 과장만은 아니다. 모두가 고립된 개별자라는 사정보다 참혹한 것은, 생계의 벼랑 끝에 내몰리거나 자살 외에 출구를 찾지 못해도 고립된 개별자들의 관심이 소규모 커뮤니티의 경계를 넘지 못한다는 사실일 것이다. 역사철학적인 불확실성의 시대를 맞이하여 역사의 간지(奸智)에 "실망한 사람들은 새로운 시대, 거대한 변혁의 시대에 대해서는 아무것도 모르는 척 살아갈 뿐이다".[1] 소통과 구원의 가능성은 그만큼 희박해졌고, 사회적 합의의 가능성도 약화되었다. '미네르바 사건'을 포함해서 강정마을, 쌍용자동차, 한진중공업, 용산재개발 참사 등 21세기를 살고 있다는 현실감각을 마비시키는 사건들이, 이미 빠져나왔다고 확신했던 바로 그곳을 맴도는 시간여행의 악몽 속으로 우리를 떠밀고 있다.

우리는 어떻게 미래 없는 세계에서 살게 되었는가. 제도와 일상 층위에서의 삶의 질적 저하는 일차적으로 저항할 수 없는 자본의 전 지구적 영향력의 결과물이다.[2] 그러나 우리가 지옥 같은 현실을 살게 된 이유의 전부가 우리 바깥의 저 '신자유주의'에 있지는 않다. 2007년 대선과 2008년 총선 그리고 2012년 대선의 결과로 야기된 현실 정치의 국면 변화는 민주주의의 의미에 대한 근본적인 재고를 요청했으며, 무엇보다 이러한 현실을 불러온 장본인이 우리이기도 하다는 점을 새삼 일깨우고 있다. 민주주의의 퇴행으로 압축되는 이 현실의 시간은 1987년 이후로 서열과 위계로 구현된 권위주의적 사회의 체질 개선이 정치적 민주화에 의해 가능하리라고, 정치적 민주화가 곧바로 경제적, 사회문화적 민주화의 동의어라고 우리가 너무 쉽게 믿어버렸던 것은 아닐까 되짚어보게 한다.[3] 정치적인 것 혹은 민주주의의 실행이 제도로서의 정치 권역 문제로 축소되어서도 안 되며 일상–문화 정치로만 한정되어서도 안 된다는 반성이 전방위적으로 일어난 것이다.[4] 민주주의는 '자신들의 사적인 행복을 추구하며 그것에만 매달리는 개인들의 생활방식과는 거리가 먼 것이며, 바로 이러한 상황에 반대하는 투쟁이자 공공영역의 확대과정'이다.[5] 그런 의미에서 지금이야말로 그 어느 때보다 고립된 개인들 '사이'를 매개하는 공공영역(사회, 공동체)에 대한 논의가 절실하다.

문학 영역으로 한정해보면, 1990년대를 거치면서 소홀히 취급되었던 '문학과 사회' '문학과 정치' '소설과 공동체'의 상관성에 대한 관심이 폐기나 소거의 대상이 아니라 현실 변화 속에서 매번 변형되고 재구되어야 할 것임이 새삼 일깨워지고 있다. 사회 전반에서 일고 있는 비판정신에의 열망을 염두에 두면서, 이 글에서는 소멸과 퇴행, 종말과 재앙을 상상하는 문학이 작금의 현실과 어떻게 관계맺고 있는가를 짚어보고, 이로부터 현실-지옥의 일면을 현실 자체에 알레고리로서 되돌려주는 일 외에 문학이 무엇을 할 수 있는가를 묻고자 한다.

2. 민주화의 역설과 탈-적대 시대의 정치와 문학

1997년 외환위기를 겪으면서 한국사회는 개인을 위한 사회의 안전지대가 어디에도 없으며, 그 안전지대가 지금껏 단 한 번도 안전하지 않았음을 깨달아야 했다. 그러나 따지자면 파국은 예견된 미래였으며, 외환위기는 파국을 가속화하는 계기였을 뿐인지 모른다. 자본의 전 지구적 위력에 속수무책으로 압도되어야 했던 것은 민주화 이후 한국사회가 급작스럽게 대면한 탈권위적, 탈이념적, 탈적대적 시대 상황에 적절하게 대응하지 못했던 사정과 무관하지 않다. 말하자면, 탈권위적, 탈이념적 시대 경향은 실질적으로 다양한 주체들의 충돌의 장인 시민사회를 경쟁적이고 자율적인 방식으로 구성하는 힘으로 작동하지도, 국가와 시민사회의 새로운 관계 정립을 추동하는 압력으로 작용하지도 못했으며,[6] 오히려 가짜 권위만을 복권시켰다고 해야 한다.* 민주주의의 가능성을 새롭게 검토

---

* 달리 말할 수도 있다. 이제 세상에는 더이상 권위적이고 폭압적인 '아버지'는 없다(고 여겨진

하고자 하는 움직임과 '일상'과 '정치'의 관계를 재조정하고자 하는 보다 격렬한 열망까지를 포함해서[7] 현재 우리는 대대적인 민주화의 역설에 직면해 있는 것이다.[8]

점차 예전의 지위를 상실하고는 있으나 여전히 문화를 구성하는 중심 요소 가운데 하나인 문학 역시 탈권위, 탈이념, 탈적대 시대의 경향 변화를 기민하게 포착해왔다. 삶의 최종심급에 대한 강제가 더이상 힘을 행사하지 못하게 된 상황에 대한 문학적 포착이 폭넓게 이루어졌다. 대문자 역사가 누락한 존재들에 대한 복원(『리진』 『리심』 등)을 포함해서 국가와 민족의 이름으로 배제된 존재들에 대한 관심(『검은 꽃』 『빛의 제국』 『퀴즈쇼』 등)이 증가했고, 탈북자, 조선족에 대한 관심(『리나』 『바리데기』 등)과 함께 이데올로기 대결구도의 유용성이 비판적으로 검토되고 생존을 위한 삶의 숭고함이 고평되기도 했다.

흔들림 없는 삶의 기반이었던 정체성에 대한 질문이 반복되었던 것도 이러한 탈권위적, 탈이념적 세계인식이 불러온 피할 수 없는 결과였다. 시대적 요청이나 역사적 필연이 아니라 시공간적 '우연의 연쇄'가 만들어낸 예기치 못한 사건들과 그로부터 야기되는 정체성 변화에 주목하는 작업들—가령 『네가 누구든 얼마나 외롭든』이나 『밤은 노래한다』에서의 김연수의 작업들—은 '역사적 진실'이나 '시대적 정답'은 가능한가, "과연 이 세계에 객관주의라는 게 존재할 수 있겠는가"[9]를 질문하고 역사적 진실의 필연적 우연성과 세계의 불확정성을 환기한 바 있다.

2000년대 초반 한국소설에 등장한 새로운 경향성에 대한 이광호의 호명, 즉 '혼종적 글쓰기와 무중력 공간의 탄생'이라는 규정은 탈권위적, 탈

다). 그러나 예상과는 달리 자유를 획득한 '해방된' 개인들은 어떤 고정된 것도 '믿지 않는 자'가 되었다. '믿지 않는 자'들이 스스로의 정체성을 확정지을 수 없는 유동적 세계에 몸을 맡기고 타자들에 대한 관심을 회수하는 동안, 슬그머니 '가짜-아버지'가 '아버지'의 빈 공간을 차지하게 되었다고 할 수 있는 것이다.

이념적 사회 분위기의 문학적 대응물에 대한 적실한 명명이었음에 분명하다. 그는 「혼종적 글쓰기, 혹은 무중력 공간의 탄생」에서 경험적 현실과 세대적 감수성에서 탈피해서 "다양한 문화적 텍스트들과의 접속을 통한 상호 텍스트적인 글쓰기" 방식을 가치화하는 한편, 2000년대 이후 한국에서 세대론이 내장한 욕망과 정치적 무의식에서 벗어난 '무중력의 공간'이 생성되었음을 지적한 바 있다. 이러한 명명작업을 통해 이광호가 포착한 것은 전체의 일원으로 환원되지 않는 개별적 주체와 그들이 내장하고 있는 미학적 가치였다. 그에 따르면 1990년대 문학과 2000년대 문학은 근본적으로 다른 지층에 놓여 있다. "공식적인 사회제도에 노골적인 냉소를 드러내"면서도 "역설적으로 모든 것을 조정하는 보이지 않는 타자의 존재를 믿"었던 1990년대 문학의 주체가 역설적으로 타자의 믿음을 재구성한 것과 달리, 2000년대 문학은 "'자기'를 바꾸어가며 주체화에 저항하고 동일성을 바꾸어나갈 것"이며 "주체화의 근거를 무너뜨리는 불온한 미학적 모험을 지속"할 것으로 낙관되었다.[10]

이러한 이광호의 판단은 '일상과 정치' '문학과 사회'의 상관성에 대한 검토를 통해 "현대사회의 타당한 통합 원리는 민주주의뿐"이며, "자유와 평등의 가치를 사회의 모든 영역에서 실현하려는 노력", 말하자면 "더욱 철저한 민주화"가 필요하다고[11] 역설했던 황종연의 입장과 일견 맞닿아 있다고 할 수 있다. 구체적으로 「민주화 이후의 정치와 문학」에서 황종연은 1990년대를 거쳐 2000년대 초반에 이르도록 한국문학이 "정체성의 정치와 문화에 대한 철저한 탐구에는 이르지 못했"던 사정에 대한 성찰을 바탕으로 새로운 문학적 과제에 대한 입장 표명을 한 바 있다. 그는 "문학이 다수의 사람들에게 여전히 의미 있는 언어예술로 존속"하기 위해 "동시대 사람들의 자아를 둘러싼 경험을 구체적으로 이해하고, 자아정체성의 다중적이고 유동적인 연관들을 헤아리고, 정체성들이 교차하는 자리에서 새로운 윤리와 정치의 가능성을 발견하는 일에 좀더 많은 관심을 기

울여야" 한다는 사실을 강조했다.[12]

견고해진 기성의 독법을 쇄신하고 새롭게 등장한 문학적 상상력의 의미를 적극적으로 해명하려 한 이들의 시도/촉구의 의미를 현재적 관점에 입각해서 과소평가하거나 축소할 필요는 없을 것이다. 그럼에도 이광호가 '불온한 미학적 모험의 지속'이 갖는 의미와 그것이 초래할 결과 그리고 '미학적 모험'의 지속이 어떻게 가능한가에 관해, 황종연이 정체성 정치의 '가짜 적대'와 나쁜 다원주의적 경향에 대처하는 일에 조금 더 관심을 기울였어야 했던 것은 아닌지에 대해서는 돌이켜 짚어볼 필요가 있다.

물론 '미학적 실험'의 동력과 정체성 정치의 부정적 결과물에 대한 다소간의 무관심이 개별 비평가의 조망권의 한계로 치부될 수는 없을 것이다. 그럼에도 '미학적 실험'에 대한 적극적 후원과 정체성들의 적대 전선에 대한 과도한 의미 부여는 탈권위적이고 탈이념적인 문학의 형성이 새로운 문학의 토양인 '현실(/정치/사회/공동체)' 자체의 폐기가 아니라 '문학과 사회'의 관계 재설정에서 시작되어야 한다는 사실을 간과하게 한 측면이 있었다. 사실상 현재 한국소설을 채우고 있는 다양한 '비인간'의 형상들―외계인, 로봇, 시체, 유령, 좀비, 동물, 사물 등―은 그 '미학적 실험'과 '정체성 정치'의 독려가 이끈 결과물이라고 해야 한다. 타자의 다채로운 얼굴에 대한 복원이라는 의미를 충분히 인정한다고 해도, '비인간'의 형상들이 차이를 인정한 채로 공존할 수 있는 가능성에 대한 탐색에서 한국소설이 별다른 진전을 보여주지 못한 사정은 앞서 지적한 그 무관심의 폐해와도 무관하지 않다.

민주화 이후 한국사회에서 '자본과 노동'의 적대구도는 희미해지고, 주체와 타자의 구분은 흐릿해지고 있다. 스스로를 계발하고 관리해야 한다는 요구,[13] 호모에코노미쿠스가 되어야 한다는 정언명령으로부터 누구도 자유로울 수 없는 현실을 맞이하고 있는 것이다. 그럼에도 부재하는 '정치적 평등'이 갖는 이상적 목표로서의 가치를 역설하는 로버트 달의 논리를 빌려 말해보자면, 우리에게 남겨진 선택지는, 소비 취향으로 해소되지 않는 다양성과 차이의 존재 가능성, '소비자인 채로 또는 아닌 채로' 사회의 불평등과 부정의에 비판적으로 개입할 수 있는 정치적/능동적 주체의 발견이라는 매우 협소한 출구 모색뿐이라고 하지 않을 수 없다.[14] 정치적 주체를 구성할 수 있는 공간과 새로운 입법 주체의 복원 가능성을 검토하고자 하는[15] 이 작업이야말로 가라타니 고진의「근대문학의 종언」에 대한 입장 표명의 자리에서 황종연이 밝힌바, "한국에서 문학이 아직 하찮은 짓거리가 아니라고 생각한다면 바람직한 것은" 근대문학에 대한 과잉/과소평가에 도착적으로 집착하기보다 "근대문학 이후에도 문학이 존재할 이유를 생각하는 일"[16]이라고 했을 때, 바로 그 일을 위한 적절한 재출발의 기점이 될 수 있을 것이다.

3. 절멸의 상상력과 새로운 입법 주체의 복원 가능성

질문 1: 인류의 종말은 재앙인가

사실 한국소설이 그간 보여준 상상력의 지평에서 보자면 시민사회와 새로운 입법 주체의 복원은 그리 낙관적이지 않다. 1990년대를 거쳐 2000년대 이후로 한국소설에 나타난 미래에 대한 상상에서는 디스토피아적 비전이 우세하며, 그 가운데에서도 구원 없는 세계의 끝에 대한 상상이 빈번하다.[17] 가령, 윤고은의 「로드킬」(『1인용 식탁』, 문학과지성사, 2010)이 포착한 '현실이 내장한 미래의 씨앗'은 파국을 예감하게 하는 디스토피아적 비전이다. 그는 『무중력 증후군』에서 '사건사고'조차 지루한 일상의 반복처럼 처리되는 재난 소비 시대의 일면과 바깥에 대한 상상이 불가능한 그곳에서의 개별 주체들의 무기력을 경쾌한 톤으로 스케치한 바 있다. 『무중력 증후군』을 통해 이미 세계의 종말뿐 아니라 종말론과 그것이 운용되는 메커니즘까지 다룬 바 있는 윤고은은 「로드킬」에서 다시 한번 '기업사회'가 되어버린 현실사회의 알레고리로서 근미래에 대한 예견된 파국적 상상력을 펼쳐 보인다.

고지대에 홀로 서 있는 무인모텔에서 한 남자가 겪은 기이한 경험을 담고 있는 「로드킬」은 모텔로 이어지는 한적한 도로와 지하 주차장을 채우고 있는 먼지가 뽀얗게 쌓인 차들, 문만 열면 얼굴 없는 가판대가 떠다니는 컨베이어벨트 복도, 발신도 수신도 되지 않는 휴대전화만으로 이미 충분히 암울하다. 인적 없는 공간에서 고립된 개인이 겪는 깊은 공포를 환기하는 한편, 특히 "신분증을 읽고 돈을 주는 자판기"(188쪽)라는 상상을 통해 디스토피아적 비전의 섬뜩함을 유감없이 발휘한다.

한국사회는 점차 시장이 사회에서 분리될 뿐 아니라 사회가 시장의 일부가 되어버리는 역전 속에서 '기업사회'라는 명명을 부인하기 어려운 상황을 맞이하고 있다.[18] CEO, 경쟁력, 퇴출, 유연성, 구조조정, 도덕적 해이, 투명성, 고객만족 등의 용어가 경제(학) 영역을 넘어 일상을 파고든 한국사회에서 소비자를 만족시키지 못하는 조직이나 개인은 사회 혹은 공동체로부터 지체 없이 퇴출되기 시작했다. 소비자가 아니면 능동적 행위 주체가 될 수 없으며 신용정보가 없으면 인간 범주에 속하기도 어려워지고 있다. 이러한 상황에서 소비자 게임을 감당할 수 없는 '신용정보가 없는' 자들은 재고의 여지 없이 게임에서 신속하게 제거되어야 할 대상으로 분류된다.[19]

한국사회의 근미래에 대한 비관적 상상인 「로드킬」은 무인모텔을 통해 극단적 소비사회를 상징화하고, 주민등록증의 신용정보가 곧바로 현금으로 환산되는 기계를 통해 '기업사회'의 본질을 날카롭게 포착한다. 윤고은은 돈으로 교환되는 소비 행위가 아니라면 존재 증명 자체가 불가능한 현실의 참혹함을 강력하게 환기한다.* 「로드킬」에 의하면 소비자가 될 수

---

* '판타스틱 러브'라는 이벤트용품 자판기를 모텔에 넣어두었던 남자는 품절된 상품들을 채우기 위해 모텔에 발을 들였다가 도심으로 돌아가지 못한 채 "모텔에서의 하룻밤"(180쪽)을 경험하게 된다. 소설 속 모텔이 소비 행위가 아니고서는 어떤 소통도 불가능한 공간이자 지불할 수

없을 때 인류에게 남은 미래는 "더는 인간이 아"닌 채로 '로드킬'을 당하는 것 외에는 없다. 「로드킬」은 한국사회가 가치로 환산되는 정보 없이는 생존조차 불가능한 새로운 통제의 시대로 접어들고 있음을 암울하게 예견한다. 윤고은의 디스토피아적 상상력은 지금 이대로라면 인간이 아닌 존재가 되는 길 외에 선택지가 없는 지점에 도달하게 될 것임을 알리는 일종의 문학적 경고음이라 해도 좋을 것이다.

질문 2: '인류 이후'의 세계는 '누구'의 것인가

그러나 따지자면 한국소설에서 세계의 끝과 인류의 종말이 무참한 파국으로만 다루어지지는 않는다. 종말 이후 살아남은 자에 대한 상상이 드물지 않다. 흥미롭게도 2000년대 이후 한국소설은 종말 이후의 세계를 비극적으로만 다루지 않는 동시에 살아남은 자들을 환희의 감각으로 다루지도 않는다. 혜성과의 충돌로 지구의 멸망이 예정되어 있다면, 인류에게 어떤 일이 벌어질까. 박민규의 「끝까지 이럴래?」(『더블』Side A, 창비, 2010)에서 열광하지도, 분노하지도 않은 채 그저 아파트에 칩거하면서 '인류의 마지막 날'을 기다리는 이들을 전날까지도 고통스럽게 한 것은 종말 자체가 아니라 아파트 '층간소음'이었다. "사회 전체가 빠른 속도로 허물어졌다"(「끝까지 이럴래?」, 148쪽)고 전하고는 있지만, 작가의 관심은 폭동과는 무관하게 그저 남은 시간을 '말없이 견디는' 그런 존재들에게로 향해 있다. 여기에서 펼쳐져 있는 종말의 상상력은 분노나 절망의 감정과는 아무런 관계가 없다.

있는 돈과 인간의 존재 증명인 직립의 가능성이 정비례하는 공간이라는 점에서, "모텔에서의 하룻밤"은 남자에게 소비의 충만함을 경험한 계기이자 소비 지옥의 소용돌이에 휘말리게 되는 결절의 순간이었다. 그 결절의 순간을 경험한 한 남자의 전략을 보여줌으로써, 「로드킬」은 소비 행위란 어떤 경우에도 능동적 선택일 수 없고 그 미친 소용돌이에 휘말리는 순간 인간은 더이상 인간으로 존재할 수 없다는 엄정한 사실을 말하며, 무엇보다 그것이 바로 무시무시한 자본의 힘임을 폭로한다.

종말을 무감각하게 받아들이는 이런 소설들에는 이 세계의 끝에서 새로운 세계가 열릴 것이라는 낙관적 기대가 거의 담겨 있지 않다. 세계의 끝을 말하고 있음에도 이 소설들에서는 열정 없는 무기력함이 주조를 이룬다. 세계를 뒤흔드는 재난이나 음모와는 무관한 '세계의 끝', 배지영의 「그들과 함께 걷다」(『창작과비평』 2012년 봄호)는 장엄하지도 숭고하지도 않은, 차라리 좀 싱겁게 돌연 찾아온 '현실의 종말'을 상상한다. 그저 평소와 조금 달랐을 뿐 '병도, 사고도, 살인도 없이' 돌연한 인류의 증발로 찾아온 김성중의 「허공의 아이들」(『개그맨』, 문학과지성사, 2011)에서의 '재앙'도 다르지 않다.

인류의 종말 이후의 '최후의 인간'을 다룬다는 점에서 이 소설들은 노골적으로 기독교 창세기 서사를 차용한다. 그럼에도 여기에는 구원과 부활 혹은 새로운 창조에 대한 어떤 믿음도 담겨 있지 않다. 「그들과 함께 걷다」에서 생존자인 남녀, '세상의 끝이 오지 않았더라면 인스턴트 음식으로 끼니를 때우고 시커먼 콧물을 흘리고 가래침을 뱉으며 지하 주차장 요금 정산소를 떠나지 못했을 백화점 여직원과 유독가스를 맡으며 맨홀 아래에서 오물을 퍼내고 청소하는 일에서 벗어날 가능성이 많지 않았던 하수구 수리공'이 세계의 끝과 인류의 종말을 상상할 이유는 충분하다.* 그럼에도 그들에게서 '선택된 자'로서의 자부심이나 책임감을 찾아볼 수 없다. 그렇기에 그들은 새로운 세계에 대한 일말의 희망도 표명하지 않는다.

생존자들이나 그들 사이의 관계에 숙명적 비의가 숨겨져 있지도 않다. 그저 우연히 살아남는 존재들이 우연히 만나 같은 시공간을 살고 있을 뿐이다. 우연히 살아남은 「허공의 아이들」의 소년과 소녀에게도 "오지 않을

---

* 어떤가 하면, 적어도 처음에 그들은 인류의 종말을 오히려 반겼던 쪽에 가깝다. 예컨대, 아무도 살아남지 않은 곳에서 맘껏 쇼핑할 수 있는 자유를 만끽하면서 여자는 "에덴이 따로 없어!"(155쪽)를 연발하고, 꼴 보기 싫은 인간이 모두 죽어나자빠진 세상을 마음에 들어했다.

미래"(25쪽) 말고는 그 어떤 공유의 끈도 없다. 혼자 사라져야 하고 혼자 남겨져야 한다는 사실에 절실하게 외로워하면서 흔적 없이 "사라져야 하는 세계에서 성장하는 것"의 의미를 알지 못한 채 끝내 사라져버릴 뿐이다. 박민규의『핑퐁』의 주인공의 입을 빌려 말하자면, 그들의 삶은 불안마저도 삼켜버릴 만큼 더 나빠질 게 없다고 느끼는 시간들, "아무것도 할 수 없는데, 아무렇지도 않은 삶이 그래서 시작되"[20]는 그런 시간들을 흘려보내는 것에 다름아니다.

4. 구원 없는 종말과 종말 이후의 존재론적 우연성과 수동성

다분히 대중문화와 하위문화적 상상력에 뿌리를 두고 있는 이들의 종말에 대한 상상은, 변화에 대한 어떤 상상도 불가능한 폐색의 '현실-미래'와 거기에 갇혀 고립된 개인들에 관한 알레고리다. 이 소설들에서 인류의 종말은 급작스럽게 퓨즈 나간 인형처럼 쓰러져버리고 무기력한 좀비가 되어 떠돌거나(「그들과 함께 걷다」), 어느 날 갑자기 희미해져가면서 증발되어버리는(「허공의 아이들」) 식으로 공상과학적이거나 만화적인 상상력에 의해 포착된다. 그런데 소설에 등장하는 생존자들은 종말 이후의 삶을 살아도 여전히 소비 충동을 금기 없이 발산하거나 공격성 없는 '인류-좀비-시체'를 치우는 일(「그들과 함께 걷다」) 이외의 '다른 삶'이나 '다른 세계'를 떠올리지 못한다. 이런 점에서 이 소설들이 보여주는 상상력은 '돈'이 세계를 지배하는 유일한 이데올로기가 되어버린 현실과 그런 현실 속에서 성과 없는 노력을 투여하며 익명화되는 존재들, 교체 가능한 부품으로 도구화되고 시스템을 유지하기 위한 동력으로 소모되고 마는 존재들을 통해 현실이 극단적으로 비인간화되는 현상을 포착해왔던 기존의 문명비판적이고 반자본주의적인 상상력과 그리 다르지 않다.

그럼에도 이 소설들은 그간의 비극적 상상력과는 차원을 달리하는, 현실에 대한 매우 암울한 알레고리로 읽힌다. 이들의 종말에 대한 상상이 우리에게 던지는 질문의 무게도 가볍지 않은데, 그 무게는 소설 속에서 살아남은 자들이 담지한 우연성과 수동성—생존의 우연성과 삶에의 수동성—에서 연원한다고 해야 한다. 세계의 끝과 인류의 종말을 막을 수 있는 '단 하나의 구원자', 즉 세계와 인류의 '대표자'가 아닌 것은 말할 것도 없이 소설에서 살아남은 자들은 종말 자체에 대한 어떤 행위적 개입 없이 그저 주어진 종말 이후의 삶을 살고 있는 '우연적 존재'일 뿐이다.

이 소설들은 우연히 살아남은 존재가 '왜 그들인가'를 질문한다. 그 질문은 소설에서 생존의 우연성에 직면한 생존자들에 의해 스스로에게 반복적으로 던져진다. 중첩된 자문(自問) 속에서 우리에게 '왜 그들인가'를 재질문하게 하고 '그들'의 의미를 되새겨보게 한다.

> 왜 하필 우리 둘만 살아남은 걸까. / 여자는 '왜 하필'이란 표현을 자주 썼다. / 어쩌면. / 남자가 뜸을 들였다. / 깜박 잊은지도. / 뭘? / 우리를.(「그들과 함께 걷다」, 161~162쪽)

> 넌 그런 생각 안 해봤어? 사라진 사람들이 다른 세상 어딘가에 옮겨 심어지고 있는 중인 거야. 그러니까 지금은 종말이 아니라 새로운 세상이 시작되는 창세기인 셈이지. 우린 선택된 걸까, 아님 누락된 걸까?(「허공의 아이들」, 20~21쪽)

남겨진 자들에 의해 반복되는 질문, '왜 하필' '왜 우리인가'라는 자조적 반문이 생소하기만 한 것은 아니다. 밑도 끝도 없이 소설 속에 갑자기 펼쳐진 공간인 벌판에서 전후 맥락 없이 시작되는, 인류의 종말을 건 탁구시합이 벌어지는 박민규의 『핑퐁』에서 인류의 운명을 결정한 이들이 바로 '세계가 깜박한 존재들'이었음을 떠올려볼 수 있다. "세상을 끌고 나가는 건 2%의 인간이다. / 입버릇처럼 담임은 그런 얘길 했는데, 역시나라는 생각이다. 치수를 보면, 확실히 그런 인간이 존재한다는 걸 알게 된다. 출마를 하고, 연설을 하고, 사람을 뽑고, 룰을 정하는―좋다, 납득한다. 이 많은 인간들을 누군가는 움직여야 하는 거니까. 수긍한다. 나머지 98%의 인간이 속거나, 고분고분하거나, 그저 시키는 대로 움직이거나― 그것은 또 그 자체로 세상의 동력이니까. 문제는 바로 나 같은 인간이다. 나와, 모아이 같은 인간이다. 도대체가/ 데이터가 없다. 생명력도 없고, 동력도 아니다. 누락도 아니고, 소외도 아니다. 어떤 표현도 어떤 동의도 한 적이 없다. 그런데도 이렇게 살고 있다. 우리는 도대체/ 무엇이란 말인가."(19~20쪽) "왜 중학생이지? 그리고 왜 탁구냐구?"(227쪽)

이유 없이 어느 날 왕따를 당하게 되고 학교폭력의 희생자가 된 두 남자 중학생의 수난기를 주된 서사로 삼고는 있지만, '세상을 끌고 나가는 건 2%의 인간'이라는 판단은 박민규 소설 다수를 관통하는 세계인식이다. 이렇게 보면 『핑퐁』은 '다수인 척'하는 '다수'에 대한 분노를 적극적으로 분출하는 소설이다.* 주상복합 건물이 완공되고 있는 벌판 끝에서 인류의 미래를 건 탁구시합이 이루어지는 상황 자체가 의미심장하기도 한데, "따를 당하는 것도 다수결"(29쪽)이라는 판단을 통해 『핑퐁』은 왕따와 학교폭력이 개별자의 도덕적 해이가 아니라 사회구조적 차원의 문제임을 명시한다. 가시적, 비가시적 폭력의 행사보다 문제적인 지점이 "스

---

* '다수'에 대한 분노 표출의 대표적 방식인 (사회적) '범죄'는 자본주의의 경쟁논리가 가하는 압력에 대한 구성원의 내성이 한계에 도달했음을 말해주는 사회적 비명이다. 가령, 사회범죄소설로 분류될 수 있는, 1990년대 이후로 한국사회의 불평등이 야기한 조직범죄의 기원이라고 할 수 있는 범죄사건을 다루는 유현상의 『1994년 어느 늦은 밤』(네오픽션, 2012)이 포착하고 있는 것이 바로 그 사회적 비명이다. "꿈에서조차 승리의 희망을 품지 못하는 패배자들이 어떻게 세상에 복수하는지를, 더 나은 세상은 불가능하다고 믿은 이십대들이 어떻게 자신과 세상을 난장판 속에 던져버렸는지를"(291쪽) 이해해보고자 하는 『1994년 어느 늦은 밤』은 자본의 논리가 야기한 사회 불평등과 부정의가 사회구성원을 괴물로 만드는 과정을 추적하면서 사회를 구성하는 룰에 대한 근본적 성찰을 요청한다.

스로는 단 한 번도 나를 괴롭힌 적이 없다 믿고 있는, 그러니까 인류의, 대표의, 과반수. 조용하고 착한, 인류의 과반수. 실은, 더 잘해주고 싶었을, 인류의 대다수"(30쪽)의 무책임과 무관심에 있음을 말하는 것이다.

'인류를 인스톨/언인스톨 할 것인가'를 두고 인류의 대표와 벌이는 탁구 한판승에 관해 말하자면, 도우미로 선택된 역사적 인물들에 의해 지적되듯이 세계가 탁구로 심판을 받아야 한다는 것 자체가 우스꽝스럽다. 그러나 '못과 모아이'의 탁구시합으로 인류의 종말을 결정한다는 그 상황을 '핼리혜성을 기다리는 사람들'의 염원이 만들어내는 상상 혹은 현실의 부조리에 대한 종말의 알레고리로서 받아들이고 나면, 그들의 대결 종목인 '탁구'로부터 흥미로운 상징적 의미를 읽어낼 수도 있다. 소설 속에서 명시적으로 강조되고 있듯, 인류의 종말을 건 시합인 '탁구'는 '주고받는 행위', 즉 '랠리'가 중요한 경기다. 이에 따라 자신의 라켓을 가진다는 것을 '자신의 의견을 가진다는 것'(46쪽)으로, 탁구대를 '세계로부터 배제된 개인들'이 그들을 배제시킨 세계를 향해 '대화-공'을 던질 수 있는 지평, 즉 '의사소통의 제로지점과 같은 지평'으로 이해해볼 수도 있다. 이렇게 보면 여기서 '배제된 자'들이 '탁구'경기를 시작한다는 것은 자신들을 배제하는 그 시스템의 문제에 정면으로 승부하겠다는 선언으로 이해될 수 있다.

탁구경기의 의미를 전혀 이해하지 못하는, '세계가 결코 깜박하지 않을 존재'인 '전교학생회장'의 세계 혹은 시민사회에 대한 입장이 다음과 같이 표명될 때, 가령, '2%에 속할 인류 가운데 하나'가 "난 말이야… 기본적으로 토론이 되어야 한다고 생각해. 의견을 제대로 낼 수 없다면 서로 곤란한 게 아닐까? 시민사회야말로 토론을 토대로 발전해온 건데. 정말 점점 힘들다는 생각이 드네. 일학년들을 생각해도 그렇고… 너희들도 그렇고. 다들 조금씩 도와주면 좋으련만."(76쪽)이라고 하거나 "다음에 만날 땐 너희들의 의견도 좀 일러주기 바래. 어떤 사정인진 모르겠지만, 아무튼 세계는-전체적으로 대화를 하는 쪽으로 나아가고 있어. 비록 점진적(漸進的)이긴 해도 언젠가 그 사실을 니들도 알게 될걸."(77쪽)이라고 할 때, '못과 모아이'뿐 아니라 우리조차 '의사소통의 제로지평'이라는 것이 과연 가능한가에 대해 비관적으로 될 수밖에 없다. '듀스스코어의 역사'(221쪽)였음을 존중한다고 해도, 지금 현재 어떤 대화와 소통도 불가능하며 지평에 대한 논의도 불가능한 것이 사실이기 때문이다. 그러나 그럼에도 기억해둘 것은, '인류의 언인스톨'을 선택하고는 있다 해도, 그러한 결정에 이르는 동안 사회의 구조적 폭력의 피해자이자 '세계가 깜박한' 이들이 선택한 것은 사회의 룰에 대한 폭력적 파괴가 아니라 '탁구'라는 이름의 소통과 대화의 방식이었다는 점이다. 그것을 통해 그들은 새로운 사회 혹은 새로운 룰의 창조에 대한 열망을 표출한 것이다.[21]

「그들과 함께 걷다」나 「허공의 아이들」은 세계가 기억하지 않아도 좋을 존재들을 중심으로 세계의 끝이 오고 새로운 세계가 열린다는 박민규식의 종말론적 상상력을 이어받는다. 그럼에도 배지영이나 김성중이 상상하는 '세계 이후'에는 종말이건 재창조건 세계 구성에 관한 주체의 어떤 능동성도 소거되어 있다. 전복을 꿈꾸는 분노도 찾아볼 수 없다. 부러움의 감정이 자본주의의 경쟁논리를 부추기고 사회 자체를 통합시키는 기능을 한다면, 우리의 오해와는 달리 배제된 소수자의 감정인 분노는 패배가 아니라 경쟁논리에 참여할 수 있는 가능성이 거의 없어졌다는 판단이 야기하는 감정이다.[22] 어떤 상황을 중단시키고 새로운 상황이 시작되도록 만들 수 있는 능력이자 말하자면 현재에 대한 총체적 의문을 제기하는 감정이 분노인 것이다.[23] 「그들과 함께 걷다」나 「허공의 아이들」이 보여주는 '분노 없는 무기력'은 '종말 이후'의 생존자가 '배제/포함'의 논리 바깥에 있으며 존재증명의 기회를 완전히 박탈당한 자, '인간이 아닌 자(non-person)'임을 말해주는 것이다.

최후의 생존자들의 삶은 오이코스(oikos)의 영역에 한정된 것이자 아감벤식으로 말하자면 여타의 살아 있는 피조물들이 공유하는 영양 섭취와 재생산의 자연적 삶인 벌거벗은 생명 이상의 의미를 가지고 있지 않다. 여기서 역설적으로 확인하게 되는 것은 '배제된 자', 생존자라기보다는 '우연히 남겨진 자'라는 표현이 더 적절한 존재, 인류의 종말에서조차 망각된 존재를 주목하는 이러한 방식의 상상에는 다양한 공동체로 구현되는 사회에 대한 인식 부재가 암운처럼 드리워져 있다는 사실이다. 따라서 당연하게도 여기서는 그들의 생존을 위해 요청되는 어떤 정치적 실천의 가능성도 발견할 수 없다.

그들은 어떻게 정치적 주체가 될 수 있는가. 수동적 무기력함에 빠져 있는 '종말 이후'의 생존자들을 계몽함으로써 정치적 감각을 회복시킬 수 있는가. 「그들과 함께 걷다」나 「허공의 아이들」을 두고 분명하게 말해두어야 하는 것은 이 소설들에서 종말 이후를 살고 있는 생존자들, '우연히 살아남은 자들'이 사실 분배의 불합리에 대한 비판을 넘어서서 '대표부재/재현차단(misrepresentation)'의 보다 심층적 층위라고 할 수 있는 공동체의 경계선 자체('잘못된 틀구성misforming')를 비판적으로 검토할 수 있게 하는[24] 존재들이라는 점이다. 정치적 주체의 복원에 대한 요청은 잘못된 질문이 이끈 오답인 것이다. 수동적이고 우연적인 존재의 각성으로 '일상'과 '정치'의 교차적 지대가 만들어지지는 않는다. 오히려 우리가 질문해야 하는 것은 '일상'과 '정치'를 가로지르는 새로운 공공적 공간이 어디로부터 어떻게 생겨날 수 있는가에 관해서다.

5. 안전사회의 도래와 정치적인 것의 부재라는 악몽

정치적인 것과 그것을 가능하게 할 사회에 대한 인식 부재는 어디에서 연원하는가. 공공영역의 복원은 어떻게 가능한가. 문명이 야기한 불안의 전 지구화 경향을 지적하면서 울리히 벡은 "빈곤은 위계적이지만 스모그는 민주적이다"라는 선언과 함께 세계가 공히 위험공동체로 진입하고 있음을 지적한 바 있다.[25] 기술문명의 진보가 자기파괴적 결과를 야기하고 있으며 재난이 국경, 계급, 인종, 젠더의 위계를 가로지를 정도로 편재화되고 있음을 강조하는 이 대목을 두고, 우리는 전 지구적 위험의 상시화가 국가적, 지역적 특권을 넘어서는 보편적이고 공공적인 논의의 시발점이 될 수 있음을 역설할 수도 있다.

물론 여기서 잊지 말아야 할 것은 실제적 재난이든 도래한 위험에 대한 불안이든 위험의 생산과 소비를 둘러싼 불평등이 국가적, 지역적, 계급적 위계를 재편하는 동시에 그 위계 자체를 강화하고 증폭시킨다는 점이다. 위험과 재난은 평등하지도 민주적이지도 않다. 자본은 불평등의 위계를 확장하고 자연화하기까지 한다. '개인용 벙커'를 파는 회사를 통해 위기와 불안의 상품화를 블랙코미디로 희화화하고 있는 편혜영의 「블랙아웃」(『밤이 지나간다』, 창비, 2013)은 이제 누구도 이 '위험-자본'의 논리에서 자유로울 수 없음을 단언한다. 편혜영은 「블랙아웃」을 통해 위험과 재난의 본래적 불확정성과 위험을 피할 수 있는 기회의 불평등성이 개인의 자유와 생존을 '안전'으로 이해하는 차원 다른 세계를 열어주고 있음을 환기한다.

위험과 재난에 대한 방책 마련이 주된 관심사가 된 이러한 사회가 내장한 심각한 위험은 푸코가 도로, 곡물, 감염 문제를 사례로 언급한 바 있듯이, 그것을 충동하는 권력 체계가 사회를 유지하는 자체 동력이 되어버리며 그로 인해 '이동, 교환, 접촉, 확산 형식, 배분 형식 등 매우 넓은 의미에서의 순환'이 반복되지 않으면 안 된다는 사실로부터 야기된다. 정상과 비정상의 공간을 분할하는 일률적 규범화가 아니라 '순환을 관리하고 좋은 순환과 나쁜 순환을 가려내며 항상 그 순환 속에서 이러저러한 것이 움직이고 계속 이동하면서 꾸준히 어떤 점에서 다른 점으로 옮겨가도록 만드는 것'이 사회 유지의 우선적 문제가 되는 것이다. 이 순환에 방향성이 존재한다면 그것은 철저하게 순환 자체에 내재하는 위험성을 제거하는 쪽으로 맞춰져 있다고 해야 한다. 이에 따라 이러한 순환을 가능하게 하는 '안전 메커니즘'은 부적절한 형식의 소거가 금지의 형식을 통해 이루어지지 않으며 오히려 자발적으로 축소하고 조련하며 결국 최소화하는 과정의 연쇄로서 작동하게 된다.[26] 말하자면 개인의 평등과 자유에 기반한 시민사회의 기능은 사회적 안전망 구축으로 축소되거나 전환되며, 여기서 다양한 사회적 안전장치들은 시장화되고 사유화됨으로써 공공적 기능을 상실하게 되는 것이다.[27]

이러한 전환적 국면에서 타자와 소수자, 사회적 약자들은 사회의 불안 요소로 분류되어 안전사회의 경계 바깥으로 '자동적으로' 내몰리게 된다. 더구나 그 배제는 종종 자발적인 양상을 띤다는 점에서 문제적이다. 본사가 있는 모국에 파견근무를 간 한 남자가 겪는 배제와 불안을 다룬 편혜영의 소설 『재와 빨강』(창비, 2010)은 그 배제가 얼마나 빠르고 쉽게 이루어질 수 있는가를 방역업체 직원에서 부랑자가 되어 쓰레기를 뒤지고 하수구를 전전하게 되는 한 남자를 통해 입증한다. 돌이켜보자면 그를 부랑자로 내몬 것은 다름아닌 그 자신이었다. 그를 한순간 창문을 넘어 베란다 바깥으로 뛰어내리도록 종용한 것은 '감염자'이자 '용의자'일지도 모른다는 불확정적인 그 자신의 불안이었다. '안전'의 방어선은 이토록 허약한 것임에도 방어선을 넘는 순간 아니 방어선 바깥으로 떠밀리는 순간, 삶은 순식간에 사회에 의해 '박멸의 대상'이나 '폐기해야 할 쓰레기'로 다루어지게 된다. 우여곡절 끝에 타국의 '임시방역원'으로 차출되어 하수구 생활을 떠난 후 그가 질 낮은 방역복에 집착하게 되는 것은, 방역복의 실질적 효용성이나 아니라 안전의 방어선 안으로 들어갈 수 있는 입장권과도 같은 방역복의 상징적 의미를 잘 알고 있기 때문이다.

그는 여전히 쥐가 무섭고 두려웠다. 처음에는 자신이 쥐와 같은 처지라는 게 무서웠고 나중에는 쥐를 잡을 때에만 쥐와 같은 처지가 아니라는 안도를 느끼게 되어, 그 안도감 때문에 틈나는 대로 쥐를 잡으려고 하는 게 무서웠다. 쥐 한 마리가 이끈 우연의 행보가 두려웠고, 그 행보를 원망하듯 어떤 독한 약이나 험한 매질에도 죽지 않는 쥐를 끝끝내 죽이고 싶어하는 자신이 무서웠다.(『재와 빨강』, 228~229쪽)

말하자면 감염의 공포로 유지되는 사회에서는 쥐와 같은 생활로 전락하거나, 쥐를 끝끝내 죽이고 싶어하는 박멸자로 남는 것 외의 다른 가능성이 없다. 여기서는 '왜 박멸인가'에 대한 질문이 들어설 여지가 없다. 그러니까 '부랑자-쥐'의 생활을 하든, '쥐-박멸자'의 생활을 하든 이런 사회에서는 감염에 대한 공포로 생존 외에 공동체를 유지할 수 있는 인간의 능력이 전면적으로 상실되는 상황이 야기된다.

감염의 공포는 '타인을 향한' 인간의 감정인 동정심을 억누른다. 『재와 빨강』의 사례를 통해 확인할 수 있듯이, 두 번의 살인을 저지른다 해도 이런 사회의 어느 누구도 윤리적 죄의식에 포박되지 않는다. 감염의 불안은 타자-이웃에 대한 자발적 감시를 불러오고 사회 전체를 자가발전하는 통제 시스템 안으로 몰아넣는다. 감염의 판정이 곧 죽음(/'의사-죽음')을 의미하는 이런 통제사회에서 개체는 자신의 죽음을 스스로 선택할 수 없다. 감시에 의한 감염의 판정은 개체의 의지와 무관하게 사회 자체의 격리/폐기/배제 시스템을 자동화하게 되는 것이다.*

"전염병이 사람들에게 미친 가장 큰 영향은 질병을 옮겨 사망에 이르게" 하는 것이 아니라 "그것에 대한 두려움으로 다른 사람을 의심하게"

---

* "물론 전염병은 일상의 세세한 부분에 변화를 가져왔다. 사람들은 가급적 약속을 잡지 않았고 피치 못해 만나더라도 악수와 명함을 주고받지 않았으며 마스크를 쓴 채 비즈니스 회의를 진행했고 최초의 인사를 나눴으며 조문을 드렸다. 누구나 양해할 만한 일이었다. 다른 사람의 물건을 만지지 않았고 부득이하게 공중시설을 이용할 때면 일회용 위생장갑을 착용했다. 감염자가 손을 댔을지도 모르는 버스와 지하철 손잡이를 만질 수 없어서 대중교통을 이용하지 않았다."(『재와 빨강』, 180쪽)

하는 것이다. 각자에게 "자신을 제외한 다른 사람들은 잠정적인 병균"으로 "집밖은 바이러스가 부유하는 더럽기 짝이 없는 공간"으로 만들어버리는 것이다.(180쪽) 불확정적인 불안과 공포가 유포하는 것은 감염 자체에 대한 공포가 아니라 개체의 고립과 분리에 의한 공동체의 완전한 파편화다. 말하자면 편혜영의『재와 빨강』은 정치적인 것과 그것의 기반인 사회의 공백이 깨어날 수 없는 악몽임을 보여주는 동시에, '왜 박멸인가'를 질문할 수 있는 중간지대의 절대적 필요성을 역설한다. 현실 너머의 세계에 대한 상상을 내포하는 정치적인 것에 대한 논의는 결국 '왜 박멸인가'를 질문할 수 있는 곳, 그 사유의 공간에서 생겨나는 것임을 강조하고 있는 것이다.[28]

6. 몫 없는 자들의 전언

1990년대로부터 지금껏 사회에 전방위적으로 유포된 다원주의적 경향이 보다 나은 사회에 대한 희구라는 문맥에서 갖는 의미는 결코 적지 않다. 국가가 억압했던 '사회'나 국민이 억압했던 '시민' 영역의 부상으로 대표되는 탈권위적, 탈이념적 시대 경향이 인간(/인권)에 대한 관심을 새롭게 부각시켰다. 계급/민족 해방이 온전히 구원하지 못한 빈 공간에 대한 학문적, 제도적 관심도 폭발했다. 이른바 거대서사로 환수되지 않는 주체의 영역, 개인, 내면, 욕망 등에 대한 관심이 증폭되었으며, 여성, 성소수자, 이방인, 지방인 등으로 대변되는 젠더, 인종, 지역을 가르는 타자와 경계에 대한 사유가 전면화되었다. 현실 사회주의권의 붕괴와 함께 이러한 변화는 적과 동지의 적대 구도가 한국사회에서 더이상 사회 재편을 위한 힘으로 작동할 수 없게 되었음을 말해준다.

그런데 이러한 사정은 우리가 민주화의 역설 혹은 탈권위, 탈이념, 탈적대적 경향의 반동적 국면과 대면해야 했음을 뜻하기도 한다. 우리는 전 사회에 확산되었던 권위주의적 경향이 복권되고 나쁜 의미의 다원주의적 경향이 강화되는 반동적 상황을 사회적 난제로서 맞이해야 했다. 세계를 통합적으로 조망할 수 있는 시선의 획득이 불가능해진 시대를 맞이하여 국가/권위의 억압에 맞선 개인의 자유의 승리가 무엇을 의미하는가에 대한 뚜렷한 답변을 마련해야 할 시점에 이르게 된 것이다. 실제로 정치적 민주화가 매개적 실천 없이 일상적 민주화를 실현해줄 수 있는가에 대한 질문이 전면적으로 제기되고 있다. 사실상 국가, 가족, 시장과 구별되는 시민사회의 활성화도 기대만큼의 효과를 거두지 못하고 있다. 오히려 민주화와 자유화의 물결 속에서 정치의 혼미와 무능을 틈타, 공공적 마인드는 취약한 반면 재력, 조력, 전문성, 여론 조작력 등을 가진 관료(검찰이나 모피아 등), 재벌, 토건족, 언론집단 등의 정치사회적 힘이 급성장한 측면이 있다.[29]

요컨대, 대대적인 민주화의 역설이라는 국면을 맞이하여 한국사회는 '인민의 지배'를 의미하는 '데모크라시(democracy)'에 대한 재사유를 시작해야 할 필요에 직면하게 되었다. '인민(demos)'이 누구이며 '지배'란 무엇인가를 질문해야 하며, 무엇보다 그것을 '권리 없는 자들의 권리 주장'이나 '몫 없는 자들의 몫에 대한 주장'으로 초점화해야 할 필요가 생겨난 것이다.

문학을 통해 표출되는 종말론적 상상력은 인류 이후의 세계를 폐허로 구현하든 낙원으로 재규정하든 대면하고 있는 '현실-지옥'에 대한 적극적 개입이자 문학적 실천임에 분명하다. 2000년대 이후로 한국소설의 주인공이 되고 있는 좀비, 외계인, 동물, 로봇, 시체 등 '비인간'의 형상들은 나쁜 다원주의의 결과물 혹은 자연적/인간적 재앙에 따른 종말과 파국이 임박한 시대임을 암시하는 전조였으며, 자유와 평등의 가치로 구축된 시민사회의 붕괴에 대한 우회적 포착이었다. '인류 이후'를 상상하는 종말론적 서사는 말하자면 민주화의 역설이 야기한 사회현상에 대한 문학적 징후 포착이자 민주주의 퇴행에 대한 사회 불안의 문학적 표출인 것이다.

2000년대 중반 이후 한국소설에 등장한 종말론적 상상력은 인류의 절멸을 비극으로 받아들이지 않는 낯선 세계를 펼쳐 보인다. 여기에는 일말의 희망의 메시지도 담겨 있지 않다. 이 종말론적 상상력의 세계는 분노조차 없는 무기력의 세계를 사는 '우연히 살아남은 자들'의 사회적 비명에 대한 귀기울임의 결과다. 하지만 이 세계를 단지 현실 자체에 대한 문학적 알레고리로 한정시킬 수만은 없다. 이 세계는 한편으로 인류의 종말 이후에도 '우연히 살아남은 자'를 통해 종말에서조차 배제되는 이중/삼중의 배제가 '현실-지옥'에서 상시적으로 이루어지고 있음을 뼈아프게 환기하며(배지영, 김성중), 다른 한편으로 생존에 대한 열망이 조금이라도 남아 있는 자가 배제의 논리에서 살아남기 위해 스스로 시스템의 배제 논리를 강화해야 하는 비극적 운명을 살게 된다는 구조적 역설을 고발한다(편혜영).

김성중, 배지영, 편혜영이 보여주는 '인류 이후'에 대한 상상력은 공동체의 경계성 자체를 비판적으로 검토할 수 있게 하며, 무기력과 무감정한 세계를 통해 인류와 세계 자체에 대한 통렬한 자성을 요청한다. 이런 점에서 사회의 불평등과 부정의에 비판적으로 개입할 수 있는 정치적/능동적 주체의 발견에 대한 실천적 노력과 함께, 우리는 구원 없는 '세계의 끝'에 대한 상상인 저 '낯선 세계'가 역설하는 절박한 전언을 곱씹어보아야 한다. 2000년대 중반 이후 한국소설이 보여준 종말론적 상상력은 인류와 인간의 범주뿐 아니라 우리가 만들어낸 사회의 유용성에 대해 재점검할 시간이 도래했음을 낯선 방식으로 환기하고 있는 것이다.

소설과 공동체
—연대 없는 공동체와 '개인적인 것'의 행방

1. 소설과 공동체

그간 소설은 공동체를 어떻게 다루어왔는가. 공동체는 소설을 통해 어떻게 구현되어왔으며, 소설 내의 공동체상은 현실 공동체를 위한 미래 구상과 어떤 영향을 주고받았는가. 소설과 공동체의 관계를 두고 이러한 질문이 가능한 것은 근대 이후의 문학이 공동체의 구축 과정에 깊숙이 개입해 있었기 때문이다. 근대 초기의 '민족 상상'이나 해방 이후의 국가 만들기 기획('상상의 공동체' 형성)에 기여했던 출판자본주의, 즉 (민족국가의) 언어와 미디어 그리고 서사의 기능을 따로 언급하지 않더라도, 민족, 국가, 사회에 대한 문학의 기능과 역할을 논의해야 했던 이유가 여기에 있다. 서로 관련되거나 관련되지 않은 무수한 사건들을 시간의 단면 위에서 결합시키고, 단 하나의 '차원'에서 모든 사건을 이해하게 한 동력으로 근대적 문학 형식, 즉 소설의 역할을 떠올려보아도 좋다.[1]

근대에 대한 다각적 검토가 이루어진 1990년대, 2000년대를 거치면서 한국소설은 공동체 상상이라는 요청에서 비교적 자유로워진 것이 사실이다. 시대의 모순을 관통하는 서사, 모순을 몸으로 체현하는 인물에 대한 관심이 축소된 동시에 세계를 총괄적으로 포착하거나 보다 나은 세계를 섣부르게 예기하려는 시도가 드문 사례가 되었다. 이러한 경향은 공동체에 대한 인식 자체로부터 연원한 것으로, 국가/사회를 포함한 공동체에 대한 재현의 곤경과 연관되어 있다. 그것은 공동체 자체의 통합 불가능성에 대한 인식, 즉 통일체로서의 공동체 개념의 허구성 인식과도 무관하지 않다.[2] 공동체를 통합적으로 포착할 수 있는 시선의 획득 불가능성과 리얼리즘적 재현의 불능성에 대한 인식으로 압축되는 이러한 성찰의 유의미함은 공동체 개념의 허구가 열어주는 동일화될 수 없는 영역/존재이며, 비동일적 영역이 열어주는 공동체 자체에 대한 재인식의 가능성에 있다.

우리는 지금 가장 급진적인 사회 변혁의 가능태가 체제 내 복지 실현인 현실을 살고 있다. 갈수록 심화되는 경쟁논리가 일상의 구석까지 무소불위의 힘을 행사하는 시대를 맞이하여 만인의 만인에 대한 적대가 부추겨지고 있으며 연대의 싹은 보이지 않고 전 지구적 차원의 억압과 폭력이 개인적으로 감당해야 할 불운이나 불행으로 던져져 있다. 유토피아는커녕 사회변혁에 대한 비전도 찾기 힘든 현실이 단적으로 말해주듯, 섣부른 공동체에 대한 소설적 비전은 곧 탄로날 거짓이거나 가상일 공산이 크다.

더구나 1960~1970년대 일본에서의 반자본주의적/반체제적 운동이 꿈꾸었던 농업 코뮌과 권력 없는 자율적 공동체 모델의 본질을 다룬[3] 무라카미 하루키의 『1Q84』(문학동네, 2009~2010)나 여성을 중심으로 한[Amazonas] 사이비 종교 공동체의 행적을 파헤친 하성란의 『A』(자음과모음, 2010)가 보여주듯, 공동체의 기원적 속성으로서의 폭력성은 국가 공동체에서만 발견되지 않는다. 역설적으로 『1Q84』와 『A』는 자본의 논리에 대항하고자 하는 열망에 의해 가시화된 것이 공동체의 성립 조건인 폭력적 희생 논리임을,[4] 여기에 가장 병적인 전체주의의 기원이 놓여 있음을 확인하게 한다.[5] 공동체의 속성이 비교적 희미하다고 할 수 있는 취향 공동체 역시 희생/폭력 없는 대안적 공동체 모델이 될 수 없음이 역설되는 대목이다. 재언컨대, 자본과 국가 권력에 저항하는 새로운 공동체의 열망이 구조적 폭력성으로부터 자유로울 가능성은 매우 낮은 편이다.[6] 대안적 공동체에 대한 논의가 소설을 통한 공동체의 재구축이라는 논리 구조, 공동체론의 복원으로 손쉽게 정리될 수 없으며, 공동체 자체와 구성적 역설로서의 '개인적인 것'의 문제로 재수렴되어야 하는 것은 이러한 문맥에서다.

소설이 공동체와 만나는 장면에서 직면하게 되는 두 개의 불가능성, 대상으로서의 공동체의 허구성과 그것의 재현 불능성에 대한 인식, 여기에 덧붙여 이 불능성의 근저에 놓인 인간의 잠재적 가능성에 대한 불신[7]이 한국소설에 커다란 변화를 야기하고 있다. 이러한 사정은 공동체를 '구축되어야 할 것' 혹은 '도래해야 할 것'으로 이해하는 상대화 작업과[8] 국제적이고 보편주의적이며 탈-민족국가적인 관점을 도입하는 인식의 확장 작업[9]을 불러오는 한편, 소설의 출발점인 '개인적인 것' '비-인간적인 것'에 대한 의미 재고의 필요성을 요청한다. 소설이 공동체를 다루거나 재구하는 방식을 고찰하기에 앞서, 그것이 '어떤' 공동체인가에 대한 질문의 필요성을 요청하는 것이다. '부재의 공동체' '밝힐 수 없는 공동체' '무위의 공동체' 등의 철학적 탐구가 말해주는바 공동체 아닌 공동체, 공동체의 속성이 탈각된 공동체에 대한 열망은 비단 지금-이곳의 것만이 아니며, 비동시적 동시성의 시공간인 근대를 사는 존재들, 근대 이후를 살고자 하지만 필연적으로 지금-이곳에 결박되어 있는 개별체들 전체의 것이라 하지 않을 수 없다.

현재 국가와 민족이 전유했던 공동체 개념의 주박은 풀렸으나 연대를 가능하게 할 층위/주체가 뚜렷하게 마련되지 않았으며, 인종적, 문화적 측면에서만 보더라도 한국사회는 복합사회적 면모를 보여줌으로써 공동체의 형태와 구성인자 혹은 구조화 방식에 관한 합의점을 마련하기 쉽지 않은 상황에 놓여 있다. 정치적 권리체로서의 시민을 중심으로 한 공동체 상상이 수많은 비시민-거주자, 즉 인종적, 문화적 소수자를 포착할 수 없게 되었음은 피할 수 없는 현실인데, 한국문학이 유령과 비인간을 중심으로 한 소재에 집중적 관심을 보여준 것도 현실사회가 처한 이러한 사정과 무관하지 않은 것이다.

소설이 흥미진진한 읽을거리에 불과한 것만은 아니며 여전히 소설과 공동체를 둘러싼 새로운 논의틀을 마련해야 하고 또 할 수 있다고 말해야 한다면, 불가피한 공존의 논리를 마련하는 동시에 공동체의 기원적 속성을 넘는 방식, 공동체의 불가능성에서 출발한 공동체에 관한 비판적 재구가 필요하다.[10]

2. '개인적인 것' 혹은 소설의 행방

2-1. 타자의 발견, 개인의 재발견

1990년대 한국소설을 통해 뚜렷해진 근대적 개인의 재발견은 한국사회의 당대적 단면에 대한 날카로운 비평적 포착이었다. 1980년대를 지나면서 정치적 민주화의 여파로 논의의 주안점이 정치경제에서 사회문화적 층위로, 일상적 의제로 이동했으며, 공동(체)의 합의된 미래 기획의 허구성이 폭로되고 개별자의 가치를 획일화하는 기획들에 대한 위반과 전복이 시도되었다. 개인의 시야에서 세계를 인식하고 재구하고자 하는 노력이 이루어지고 있었다면, 다른 한편에서 공동(체)의 미래 기획이 억압했던 개별자가 타자의 이름으로 복원/재발견되고 있었다.[11]

'개인들이 스스로를 주재해야 하고 개인들의 필요에 부합하는 사회를 창출해야 한다는 요구'가 '몰개성적인 대중소비문화의 인간 정복에 의해 더욱 절박한 과제'[12]가 되었다는 인식과 더불어 보다 철저한 민주주의의 실현이 강조되는[13] 한편, 공적 영역에 진입하지 못한 삶의 부스러기들, 시장논리에 의해 계량화되지 않는 불확정적인 것들이 존재를 드러내고 표현의 장을 발견하는 일, 이성의 폭압적 힘에 억압되었던 감정과 육체를 재발견하는 일, '개인적인 것'의 가치를 복원하는 것이 시대 전환기에 놓인 문학적 과제로서 논의되고 있었다.

1990년대 한국소설은 '전체'로부터 분리되어 나온 개인과 개별자의 생성 충동에 주목했다. '개인적인 것'을 강조하면서 한국사회와 한국문학에서 전면화되었던 의식 변화, 민중주의와 리얼리즘의 영향권에서 탈피하고 있었던 정치적/사회적/문화적 의식 변화의 단면을 포착하고 있었다. 1990년대 한국소설의 지향, '진정한' 근대적 개인의 도래에 시선을 두거나 주체 바깥의 존재들에 관심을 두었던 경향은, 따지자면 문학적 과제에 대한 서로 다른 응답의 결과물이었다. 이러한 차별적 지점이 가시화된 것은 꽤 오랜 시간이 흐른 뒤였다.

독서 행위의 교양적 가치가 급감하고 실용과 오락적 가치가 강조되기 시작한 것도 이즈음이다. 당대 사회에 대한 이해의 출발점으로서 동시대 한국소설이 갖던 문화적 우세종으로서의 가치가 격하되고, 전반적 관심도 사라지던 때였다. '진지한' 한국소설에 대한 관심이 세대를 초월해서 급감한 반면 1990년대 초중반에 무라카미 하루키를 중심으로 점화되었던 일본소설에 대한 관심이 이 시기에 다시 불붙고 있었다. 물론 그 관심은 '일본산'보다는 '중간소설'로 분류될 수 있는 '쿨'한 소설에 대한 것이었는데, 이러한 사정은 시대가 보다 소소한 쪽으로, 가벼워지는 쪽으로 움직여가고 있었음을 보여준다.

정치적 국면 변화에 따른 지체 현상이 없지 않지만 사회는 통합의 논리를 발견할 수 없을 정도로 다원화/다변화되고 있었으며, 극심한 사회변동은 소설과 비평을 포함한 문학 전반에 전면적 형질 변경을 요청하고 있었다. 그러한 요청의 결과물로서 2000년대 이후로 한국문학에서 이질적 타자에 관한 낯선 서사가 본격적으로 등장하기 시작했다. 한국소설의 새로운 주인공들—동물, 외계인, 로봇, 시체, 유령, 좀비, 사물 등—은 한국소설에서 타자의 범주를 넘어선 비-인간의 향연이 펼쳐지기 시작했음을 시사한다.

연동한 변화로서 공적 영역과 사적 영역의 경계가 흐릿해지고 공적/사적 영역의 재편이 이루어졌다. 그간 사적 영역의 대표격인 가족이나 집에 대한 소설적 감각도 달라졌다. 가족/집은 친밀성/내밀성을 상실한 낯선 공간이 되었으며, 가족 해체의 실질적 증거로서 옥탑방, 찜질방, 고시원, 수면방 등이 친숙한 소설공간으로 부상했다.[14] 무엇보다 역사, 진리, 필연에 근거한 사회적 신뢰가 더이상 지속되기 어려워졌고, 예측할 수 없는 우연, 개별적 욕망, 기억과 해석으로 구축된 역사가 새로운 의미를 부여받게 되었다. '개인적인 것'의 의미는 이러한 문맥 속에서 재규정되고 있었다. '개인적인 것'의 발견을 통해 공적/사적 구분을 포함한 그간의 사회 전반에 구조적 변화가 야기되었던 것이다.

2-2. '개인적인 것'의 복원과 소설의 곤경
'비-개인적인 것'의 재-개인화

1990년대 한국소설에 새롭게 등장한 위반과 전복의 상상력은 1997년 외환위기를 겪으면서 사회를 지배하는 억압 기제들을 재구/폐기하고 그것에 대항하거나 혹은 그것을 대치할 새로운 논리를 마련하지 못한 채 주춤거리게 되었다. '개인적인 것'에 대한 충분한 복원/재발견을 통해 그 부정적 결과를 논의하는 데까지 이르지 못했을 뿐 아니라 개인적인 영역을 넘어선 범주에 대한 구상을 미처 채우지 못한 여백으로 남긴 채 해소할 수 없는 상대주의의 곤궁 앞에 놓이게 되었다.[15]

전 지구적 자본이 일상에 침투하면서 경제논리가 사회문제의 가시적, 비가시적 최종심급이 되었고 '개인적인 것'의 의미가 생존경쟁에서 살아남는 것으로 축소되었으며, 사회 구성원 모두가 경쟁 체제 안으로 밀려들게 되면서 생존 자체가 경쟁에서의 승리 혹은 성공을 의미하게 되었다. 2000년대 후반, 특히 최근 한국소설에 다시 현실을 돌아보는 작품들이 등장하기 시작했음에도, 이른바 사회가 공공적으로 대응해야 할 사회적 문제가 아니라 생존을 위해 개인이 감내해야 할 불안과 공포 혹은 빈곤의 맥락에서 그려진 것은 이러한 시대적 정황과 연관되어 있다.

화자들이 스스로도 납득할 수 없는 '묻지 마 살인'을 행하면서 왜 그래야 하는가를 묻는 김사과의 소설들, 정착이 아니라 이동을, 노동하는 삶이 아니라 마모되는 삶을 지향하는 박솔뫼의 소설들, 희망도 미래도 없는 이십대 청춘의 비루한 일상을 날것의 감각으로 담아낸 김혜나의 『제리』(민음사, 2010) 등은 신자유주의가 우리 사회의 일원에게 강요하는 경쟁논리가 우리를 얼마나 망가뜨리고 있는지, 제어되지 않는 폭력과 치유되지 않는 무기력이 어떻게 산출되는지를 보여준다. 가령 제어할 수 없는 살인을 저지르는 인물이 등장하는 김사과의 「움직이면 움직일수록 이상한 일이 벌어지는 오늘은 참으로 신기한 날이다」(『영이』, 창비, 2010)에서 그가 터뜨린 오열은 자신이 벌인 일을 자책하거나 죽은 사람들에게 미안해서가 아니라 자신의 인생이 끝장났다는 깨달음에서 비롯된 것이다.

'묻지 마 살인'의 당사자가 "자신이 스스로 왜 그런 짓을 저질렀는지에 대해 납득하지 못하며, 스스로도 이상하게도 여기는"(「움직이면 움직일수록 이상한 일이 벌어지는 오늘은 참으로 신기한 날이다」, 210쪽) 난감한 상황은 이 사회의 구성원들이 감정을 상실한 채 터지기 직전의 화약고로 존재하고 있음을, 이 사회가 우발적 살인사건 자체보다 더 심각한 사태에 직면해 있음을 말해준다. 심지어 성적만을 위해 스스로 감정 없는 기계인간이 되고자 했던 고등학생이 죄의식 없이 친구를 죽이게도 되고(김사과, 『미나』, 창비, 2008), 서로에게 사람처럼 보이는 꿈틀거리는 무엇, "셀로판지가 되기엔 너무 두껍고 또 인간이 되기엔 너무 얇은 뭔가"(「움직이면 움직일수록 이상한 일이 벌어지는 오늘은 참으로 신기한 날이다」, 191쪽)가 이유 없이 살해당하거나 살인자가 되기도 한다. 그들이 서로를 더이상 '인간'으로 여기지 않게 된 것이다. 실감을 상실한 폭력이 난무하는 이러한 장면들을 통해 김사과는 벗어날 수 없는 백색 지옥이 오늘의 현실이고 이게 바로 우리의 삶임을 재확인하게 한다.

경쟁논리를 내면화하고 자본이 강요하는 위계질서에 편입되는 것이 살아남는 유일한 길이지만 그것이 동시에 '비-인간'이 되는 것을 의미하는 이 현실을 두고, 흥미롭게도 박솔뫼의 화자는 다음과 같이 다짐한다. "지금처럼 으음 앞으로 뭐든 열심히 안 해야지. 아 잠만 열심히 자야지 열심히 안 해 아무것도. 지금까지 열심히 한 적도 없지만 앞으로도 안 한다. 안 해 절대 안 해"[16]라고. 노래방에 갇힌 채 노래를 강요당하는 상황이 소설의 전부를 채우고 있는 「안 해」에서 노래방 주인인 검은 옷의 남자는 손님들을 가두고 노래를 시키면서 '열심히의 세계'를 강요한다. 「안 해」의 화자는 '열심히 한다고 되는 것도 아니고 열심히 해서 되는 게 있다면 아나는 열심히 하는데 왜 다른 사람들은 열심히 하지 않지? 하는 비뚤어진 교정 의식과 아 나는 열심히 하는데 왜 안 되지? 하는 피곤한 자학 이 둘뿐'이며, 그냥 없는 것인 '열심히'나 열정을 강요하는 건 '지망생의 생각과 마음'일 뿐임을 지적한다.

아니 그저 혼자 생각한다. 소리 높여 말하지 않고 검은 옷의 남자에게 대꾸하거나 설명하지도 않고 혼잣말로 중얼거리고 경쟁 시스템이 미래를 약속하는 밀어인 '열심히의 세계'를, 노동의 신성함에 대한 믿음을 그런 방식으로 거부한다. 김사과의 식으로 박솔뫼의 식으로 그들은 그렇게 현실과 만나지만, 현실을 철저히 혼자 감당해야 할 것으로 되불러온다. 시스템 자체에 대한 문제제기든, 시스템으로부터 탈락한 존재에 대한 구원/복원의 시선이든, 재-개인화의 방식 외에 그것을 다룰 적절한 소설적 방법론이 마련되기 쉽지 않은 것이다.

'개인적인 것'의 비-인간화

진정성에 대한 강조가 1990년대 한국문학에서 '허구로서의 소설'의 장르적 가치를 만개하게 한 바 있거니와,[17] 충분히 발산되지 못한 위반과 전복의 에너지는 다양한 문화적 충동으로 변주되어 등장하기도 했다. 2000년대 한국소설에서 전면화되었던 탈-경계적 상상력을 대표적 사례로 들 수 있다. 진정성의 파토스를 품은 주체들이 틈새 없는 자본의 논리에 압도되어 망상 체계를 구축하는 동안, 타자와 이질적인 것에 대한 관심이 폭넓은 의미에서 모든 경계에 대한 질문으로 이어졌다. 경계에 대한 문학적 질문들과 함께 외계인, 동물, 게임 캐릭터, 시체, 유령, 좀비 등에 이르는 예기지 못했던 타자들이 한국소설에 호명되었으며 문학을 구성하는 모든 요소들에 대한 의심과 재고가 지속되면서 문학 범주의 경계, 소설 내외적 장르 경계, 인간중심주의의 안과 밖, 현실과 상상의 경계, 리얼리티와 가상의 경계가 문학적으로 질문되었다.*

한국소설에, 구체제의 틀에서 보자면 보이지 않고 들리지 않았던 시공간이 펼쳐지고 인간 범주에 속하지 않았던 존재들이 대거 등장하면서 현실 재현이라는 문학적 존재 방식에 변화가 요청되었고, 인류 현실이 망각하거나 억압한 존재들과 시공간에 대한 관심이 비-현실적 현실성으로 구축된 다양한 소설세계의 등장을 촉진하게 되었다.

---

* 구체적인 사례로 황정은의 경우를 거론해보면 다음과 같다. "m의 등뒤에는 남이 볼 수 없는 문이 하나 있었다. 때때로 이 문이 열렸다."(「문」), "세 남매의 아버지는 자주 모자가 되었다."(「모자」), "잠결에 무도씨, 무도씨, 하고 부르는 소리를 들었다. 기조가 머리맡에 서 있었다./ 무슨 일이야./ 내가 물었다./ 집이 커졌어."(「오뚝이와 지빠귀」). 『일곱시 삼십이분 코끼리 열차』(문학동네, 2008)에 실린 황정은 소설의 첫 문장들이다. 이런 문장들로 시작해서 외롭게 살면서 등뒤의 문을 열고 나오는 '비존재'와 만나거나 '비-인간'인 오뚝이로 변해 은행에서 권고사직을 당하게 된 인물들을 통해 황정은의 소설은 우리에게 객관과 보통이 무엇인가를 묻는다. "사람들이 '객관'이라고 생각하는 객관은 누구의 입장에서 객관이라는 걸까. 그런 걸 생각하지 않는 객관이 보통 정도의 객관이라는 걸까"(「오뚝이와 지빠귀」, 208쪽), "전공과는 전혀 상관없는 진로를 택해서 열심히 일하지만 맛있는 것을 먹으러 갈 때나 가지고 싶은 것을 가지고 싶다고 생각할 때마다 돈이 어디 있어, 라고 늘 반문하는 정도가 보통이라는 걸까"(206쪽)를 묻는다.

나는 고개를 흔들었다. "저 사람들은 현실에 살지 않습니다. 앤서빌에
살죠."

루시는 그제야 억양의 차이를 알아차렸다. "현실이라는 게 대체 뭐야?
현실하고는 다른 거야?"

"현실반대선언이라는 말 들어보셨습니까?"

그녀가 고개를 저었다. 나는 설명했다. 그건 세상에는 하나의 현실만 있
다는 생각에 반대해 몇 년 전에 제창된 선언이었다. 사람들이 마음을 두고
애착을 갖는 현실은 저마다 다르다.(윤이형, 「이스투아 공원에서의 점심」,
『큰 늑대 파랑』, 창비, 2011, 159쪽)

경계에 대한 질문은 주체-개인(적인 것)에서 그것을 산출한 환경에까
지 이어졌다. 현실의 유일성과 불변성에 대한 질문이 시도되기도 했는데,
게임 캐릭터의 눈으로 인간을 바라보거나, 중력을 조절할 수 있는 존재,
다른 차원을 사는 동일한 존재들, 플라나리아처럼 분열하는 존재들을 통
해 끊임없이 인간의 인간다움을 되묻던 윤이형에 의해 개별자의 내면을
존중하는 이질적인 현실관이 등장하기도 했다. 윤이형에 따르면(그런 구
분이 가능하다면), 대문자 현실이 아니라 "그 사람에게 중요한 의미를 갖
는 현실" "그가 마음을 둔 곳이 그의 현실"(「이스투아 공원에서의 점심」,
160쪽)이라는 식으로, 개별자들 각자의 현실이 보다 중요하게 자리매김
된다. 이러한 관점에서 대문자 현실은 각자의 현실을 유지하기 위한 최소
한의 배경일 뿐인 것으로 철저하게 상대화된다.

루저 혹은 사물의 입장에서 세계를 뒤집어보는 방식이든 전체적인 조
망에는 관심을 두지 않고 지워진 흔적을 조심스럽게 따라가는 방식이든,
이러한 소설적 작업들은 한국문학이 발견한 '개인적인 것'의 영역이 특수
한 개체성 외에 '대표될 수도 재현될 수도 없는' 존재/공간으로 집중되
어 있음을 시사한다. '비-개인적인 것'의 재-개인화와 '개인적인 것'의

비-인간화가 위반/전복적 상상력의 변주적 양태로서 중층구조를 이루면서 소설적 산출물을 축적하고 있는 것이다. '개인적인 것'의 영역을 다채롭게 소설적으로 포착하려는 시도는 한층 거세지는 추세이며, '개인적인 것'에 대한 충분한 고찰은 앞으로도 지속되어야 할 것임에 분명하다. 그러나 그럼에도 여기서 간과하지 말아야 할 것은, 김사과, 박솔뫼, 황정은, 윤이형의 작업에서 확인되듯, 그간의 '개인적인 것'의 구체화 작업은 구체화된 '개인적인 것'들 사이의 관계 설정에 철저히 무심했다는 사실이다. 1990년대 이후로 현재까지도 한국소설은 유령과 게임 캐릭터, 좀비와 오뚝이가 어떻게 공존할 수 있는가에 대한 뚜렷한 상을 보여주지 못하고 있는 것이다.

위반과 전복의 상상력을 통해 경계에 대한 질문이 던져지고 비-인간의 면모가 새롭게 발견되었음에도, '개인적인 것'에 대한 관심에 입각한 작업들은 역사적 재현 불가능성에 대한 문학적 인식/표출로서 여전히 위반/전복의 도정에 머물러 있다. 이러한 사정은 '개인적인 것'의 바깥은 물론이거니와 '개인적인 것'의 내부적 차이나 비-인간의 면모들 사이에 놓인 간극과 그 처리가 한국소설에서 여전히 해결되지 못한 문제로 남겨져 있음을 우회적으로 말해준다.

3. 연대 없는 공동체와 소설적 실천들

3-1. '비-개인적인 것'의 역습

'개인적인 것'에 대한 소설적 탐색이 쇄말적 형태로 흩어지고 있는 것처럼 보이는 것은, 따지자면 통합된 상을 그릴 수 없는 사회적 상황과 연동한 현상이기도 하다. 특히 돈이 모든 가치를 결정하고 순위를 결정하며 생사여탈권을 행사하는 상황에서는 삶이 물질적/경제적 생존을 의미하게 되고, 가치가 무화되고 삶의 의미도 소거되어버린다. 합의된 시대윤리가 없으며 시대의 모순을 총괄적으로 포착할 시선도 마련할 수 없는 상황, 개인의 시야로만 세계를 파악해야 하는 이러한 상황은 인간관계를 처세와 성공을 위한 도구로만 이해하는 속물적 인식의 유포를 가져오며, 동시에 '개인적인 것'의 범주를 넘어선 문제에 대한 회피와 무시의 태도를 생존을 위한 유력한 방책으로 선택하는 경향을 강화한다.[18]

한국사회는 자신의 생활방식을 스스로 선택하고 어떤 신념을 신봉할 것인가를 양심에 따라 판단할 수 있다는 의미에서의 '개인적인 것'의 영역 확보가 보다 시급하게 실현되어야 하는 동시에, 아이러니하게도 찰스 테일러가 지적했던바, 개인주의가 유발하는 불안이 사회를 채우는[19] 이중의 난관에 직면해 있다. 형식적 차원에서만 실현되고 있는 개인의 자유가 도구화됨에 따라 개별자의 선택에 의해 구성된 이질적 삶의 집합체가 거대한 동일성 원리에 의해 운용되고 있다고도 할 수 있다. 누구도 생존경쟁의 시스템 앞에서 자유로울 수 없다는 절체절명의 생존논리가 이질적으로 보이는 개별 삶의 저변에 흐르는 단 하나의 삶의 원리가 되고 있는 것이다. 문제는 경쟁 시스템 바깥은 없다는 공범자 의식이 모두가 속물적 삶을 살아도 된다는 암묵적/자발적 동의를 마련하는 토대를 이루게 되며, 무엇보다 개별 생존의 절박성 앞에서 '비-개인적인 것'에 대한 무관심을 정당화하는 근거로 작동하게 된다는 점이다.

물론 '개인적인 것'이 '비-개인적인 것'을 비가시의 영역으로 밀어내고 모든 것을 '개인적인 것'으로만 보이게 하는 상황에서 현실을 제대로 인식하기는 쉽지 않은 것이 사실이다. 더구나 오늘의 변혁을 통해 내일을 꿈꿀 수 없는 것은 시간의 선분 위로 이어지는 진보에 대한 믿음이 더이상 성립되기 어렵기 때문이기도 하다.[20] 그런데 문제의 심각성은 "자본주의의 바퀴는 부끄러움이고, 자본주의의 동력은 부러움"[21]임을, 부끄러움과 부러움이 있는 한 한층 세분화되고 강화되는 위계질서에서 벗어날 수 없음을 그들이 너무 잘 안다는 데 있는지도 모른다.[22] 그들은 개인적으로만 겪게 되는 고통에 눌려 "어떤 개인도 세상을 이길 수는 없"[23]다는 결론 외에 다른 답안을 마련하지 못하고, 산 것도 죽은 것도 아닌 상태에 깊이 침잠하게 된다. 인간다운 인간이 존재할 가능성을 찾기가 더욱 어려워지는 사정은 '개인적인 것'의 영역이 비-인간의 형태로 무한히 세분되는 경향과 '비-인간적인 것'에 대한 무관심이 깊어지는 경향이 깊이 연관되어 있음을 보여준다.

3-2. '하나이면서 여럿인' 역설의 능동성

그렇다면 '비-인간적인 것'에 대한 무관심은 어떻게 해소될 수 있는가. '개인적인 것'의 보편적 양태를 마련하는 방식으로 처리될 수 있을 것인가. 앞서 언급했듯이, 공동체론을 비판적으로 재구한다는 것은 '개인적인 것'에 관한 소설적 산출물, 그 이질적 양태들을 어떻게 관계론적 틀 속으로 끌어들일 것인가라는 질문으로 바꿔 말할 수 있다. '하나이며 여럿일 수 있는 가능성' 혹은 공동체의 불가능성에 대한 천착이라 달리 말하는 것도 가능하다. 황정은과 박민규의 작업이 공동체론의 범주로 틈입될 수 있는 여지는 여기서 생겨난다. 이런 관점으로 그들의 소설적 성취 혹은 공과를 공동체론의 불/가능의 문맥에서 읽을 수 있는 것이다.

황정은의 『百의 그림자』(민음사, 2010)가 그러하듯, 담백한 문체와 소박한 분위기로 욕망 없는 투명한 존재가 되어가는 존재들을 돌아본다 해도, 허구에의 열망이 구현한 동화적 세계상이 밝은 미래를 예견해주기는 쉽지 않다. 야유회를 간 '무재'와 '은교'가 숲에서 길을 잃고 헤매면서 시작된 소설 『百의 그림자』는 '따끈하고 맑고 개운한' 국물을 먹으러 간 그들이 섬에서 길을 잃고 헤매다가 불 꺼진 나루터에서 어딘지 모를 곳을 향해 떠나면서 끝난다. "빚을 갚기 위해 빚을 지고, 빚의 이자를 갚기 위해 또다른 빚을 지고, 전심전력으로. 그 틈에 점점 불어나는 먹고사는 비용의 빚을 져가는 일의 연속"(93쪽)인 움직일 수 없는 현실논리를 작가는 "귀한 덤"(95쪽)이라는 '배려'의 산술법으로 응대한다. 인간이 견뎌낼 수 있는 삶의 극한의 회화적 표현이자 삶의 끝에서 만나게 되는 죽음에 대한 은유적 표현인바, 삶의 벼랑 끝에서 자신의 그림자와 분리되는 경험을 하는 사람들이, 그것이 노래이든 이야기이든, '같이 있음'을 확인할 수 있는 목소리를 나누면서 더 짙어지고 더 넓어지는 그림자 세상을 살아갈 수 있다고 말하는 것이다.

황정은의 '빚을 지지 않고 살 수 있는가'라는 물음은 우리 모두가 자본의 논리에 갇혀 있음을 드러내는 것에서 그치지 않고, 존재 자체가 세상에 끼치는 '폐'로부터 윤리적 삶의 태도까지 이끌어낸다. 황정은의 시선에서 보면 "누구의 배(服)도 빌리지 않고 어느 날 숲에서 솟아나 공산품이라고는 일절 사용하지 않고 알몸으로 사는 경우가 아니고서야"(17~18쪽) 자신이 아무래도 빚이 없다고 말하는 사람은 존재론적 원죄를 알지 못하거나 뻔뻔한 사람이다. 자발적으로 선택한 것은 아니지만, 주어진 땅과 피로 인해 자본주의교의 일원이 되었음을 받아들여야 한다면, 벗을 수 없는 자본주의교의 원죄 또한 인정해야 한다고 황정은은 말한다. 이것은 우리가 공동체의 일원이 되기 위해 나눠 가졌던 공범의식이 아니며 속물적 삶에 대한 자기변명의 논리도 아니다. 어둠 앞에서 어둠밖에 없는 세계를 견디는 윤리적 생존법의 제안인 것이다.

그 제안법에 따라 존재 자체가 폭력임을 인식하고 우리가 '빚의 공동체'를 살고 있음을 깨닫고 나면, 빚을 지고 어둠을 견뎌야 하며 떠나는 그림자를 뒤쫓아야 할 순간을 맞이하게 되더라도 분명코 누군가의 체온이 밴 목소리에 의존해 검은 어둠을 더듬으며 삶의 가능성을 열 수 있을 것이라는 전언을 믿어 의심치는 않는다.[24] 그러나 그럼에도 그 제안을 따르기 쉽지 않은 것이 반편의 진실이기도 하다. 『百의 그림자』가 전하는 삶의 내용이 너무 힘겹고 고단하며 그 삶이 전하는 온기가 서글플 정도로 미약한 탓도 있거니와, 언젠가 검은 그림자에 들씌워지고 말 것임을 예견하면서도 그저 자족을 위한 온기만으로도 괜찮다고, 약육강식의 세계를 견디는 연약한 짐승들의 생존법에 다른 세계를 여는 틈이 있을지도 모른다고 말하면서 서글프지 않을 도리가 없으며, 무엇보다 그 연명법이 사실상 '개인적인 것' 바깥과 연결된 결합의 회로를 닫아버리는 형식을 취하고 있음을 실토하지 않을 도리가 없기 때문이다.

치욕스러운 인간들의 쓰레기 같은 삶, '그렇다고 하더라도'로 연명하는 삶을 돌아보지 않을 수 없는 것은 황정은의 소설이 보여주는바, 공동체에 대한 새로운 사유가 어느새 '개인적인 것'의 동심원 안에 갇혀버리고 말기 때문이기도 하다. 그러니 궁극적인 대안이 모색될 수는 없음을 미리 예견한 채로, 미래 상상이 불가능한 현실 앞에서 비루하고 속된 세계질서에 연명의 대응법으로 맞서는 방식을 다시 돌아볼 필요가 있다.

　더는

　살고 싶지 않은 것이다. 견디기 힘든 것은 고통이나 불편함이 아니다. 자식에게서 받는 소외감이나 배신감도 아니다. 이제 인생에 대해 아무것도 궁금하지 않은데, 이런 하루하루를 보내며 삼십 년을 살아야 한다는 것이다. 소소하고 뻔한, 괴롭고 슬픈 하루하루를 똑같은 속도로 더디게 견뎌야 하는 것이다. 인생을 알고 나면, 인생을 살아갈 힘을 잃게 된다. 몰라서 고생을 견디고, 몰라서 사랑을 하고, 몰라서 자식에 연연하고, 몰라서 열심히 살아가는 것이다. 그리고 어디로 가는 걸까?

　인간이란

　천국에 들어서기엔 너무 민망하고 지옥에 떨어지기엔 너무 억울한 존재들이다. 실은 누구나, 갈 곳이 없다는 얘기다. 연명(延命)의 불을 끄고 나면 모든 것이 선명해진다.(박민규,「누런 강 배 한 척」,『더블』side A, 창비, 2010, 65쪽)

박민규의 소설이 대개 그렇듯 「누런 강 배 한 척」에서 별다른 기복 없이 정년으로 퇴직한 한 중년남자가 보여준 죽음 충동은 내일을 맞이해도 별다를 것 없다는 깊은 허무의식에서 나온 것이다. 왕따를 당하든 생의 불운이 펼쳐지든 그것이 시작되는 데 이유 같은 것이 없는 현실은 세상에 대한 이해방식을 바꿔놓는다. '더 나빠질 게 없다고 느끼기에 불안도 사라지고 아무것도 할 수 없기에 아무렇지도 않은 삶이 시작되며'[25] 그렇기에 정의나 윤리 같은 것이 존재하지 않는 곳으로 이해되어버리는 것이다. 세계의 부조리성이 현실의 본질이라는 인식은 현실의 변화 가능성에 대한 포기와 현실에 대한 개입의 필요성을 소거시키게 된다.

박민규의 노인을 위한 소설들이 보여주고 있듯이, 별다른 학력도 돈도 없이 영업사원으로 근근이 먹고사는 일에 평생을 보내야 했던 사람들, 이들에게 식솔을 먹여살리는 일은 '적당히'와 '대충'이 아니라 치욕을 주고받으며 견뎌야 하는 '간신히'와 '겨우겨우'의 방식에 의해서나 완수될 수 있다. 학력도 돈도 없는 이들, 1970년대였다면 소시민이라 불렸을 무기력한 인생들은 이제 거의 빈민의 수준에 가까워졌으며, 무엇보다 주어진 계급 유지도 어려운 하강과 전락의 운명에 직면해 있다. 그들 가운데 때로 드물지만 현실논리에 분노를 드러내는 경우도 있다. 하지만 12년간 용역 청소부로 일했던 '루디'의 반란 혹은 계급투쟁이 보여주듯, 인생 전부를 걸었다 해도 그 반란은 지배층에게 그저 휴가중에 만난 날벼락으로 받아들여질 뿐이며, 현실논리에 적응해야 한다는 삶의 원칙을 거부한 대가는 죽음에 이르는 동반 추락이라는 자멸로 혹독하게 치러질 뿐이다.(「루디」)

이른바 '돈' 있는 계층이 불치병을 치료하기 위해 냉동인간이 되기를 선택하는 현실을 두고 식량난에 시달릴 미래에는 냉동된 신체들이 전 지구를 위한 냉동식품으로 취급될지도 모른다고 이야기하는 박민규의 복수적 상상력이 통쾌한 것은 분명하지만(「굿모닝 존 웨인」), 전설의 무림 고

수가 모여도 '삼성'을 이길 수 없으며, 경제를 책임진 적 없는 아빠는 있으나 마나 한 존재가 된 세상(「절」)이 오늘의 실제 상황이다. 작가가 엄연한 사실을 망각하고 있지도 않다. 그러니 "어디서나 서민은 적응해야 한다. 적응도 못하는 서민은, 죽어야"[26) 하는 것이다. 먹고살기 위해서는 산소 없는 달이라도 내비게이션에 찍고 가야 하며 한 대의 차라도 팔면서 살아남아야 한다. 동굴생활 시절과 영업을 위해 달까지 가야 하는 오늘의 현실이 연명으로 생존해야 하는 이들에게 하등 다를 바 없는 것이기에(「슬(膝)」), 궁극적으로 박민규의 소설에는 어떤 낙관적 미래도 담길 수 없는 것이다.

현실 변화의 불가능성과 미래 없음에 대한 냉철한 인식으로 박민규의 소설에서 유토피아적 비전은 소거된다. 하지만 아이러니하게도 외부적 정황에 대한 비관적 인식은 박민규의 소설을 인간 자체로 집중시킨다. 디스토피아적 비전에 의한 풍자와 유머가 박민규의 소설을 인간 자체에 대한 사유에 이르게 하는 것이다. 먹고살아야 하는 삶에 대한 연민을 담고 있으면서도 세상을 움직이는 2퍼센트에 대한 분노가 섣부르게 나머지 98퍼센트의 연대를 촉구한다고 믿지 않는 냉정함과 '언인스톨'이 아니고서야 세상을 구원할 방법이 있을 수 없다는(『핑퐁』) 단호한 판단력이야말로 디스토피아적 인식이 마련해준 박민규의 균형감각인 것이다.

그러니 그가 근미래소설인 「로드킬」(『자음과모음』 2011년 여름호)을 통해 민족국가와 민족어가 모두 사라진 통합된 아시아의 시대가 열린다고 해도 하층계급의 삶은 나아지지 않으며 오히려 더 나빠져갈 뿐이라고 말한다 해도 그리 놀랄 일은 아니다. 「로드킬」에서 민족국가 단위의 상상력은 자본이 불러온 문제를 해결하는 데 아무런 힘을 발휘하지 못하며, 국적 또한 개인의 위계질서 속의 위치와 전혀 무관한 것으로 판명된다. 로봇의 대량생산에 성공한 후 여러 개의 기업 연합으로 재편된 아시아 시대가 열린다 해도, 기계든 무엇이든 누군가는 입력된 규정에 따라 주어진 노동을 하게 되고, 누군가는 그 노동의 권리조차 박탈당한 채 쓰레기로 전락하게 되며, 세상의 논리는 조금도 바뀌지 않은 채 지속되고 미래 없는 시간은 그렇게 흘러가게 될 뿐이다.* 따라서 일본 출신의 전직 회사원이 북한 출신의 철거민과 목숨을 건 아시안(러시안) 룰렛 게임을 하게 되는 것은 트랜스내셔널한 시야가 마련되었기 때문이 아니다. 국가도 민족어도 몰아낸 아시아 기업연합에 의해 그들이 쓰레기인간으로 분류 처리되어 철거민 이주지역으로 내몰렸기 때문일 뿐이다.[27]

「로드킬」은 자본이 민족국가를 재편한다는 것의 의미를 암울하게 현시하고 자본주의의 영속성에 대한 냉소적 상상력을 통해 계급과 폭력과 자본의 노골적 결합을 둘러싼 불편한 진실을 끄집어낸다. 동시에 「로드킬」은 도로에서 죽은(/죽인) 동물이 한 인간에게 야기한 변화가 백칠십 년이 지난 후에 도로에서 아기 시체를 접한 로봇 '나'에게 그것에 상응하는 부피의 반응을 불러왔음을 놓치지 않는다. 프롤레타리아 로봇의 세계와 쓰레기 인간의 세계를 병치하고, 구형 로봇 청소부를 '나'로 비-인간인 철거이주민을 '너'로 호명하면서, 시간을 관통해서 그들에게 동시에 떠오르는 질문이 생명의 존엄성이었음을 세심하게 짚어내고 있는 것이다. 겹쳐진 두 장면을 두고 그저 개별체일 뿐인 존재들이 자신의 바깥에 대해 고려하는 순간, 인간이란 무엇인가라는 질문이 다시 떠오르게 되고, '나'와 '너'의 목숨을 건(/폐기를 각오한) 경계 넘기가 그렇게 시작된다고 말해도 좋을 것이다.

박민규가 정확하게 알고 있듯이, 상상이 아니고서야 현실의 '언인스

---

* 디스토피아적 세계관과 관련해서 박민규가 정치적 실천에 의한 변혁의 가능성을 완전히 폐기하지 않는다는 점은 기억해둘 만하다. 흥미롭게도 「로드킬」은 하나의 기업이 된 아시아에서 가장 먼저 전설이 된 것이 아시아 공용어에 의하면 '쉬엔쥐'인 '선거'였음을. 아시아가 하나의 기업이 된 그해에 치러진 마지막 선거 이후로 성실하고 무력한 대다수의 인간들이 쓰레기가 되었고 인간으로서의 자격 조건을 박탈당했음을 지적하는 방식으로, 통합된 아시아를 정치체의 의미가 상실된 공간으로 그리고 있다.

톨'이 가능할 리 만무하다. 그런데 바로 그렇기에 연대 없는 공동체를 그리는 방식으로 표출된다 해도, 박민규의 허무의식을 생에 대한 체념과 포기로 치부할 수만은 없다. "대응할 수 없을 때 인류는 적응한다"[28]는 박민규식 서민 생존법은 현실논리에 적응하라는 충고라기보다, 적응 외에 삶의 가능성이 없는 사회 자체에 대한 눈물 감춘 폭로인 것이다. 흐르지 않고 고여 있는 시간 속에서 미래에 대한 기대 없이 삶을 지속하는 것이 근대 이후의 대표적 삶의 태도 가운데 하나인 냉소주의라면, 코제브의 헤겔 해석—정확하게는 각주—을 빌려 아즈마 히로키가 강조하고 있듯이, 냉소주의는 종종 속물로서의 삶을 연명하게 하는 역설적 동력이다. 박민규의 허무와 냉소에 담긴 것을 주체의 역설적인 능동성으로 불러도 좋다면,[29] 그것은 '그렇다고 하더라도'의 삶의 방식만이 인간다운 인간에 대한 열망이 남아 있음을 알리는 유일한 증거임을 박민규가 알고 있으며, 그의 소설이 인간 자체에 대한 되물음의 이본들이기 때문이다.

4. 공동체에서 인간으로: '어떤 인간인가' '무엇이 인간인가'

소설과 공동체의 밀월관계가 깨지기 시작한 시대에 소설과 공동체의 상관성을 검토하는 일이 곧 메타 층위의 보편성에 대한 요청으로 이어질 수는 없다. 공동체의 폭력적 동일성 논리에 대한 폭로가 곧 공공성에 대한 전면적 폐기로 이어져서도 곤란하다.[30] 세분화되고 개별화되는 존재 방식 외에 전 지구적 자본화로부터 벗어날 수 있는 틈새를 발견하기 쉽지 않은 오늘의 현실은 공동체의 해체와 폐기 자체가 시대의 대안일 수 없음을 말해주고 있기도 하다.

1980~1990년대를 통과하면서 한국사회에서 공동체로부터 '개인적인 것'이 재발견된다는 것의 의미를 사후적으로 검토한 바 있는 김연수의 『네가 누구든 얼마나 외롭든』(문학동네, 2007)이 보여주었듯이, '개인적인 것'에는 공동체의 여백인 '비가시적 영역'이 포함되어 있다. 김연수의 눈

높이에서 보자면, 가령 간첩조작사건으로 뜻하지 않은 말년의 감옥생활 이후 살아 있는 주검처럼 지냈던 할아버지의 삶은 "'기미년의 만세 행렬' 속에서 태어나 자신의 의지와는 무관하게 태평양전쟁, 한국전쟁, 4·19, 5·16 등 한국 현대사의 최중심지를 관통해온"(33쪽) 일생사 속에서는 포착될 수 없는 것인지 모른다.

개인이 역사적 필연을 산다는 것의 허구성을 지적하고 '역사적 진실은 필연적으로 우연한 진리'라는 역사관에 입각해서 모든 개인이 자신의 역사를 살 뿐임을 말하는 김연수의 소설은 입체 누드사진 한 장이 연결해주는 이야기들을 덧이어가면서 회상과 기억으로 이루어진 두터운 이야기 세계를 새롭게 구축한다. 새로운 정보가 제공될 때마다 그간의 정보가 역사적 사실이 아니라 하나의 해석이거나 기억이었음이, 새로운 인물들이 등장할 때마다 그간의 관계틀이 유동적인 것이고 일면적인 것이었음이 새삼 밝혀진다. 잉여적 글쓰기와 이야기 재구축 과정을 통해 기존 정보의 정확성이 의심에 부쳐지고 진실과 거짓의 경계, 사실과 허구의 거리가 허물어지는 것이다. 삶을 지속하게 하는 원동력이 역사적 정당성이 아니라 역사가 포착할 수 없었던 개별적 인간들, 그들이 풀어내는 이야기들에 있음을 강조하면서 작가 김연수는 어떤 정체성 혹은 공동의 지반에도 기초하지 않으며 결코 보편화될 수 없는 사례들-인간-이야기로 채워진 도래하는 공동체를 소설적 형식으로 구현하고자 했다.[31]

김연수가 강조한 '개인적인 것'이 해변의 모래처럼 그저 같이 있을 뿐인 무한 개별자의 공존만을 의미하지는 않는다. 지속되지 않는 공동체, 결코 도달되지 못한 채 끝을 맞이하는 공동체, 공동체의 기원적 속성 없는 공동체에 대한 열망은 김연수에 의해 "우주의 모든 것들이 서로 연결돼 있"(317쪽)음을 입증하는 이야기-우주를 제시하는 방식으로 실현된다.[32] 물론 이야기의 중층구조를 통해 김연수가 환기하고자 한 것이 '개인적인 것' 자체만은 아니었다. 김연수의 이야기 우주는 그것을 구성하는 개인들을 둘러싸고 '개인적인 것'의 얼굴이 하나가 아니며, 그 얼굴 역시 고착되지 않고 다시 그려지는 유동하는 것임을 말하고자 했다. 김연수는 '개인적인 것'에 대한 천착이 '개인적인 것'의 바깥 혹은 내적 차이들인 '비-개인적인' 층위에 닿기 위해서는 우리가 공히 인간이지만 서로 다른 얼굴을 가진 인간임을 알아채야 하고, 동시에 다른 얼굴을 가늠하는 시선의 세심함이 더 많이 요청된다고 강변했다. 물론 '개인적인 것'의 다른 얼굴들에 대한 천착은 개인의 특수성에 대한 착목이 아니며 고정될 수 없고 보편에도 이르지 않는 개별적 영역에 대한 관심일 터인데, 이러한 관점에 따르자면 소설이 어떻게 공동체를 다룰 것인가 혹은 다룰 수 있을 것인가에 관한 고민은 당연한 수순처럼 '어떤 공동체인가'가 아니라 '어떤 인간인가'와 '무엇이 인간인가'에 대한 질문으로 바뀌어야 한다. 적어도 현재까지는 연대 없는 공동체에 대한 소설적 모색의 최대치가 '서로 다른 얼굴을 가진' 인간 구성체로서의 공동체에 대한 김연수식의 이야기 우주로 구현되고 있으며, 인식의 범주가 이야기 너머로까지 확장되지는 못하고 있기 때문이다.

폭력과 비인간[1)]
—프롤레타리아 로봇, 쓰레기 인간

1. 한국소설과 비인간

2000년대 이후로 한국소설은 소설과 사회적인 것의 새로운 관계를 정립하는 과정이 불러온 탈-범주적 소설의 등장으로 다변적 성격을 갖추게 되었다. 선후를 따지기는 어렵지만, 소설의 다변화 현상은 기성의 문학담론을 재고하게 하는 힘으로 작동했다. 돌이켜보건대, 다변화 현상이 불러온 다소 산만한 결과물이 문학의 위기로 통칭된 탓에 복잡한 문맥을 뚜렷하게 드러내지 못했으며 진폭 큰 움직임이 위기담론의 일부로 오인되기도 했었다.

한국소설 내의 아방가르드적 시도는 비-재현적 소설의 계보를 그릴 만큼 개별적 역사를 정립하고 있다. 그럼에도 관성화된 문학적 재현법에 대한 근본적인 회의가 전면적으로 일어난 것은 2000년대 이후다. 소설의 최전방 자리에 배수아나 백민석의 소설 등이 놓여 있었고, 거기에는 독자와의 소통 공간, 즉 보편적 이해와 수용 가능성이 남아 있었다. 소설 장르의 전문화 쪽으로 한 발 더 내디딘 2000년대 이후의 소설은 사회적인 것과의 관계를 재설정하기도 전에 독자를 앞질러가고 있었다.

한국소설은, 대중문화의 약진과 연동한 현상으로, 마니아적 혹은 오타쿠적이라 해도 좋을 영역을 개척하면서 역설적으로 '소설을 위한' 소설 생산에 집중하는 경향을 보여주었다. 한국소설의 개성이 뚜렷해져간 이러한 변화는 소설이 문화로서의 보편적 공감대를 상실하기 시작한 현상과 맞물려 있었다. 이를 재현에 대한 추상의 투쟁으로 보아도 무방하지만, 사회적인 것에 대한 소설적 재구축은 일시적으로 소설 범주를 축소하는 결과를 불러왔다.

2000년대의 첫 십 년을 보낸 후 최근 한국소설이 다시 호명하고 있는 것은 다름아닌 정치적 현실이다. 오래전에 잊혀진 '현실'이, 새로운 리얼리티의 발견/개발에 집중했던 한국소설의 한 켠에서 거부할 수 없는 소설의 지반으로 밀려들어오는 중이다. 비평적 시선에 의해 '현실의 귀환'이라 불리는 경향이 종종 거론되고 있기도 하다. 그러나 엄밀하게 말하자면 이것이 한국문학이 떠나보낸 이전의 소설적 존재방식, 즉 기록적 진리로서의 리얼리즘적 재현 대상의 귀환이 아니다. 포스트 담론의 영향과도 긴밀하게 연관되어 있는 2000년대 전반기의 소설적 신경향이 문학과 사회적인 것의 관계정립 과정에서 등장했다면, 재난의 상상력을 증폭시키고 있는 2000년대 후반 이후의 소설적 신경향 또한 사회적인 것의 소설적 재구축 과정에서 가시화되고 있었다고 해야 한다.

원인불명의 붕괴 이미지, 포착되지 않는 불안, 그로테스크한 무드, 과도한 폭력, 디스토피아적 재난의 상상력이 점차 한국문학의 중심부를 차지해가고 있다. 이러한 현상에 대해서는 포스트 IMF 시대의 피폐한 일상이 정치적 암흑기를 맞이하여 처참한 밑바닥을 드러내고 있다고도, '현실'이 극복되지 않는 트라우마처럼 피할 수 없는 실재로서 재출현하고 있다고도 말할 수 있을 것이다. 최근 소설이 뚜렷하게 보여주는 것은 표면화된 폭력과 한 겹 아래의 계급적 위계 그리고 그것을 떠받치고 있는 돈의 논리이며, 무엇보다 계급과 폭력과 자본의 노골적인 결합이 발휘하는 불편한 진실에 대한 폭로의 면모다. 2000년대 후반 이후의 소설은 자본의 스펙터클 이면의 불쾌하고 혐오스러운 실재를 눈앞에 현시하면서 무엇이 인간인가를 되묻는다. 그런데 스스로에게 던져진 질문에 대한 공동체적 혹은 인류 보편의 답안을 발견하기는 쉽지 않다. 우리는 현재 각자가 개별적으로만 질문과 답안 찾기를 시도할 수 있는 탈공동체적, 비인간적 세계에 던져져 있고, 그에 따라 답안 찾기 작업이 개인의 시야를 넘어서기 쉽지 않은 상황에 놓여 있기 때문이다.

2. 비/인간의 경계에서

이곳 국외추방자 감호소로 옮겨 오기 전에는 일주일가량 수도 근교의 교도소에 수감되어 있었다. 교도소에 수감되기 전에는 이틀가량 유치장에 처박혀 있었다. 모두 합하면 감금된 지 최소한 한 달은 넘었을 터였다. 그동안 나를 면회 온 사람은 아무도 없었다. 이 열사의 나라에서 신화를 만들어보자던 부장은 왜 오지 않는가. 회의 때마다 단결과 의리를 강조하던 과장은 왜 오지 않는가. 자기 국민이 갇혀 있는데도 영사관에서는 왜 아무도 나와보지 않는가. 혹시 나는 쥐도 새도 모르게 끌려와 방치돼 있는 것은 아닌가. 내가 어디에서 무슨 일을 당하고 있는지 회사에서도 영사관에서도 모르고 있는 것은 아닌가. 그런 생각이 들 때마다 죽을 듯이 숨이 막혔다.(「추방」, 62~63쪽)

구경미의 소설 「추방」에는 국가도 회사도 심지어 가족도 급작스럽게 당한 재난 앞에서 아무런 해결책을 제공하지 못하는 비정한 현실을 확인하는 한 개인이 등장한다. 그는 술을 마시는 것도 술을 소지하는 것도 불법인 나라 사우디아라비아에서 파견근무중에 이미 승부가 결정난 월드컵 축구경기를 동료들과 함께 보았고, 코리아라는 이름으로 하나가 되기 위해 잘 마시지도 못하는 술을 마셨으며 음주 운전 와중에 가벼운 접촉사고를 냈다. 그리고 바로 그 순간에 그는 인간에서 비인간의 나락으로 떨어졌다. 절차 없이 무차별적 구타와 함께 감옥에 갇히게 된 그가 만난 것은 이슬람교 나라에서 기독교를 믿는다는 이유로 구타와 감금을 당한 또하나의 타국인-비인간이었다.

어떤 조직의 일원 혹은 한 국가의 국민임을 정서적으로 확인하는 과정이 다른 국가의 법질서에 위배되는 행위로 귀결되고, 다짜고짜 가해지는 폭력이 오랫동안 잊히지 않을 기억으로 새겨지는 일련의 사태 자체는 피할 길 없는 불편함을 유발한다. 작가는 해명이나 구명 노력이 이유 없는 구타와 폭력으로 되돌아오는 비인간의 상황과 타국인들의 처지에 시선을 둔다. 「추방」은 자국의 법과 윤리 혹은 종교가 아무런 힘도 행사하지 못하는 곳에서 인간이 순식간에 인간 이하 혹은 동물로 예고 없이 전락하는 재앙을 포착해낸다. 갑작스럽게 이루어진 추방령—그것은 결코 법 차원의 사면이 아닌데—에 의해 그가 "죽을힘을 다해"(83쪽) 해내야 했던 일은 탑승구로 상징되는 국경을 넘는 일이며, 타국의 법질서를 파괴한 죄가 더이상 죄가 되지 않는 상황과 만나는 일이었다. 무엇보다 인간이 아니었던 사 개월을 뒤로하고 다시 인간이 될 수 있는 입구를 통과하는 일이었다.

그러나 과연 한 나라의 국민과 조직의 일원으로 돌아가고 나면 그는 자동적으로 비인간에서 인간의 영역으로 옮겨가게 될까. 납득할 수 없는 폭력의 기억과 그것이 남긴 상흔에서 벗어나서 공동체의 일원으로 되돌아갈 수 있을까. 죽을힘을 다해 국경을 넘어서면 발과 이를 닦으며 지키고자 했던 인간의 표지들이 다시 의미를 가지게 되는 것일까. 그는 이미 인간과 비인간 사이에 놓인 문턱에 걸려 넘어졌으며 영혼과 육신에 새겨진 폭력을 잊을 수 없게 되었다. 국가도 회사도 가족도 법도 윤리도 의미를 갖지 못하는 '경계' 공간의 존재도 알게 되었다. 모든 것을 그 혼자 감당해야 했고 또 견뎌야 했다. 추방이 사면이 아님을 더없이 분명하게 알게 된 것이다. 이러한 경험 이후에도 남는 인간다움, 폭력에 의해 훼손되지 않은 인간의 인간다움이란 무엇인가. 구경미의 「추방」은 묻는다. 인간다움이라는 말에 무언가가 남아 있기는 한 것일까에 관하여.

3. 폭력의 기원

인간의 인간다움보다 먼저 물어야 할 것은 어쩌면 폭력에 관해서인지 모른다. 폭력이란 무엇이며 폭력은 어디에서 오는가. 흥미롭게도 권여선의 「소녀의 기도」와 「은반지」는, 결국 하나라고 해야 할, 폭력의 두 가지 기원에 대해 말한다.[2] 권여선의 소설은 감정적으로 뒤틀리고 왜곡된 존재들에 대한 섬세한 포착과 그것이 인간의 성정이 아니라 '관계'로부터 오는 것임을 보여줌으로써 근대의 폭력성을 포착해왔다. 「소녀의 기도」는 근대 혹은 자본의 논리에서 밀려난 개인들의 자의식 층위가 아니라 현실의 구조적 폭력성을 노골적으로 전시하고 실제적 폭력을 가시화한다.

「소녀의 기도」의 폭력은 글로벌리즘에 의해 생산/재생산이 거듭되는 원인 없는 불안의 표출에 가깝다.[3] 그저 술에 취해 쓰러져 있는 여자애에게서 푼돈을 훔친 남자, 정확하게 말해 살집이 투실한 여자애에게 욕정을 느껴 택시에 태우고 집으로 데리고 가면서도 '고삐리가 정신을 못 차리도록 술을 처먹는 일'에 말세를 남발하는(158쪽) 대책 없고 어이없는 한 인간을 두고, 이 세계가 고립시켜야 할 악마적 범죄자 운운하기는 어려울 것이다. '처음에는' 그저 '가방만 낚아채서 튈 생각'(158쪽)이었다는 사실을 상기해보면 더욱 그러하다. 결국 인질극이 되어버린 이후에도 그 남자의 지질함은 여전했으며, 직접적인 폭력의 가해자는 그 남자의 동거녀였다고 하는 편이 더 정확할 것이다.

정신줄을 놓은 여자애가 발광을 하고 있었다. 여자애가 차버린 변기통이 뒤집혀 마룻바닥엔 오물이 흐르고 있었다. 여자애는 오물 위를 뒹굴며 손으로 옷을 찢고 발버둥을 치고 머리를 벽에 박고 목줄을 힘껏 당겨 끼익끼익 죽어가는 짐승의 소리를 냈다.(「소녀의 기도」, 188쪽)

오물을 뒤집어쓰고 발광하는 여자애, 생리혈을 흘리는 여자애, 머리 뒤쪽에 광배처럼 둥근 핏자국을 둘러쓴 여자애, 쇠목걸이 안에서 썩고 짓물러 고름주머니가 화산처럼 부풀어 오른 여자애. 폭력의 실재가 재현될 수 없는 것이라 해도, 적나라하게 노출된 폭력의 결과물은 바르트가 튀어나온 실재를 일러 명명했던바 푼크툼(Puncktum)이 아닐 수 없다.[4]

작가는 「소녀의 기도」에서 강간을 당한 고삐리 여자애가 발광에 이르는 과정을 보여줌으로써 사회구조적 차원에서 일방적 피해자라고만은 할 수 없는 희생양(좀 사는 집 고삐리 여자애)과 폭력의 상관성을 떠올려보게 한다. 여자애의 발광은 그저 인질극이 길어지면서 부풀어오른 죽음에 대한 공포나 절망 때문이 아니었다. 목에 개목걸이가 채워지고 인질로 잡힌 채 생리혈을 흘리고 있었으며 반항한 대가로 끓는 물이 끼얹어지는 공포와 고통을 경험했음에도 탈출의 기회를 엿보며 조잘조잘 떠들어대던 고삐리 여자애가 삶에 대한 생기를 잃고 썩은 물이 고인 것처럼 탁한 눈이 된 것은 강간을 당한 때문이었다. 지질한 남자 쪽에서 보자면 순간적이고 일시적으로 끓어오르는 생리적 현상에 불과했던 욕정 해소가 고삐리 여자애의 삶 자체를 파괴한 것이다.

폭력 일반의 직접적인 가해자였음에도 동거녀 스스로가 죽은 여고생과 똑같은 피해자라는 의식으로 수난당하는 성녀처럼 발광 직전에 이르는 것은, 얼핏 이해되지 않지만 곧 당연하고도 자연스러운 과정으로 수긍된다. 고삐리 여자애의 몸에 가해진 폭력은 동거녀에게 그녀의 삶을 포함한 여성의 삶 전반을 돌아보게 하는 성찰적 계기가 되었다고 해도 좋을 것이다. 말하자면, 그녀는 그 순간에 사채 빚을 내어 인공유산을 하고도 다시 임신을 한 채 인질극에 휘말려 폭력의 가해자가 된 자신의 삶의 의미를 반추하게 된 것이다. 그녀의 삶이야말로 남성적 폭력을 추동력으로 하는 이 세계의 폭력적 구조와 흐름 위에서 지속되었음을 그녀 자신이 불현듯 깨닫게 되었다고 말할 수도 있다. 그 봉인이 풀린 순간, 참혹한 실제가 비어져나오게 된 것이다. 참을 수 없는 불쾌함을 자아내는 혐오스러운 것들의 난장판이 바로 그 실재의 현시 자체였던 것이다.

전작인 『내 정원의 붉은 열매』(문학동네, 2010)에 실린 소설들이 충분히 보여준 것처럼 이 사회에서 가치평가의 대상이 되는 모든 것(여자의 외모까지 포함해서), 그리고 「은반지」에서의 돈처럼, 그 모든 것이 사람들 사이에서 위계를 만들어내고 폭력을 자아낸다. 자본주의 가치 체계 자체가 위계와 폭력 산출의 근원인 것이다. 폭력의 기원에 관한 한편의 진실이 남/녀의 위계에 놓여 있다면, 다른 한편의 진실은 자본주의의 가치 체계 자체에 놓여 있다. 어느 편이든 대개 그것은 계급적 위계로 전화하거나 혹은 그것과 호환된다. 권여선은 「소녀의 기도」를 통해 그 '위계'를 들여다보고, 그 '위계'의 참혹한 효력을 폭력적 장면으로 현시한다.

4. 프롤레타리아 로봇, 쓰레기 인간

프롤레타리아를 대체한 로봇의 대량생산에 성공하고 아시아가 여러 개의 기업연합으로 편성된 근미래 세계를 배경으로 한 박민규의 소설 「로드킬」의 관심도 위계와 폭력 산출의 근원, 바로 거기로 향해 있다. 냉소적 상상력으로 세계를 재구해온 박민규가 우선 질문하는 것은 테크놀로지 진보가 가져올 인간의 인간다움에 대한 보증력에 관해서다.

「로드킬」이 보여주는 답안은 예상대로 부정적이다. 「로드킬」은 기계가 노동의 의미 전환을 가져오고 그것이 전면적인 세계 변화를 이끌지만, 그 결과로 대다수의 사람들이 쓸모가 없어지며, "프롤레타리아도 아닌 것들"(203쪽)로 전락할 것임을 예고한다. 프롤레타리아-로봇을 창조한 위대한 인간이 테크놀로지의 진보를 통해 만들어낸 것으로 '프롤레타리아도 되지 못하는' 다수의 인간 군상, 말 그대로의 '쓰레기 인간'을 상상함으로써, 「로드킬」은 테크놀로지의 진보가 인간을 더 낮은 계급적 위계의 나락으로 등 떠밀 것임을 근미래적 상상력으로 예기한다.[5]

경제가 정치적 문맥을 소거한 세계이자 로봇이 인간의 계급적 위계를 더 세분화하는 그 세계에서는, 프롤레타리아 로봇이든 프롤레타리아도 되지 못하는 쓰레기 인간이든 모두가 인간다움의 내용을 상실하게 된다. 거기서는 인간에 관한 어떤 질문도 답안 없는 질문으로 공전하며 되돌아올 뿐이다. 계급적 위계의 하층부를 깔끔하게 단장된 도로로 분리하고 게토화한다 해도 도로 안쪽의 문명세계에서 인간다움이 훼손 없이 보존되고 있을 것으로 상상하기도 어렵다. 가령, 일본 오사카 출신의 전직 회사원이 북한 황해도 출신의 철거민과 '아시안 룰렛 게임'을 한다. 트랜스-아시아적 비전이 새롭게 열렸기 때문이 아니라, 그들이 국가도 민족어도 사라지게 한 아시아 기업에 의해 쓰레기 인간으로 분류 처리되어 이주지역으로 내몰렸기 때문이다. 그러니 삶과 죽음 양자를 조롱하는 인간의 '비인간되기'인 이 게임이야말로 쓰레기 인간들이 취할 수 있는 거의 유일한 선택지인지 모른다.

그런데, 흥미롭게도, 「로드킬」에서는 '낙관적 전망'이라는 식의 진부한 표현 이상의 의미를 담고 있다고 해야 할 새로운 행위가 시도된다. 쓰레기-인간의 인간되기 행위로 명명할 수 있는바, 철거민 이주지역에서 도로 건너편의 문명세계로 건너가는 행위는 게임으로 생명을 연장할 수 있을 것인가를 묻는 것만큼이나 확률 낮은 시도임에 분명하다. 게임에서 살아남지 못한 자들은 물컹물컹한 사체가 되어야 하고 '수거 처리'의 대상인 '동물'로 분류되어야 한다. 그렇게 처리될 가능성은 매우 높은 편이다. 그럼에도, 아니 그렇기 때문에 인간되기의 시도에는 계급적 위계로 전치된 인간/비인간의 구조 자체에 대한 도전의 의미가 실리게 된다. 도로에서 발견된 아기 시체를 두고 "어떤 경우에도 인간의 존엄성을 보호할 의무가 있다"(209쪽)는 최상위의 규정에 따르고자 하는 로봇이 아이를 수거 처리하지 않기 위해 스스로 전원을 끄는(OFF) 쪽을 선택하는 행위와 마찬가지로 그것은 목숨을 건 도약임에 분명한 것이다.

「로드킬」은 쓰레기 인간의 무용함을 삶/죽음을 관통하는 게임의 연쇄 위에 겹쳐놓음으로써 철거지역과 문명세계, 쓰레기 인간과 문명 인간, 비인간과 인간 사이에 놓인 견고한 벽 혹은 투명한 폭력을 정면으로 문제 삼고 있는 것이다.

5. 메멘토 모리(Memento Mori)

경제 만능 시대인 오늘날 계급적 위계가 자본에 의해 만들어지고 그로부터 폭력이 비롯된다고 말하는 것만으로 모든 문제가 해결되지는 않는다. 계급적 위계와 폭력에 관한 한 편의 블랙 코미디인 구병모의 「고의는 아니지만」이 보여주듯이, 아이들에게 세심한 배려를 잊지 않는 성실한 유치원 교사가 수업 준비물만으로 아이들을 갈라놓을 뿐임에도 돈이 만들어낸 계급, 삶의 내용, 미래와 같은 모든 것이 숨길 수 없는 맨발처럼 드러나게 된다.

교사의 각별한 정성과 헌신적인 배려만으로 실질적이거나 비가시적 폭력이 생산/재생산되는 사태 자체가 호전되지는 않으며, 어쩌면 준비물을 챙기지 못한 아이들과 생계에 쫓겨 준비물을 챙겨줄 수 없는 부모들을 공동체 전체로부터 보다 뚜렷하게 분리시키는 '의도 없는 폭력' 혹은 '배려라는 이름의 폭력'을 덧붙이게 될 수도 있다. 작가 구병모는 「고의는 아니지만」을 통해 계급적 위계에 근거한 폭력이 '갸륵한, 의식 있는, 정치적으로 올바른' 한 개인에 의해 해소될 수 없는 절망적 상황을 환기한다. 불특정 다수에게 노출되어 있는 폭력에의 위험은 미약한 개인에게 도저히 극복될 수 없는 불가항력적인 재앙일 뿐임을 보여주면서, 역설적으로 계급적 위계로부터 배태된 폭력의 생산/재생산에 관한 '구조적' 접근법을 제안한다.

구경미, 권여선, 박민규, 구병모에 이르는 소설에서 인간/비인간의 전도된 위계가 자본과 계급이라는 구조적 조건으로부터 만들어진다는 사실이 우연처럼 반복적으로 강조된다. 이 소설들은 '머리 검은 짐승'이 만들어내는 참혹한 자본의 논리와 그로부터 연원한 계급적 위계의 폭력성을 통해 인간의 본질과 우리가 어떻게 앞으로도 계속 인간일 수 있는가에 관해서 되묻고 있는 것이다. 앞서 언급했듯이, 누구도 이 질문에 대한 폭넓은 시야의 답안을 마련하고 있지는 못하다.

여기서는 울림을 가진 답안 가운데 하나로서 권여선이 「은반지」의 말미에서 저주 혹은 주문처럼 읊조렸던 '메멘토 모리'를 다시 언급해두고자 한다. "이건 꼭 잊지 마세요…… 우린 다 죽어요…… 그게 여기…… 규칙이에요…… (……) 시간이…… 얼마 남지…… 않았어요…… 머리 검은 짐승은…… 어서어서…… 준비를…… 하세요……"(「은반지」, 85~86쪽)

섣부른 희망을 떠올리기는 쉽지 않은 현실이다. 모두가 죽는다는 사실을 상기함으로써 인간임을 되새겨야 할 정도로 우리는 상상할 수 있는 것보다 훨씬 절망적인 상황에 놓여 있다. 우리가 공동체의 일원일 수 있는 유일한 가능성이 생의 모든 시간을 그저 고립된 채 혼자 견뎌내고 맞이하는 죽음의 순간임을 확인하는 일은 참혹하다. 그렇다고 이 비극적 상황이 우리가 발 딛고 있는 세계의 실상이라는 점을 부인할 수만은 없다. 바로 그렇기에 이 소설들의 비극적 전언은 폭력적 장면을 통해/뚫고 나온 진실의 일면으로 겸허하게 받아들여져야 한다. 어떠한 행위-시도의 가능성도 비극적 상황에 대한 인식의 지평으로부터 지펴질 수 있는 것임을 믿지 않는다면, 우리에게 진정 남겨진 것은 절망적 파국뿐임에 분명하기 때문이다.

말과 공동체

　최윤 소설의 관심사 가운데 한 축은 타자와 공동체 그리고 가교처럼 놓인 언어로 수렴되어왔다. 「옐로」(『자음과모음』 2012년 여름호)는 그간의 관심사를 그대로 이어받으면서도 타자와 공동체, 특히 젠더화된 타자와 가능/불가능한 소통도구로서의 말에 좀더 깊이 천착한다. 타자와 공동체론이 담지해야 할 지향의 올바름이 아니라 현실태로서의 공동체의 미래를 말한다. 구성원의 차이들, 사회적 계층, 타고난 자질, 일상을 영위하는 시공간, 육체에 새겨진 경험의 차이를 고려하지 않은 채로 공동체의 미래를 상상하는 일이 가능하지 않다는 사실을 환기한다. 그간의 삶의 논리에 의해서는 결코 용인될 수 없는 존재들과 '함께 살기'를 꿈꾸는/견디는 일, 그것이 공동체의 미래임을 역설한다.

　「옐로」는 애초에 '함께 살기'가 선언적 결심 같은 특단의 계기로 시작되는 것이 아님을 말한다. 사실 구성인자로서 개별자의 무게를 의식한다고는 해도 공동체가 개별자의 '있는 그대로'의 존재방식을 용인할 수는 없다. 공동체는 모든 사태에 주체적으로 맞설 수 있는 개별자들의 집합체가 아니다. 오히려 젊은 나이에 남편을 잃고 어린 딸과 남겨진 여자와 납치와 감금의 기억으로 고통받는 여자가 피할 수 없는 인생의 터널로 뛰어들듯 우연히 뭉치는 것이 '함께 살기'의 실질이다. 그녀들의 결정은 말하자면 '함께 살기'라는 또하나의 터널로 뛰어드는 것에 가깝다.

「옐로」는 화자가 겪은/겪고 있는 두 개의 불편한 경험을 화두 삼아 우리에게 답하기 쉽지 않은 윤리적 질문을 던진다. '공동체의 일원으로 살기'란 가능한가, 어떻게 가능한가. 안면만 있는 남자에게 납치되어 이유를 모른 채 빈 농가에 두 달여 감금되었던 여자는 이후의 시간을 어떻게 살아내야 하는가. 「옐로」가 던지는 이 질문은 불편하다. 소설이 화자의 트라우마 극복에 집중하기는커녕, 트라우마 자체를 견뎌야 한다고 말하는 편에 가깝기 때문이다. 작가는 반복되는 악몽으로 회귀하는 그녀 앞에 성범죄 관련 전과가 있는 이웃 청년과 '함께 살기'라는 도전적 과제를 추가한다. 불편한 질문은 좀더 극단적으로 밀어붙여진다. 「옐로」는 공동체론이 어물쩍 넘어가는 지점, '함께 살기'가 실질적으로 어떻게 가능한가라는 윤리적 질문으로 우리를 당혹시킨다.

'감금의 기억'으로 반복된 공포에 몸서리쳐야 하는 화자가 '슈퍼의 배달 청년'의 과거, 즉 '여성가족부에 상당 기간 신상정보가 공개된 적이 있는 미성년 성폭력범' 전력을 알게 된 후 공동생활자인 친구에게 이사를 제안하자, 친구는 화자에게 반문한다. "얘, 그런 사람들은 신문기사 안에서만 사는 줄 알았니?"(96쪽) 친구의 반문은 공동체에 관한 우리의 막연한 윤리성을 후려치면서, '함께 살기'와 관련해서 우리가 망각했던 불편한 진실을 불러온다. 공동체의 '실질적' 미래는 공동체를 위협하는 외적 제약의 제거와 법적, 제도적 장치들의 완비를 통해서는 상상될 수 없다.

'함께 살기'의 당위적 요청이 강조해서 다루지는 않았던 진실들, '우리의 기대와는 달리 공동체는 구성원들에게 유익하기만 한 구조물이 아니며 공존하는 구성원들 사이에서 그저 아름다운 소통만 이루어지는 것도 아니라는 사실, 존재론적 상처만이 아니라 생존을 위협하는 가해도 드물지 않게 주고받는다는 사실, 공동체 전체의 지평에서 이른바 공공적 차원에서 다루어야 할 범죄 수준에는 이르지 않는 무수한 가해/피해가 상시적으로 이루어진다는 사실'을 과장 없이 인정할 필요가 있음을 환기한다.

당위적 정당성을 해체한 자리에서 「옐로」는 공동체의 미래를 사유하기 위한 마지막 가능성을 소통/불통의 도구인 말에서 찾는다. 그렇다고 작가가 말에 의미 전달체로서의 역할만을 부여한 것은 아니다. 서가를 채운 불필요한 책을 미련 없이 태워버림으로써 말에 대한 희망이 의미를 담은 기호를 향한 것이 아님을 누설한다. 「옐로」에서 말의 의미는 오히려 사람의 것이라는 사실에 놓인다. '헬로'가 '옐로'로 말해지거나 들릴 위험은 상시적이다. 말에 관한 한, 「옐로」에서 이해/오해의 오차 범주보다 중요한 것은 말이 '사람 앞에서' 발화되고, 사람의 육체를 통과한다는 사실 자체다. 작가는 사람과 사람 사이를 닿게 하는 데에서 말의 쓰임새를 찾는다.

왜 화자는 납치되고 감금되어야 했는가. 소설을 통해서는 끝내 이유를 알 수 없다. 약물을 투여하고 화자를 납치하고 감금했던 'J'에게서 작가는 오히려 '완벽을 가장한 무관심'으로 표출되는 '소통의 방법을 배우지 못한 사람의 안간힘'을 읽어낸다. 작가는 말 자체가 아니라 '사람을 앞에 두고' 하는 말의 수행성에 주목한다. 슈퍼집 청년을 동네 사람으로 받아들이게 되는 계기 또한 청년의 달라진 행동이 아니라 청년의 엄마가 녹음기처럼 반복하던 말임을 짚는다. 청년의 엄마는 숨어버리거나 이사를 가는 대신 더 깊이 동네에 뿌리를 내린다. 아들이 저지른 잘못을 동네 사람 모두에게 사죄하기 위해 슈퍼를 차리고, 처음 보는 손님들에게 "손님, 우리 아들 얘기 들으셨지요. 그저 죄송합니다. 내가 애를 잘못 키워서 그러니 너그럽게 용서해주세요."(108쪽)로 시작되는 말을 미친 사람의 넋두리처럼 쏟아낸다. 간절한 사죄 열망이 새겨진 넋두리-육성은 결국 화자에게 청년과의 '함께 살기'를 용인하게 한다.

이 "얼마나 절망적인 방법인가"?(105쪽) 간절한 넋두리-육성조차 기껏해야 도망가거나 거부하지 않게 할 뿐이다. 그러나 작가의 전언에 따르면 이런 방식을 통하지 않고서는 '함께 살기'의 가능성을 말할 수 없다. '함께 살기'란 '막다른 가능성'으로 몸을 던지는 것이자, 삶의 모퉁이마다 우리를 가로막는 어두운 '터널들'로 뛰어드는 일이다. 통과하는 것 외에 달리 방법이 없다. 공동체의 미래를 꿈꾼다면 소홀히 넘겨서는 안 될 힘겨운 전언이다.

가짜 현실성의 향연 사이로[1]

 한국문학에서 허구를 통해 진실을 파악한다고 간주되었던 문학 개념이 흔들리기 시작한 1990년대 중반 이후로, '현실의 미메시스'였던 소설은 재빠르게 허구를 위한 허구의 재생산 국면에 접어들었다. 시대의 모순을 체현한 주인공을 중심으로 한 유기적 플롯과 미적 감화를 목표로 한 현실의 재현물이 낡은 관료제처럼 알맹이 없는 권위로 연명한 시절이 있었다면, 2000년대 중반을 거치면서 문학은 더이상 시대를 대표하는 주인공을 찾을 수도, 거대역사와 개인의 일상이 톱니처럼 맞물린 장면과 마주할 수도, 그것을 통해 시대 모순을 드러낼 수도 없게 되었다.[2] 계급과 성, 인종적 분화의 격류를 막을 수 없는 현대사회에서는 타당한 통합원리를 마련하기도 모순을 체현한 대표를 발견하기도 어려워졌기 때문이다. 더구나 국가존립의 이념이 되어버린 신자유주의가 사회의 미세한 영역에까지 영향력을 행사하게 되자 검은 하늘을 떠도는 외딴 별과 같은 존재들은 시대의 모순을 파편적으로만 겪게 되었다. 자본이 돈의 논리로 세계를 즉물적으로 투명하게 만들었고, 개인의 욕망을 유리 장식장 안의 내용물처럼 손에 잡힐 듯 선명하게 만들었다. 눈부신 욕망의 광채가 시대의 모순을 세계 저편으로 밀어냈으며 거대한 무정형의 괴물을 형체 없이 풍문처럼 떠돌게 했다. 모두의 것임에도 너무 투명해서, 세계의 비참함의 근원도 원인도 발견할 수 없는 상황에 우리가 놓이게 된 것이다.

현실과 재현물로서의 허구 사이를 연결하는 통로가 점차 희미해지는 경향은 문학장을 둘러싼 이러한 정황과 연관되어 있다. 소통의 도구이지만 완전한 소통을 열어주지는 않는 언어 본래의 속성이 아니라 해도 이질적 민족어와 수다한 방언을 통해 우리가 일상적으로 겪는 소통의 어려움은 정신의 추상적 외화물인 언어를 통해 개별 존재와 총체적 현실이 행복하게 합치된 허구적 구조물을 만드는 것이 불가능하다는 것을 새삼 확인하게 한다. 언어의 불능과 통어하는 시선의 불가능 그리고 이로부터 기인한 객관적 사실의 불가능성이 기성품들의 재맥락화에 몰두하는 예술적 경향을 만들었다. 보르헤스의 메타픽션이나 워홀의 팝아트로 가시화되었던 자기반영적 작품이 등장하면서 현실과 허구의 구분과 경계가 모호해졌고 미적 구조물에 대한 신뢰가 무너졌으며 문학이 무엇인가에 대한 근본적 질문이 던져졌다. 한국문학에서 허구를 위한 허구로의 질주는 돌이킬 수 없는 도저한 흐름이 되었다. 현실과 재현물로서의 허구의 관계를 두고 보자면 2000년대 한국문학은 탯줄을 끊고 등장한 자기반영적 문학의 향연이었다고 해도 좋을 듯하다.

1. 이야기의 종결자

낡은 이분법적 비유를 빌려 말하자면, 구원으로서의 문학보다는 유희로서의 문학을 지향해온 작가 김영하는 현실의 허구성을 폭로하고 허구의 현실성을 구현하고자 한 자기반영적 문학 생산의 대표주자다. 소설이 현실과 무관한 가상이라는 인식을 널리 유포시킨 작가답게 김영하는 「옥수수와 나」에서 날렵하고 경쾌한 소설세계를 보여주는 동시에 한국문학의 지각변동과 관련하여 자기반영적 문학의 '이후'와 미래를 가늠해보게 한다. 인간의 행위나 사건의 보편적 진리를 추구하는 사실의 재현에서 멀리 떨어져서 「옥수수와 나」는 문학이 무엇인가에 대해 말하고자 한다. 작가의 단편집(『호출』『엘리베이터에 낀 그 남자는 어떻게 되었나』『오빠가 돌아왔다』『무슨 일이 일어났는지는 아무도』)에서 보다 뚜렷하게 드러난 경향으로 작가의 소설적 발상은 현실이 아니라 다른 텍스트에서 시작된다. 상호텍스트적이라고 하기에는 좀 과도하지만 「옥수수와 나」의 첫머리에서 인용되는 슬라보예 지젝만 해도 그렇다. 현대 철학계의 재간둥이인 그의 이름과 저작이 각주로 언급되는 순간, 떠돌이 우스갯소리에 철학의 권위가 덧씌워지는 순간 「옥수수와 나」에는 허구의 현실성을 위한 토대가 마련되고, 그것이 무게중심을 이루는 추가 되어 소설에 안정감이 부여된다. 그렇다고 소설에서 대뜸 만나게 된 인용 에피소드에 과도한 의미를 부여할 필요는 없다. 그것이 지젝의 저작으로서 실재하는가의 여부도 그리 중요하지 않다. 「옥수수와 나」의 처음과 끝을 장식한 에피소드, 스스로를 옥수수라 믿는 망상증 환자 에피소드는 소설세계로 진입하는 문턱에서 만나게 되는 일종의 시그널 뮤직이다. 에피소드의 삽입은 이 소설이 옥수수 망상증에 걸린 남자에 관한 것이 절대 아니라는 것을 말해주는 '레드선', 최면술을 거는 말이며, '자 이제 허구의 향연이 벌어진다'고 말해주는 안내표지판인 것이다.

안내표지판은 일단 활강하는 이야기의 속도를 만끽하기를 권한다. 「옥수수와 나」에는 공식적인 관계를 비집고 다양한 불륜이 공존하지만 감정의 영역으로 진입하지 않기에 결코 끈적이지 않는다. 슬럼프에 빠져 계약금을 선지급받고도 계약을 이행하지 않는, 아니 못 하는 작가가 소설의 중심에 놓여 있지만 편집자에게 떠오르는 대로 아무렇게나 작품구성을 둘러대는 무책임한 작가윤리 때문인지 전처나 딸에게 일말의 책임의식도 없는 '자유로운 영혼'의 소유자여서인지 소설은 음울하지 않다. "자신을 학대하며 편집자의 독촉에 의해서만 겨우 마감을 넘기며 살아가는 작가"(328쪽)가 꿈꾸는 판타지의 구현으로 뉴욕 아파트 체류기가 펼쳐질 즈음 「옥수수와 나」는 헬륨가스 든 기구처럼 붕붕 떠오르면서 한없이 경쾌해진다. 1000페이지에 달하는 어지럽고 음란하고 실험적인 소설을 쓰기 위해 쥐가 출몰하는 뉴욕의 아파트에서 작업을 시작한 작가가 뮤즈의 강림을 맞이하여 신들린 속도로 미친 듯이 소설을 쓰게 되는 일, "격렬한 섹스와 광적인 집필"(329쪽)로 "진짜 작가가 됐다는 확신"(327쪽)을 얻게 되는 일, 쓰려던 계획과는 다르지만 전혀 예상치 못했던 문학의 영역을 개척하는 일, '작품이 작가 자신을 배반하고 초월해 비천한 문재와 사상을 훌쩍 뛰어넘어 저 홀로 놀라운 지경에 가버리는' 일, 글 빚에 시달리는 모든 작가들의 염원이자 자본이 문학을 점령한 후 돈을 만들어내기 위한 글쓰기 기계로 전락하고 있는 작가들의 실현 불가능한 열망인 그런 일들이 「옥수수와 나」에서는 맘껏 발산되면서 판타지처럼 펼쳐진다. 그리고 그 끝에서 소설화된 문학론이 앙금처럼 독자에게 던져진다.

따지자면 한국문학에서 문학론을 소설화하는 작업이 처음 시도된 것은 아니다. 소설에 관한 소설 쓰기나 문학론의 소설화는 그리 드문 일이 아니며 성취도 없지 않다. 문학에 대한 입장이 논의된 소설이자 문학적 견해가 소설적으로 수행된 결과물임에도 「옥수수와 나」의 진전을 말할 수 있다면 이 소설은 경쟁하는 문학론을 '진행되는 내러티브'로 구성하고 거기에 흥미로운 결론을 덧붙이고 있기 때문이다. 「옥수수와 나」에는 세 번에 걸친 소설을 둘러싼 논쟁이 있다. 소설가인 나와 시인/철학과 교수 사이의 의견 대립, 월가 출신의 출판사 사장과 그의 아내 그리고 소설가 나와 출판사 사장 사이에서 변주되어 반복된 문학관의 차이가 미장아빔(mise en abyme)의 구조를 이루면서 「옥수수와 나」의 문학론을 구축하고 내러티브를 구성한다. 소설은 "아이디어에서 출발해 거기에 육체를 더하는", 말하자면 "관념에서 출발해 거기에 사실의 살을 붙여가는 일"인가, 아니면 관념의 저 반대쪽인 놓인 "육체적인" 것이라고 해야 하는

가.(302쪽) 「옥수수와 나」의 문학론 탐색은 소설의 기원을 두고 관념인가 육체인가 혹은 이념인가 실체인가를 묻고 소설작업이 정신의 작용인가 육체적 노동인가를 묻는 데서 시작된다.

"아, 그럼요. 원래 쓰려던 것을 그대로 쓰는 것. 그건 대중소설, 장르소설이죠. 본래 가려던 곳이 아닌 엉뚱한 곳에 비로소 도달하는 것, 그게 문학이죠. 원래 그런 거예요." (……) "나하고 둘은 문학적 견해가 다른가 보군. 모든 광기가 예술혼은 아니지. 통성 기도하고 방언한다고 다 성인은 아니듯이 말야. 쓰레기라도 잘 읽힐 수는 있는 거야. 좋아. 책은 내겠어.(333쪽)

이 아파트에서 내가 쓰고 있던 소설은 정해진 플롯이라고는 없는 중구난방의 이야기라고 할 수 있었다. 반면 사장의 음모는 아주 짜임새 있는, 그러나 바로 그렇기에 저급한 추리소설의 냄새를 풍긴다. 그런데도 승자는 사장이라니. 이것은 혹시 잘 짜인 플롯이 결국에는 중구난방 요령부득의 서사를 이긴다는 것을 의미하는 것일까?(341쪽)

소설가 나의 뮤즈인 팜므 파탈 출판사 사장 부인의 입을 통해 강조된 문학의 가치는 유희로서의 소설에 놓인다. 그녀의 옹호의 변("그래, 나는 문학은 몰라. 그래도 소설은 알아. 이 소설은 죽여줘. 사실 주인공의 생각은 잘 이해가 안 되고 줄거리도 어디로 흘러갈 건지 도무지 모르겠더라. 그렇지만 한번 잡으면 끝까지 읽게 된다니까. 마치 좋은 팟을 진하게 한 그런 느낌이랄까?", 337쪽)에 의하면 그 재미는 엑스터시의 경지에까지 이르는 것이다. 반면 출판사 사장이 확인시켜주는 것은 소설적 재미와 예술혼이 반드시 일치하지 않는다는 당연한 사실이다. 작가의 창조력을 어떻게 평가할 것인가를 묻는 소설가 나의 세번째 질문은 작가의 지배 아래 놓인 플롯과 통제를 벗어난 작품의 자율성에 대한 평가를 어떻게 할 것인가라는 출판사 사장의 질문으로 변주되면서 겹쳐진다.

세 번에 걸친 소설에 관한 논의와 견해 차이가 더해진 자리에서 강조되는 것은 창조력이며 상상력이다. 낭만주의적 상상력은 종종 무한한 창조력으로 이해된다. 여기에는 상상력이 인간의 고귀한 가치가 재발견된 근대 이후의 것이라는 전제가 놓이며, 신의 전능에 대비되는 인간의 창조력에 대한 절대적 신념이 강고하게 자리잡는다. 한껏 고조된 범죄 치정극의 갈등이 극단으로 치닫게 된 순간, 사장에 의해 소설가 '나'가 등장인물이며 종속변수일 뿐임이 선언되고, 소설가 작가에 의해 "내가 종속변수라고? 천만의 말씀. 만만의 콩떡. 내가 바로 저자이고 1인칭 시점 화자이고 이야기의 종결자야. 너나 네 마누라가 아니라 내가 죽어야 끝나는 거지. 그래야 마지막에 '끝'이라고 쓸 수 있는 거"(342쪽)라고 선언되면서 팽팽한 긴장감은 허무하다 싶게 해소되어버린다. '소설가-나-등장인물-화자'와 '내포 저자-1인칭 화자' 사이의 경계가 급작스럽게 툭 허물어지면서 허구의 허구를 창조해내는 전능의 주체가 소설 전체를 장악한 주인으로 부상하게 된다.

물론 여기가 끝은 아니다. 소설가 화자가 전능의 창조주라는 인식은 곧바로 스스로가 옥수수가 아님을 중얼거리는 '내포 저자-전능의 창조주'를 통해 그 자신만의 망상증으로 판명된다. 그러니 이쯤에서 옥수수 망상증 환자의 에피소드가 「옥수수와 나」에서 시그널 뮤직이라는 판정은 정정되어야 한다. 엎치락뒤치락 끝에 허구적 구축물의 절대적 창조주의 자리에 등극하는 것은 다름아닌 작가 김영하인데, 결정 요인이 바로 옥수수 망상증 에피소드인 것이다. 「옥수수와 나」에서 낭만주의적 상상력과 무한한 창조력은 내러티브의 진행을 통해 그 힘을 과시하면서 소설의 안과 바깥을 이음새 없이 연결한다. 그 과정에서 미메시스로서의 미적 구조물에 대한 몇 차례의 아이러니를 통해[3] 「옥수수와 나」는 현실과 완전히 결별하면서 탄생한 허구세계의 가치를 다시 강조하고 그 과정을 소설적으로 복기하면서 허구를 위한 허구의 향연을 한껏 펼치게 된다.

2. 실제상황이 뭔가요, 현실과 허구의 틈?

그런데 흥미롭게도 자기반영적 허구의 향연 한가운데서 현실과 허구 그리고 문학이 무엇인가를 다시 묻는 소설들이 등장하고 있다. 여기에서는, 소설이 위안이 아니라 고발이고 사회에 대한 문제제기여야 한다는 믿음을 재확인하는 원점회귀의 몸짓[4]이 아니라 허구의 향연 시대를 거친 후에 다시 시작된 문학의 본질에 대한 질문을 만날 수 있다. 2010년 등단한 박지영의 신작 「팀파니를 치세요」와 2011년 등단한 손보미의 신작 「그들에게 린디합을」에서는 스스로가 찾아낸 답의 싹이 돋고 있다.

박지영과 손보미의 소설에서 현실은 텍스트 안에서 직접 노출되지 않는다. 진실 혹은 객관으로도 치환할 수 있는 그 현실은 직접 가닿을 수도 없고 온전히 복원되지도 않는다. 모더니티에 대한 탐색이 가져온 가시성에 대한 회의와 가시/비가시의 경계를 만들어내는 원근법에 대한 회의의 결과다. 그들의 소설에서 현실이 언제나 '일단' 재현된 것으로만 그려지는 까닭이다. 이 소설들 속에서 현실은 실제 사건의 소설적 재현이나 다큐멘터리 가공물 혹은 그에 대한 평가(평론)를 통해서만 아주 흐릿하게 감지될 뿐이다. 그리하여 이 소설들에서는 시각이 아니라 청각이나 시청각이 보다 중요한 감각으로 호출된다. 물론 재현의 재현의…… 재현을 거쳐서만 간신히 감지될 수 있는 어떤 것, 클라인 씨의 병이 되어버린 그 현실의 흔적을 보여주면서도 두 작가의 관심은 각기 다른 쪽으로 향해 있다.

시각이 대상을 분절하는 감각이라면 청각은 통합하는 감각이다. 시각이 대상의 외부와 연관된 감각이라면 청각은 깊은 내면과 연계된 감각이다. 「팀파니를 치세요」의 흥미로움은 소설이 온몸으로 시각과 청각 사이

를 관통하는 지점에서 생겨난다. 전쟁이 일어났다고 믿은 한 소년이 이십
칠 년간 방공호에 숨어 살았던 사연으로 시작된 소설 「팀파니를 치세요」
에는, 그 남자 '렌'의 영상에 소리를 입히는 '연수'와 그 과정을 (감시)카
메라를 통해 바라보는 '재인'과 재인의 영상 위에 연수의 소리 흉내가 덧
입혀진 영상기록물을 보는 폴리아티스트 '명'이 있고, 영상과 소리로 시
각과 청각으로 얽혀 있는 그들 사이의 흥미로운 관계가 담겨 있다. 철저
히 분절되지도 그렇다고 통합될 수도 없는 관계들, "내가 생각하는 나도,
남이 생각하는 나도 아니라" "소리가 제거된, 감시 카메라에 찍혀 있는
나"(353쪽)와 그 영상을 '보는' 누군가에 의해 '덧입혀진 소리'가 그들의
관계를 '일단' 완성하지만 그것은 대개 어긋난 것이기 쉽다.

사람의 목소리와 음악을 제외한 소리, 도구적 소리와 유희적 소리 사이
에 놓인 것, 거의 소음에 가까운 소리를 실제처럼 창조해내는 폴리아티스
트가 소음의 폭력성에 절망한다. 소음과 물질적 가치를 갖는 소리 사이의
구분이 그리 단순하지 않기 때문이다. 그 절망을 통과하면서, '진짜' 소리
를 담아서는 진짜 소리를 전할 수 없으며, '진짜'에는 그저 다가갈 수만
있을 뿐, 그럼에도 일상의 다양한 소리에 대한 기억과 경험만이 '진짜' 소
리에 다가가는 유일한 길임을 말하는 방식으로 작가 박지영은 진짜 소리
를 향한 간절한 열망을 드러낸다.(354쪽) '팀파니를 치세요'가 '티팬티를
내리세요'로 전달될 뿐이라 해도, 잘못된 전달이 만들어내는 소음을 뚫고
계속 말해져야 한다고, 시각화된 장면들에 걸맞은 그런 소리를 향한 시도
가 계속되어야 한다고 말한다. 그 말의 주인은 그 말을 필요로 하는 누군
가이며, 소리는 그 누군가에 의해서만 '전달될 수 있는 것'이므로 "누구든
필요한 사람이 가져다 쓰길 바라며"(371쪽), 그렇게 시각과 청각 사이를
가로지르며 작가는 닿을 수 없는 현실을 향한 전달될 수 없는 소리의 힘
을 다시 믿어보고자 한다.

박지영이 언어의 불능을 뚫고 소통의 열망을 불태우듯 소리의 전달 불

능을 헤치고 존재 사이에 파이프를 내고자 한다면, 손보미의 관심은 정반대쪽으로 향해 있다. 손보미에게 현실이 있다면 허구화하는 과정의 부수효과로 드러나는 것일 뿐이다. 실제상황이 무엇인가에 대한 질문에서 출발했다고 해도 손보미는 실제상황 자체보다는 몇 겹의 포장지로 싸인 채 그것이 무엇인지조차 알 수 없게 되었을 때에야 비로소 소설이 될 수 있는 것, 몇 겹의 포장이 가져온 변형의 지점 혹은 방식에 관심을 둔다.

공연장에서 일어난 총격사건으로 아내를 잃은 탐정에 관한 이야기가 있고, 그 이야기를 누군가에게 전해주는 이야기를 담고 있는 소설이 있다. 그 소설로 성공한 소설가를 주인공으로 한 소설이 바로 손보미의 등단작(2011년『동아일보』신춘문예 당선작)「담요」다. 소설에서 현실과 허구 사이의 중요한 균형추는 다름아닌 가공의 소설 『난 리즈도 떠날 거야』다. 말하자면「담요」는『난 리즈도 떠날 거야』라는 가공의 소설에 덧붙어 있는 허구적 현실에 대한 기록물이다. 가공의 소설이 등장하게 된 계기, 가공의 소설이 가져온「담요」속 화자-소설가의 삶에서의 변화가 가공의 소설이 결코 담을 수 없었던 사건의 본질과 함께「담요」를 복합적 층위의 소설로 구조화한다. 그 찌꺼기들 속에서 가공의 소설이 잡아챌 수 없었던 현실과 삶의 본질이 떠오를 수 있음을「담요」는 보여준다. '도심의 공연장에서 발생한 총기난사사건'으로 요약된 시공간, 삶과 죽음이 찰나적으로 공존하는 순간의 황망함과 그런 순간 앞에서 그저 오랫동안 우는 것 외에 아무것도 할 수 없는 인간의 무력함은 가짜 현실성에 들러붙은 찌꺼기들 속에서만 반동처럼 떠오르게 된다.

「담요」와 마찬가지로「그들에게 린디합을」은〈댄스, 댄스, 댄스〉와〈그들에게 린디합을〉이라는 가공의 다큐멘터리 영화 위에 쓰인 주석적 소설이다. 두 편의 가공 영화 사이에 관계, 혹은 비밀/진실이라는 것이 있다면, 가공된 영화들 사이에 놓인 이차적 언어 가공물을 통해서나 드러날 수 있다.「그들에게 린디합을」에서 가공의 영화는「담요」의 중심추였던 가공의 소설보다 더 분명한 부재성을 음각한다. 언어화될 수 없는 영상물이기에 두 영화에 관한 이야기인 「그들에게 린디합을」은 가공된 영화에 대한 간추린 요약들, 논평들, 인터뷰들, 뒷이야기들에 의해 재구성될 수밖에 없다. 이 정교한 허구물이 창조되기 위해『현재의 영화』『보편적인 영화』등 가공의 영화잡지가 만들어지고 「서사의 가장 마지막 기원」과 같은 영화평론이 만들어져야 했으며, 〈댄스, 댄스, 댄스〉의 오마주라고만 여겨졌던 영화 〈그들에게 린디합을〉이 감독의 지시에 따랐지만 감독과 무관한 이들이 만든 영화라는 사실이 밝혀지는 회고전과 간담회가 꾸려져야 했다.

> 나는 여러분들이 〈댄스, 댄스, 댄스〉를 다시 봤으면 좋겠다. (……) 그렇게 그 영화를 보고 있노라면, 그러면, 여러분들은 성일정씨처럼 〈댄스, 댄스, 댄스〉의 마지막 장면에서 무언가, 언어로는 도저히 설명할 수 없는 어떤 것을 '볼' 수 있게 될지도 모른다. 그리고 어쩌면 그들이 나누는 마지막 이야기를, (성일정씨의 이야기를 빌리자면) 길감독이 진짜 하고 싶어했던 이야기를 '들을' 수 있을지도 모른다.(115쪽)

소설 속의 가공품인 두 영화 사이의 관계에 주목하면서 소설의 내부로 빠져들었던 독자에게 작가 손보미는 소설이라는 허구물이 만들어지는 데 필요한 많은 요소들에 대한 냉소를 선사한다. 작가는 필름과 콘티와 제목을 만든 감독과 그것을 영화로 만들기 위해 분투한 이들 가운데 누가 영화의 창작자인가를 묻는다. 막연한 연관성만을 감지했던 평론가를 무색하게 하며 두 영화 사이의 관계가 비전문가인 팬에 의해 밝혀지는 자리에서 아니 "뒤늦게"(107쪽) 두 영화를 비교하는 데 열을 올렸던 평론가들을 언급하는 자리에서 전문가들에 대한 작가 손보미의 조롱은 노골적이다.
　격렬하지는 않지만 기성의 소설 창작과 평가방식에 대한 작가의 부정의 뿌리는 깊은 듯하다. 소설 내부에서 두 영화의 비밀이 밝혀진 간담회와 그 자리에 대한 기록들을 토대로 "나는 여러분들에게 묻고 싶다. 여러분들은 〈댄스, 댄스, 댄스〉의 마지막 장면에 나오는 두 남녀가 누구라고 생각하는가?"(114쪽)가 질문된다. 그런데 소설 「그들에게 린디합을」의 독자인 실제의 나는 이 질문에 아무것도 답할 수 없다. 이 질문은 무언가를 묻는 질문이라기보다 소설 안에 소설-내-독자의 자리를 마련하면서 허구로서 완결된 구조를 이루게 하는 교묘한 장치에 더 가깝다. 가공의 영화에서 출발한 허구물이기에, 마지막 장면에 이르러서도 무엇을 '볼' 수 있거나 '들을' 수는 없는 것이다.

소설 「그들에게 린디합을」은 거대한 허구 위에 구축된 정교한 고안물이다. 이 점을 확인하고서야 우리는 이 소설의 첫 문장으로 되돌아갈 수 있다. "나는 항상 그들이 행복하기를 바란다. 더불어, 다시 한번 길광용 감독님의 명복을 빈다"(95쪽)로 시작된 이 소설에서 가공의 영화에 대한 재관람의 요청으로 끝나는 소설의 끝까지 도달해보아도 "나는 항상 그들이 행복하기를 바란다"(95쪽)는 문장의 의미는 온전히 해명되지 않는다. '나'는 소설 「그들에게 린디합을」에서 영화 〈그들에게 린디합을〉의 비밀을 밝혀내는 글쓰기의 주체이자 내포작가다. 그러나 이 정보만으로 '나'의 글쓰기의 목적이 무엇인지는 파악되지 않는다. 따져보면 사실 '나'의 글쓰기의 목적 자체는 중요하지 않기도 하다. 새로운 영역의 '예술'영화, 다큐도 아니고 극영화도 아닌, '영화란 무엇인가'라는 근본적인 질문을 유발하는 영화 〈그들에게 린디합을〉은 소설 내에서 영화사를 다시 쓴 작품으로 재조명된다. 그리고 곧바로 가공의 다큐멘터리 영화의 제목인 '그들에게 린디합을'을 소설의 제목으로 삼으면서 작가는 소설의 안과 바깥을, 실제와 허구를 매끈하게 이어버린다.

허구의 현실성을 마련하는 길목에서 소설 창작에 관한 중요 요소들의 고정된 의미에 의문을 가하고 조롱하면서 작가는 클라인 씨의 병-소설을 그렇게 완성한다. 최후의 조정자 없이 형체 없는 '나-화자'가 소설 전체

를 주관하는 기이한 방식으로 「그들에게 린디합을」이라는 허구적 고안물
이 그렇게 탄생한다. 여기서 실제와 허구 사이의 심연은 자체로 테마화되
고 초월과는 정반대 방향에서 역설적으로 돌파된다. 그리고 우리는 덧쌓
인 언어 가공물의 부피가 화학반응의 결과로서 생성한 '문학이란 무엇인
가'라는 근본적 질문 앞에 다시 놓이게 된다.

박지영의 방식이든 손보미의 방식이든 현실과 허구 사이의 관계를 두
고 문학의 본질을 묻는 것은 문학사 전체와 대결하는 일이다. 자기반영적
문학의 '이후'는 결국 문학의 미래를 가늠해보는 일로 귀결하는 것이다.

3. 포스트 소설 시대의 소설, 즉흥 이야기 콘서트

자기반영적 문학은 말할 것도 없이 소설에 대한 정형화된 틀로는 감상
포인트를 발견하기 쉽지 않은 소설들이 대거 등장한 지도 이미 오래다.
한국 '소설'이 한 세기라는 역사의 시간을 살아냈다고 자위할 수 있으며,
'이후의 소설'에 대한 논의가 시작되고 말할 수도 있을 것이다.

흥미롭게도 루카치가 『소설의 이론』에서 그리스 비극과 서사시, 『돈키
호테』와 『감정교육』 그리고 『빌헬름 마이스터의 수업시대』를 거쳐 톨스토
이와 도스토옙스키에서 소설의 미래를 점쳤을 때, 소설의 미래에 대한 희
망찬 기대보다 먼저 언급한 것은 소설의 죽음이었다. 벤야민 역시 「이야
기꾼과 소설가」에서 소설 모형의 시발점에 『돈키호테』를 세우고 소설 최
후의 완벽한 모델로 플로베르의 『감정교육』을 내세운 바 있다.[5]

소설의 죽음을 운위하는 논의에서 짚어둘 점은 비평가들이 언급한 그
'소설'의 역사성 문제다. 그 '소설'이 실상 모든 이야기 형식이 아니라 근
대 이후 등장한 특수한 이야기 형식 모델을 가리킨다는 점을 상기할 필요
가 있다. 소설가의 등장이 근대적 개인의 등장과 동시적으로 이루어졌음
을, 소설이 개인의 시야를 통해 포착된 세계에 대한 기록임을 함께 떠올
려볼 수도 있을 것이다. '소설 형식이 시대 정합성을 갖는가'라는 질문은

결국 근대적 개인 범주가 불확실해지는 오늘날에 소설 형식은 어떠해야 하는가를 묻는 것과 다르지 않다. 최제훈 소설과 한국소설 '이후'를 겹쳐 놓고 사유할 수 있는 것은 이러한 이유에서다.

자, 이야기를 계속해봐. 잠이 들지 않도록. 이젠 지쳤어. 모르겠어. 여기가 어디인지, 내가 누구인지도. 이렇게 똑같은 이야기만 반복하면서 버티는 게 무슨 의미가 있을까? 의미…… 글쎄, 최소한 지루하다는 느낌은 가질 수 있잖아. 그리고 똑같은 이야기만 반복하고 있는 건 아니야. 매번 변하고 있어. 조금씩, 조금씩, 쌓여가면서. 정말? 나는 모르겠는데…… 나는 알 수 있어. 이번에는 어떤 새로운 이야기가 펼쳐질까, 내심 기대하고 있는걸. 그렇구나. 우리 기억이 점점 희미해지는 거겠지? 괜찮아, 지금처럼 계속 채워넣으면 되니까. 어떻게 해도 저 사람들의 기억은 달라지지 않아. 변할 수 있는 건 우리 이야기뿐. 우리는 그 속에서 기다려야 해. 하긴, 지금 내가 투덜거릴 처지가 아니지. 어떻게 얻은 건데, 이 지루한 시간을. 그래, 어떻게 얻은 건데…… 하아, 그럼 다시 시작해볼게.(『일곱 개의 고양이 눈』, 자음과모음, 2011, 11~12쪽)

최제훈의 소설이 소설이라기보다 이야기의 네트워크라 말하는 것은 타당하다. 거기에는 벤야민이 소설과 구분해서 설명했던바, '그러고 나서 어떻게 되었는가'라는 물음이 정당성을 상실하지 않은 채 유지되고 있다. '어떻게 되었는가'에 대한 궁금증이 다음 이야기를 이끌고 또 빨려들어가게 하며, 거기서 그치지 않고 이야기는 네트워크화되어 예기치 못했던 잔가지들로 이리저리 얽혀 본래의 이야기와 변주된 이야기의 순서를 구분할 수 없게 한다. "무한대로 뻗어나가지만 결코 반복되지 않는 파이처럼" "완성되는 순간 사라지고, 사라지는 순간 다시 시작되는 영원한 이야기".(282쪽) 최제훈의 소설에서 하나의 이야기는 미로의 막힌 문을 여는 출구이며 또다른 미로를 여는 입구가 되고 원본과 리모델링한 이야기 사이의 진위는 영원한 미궁으로 남겨진다.

진위의 불확정성에 관해서라면, 논의를 조금 더 진전시켜볼 수도 있다. 최제훈 소설의 전제라고 할 수 있는 진위 판결의 불확정성에 의해, 앞선 이야기는 그의 소설에서 오리지널의 순도를 보증받지 못한다. 이어지는 이야기에 의해 앞선 이야기의 공백이 채워지지도 않는다. 이야기가 이어지면서 앞선 이야기들의 진위는 끊임없이 흔들린다. 이야기는 언제나 '누군가'의 이야기이며, 누군가를 통과하면서 변형되는 것이기 때문이다.

누군가의 '기억'이 모든 이야기를 그물처럼 얽어매며, 한 이야기는 다음 이야기와 서로 이어진다. 각자의 이야기 속에는 언제나 새로운 이야기를 생각해내는 이야기꾼이 살고 있는데, 이것이 바로 벤야민이 강조한 서사시적 기억이자 이야기의 예술적 요소다. 이런 맥락에서 보자면 최제훈의 이야기 숲은 포스트모던 서사라 일컬을 수 있는 유희로서의 이야기에 대한 열망을 넘어선다. 그 미로의 숲에는 소설 이후의 소설, 이야기성의 회복으로서의 소설의 가능성이 숨겨져 있다.

물론 최제훈의 세계에 이야기에 대한 열망만 담겨 있는 것은 아니다. 이야기의 해리적 분할과 공존은 이야기 주체들의 포스트-근대적 존재방식을 입증한다. 등단작인 「퀴르발 남작의 성」에서부터 보여주었던바, 최제훈 소설의 틈새에서는 "실제인지 자신의 욕망이 빚어낸 환영인지 확신하지 못하는 불안과 강박"(『퀴르발 남작의 성』, 문학과지성사, 2010, 17쪽)이 발아 직전의 이야기처럼 들끓고 있다. 새롭게 실체화되는 정체성들이 억압된 수많은 욕망의 얼굴들임을, 선택한 삶의 이면에 선택하지 않은 수많은 삶의 연쇄가 은폐되어 있음을 짚어주면서 그의 소설은 근대적 경계의 불확정성을 이야기로서 들려준다.

그렇게 그의 소설은 근대적 소설가의 존재론적 확실성을 되묻는다. '누가 이야기하는가'에 관한 메타적 질문이 차곡차곡 쌓이면서, 반복되는 레

퍼토리임에도 매번 다르게 연주되는 즉흥 연주처럼 최제훈의 소설은 이야기의 콘서트가 되는 동시에 소설 전체가 하나의 거대한 질문이 된다. 『일곱 개의 고양이 눈』이 근대적 소설가의 존재론적 확실성까지 되묻게 되는 것은 그래서다.

때로 최제훈의 소설에서 각 이야기들은 역할극을 수행하는 인형들의 순환극이 되면서 '최제훈 월드'를 탄탄하게 구축하는 쪽으로 기우는 듯 보인다. 그런데 이런 때, 말하자면 소설이 정교한 퍼즐로서의 욕망을 지나치게 강조하는 듯 보일 때, 이야기 콘서트로서의 『일곱 개의 고양이 눈』은 다채로움을 상실하고 이야기들을 관통하는 패턴을 부감케 한다. 그런 순간에 멀리 떠나보냈다고 여겨졌던 근대적 소설가의 힘이 소설 전체에 짙은 그림자를 드리우고 있음이 다시 목도된다.

그런 때에는 '누가 이야기하는가'에 대한 강한 호기심이 사라져버리는 속도와 이야기의 단조로움이 가시화되는 경향이 순서 없이 매우 가파르게 진행되곤 하는데, 포스트 소설 시대의 소설의 가능성과 관련하여 주의 깊게 들여다보아야 하는 곳은 바로 그런 지점이 아닌가 싶다. 소설 이후 소설의 가능성이 그런 지점들의 돌파와 긴밀하게 연관된 때문이기도 하지만, 무엇보다 그것은 좀 시간이 걸리더라도 깊고 찬찬하게 그 지점과의 정면 승부가 이루어지기를 바라는 신뢰에 찬 기대 때문이기도 하다.

세계의 바깥을 꿈꾸다, 흐물흐물하고 말랑말랑한

> 그것은 그가 마음속으로 숨막혀하면서 여러 번 상상하고
> 또 상상한 순간이었으나 실제로 일어나는 모양을 보니
> 현실은 역시 별것 아니며 고작 모든 예상된 상상의
> 평범한 아류에 불과하다는 확신이 들었다.
> ─배수아, 『올빼미의 없음』 중에서

1. 예언의 실현, 이후

산업사회가 시작되고 자본의 시대가 열리던 19세기 초에 유토피아적 사회주의자로도 불렸던 영국의 사회개혁가 로버트 오언이 예견한 자본주의 발전의 귀결점은 참혹함으로 불려야 할 인간상실 상태였다. 그는 자본주의의 편재가 그곳에 사는 이들을 전혀 새로운 성격의 인간으로 재탄생시킬 것임을 예견했다. 국가의 지배에서 벗어난 자본의 자유로운 행보의 결과로서, 대대로 물려받았던 성격을 파괴당하고 유목민처럼 떠돌면서 자긍심을 상실하고 뜨내기로 바뀌면서 비참한 상태의 '저질 인간'으로 살게 될 것이라고도 했다. 누군가는 자본주의의 발전이 물질적 부와 경

제 수준의 향상을 가져올 것이고, 이전보다 더 '잘살게' 될 것이라 말하기도 했다. 그는 사회 전체가 이득과 이윤의 원리에 따라 새롭게 조직될 때의 부수효과인 인간 본래성의 완전한 개조와 상실을 우려했다. 자본주의의 본격화란 '최소비용과 최대효율'로 압축되는 경제적 문제만으로 환원될 수 없으며, 개조된 인간들로부터 발생할 수밖에 없는 사회적 문제임을 정식화했다.[1]

그의 예언이 실현되었다. 출구 없이 매끈하고 견고한 일상으로 착색된 글로벌한 자본주의의 위력 앞에서 청산되었다고 믿었던 정치적 퇴행의 재연 시절을 맞이하게 되었다. 그리고 다른 세계를 막연히 꿈꾸며 그저 견디고 있는 우리에게 가냘픈 희망을 내동댕이치듯 '4·16 세월호 참사'가 왔다. '세월호 참사'는 삶의 상승 가능성에 대한 일말의 기대를 부질없는 것으로 치부하며, 우리를 더 깊은 슬픔과 우울의 우물로 야멸차게 던져넣었다. 고통과 슬픔, 분노와 좌절, 절망과 공포, 부끄러움과 무력감, 이 모든 것들의 총합이라 할 참혹함이 우리를 피할 수 없는 질문 앞에 서게 했다. 일어나지 말았어야 할 그간의 대참사들이 한국사회 전체에 대한 반성을 촉구해왔다면, '세월호 참사'는 반성을 촉구하는 사이 참사 자체를 망각해가던 지난날과는 다른 국면 앞에 우리를 세웠다. 오 분 후, 삼십 분 후, 한 시간 후의 죽음을 꿈에도 모른 채 인간의 호의를 믿었던 명랑성이 바닷속으로 가라앉았다. 배가 가라앉는 동안 산 자가 죽은 자가 되는 그 시간을 우리는 눈앞에서 빈손으로 지켜보아야 했다. '세월호 참사'는 '우리'의 맨살이 된 연루와 공모의 장이 만천하에 스펙터클하게 공개된 사건이다. 우리가 산─죽음의 존재임을 확인할 수밖에 없었던, 돌이킬 수 없는 시간이었다.

'가만히 있으라'는 통치의 목소리는 있되 출처도 주인도 없었다. 인명구조용 헬기와 위기의 골든타임이 의전을 위해 동원되었고, 국민을 구해야 하는 국가가 룰도 틀도 없이 우왕좌왕하는 사이에 책임은 폭탄 돌리기처럼 부서에서 부서로 총책임자에게서 하급책임자에게로 떠넘겨졌다. 구조의 의무가 있는 국가와 국가의 이름으로 유지되는 조직은 생명을 가진 개별 존재로 흩어졌고, 구조의 긴급성은 구조 당사자의 위험 앞에서 뒷전이 되었다. 사회는 개인들의 불안으로 부풀어올랐지만 사회의 위험은 개별화되었다. 여기에 국가는 없었다. 배의 책임자들은 '가만히 있으라'는 목소리를 남긴 채 누구보다 먼저 배에서 탈출했다. 죽음 앞에서의 절박한 행동이라는 말로는 충분히 납득되기 어려운 상황이었다. 그럼에도 비정규직 선장에게 무한 책임을 묻는 일이 정당하지만은 않다. 수시로 교체 가능한 나사와 같은 존재들보다는 더 많은 권한과 책임을 가진 존재들이 현실에는 분명히 존재하며 책임의 상당 부분은 그들에게 지워져야 마땅하다. 하지만 국가처럼 그들은 흔적조차 찾을 수 없다. 오랫동안 준비라도 한 듯 부패와 비리 연쇄에 빈틈이 없었다. 난세에 들끓어오른다는 사이비 종교의 역할을 무시할 수 없으며, '떼쓰는 국민'을 연출한 미디어의 역할도 빼놓고 말하기 어렵다. 한국사회는 현재 글로벌한 자본주의의 힘이 경제 영역에서 흘러넘쳐 사회 전체를 개조했음을 너무 참혹한 사태로서 확인하는 중이다. 4·16 세월호 참사 이후로 우리는 국가와 손잡은 글로벌 자본주의 전체와 대결해야 하는 상황에 놓이게 되었다. 세계 바깥은 있는가. 우리에게 미래는 있는가. 우리에게 세계 바깥을 꿈꿀 자격이 있는가.

2. 어떻게 인간으로 살 수 있는가

전망은 비관적이다. 한 철학자의 말처럼 개인을 주체로 호명하는 장치들은 무한증식중이지만, 교육이든 법이든 미디어든 장치들은 더이상 이데올로기적 기능을 수행하지 않는다. 현대사회의 개인은 주체화되지 않으며 탈주체화의 연쇄로 미끄러질 뿐이다. 고객이 왕인 시대를 살며 소비자-주체로서의 무한 권한을 누리고 있지만 소비 행위는 주어진 정보들 사이의 선택일 뿐이며 우리의 선택은 취향이라는 이름의 그룹핑에 의해 빅데이터의 자원으로 회수될 뿐이다. 따라서 당연한 사실이지만 권력의 대결구도 따위는 없거나 무의미하며, 있다 해도 그것은 정치적 영역과는 아무런 관련도 없는 그림자놀이에 가깝다. 개인은 사회화될수록 탈주체화의 연쇄 속에서 탈주 불가능한 순응적 주체로서 양산될 뿐이다. 철학자도 자인하고 있듯이 '가능성은 없다'. 그러나 우리 또한 그것을 알기에 그의 역설적 희망에의 전언에 기대를 걸게 되는 것인지 모른다. '가능성은 없다. 바로 그래서 장치들 안에 포획되고 분리되었던 것을 재배치하는 일이 좀더 긴요하다.'[2] 그의 말처럼 순응과 저항의 틈바구니에서 권력 효과를 만들어내는 장치들의 유동화가 재요청되어야 하며, 가능하다면 장치들이 만들어내는 권력 효과이자 고착화된 구조를 말랑말랑하게 만드는 일이 최우선이 되어야 하는 것이다.

동물로 살거나

바깥을 꿈꿀 수 없는 포획된 존재임에도, 우리는 주체적으로 산다. 그렇게 산다고 믿는다. 가령, 주체적으로 자기계발에 매진하며, 스스로를 단련하여 어제보다 나은 삶을 성취하고자 매 순간을 성찰한다. 타인을 감정적으로 배려하고 분노를 조절하며 소통과 대화의 기술을 습득한다. 그렇게 경쟁논리와 위계논리를 내면화하고 우정 없는 세계에서 인간관계를 교환논리로 바꾸면서 비즈니스형 인간이 된다. 글로벌한 자본주의의 통치논리를 내면화하고 경제적 주체에 감정을 부여하며 친밀한 영역을 도구적으로 활용하면서 기업형 자아가 되는 것이다.[3]

피할 수 없는 현실의 무거운 일면을 유쾌하게 다루는 배상민의 소설은 블랙유머가 주조를 이룬다. '엄마'의 조련에 따르면서 엘리트 코스를 따라 성공가도를 달려야 하는 삶을 애완견에 비유하며 희화화하는 소설 「안녕 할리」(『조공원정대』, 자음과모음, 2013)도 다르지 않다. 유쾌한 농담 끝에 뼈 있는 씁쓸함을 전한다. '앞서 나가지는 못해도 뒤처지지는 않으려는' 「안녕 할리」의 주인공은 '커서 뭐가 되어야 하는지'가 미리 정해진 인생을 사는 존재였다.

회사 앞 공원에서도 딱히 뭔가를 해야겠다는 의욕이 생기지는 않았다. 그저 벤치에 앉아 산책 나온 사람들을 멍하니 바라보았다. 팔팔이와 같은 종의 개 한 마리가 주인의 손에 이끌려 지나가는 것이 보였다. 그때였다. 환영처럼 그 개의 목줄이 내 목에 옮겨와 걸려 있는 것이 보였다. 목이 말할 수 없이 답답했다. 나는 벌떡 일어났다. 그리고 정신없이 그 자리를 벗어났다.(「안녕 할리」, 28쪽)

어느 날 애완견처럼 길든 그가 존재에 대한 성찰과 저항의 몸짓을 시작한다. 그저 한번 해보는 일탈만은 아니다. 원하는 것들을 뒤로 미루거나 억압한 채 살아왔던 그의 삶이 분출한 반동력이다. 애완견과 다르지 않던 자신의 삶을 돌아보고 거기서 벗어나기 위한 실행도 서슴지 않는다. 하지만 이러한 일탈의 성공률은 현실적으로 낮은 편이다. 직장을 과감히 '때려치우고' 연 일탈과 자유의 상징인 고가 오토바이 대리점은 잘되지 않는다. 빈둥거리던 끝에 퀵서비스맨이 되지만, 그 삶을 당당하게 자기 것으로 받아들이지 못하고, 오히려 퀵서비스맨을 향한 외부자의 시선, 내면화된 서열구조만 깨닫게 될 뿐이다. 그의 성찰과 일탈의 귀결은 우리의 예상을 크게 벗어나지 않는다. 그는 결국 애완견의 삶으로 되돌아갈 것을 결심한다.* 착

---

* "그날 나는 퀵서비스 회사를 관두고 할리를 팔기로 결심했다. 애초에 애완견으로 태어난 개는 유전적으로 절대 야생의 들개가 될 수 없는 것처럼 나 역시 엄마가 정해놓은 길을 벗어나 홀로 살아가기 힘든 유전자를 타고난 것이 틀림없다고 생각했다. 그것에서 벗어났을 때 몸은 부끄러움이라는 경고 신호를 보낸다. 나는 다시 엄마의 부끄럽지 않은 아들이 되기로 했다. 마음이 한결 홀가분했다." 「안녕, 할리」, 35쪽.

한 아들이기를 그만두고 도전적 자세로 '자아 찾기'를 시작한 모험의 시작과 끝은 애완견의 삶을 살았던 이들이 거기서 조금도 벗어나지 못한 채 그 언저리를 맴돌다가 결국 애완견의 자리로 돌아가게 될 뿐이라는 특별할 것 없는 사실을 재확인시키면서 씁쓸한 뒷맛을 남긴다.

세상의 한편을 채우는 것이 최고의 학교와 기업, 성공한 결혼에 대한 열망이라면, 다른 한편을 채우는 것은 그 코스에서 미끄러진 이들의 '흉내내기'로서의 삶이다. 세상에는 최고의 코스를 사는 이들, 그렇게 살기를 열망하는 이들, '흉내내기'의 삶으로 실패만을 사는 이들이 있을 뿐이며, 이렇게 해서 결국 현실에는 최고의 코스만이 유일하게 가능한 삶의 방식으로 남게 된다. '애완견의 삶'이 꿈꾸는 다른 삶에의 열망이 결국 '애완견의 삶'으로 귀결되는 것은 이러한 이유에서다. 세상이 요구하는 인간 유형에서 벗어나려는 존재를 건 도약의 몸짓 역시 그것 그대로 또다른 매뉴얼화된 인생으로 판명되어버릴 뿐이다. 그만큼 이 세계의 틀은 강고하다. 자기계발형 인간인 「안녕, 할리」 속 그의 '자아찾기' 궤적이 슬프게 입증하듯, 애완견으로 비유된 동물적 삶의 끝에 탈출구는 없다.

이끼로 살거나

애완견에 가까운 삶조차 누구에게나 허용되지 않는다. 그런 삶이나마 애초에 불가능한 이들이 더 많다. 그런 이들에게서 다른 가능성을 만날 수 있을 것인가. 아마도 아닐 것이다. 배상민의 소설을 빌려 모든 것이 "처음부터 정해져 있었"[4]기 때문이라고 말할 수도 있을 것이다. 근대도시가 생겨난 후 도시의 밑바닥층을 채워온 것은 무위의 시간에 지쳐 화려한 도시의 불빛에 이끌려 고향을 떠난 농촌 출신들이다. 식민지 시기 도시 주변에 빈민촌이 형성된 이래로, 고향을 떠난 이들이 도시 변두리에 '이끼처럼 얇게 뿌리내리고' 더부살이를 지속해왔다. 배상민의 「조공원정대」는 근대 이래로 탈향 청년들이 도시의 변두리 하층민으로 유입되는 메커니즘이 지금껏 반복되고 있음을 증거한다. 「어느 추운 날의 스쿠터」가 보여주듯이 중심에서 바깥으로, 위에서 아래로 떠밀리는 삶의 보편성은 시대와 국경을 초월한다. 미국에서 공장 노동자로 살던 이들이 금융화 자본주의의 횡포 아래 공장에서 해고되어 피자 배달원을 해야 했고, 무리한 대출로 마련한 집 때문에 서류를 조작해서 이국의 영어교사로 떠날 수밖에 없었다.(「어느 추운 날의 스쿠터」) 삶의 터전에서 내쫓겨 낯선 곳에서 떠돌이의 삶을 살거나 범죄자가 되고 마는 인생유전은 전 지구적 밑바닥층의 공통 운명이다.

분명 이 시대 모두의 삶은 야만화되는 동시에 위계화되고 있다. '동물층'과 '이끼층' 사이의 간극은 결코 좁혀질 수 없는 것이다. 이끼의 삶이 동물의 삶과 경쟁하는 일은 벌어지지 않는다. 예외는 없다. 이끼의 삶이 동물의 삶을 염원할 때 이끼들은 스스로를 죽음으로 몰아넣는 길을 피할 수 없다. 엄마와 단둘이서 달동네 판잣집에 살던 「헤드기어 맨」 주인공의 인생유전이 전해주듯 이끼의 삶 바깥은 없으며, 그들이 다른 세계를 꿈꾼다면 상황은 더 악화될 뿐이다. 클럽의 웨이터로 시작해서 사채추심 자해공갈을 하다 결국 재개발지역 철거용역이 된 「헤드기어 맨」의 주인공이 '정원과 분수가 멋진 유럽형 아파트, 주문한 대로 내부를 꾸며주는 아파트, 헬스클럽에서 몸매를 가꾸고 텃밭도 가꿀 수 있는 아파트, 사는 사람의 품위를 결정해주는 격조 있는 아파트, 그 아파트에 살면서 행복해죽겠다는'(「헤드기어 맨」, 125쪽) 광고를 보면서 신기루처럼 다른 삶을 꿈꿀 때, 그 열망은 그에게 이끼로서의 삶마저 몰수한다.

그것이 이끼의 삶이다. 그러니 글로벌한 자본주의가 '삼포 세대'를 만들어낸 양상을 기민하게 포착한 소설 「유글레나」에서 수도권에 있는 학교를 다니는 여학생이 토익 강의를 수강하는 중에 만난 남자를 두고 영어 성적이 올라가고 알 만한 회사의 인턴사원이 되자 연애를 허락한다 해도, 그 남자와의 관계가 그 남자의 '이끼층' 탈출 가능성의 수치에 따라 '친한 오빠'에서 '자주 연락하는 오빠' '매일 연락 안 하면 서운한 오빠'로 달라진다 해도, 그녀를 속물이라 비난할 수는 없다. 남들 다 간다는 어학연수는커녕 동네 슈퍼를 운영하는 부모님과 동생 둘을 둔 처지인 그녀가 전락하는 이끼의 삶을 살지 않으려면 연애와 결혼을 비즈니스로 여기는 방식말고 선택의 여지가 없다. 더구나 그녀의 꿈은 실현된다 해도 동물의 삶근처에도 가닿지 못한 것이기 십상일 것이다.

차라리 고독사를, 동물과 함께

글로벌한 자본주의를 대표 얼굴로 하는 세계에서 우리가 인간으로 남는 일은 불가능한가. 최진영 소설의 근간에서 만나게 되는 비관적 세계인식의 도저함은 배상민의 그것에 뒤지지 않는다. 역사적 계통수를 관통하는 비관적 인식을 여성 잔혹사의 기록들(『당신 옆을 스쳐간 그 소녀의 이름은』『끝나지 않는 노래』)을 통해 토로하며, 희망을 꿈꿀 수 없는 사정이 역사적으로 축적된 경험의 결과임을 말해왔던* 최진영은 동시대 세계에 대

---

* 가령, 『당신 옆을 스쳐간 그 소녀의 이름은』(한겨레출판, 2010)의 소녀가 '진짜 엄마'를 찾고 나면 사정은 달라지는 것인가. 여성 삼대에 해당하는 소설 『끝나지 않는 노래』(한겨레출판, 2011)는 이 땅에 살았던 밑바닥 무지렁이 여자의 삶이란 세대를 통해 유전되는 '희망 없는 삶'의 끝없는 반복일 뿐임을 가차 없는 시선으로 기술한다. 1927년 내성면 두릉골이라고 하는 산골에서 집안의 넷째 딸로 태어난 한 여인('두자')이 있었다. 그녀는 아들을 낳다 죽은 엄마 대신 들어온 새엄마를 엄마라 여기고 살았다. 우리가 상상하는 자식에 대한 따뜻한 정 같은 것 없이 그렇다고 구박덩이로 산 것도 아닌, 새엄마와 마찬가지로 그저 죽도록 집안일만 하다가, 새엄마가 소개해 준 남자를 따라 하루종일이 걸리는 곳으로 가서 처음 본 남자와 사는 그런 삶을 살았고, 결혼을 하고도 집안에서와 마찬가지로 부엌데기이자 무임의 식모로서의 삶을 이어갔으며, 전쟁 통에 징집되었던 남편이 데리고 들어온 배부른 여자에게 아내의 자리를 빼앗기기도 했고, 혼자 몸으로 일하며 살다가 쌍둥이를 낳기도 했으며, 아들을 낳아주러 다른 마을 한 집안의 후처로 들어가기도 했다. 돈을 싸들고 도망가 버린 남편의 여자 대신 그 여자가 낳은 남편의 아들들을 극진히 키웠고 자신의 딸들을 '엄마들과 마찬가지로' 식모처럼 부리며 살았다. 그녀의 딸들의 삶도 그녀와 조금도 다르지 않았다. 여인 삼대에 걸친 이야기는 길지만 덧붙일 이야기가 필요 없는 게 그녀들의 삶이기도 하다. 그녀들의 삶은 그녀들 자신의 잘못의 결과인가, 거기에 탈출의 가능성은 있는가. 여기서 만나게 되는 것은 도저한 비관이다.

한 관심을 자본이 재구축하는 친밀성의 영역으로 모으는 중이다. '같이' / '함께' 사는 일의 가능성을 탐색하며, 가족, 이웃, 형제와의 미래를 꿈꿀 수 있는 방법을 고민한다. 어떻게 인간으로 살 수 있을 것인가를 묻는다.

"못 찾겠니? / ……거기 꼭 가야 합니까? / 왜, 힘들어? / 왜 가야 합니까? / 가보면 알아. 손해 보진 않아. / 아버지 약도가 이상해요. / 니가 못 찾으니 그런 거지. / 아뇨. 사람들도 다들 모른다 그러고. / 못 가본 사람들이니 모르는 거지. / 아버지는 가보셨어요? / 서둘러라. 많이 늦었다. 도착하면 전화해."(최진영, 「어디쯤」, 『팽이』, 78쪽) 자신이 가본 적은 없으나 가야 한다고 믿는 곳, 그곳에 이르는 길을 알지 못하나 길을 만들며 나아가다보면 무엇이든 얻을 게 있을 거라 믿는 곳, 가족의 얼굴을 한 세계가 우리를 그곳으로 떠민다. 친밀성의 이름으로 강요되는 자본의 논리가 알 수 없는 미로로 우리의 등을 떠민다. 무언가를 찾아가는 것이 아니라 그저 길 위를 헤맬 뿐임을 직시하고 있음에도, 가족조차 "자유를 명령하는 방법으로 자유를 몰수"[5]하는 관계만을 허락할 뿐이다. 누군가는 '더 높은 곳으로 가고 싶은 게 아니라 있는 곳을 지키고 싶을 수 있다'.(「어디쯤」, 75쪽) 그러나 시대는 그들을 용납하지 않는다. 개발과 진보의 논리를 숭배하지 않는 자들은 체제의 위험분자다. "행복하게 사는 것"[6]은 상상해서는 안 되는 불온한 꿈이다. 「어디쯤」의 인물의 입을 빌려 '지금 길을 잃었고. 여기가 어딘지 모르겠다'(88쪽)고 우리 대신 절규하면서 작가 최진영이 묻는다. 어떻게 해야 하는가를. 어떻게 인간으로 남을 수 있는가를.

부모의 산소 앞에서 우연히 발견한 돈가방이 불러온 소동을 다룬 소설 「돈가방」이 보여주었듯, 돈 앞에서 가족의 의미가 파탄나는 것이 아니라, 돈이 형체만 남은 가족이라는 허울을 내던지게 한다. 우연히 발견한 돈가방을 두고 막냇동생에게도 '가족'의 이름으로 몫을 나눠줘야 한다고 주장했던 「돈가방」의 '두수'는 형 부부가 철면피의 태도로 돈가방을 집어삼

키자 가차 없이 형을 신고해버린다. 두수의 이중성은 자본이 친밀한 영역 깊숙이 침투해 있음을 가감 없이 폭로한다. 그런데 우리에게 두수를 비난할 권리가 있는가. 자본이 친밀성을 파괴하고 재편했다는 사실보다 심각한 문제는 사태의 원인을 외부로 돌리려는 두수의 태도가 보여주듯,* 공모자인 우리에게 답이 보이지 않는다는 데 있다.**

「돈가방」이 포착하고 있듯이 사랑과 신뢰에 기반한 친밀함의 영역은 이제 지반부터 흔들린다. 친밀함을 나누던 관계의 안정성이 뒤흔들리자, 최진영의 인물들은 지반 붕괴를 야기한 원인에서 자기 지분을 확인하면서, 그런 이유로 삶의 다음 단계를 모색하면서도 갈 곳을 잃고 우두망찰한다. 적어도 지금까지의 모색으로 보자면, 그들의 선택은 그리 희망적이지 않다. 가족에게 실패자로 취급받는 「엘리」의 '나'를 보자. '언제나 행복하게 사는 것'을 바랄 뿐이며 그 행복이 '관계'에서 오는 것임을 알고 있으면서도(138쪽), 그가 동반자로서 선택하는 것은 가족이 아니라 늙은 코끼리이다. 아무도 못 믿게 된 세상에서 「엘리」의 '나'는 유일한 신뢰의 가

---

* 최진영, 「돈가방」, 『팽이』, 창비, 2013, 33~34쪽. "아내가 발악을 하고 돈에 집착하고 형과 형수에게 막 대하는 것을 보면서 두수는 자괴감과 절망에 빠졌다. 젊은 시절 아내는 이렇지 않았다. 얌전하고 수줍고 겁 많은 여자였다. 무엇이 아내를 악다구니나 부리는 여자로 만들었나. 행여 내가 아내를 이렇게 만든 것일까. 결국 돈이 문제인가. 없는 살림 때문인가. 하지만 내가 일도 열심히 하고, 아예 못 버는 것도 아니고, 적어도 환갑까진 일할 자신 있는데. 억만금을 가졌더라도 아내는 지금처럼 행동했을 것이라고 두수는 생각했다. 원래 욕심 많은 여자니까, 만족할 줄 모르는 사람이니까 어쩔 수 없다고 급히 결론 내렸다."

** 지난 몇 달 동안 매일 야근을 한 남편이 강간상해사건의 용의자라는 경찰서의 연락을 받은 경우라면 어떨까.(「남편」) "퇴근하자마나 씽크대에 기대서서 물김치에 밥을 말아 먹고, 머그컵에 소주를 따라 단숨에 들이켠 뒤 이불 속으로 스멀스멀 들어오며 한번 안아보자, 혹은, 오늘은 진짜 한번 안아보자, 하고 중얼거리다가 잠들곤"(「남편」, 38쪽) 하는 남편, "열심히 돈 모아 작은 전셋집이라도 얻으면 아이부터 갖자며 소주 한 병도 세 번에 나눠 마시던 안쓰럽고 애달픈"(「남편」, 47쪽) 사람은 강간 살인의 범인인가. 용의자라는 사실만으로 남편에 대한 험담이 난무했고 아내인 자신까지도 믿지 못할 사람 취급을 받게 되어 결국 일터인 마트에서도 쫓겨난다. 남편을 믿어야 할까. 그간 믿었던 모든 것들은 모두 거짓인가. 나빠진 상황의 기원은 어디인가. 모든 원인이 남편에게 있다고 말해도 되는가.

능성을 동물인 코끼리에게서 찾는다. 인간으로 살아남기 위한 고민이, 동물의 삶을 살기보다는 인간을 등지는 쪽으로, 동물이 되느니 '동물과 함께' 사는 쪽으로 답을 찾아간다. 바깥에서 종말이 전쟁이 대학살이 일어난다 해도 상관없다는 태도로 바깥으로 난 문을 막아버린 「월드빌 401호」의 자폐 성향 생활자의 고민은 세계에 대한 거부가 인간 전체에 대한 혐오로 이어지는 더 심각한 수준이다.

사실 이러한 곤경은 최진영의 인물만이 아니라 우리 앞에 놓인 것이기도 하다. '희망 없음'의 선언을 반복하고 있으면서도 '나는 왜 죽지 않았는가'를 반복 질문하는 과정이 내비치듯, 그들은 매우 역설적인 방식으로 여전히 누군가와의 소통을 간절히 열망한다. 친밀성의 복원을 갈망한다. "아무 대가 없이 나를 받아주는 인간에 대한 경이로움"[7]을 포기하지 못한다. 신뢰가 사라진 현실을 견디느니 고독사를 선택하고 말겠다고 선언하고 있으면서도 과연 신뢰의 영역은 완전히 사라진 것인가를 묻는다. 최진영의 인물들은 질문을 극단까지 밀어붙이고 질문의 가장자리에 자신을 세운다.

"여보, 난 아니야. / 벌써 소문 다 났어. / 그런 거 믿지 마. / 그럼 뭘 믿어? 난 뭐 믿어! / 날 믿어. 내 말을 믿어. / 당신을 어떻게 믿어. 당신이 뭔데. 당신은 날 믿어?"(「남편」, 63쪽) 「남편」에서 자신의 결백을 강변했던 남편의 최후 항변을 끝내 털어내지 못하고 되새김질하게 되는 것은, 그 항변이 친밀한 공간을 채우는 신뢰가 얼마나 허약한 것인가를 보여주는 지점이라기보다는 신뢰라는 것이 어떻게 만들어지는 것인가를 거꾸로 묻는 지점인 때문이다. 바우만이 강조하고 있듯, 글로벌한 자본의 위력 아래서 우리의 관계는 '고객-상품' 혹은 '사용자-유용성'의 패턴을 띠게 된다. 오늘날 인간적 유대가 취약하고 인간들 사이의 결사와 파트너십이 쉽게 변하는 것은 주로 이러한 주입 내지 훈련 때문이다. 여기에 신뢰는 없다. 그러나 이러한 경향성의 효력이 인간관계의 대칭성을 폐기하지는 못한다. 어떤 주체도 불가분의 주권과 완전한 지배권을 서로에게 요구할 수 없으며, 설사 요구하더라도 그것을 움켜쥘 수 있을 것이라 진심으로 기대하지 않는다. 완전히 장악되지 않는 불안이 야기하는 위험들, 이것은 말하자면 인간 친화적이고 협력적인 공생에서 특별하고 건전한 즐거움들을 얻게 될 때 늘 치러야 할 대가다.[8]

최진영의 인물들은 철저하게 자족적이지도 않지만 온전하게 타인과의 공존을 견디지도 못한다. 아마도 이것이 우리의 모습일 것인데, 그들 아니 우리는 '공-생'할 수 있는 방법을 아직은 알지 못한다. 최진영의 소설은 도저한 비관으로부터 점차 더 진한 외로움의 세계로 진입하는 듯 보인다. 그러나 '공생'의 가능성을 두고 말하자면, 이는 결코 해답 찾기 과정상 퇴보가 아니다. 타인이 전하는 "원망이나 실망이나 기대나 연민이나 죄책감 같은 인간의 감정"[9]이 불러일으킨 흔들리는 상태를 그 자체로 견디는 방법을 발견하는 한 우리에게 희망은 있다. 신뢰를 잃은 관계에 대한 복원 열망이, 개별화되고 파편화된 새로운 공동체의 가능성에 대한 꿈꾸기의 일면임을 새삼 덧붙일 필요는 없을 것이다. 우리가 매끈한 관계 저편으로 던져버린 것, 확정되지 않으며 늘 충분히 장악되지 않는 것, 그것이 야기한 불안과 공포, 이런 것들과 마주할 때 그곳에서 인간으로 살 수 있는 가능성의 문이 열릴지 모른다. 그리고 어쩌면 거기가 고착화된 구조가 말랑말랑해진 바로 그곳인지 모른다.

3. 바깥에 대한 상상

확장된 문화 영역의 일원이 된 이후로, 문학에 대한 독자의 관심과 문학의 대사회적 영향력이 현저하게 줄어들었다. 문학의 위기로 명명되기도 하지만 사실 문학이 본래의 자리를 찾아가는 과정으로 이해하는 편이 더 맞다. 사회적 영향력의 상실은 문학세계를 작가 개인의 사유 안쪽으로 한정해야 한다는 역설로 종종 오해된다. 그러나 문학은 그간 더 은밀하게 사회적 형식이 되었다. 한 인간에 대한 이해조차 그를 둘러싼 수많은 규정선을 끌어와야 하는 현대사회의 복잡성에 비추어보아도, 문학이 복잡화되는 추세를 다 포괄하지는 못하는 '문학의 왜소화'와 같은 명명들은 재규정될 필요가 있다. 어떤 형태든 더이상 나눌 수 없는 구체의 형상 속에서도 문학은 수많은 장치들의 사회적 (권력) 효과의 흔적을 품을 수밖에 없다. 문학이 인간이 살고 있는 세계에 대한 상상인 한 그렇다. 이것은 문학이 현실을 압축 재현한다거나 세계에 대한 총괄적 인식을 자체로 혹은 파편으로 문학 속에 구현할 수밖에 없다는 말이 아니다. 의식의 자동기술법, 추리기법, SF적 상상력 등 다양한 장르 문법이 이질감 없이 문학이라는 이름으로 뒤섞이는 추세는 세계의 복잡화에 따른 문학의 복잡화 경향의 일환으로 이해되어야 한다. 말하자면 그것은 '인질극으로 시작해서 삼각관계로 끝나는, 패싸움으로 시작해서 불륜으로 끝나는, 사내 연애로 시작해 사제관계로 끝나는, 미스터리로 시작해서 미스터리로 끝나는, 시작된 물음표가 끝나지 않는, 아무것도 밝혀지지 않는' 문학처럼 이전의 경계선들을 "흐물흐물"[10]하게 만드는 작업으로 이해되어야 하는 것이다. 문학이 여전히 개인의 자폐적 내면 고백 이상의 것임을 의심하지 않는 이라면 이야기의 가능성을 실험하고 상상의 한계에 가닿고자 한 문학적 시도들이 만들어내는 그 복잡성의 구현물에 깊은 주의를 기울여야 할 때다. 거기 어디쯤에서 세계의 바깥을 향한 틈은 이미 만들어지고 있는지도 모른다.

　알고리즘은 누가 바꾸는가

　세계 바깥에 대한 작가 배상민의 상상은 인류의 새로운 기원 찾기로 구체화된다. 인류의 진화를 통한 다른 가능성을 탐색하는 발랄한 모험담을 추구하면서도 『콩고, 콩고』(자음과모음, 2012)는 세계의 현재 모습이 인류의 행복을 위한 최선의 노력의 결과라기보다 특정한 이들을 위한 체제 유지 노력의 결과물이라는 이곳 현실의 정치사회적 진실을 사회비판적 알레고리 형식으로 폭로한다.[11] 현생 인류의 종말 이후 팔천 년이나 지난 세상의 가치기준이 여전히 '이익과 효율'이라는 상상이 섬뜩하기도 하지만, 아담과 이브 창세기 신화를 차용하고 있는『콩고, 콩고』가 마냥 가벼운 소극(笑劇)만은 아니게 되는 것은 소설의 디테일이 가진 사회비판적 효력 덕분이다.[12]

　작가는 다른 세상이 실현될 수 있는 가능성을 '바보와 창녀'에게서 발견한다. 행복은 경제가치로 위계화된 인류의 가장 낮은 자리에서, 착취 구조의 가장 밑바닥에 놓인 존재로부터 경험 가능한 것이며, 바로 그런 이유로 체제를 전복할 수 있는 힘도 그곳 혹은 그들에게서 나온다는 신념을 풀어놓는다. 블랙유머 특유의 단순화는 차치한다 해도 세계 체제에 대한 분석이나 그에 대한 대안적 상상력이 쉽사리 예측 가능한 수준에 머무르는 점, 사회과학적 논의 뼈와 덧붙여진 이야기의 살의 접합면이 여전히 거친 결을 드러내는 점 등 '바보와 창녀'에게서 찾은 그 가능성에는 아쉬운 점이 적지 않다. 그럼에도 허술한 면모들이 '어떻게 변혁의 다른 동력을 마련할 수 있는가'에 대한『콩고, 콩고』식의 제안의 의미를 무화시키지는 않는다.

　　"여기에는 규칙이 있어. 정해진 시간에 일어나고, 정해진 시간에 밥을 먹고, 정해진 시간에 운동을 해야 해. 처음에는 그런 규칙을 지키는 게 갑갑하고 힘들 수 있어. 그래서 탈출하면 안 된다는 규칙이 있지. 하지만 규칙에 따라 지내다 보면 편안해져. 힘들게 생각할 필요도 없어. (……) 규칙을 지키지 않으면 규칙이 하나씩 생겨. 그게 여기의 가장 큰 규칙이지. 규칙이 늘어나면 다시 규칙에 적응할 때까지 시간이 걸린단 말이야. 귀찮은 일이야. 여기서 더이상 규칙을 만들기 싫다면 규칙을 지켜. 그게 가장 중요한 규칙이야. 알겠지?"(『콩고, 콩고』, 104~105쪽)

환자들끼리 만들어낸 이 새로운 질서에 적응해가면서, '율'의 집단에 속한 다수의 환자들은 밥을 먹기 위해 피 말리는 경쟁을 하며 불안하게 사느니 적게 먹더라도 마음 편하게 사는 쪽이 더 좋다고 생각하게 되었다. 그뿐 아니라 다 같이 새로운 질서와 규칙을 만들었다는 경험을 공유한 환자들 사이에서 끈끈한 동료애 같은 것도 생겨났다. 경쟁하지 않고 살아남는 법을 터득한 환자들은 여유로워졌다. 모이면 노래를 불렀고 농담을 주고받았다. 병원의 분위기는 다시 화사하게 살아났다.(『콩고, 콩고』, 343쪽)

병원의 규칙이 발휘하는 힘을 재조정하고 규칙 양산의 알고리즘을 바꾸는 것, 그것이야말로 장치에 의해 포획되었던 것의 해소와 재배치에 다름아닐 것인데, 『콩고, 콩고』는 '담'의 병원생활 에피소드를 통해 알고리즘을 바꿀 수 있는 주체가 결국 환자 자신임을 시사한다. 규칙이 강요하는 '경쟁-게임'은 참여자들 간의 불평등성을 유용한 것으로 전환시킬 수 있다. 다른 사람들의 실패를 기준으로 자신의 성공을 측정하고, 자신보다 뒤처진 사람들의 수효로 자신의 발전을 측정하는 구조 속에서 불평등은 해소되어야 할 악이 아니며, 오히려 개별적으로 향유되는 유용한 것이 될 가능성이 높다. 쉽게 해소되기 어려운 알고리즘인 것이다.[13]

『콩고, 콩고』를 통해 작가는 세계의 변혁이 '부'처럼 우월한 유전자를 가진 존재가 꿈꾸는 새로운 세상을 향한 목숨을 건 노력의 결과일 것임을 부인하지 않으면서도, 개별 인간들이 몸으로 겪으면서 조정한 것들의 축적물임을 지적하는 일도 빠뜨리지 않는다. 부의 선례를 따른 것이었다 해도, 이런 점에서 정신병원에서 담의 행위나 율의 변화는 기억해둘 만한 사안이다. 담을 처음 만났을 때 율은 규칙을 지켜야만 살아남을 수 있음을 의심하지 않았고, 경쟁에서 이겨야 병원을 떠날 수 있다고 굳게 믿었다. 규칙을 지키다 굶주림에 시달렸음에도 담이 훔쳐온 음식을 먹기는커녕 오히려 규칙을 준수하기 위해 담을 신고했다. 포상이 아니라 폭력이 돌아왔지만, 율은 규칙 준수의 룰을 쉽게 포기하지 않았다. 장치의 권력 효과는 강고하다. 그럼에도 반복된 실패 속에서 율은 "규칙을 지킨다는 것이 뭔가 억울하고 부당하다는 생각"(120쪽)을 키워가게 되었고, 규칙의 내용이 아니라 규칙 자체의 거부가 필요하다는 인식을 얻게 되었다. 곧 더 큰 공세가 시작되었지만『콩고, 콩고』가 섬세하게 풀어서 보여준 이 장면, 경쟁을 거부하고 권력 효과를 저지한 사회가 그렇게 잠깐 실현된 장면의 의미가 축소될 수는 없다.

스스로를 현생 인류 이후의 존재로 규정했던 이들은 결국 멸종하지만 이후의 인류('로제타스톤')에 유전적 자질을 남겼다는『콩고, 콩고』의 상상력은 체제 바깥을 꿈꾸었던 시도의 실패를 승인하면서도 실패 이후의 변혁 가능성을 열어놓고 있다는 점에서 절묘하다. 이후의 인류에게 남겨진 유전적 자질은 체제 유지를 위해 작동하는 통치 권력의 강고함을 거짓 없이 인정하면서도 인류 내부로부터의 파열 가능성을 가늠할 수 있게 해준다는 점에서 더욱 그렇다.

감각할 수 없는 것들의 역사, 우연은 과연 우연인가

배상민의『콩고, 콩고』가 시간을 거슬러오르면서 변혁의 틈새를 찾는 소설이라면, 박솔뫼의 소설은 시간이 불려오고 쌓이면서 모인 기억의 잠재된 힘을 믿는 소설이다. 글쓰기 형식에서 무위에 대한 선언까지, 자본의 논리에 대한 박솔뫼의 저항 강도는 세다. 장치들의 통치 권력이나 체제로 안착해 시스템으로 작동하는 구조적 폭력에 맞서는 파괴적 저항에서 시스템이 작동하지 않는 무위의 시공간을 찾으려는 시도, 전체의 일원으로 완전히 환원되지 않는 잉여를 담아내는 글쓰기에 이르기까지,『을』(자음과모음, 2010),「안 해」(2010),「해만」(2010),『백 행을 쓰고 싶다』(문학과지성사, 2013)로 이어지는 매니페스토적 시도를 문장으로 구현하는 작업의 의미를 재론할 필요는 없을 것이다. 사과나 오렌지에 지탱해서야 간신히 견뎌낼 수 있는 삶(「차가운 혀」), 시간은 많지만 할 일은 없거나 할 일은 많지만 텅 빈 존재가 되는 삶(「해만」「해만의 지도」)을 기술하면서 이미 잘 알고 있던 사실들, 세계 바깥의 없음과 희망의 없음에 대해, 그리고 그렇게 시간이 흘러갈 것이며 종말조차 없을 미래가 바람처럼 '텅 빈' 우리를 통과할 것임에 대해 그는 속삭이듯 고백해왔다.

시간의 회한을 품은 세속화된 전기 양식이 소설이라면, "그저 앞으로의 시간에서 변하는 것이 없으리라는 것"[14]을, "결국엔 모든 것이 같다"[15]는 세상 원리를 이미 알고 있는 청년기의 양식은 천천히 흐르는 시간을 문장으로 채우며 '활기 없음'의 허무를 토해내거나 "천천히 모든 것이 멀어지고 사라지는 것"[16]을 감각할 수밖에 없음에 대한 고백록 이상이 되기 어렵다. 개성적 스타일을 갖추고 있으면서도 생의 덧없음의 풍경을 언어화하는 작업으로 일군의 젊은 작가들이 최근 문단에서 하나의 경향성을 보여주고 있다면(김엄지, 기준영, 최은미 등), 세계 바깥의 불가능성이 마련했을 그 덧없음의 풍경에 사로잡혀 있으면서도 개인의 위안에 머무르며 절망의 포즈처럼 보이기도 했던 박솔뫼의 고백들은 「그럼 무얼 부르지」나 「겨울의 눈빛」을 통과하면서 역사적 시야를 획득한다. 세계 바깥에 대한 사유의 진정성을 마련하면서 덧없음의 풍경을 밀고 나아가 역사의 무게와 시대의 책임을 기꺼이 떠안는다.

어느 날 문득 까맣게 잊고 있던 시간들을 떠올리게 되었다고 해보자. 그것은 우연의 결과물인가. 추억의 과자 마들렌처럼 지난 시간을 불러오는 마법의 주문이 없다 해도, 작가 박솔뫼는 시간의 실타래가 풀린 일이 우연은 아님을 확신한다. 사소한 계기들, "그 모든 것이 우연히 마주친 어떤 일이라고 할 수 있을까. 모든 순간을 돌이키는 중요한 우연이라고 할 수 있을까. (……) 모든 것은 깊은 곳에 가라앉아 있었던 것"이고 "가라앉아 있었던 것은 떠오를 때가 되어 잠시 떠올랐다가 다시 가라앉은 것"[17]은 아닐까.

가라앉았던 계기들을 떠오르게 하는 힘, 그것이 바로 역사라는 이름의 시간의 두께임을 광주와 부산에 대한 회상인 「그럼 무얼 부르지」나 「겨울의 눈빛」를 통해 박솔뫼는 전한다. 광주에서 나고 자랐으나 그 땅에서 있었던 대학살의 기억을 가지지 않았으며, 어떻게 무엇을 떠올려야 하는가에 대해서도 알지 못하는 젊은 세대의 머뭇거림의 흔적이 「그럼 무얼 부르지」라면, 타국의 비극적 재난의 기억을 이 땅의 것으로 상상하는 순간 우리에게로 전이된 감정들의 기록이 「겨울의 눈빛」이다. 두 소설을 통해 방향은 반대인 채로 한 지역의 참사는 우리 모두가 자신의 것으로 나누어야 할 고통이 되었다. K시에서 해만으로 온 「겨울의 눈빛」의 '나'는 특별한 계기도 없이 떠나온 도시를, 그 도시의 극장을, 극장에서 어느 날 본 원전 관련 다큐멘터리 영화를, 그 다큐멘터리 영화를 계기로 만난 남자를, 그 남자와의 사소한 대화를 기억해낸다. 원전사고로 갈 수 없는 곳이 된 장소('해운대')와 그곳에 여전히 살고 있을 사람들과 사고로 더이상 만날 수 없게 된 친구들에 관한 한없이 사소한 대화 가운데에서 그들은 스스로를 둘러싸고 있는 개인보다 더 큰 어떤 세계와 만나게 된다. 세계의 끝 이후에 살아남은 자가 부끄러움을 깨닫게 되는 일은 개인보다 더 큰 세계인 사회 자체를 상상하게 된 다음의 일이다.* 「겨울의 눈빛」이 우리가 잠시 망각한 이 당연한 사실을 다시금 깨닫게 한다.

---

* "내가 아는 누구가 또 누구누구가 지금 무얼 하는지를 말하는 것으로 이토록 모멸감이 드는 이유는 무어야. (……) 너는 그렇게 살았구나. 너의 친구는 그리고 또다른 친구는 그렇게 살고 있구나. 지금 우리는 K시에 있다. 그렇지? 고리가 아닌 K시에 있지. 그러므로 우리는 괜찮으며 괜찮겠지? 괜찮지 않을 이유가 없겠지? 질문이란 질문은 모두 고개를 젓게 만든다. 질문 앞에 서지 못할 사람으로 간신히 어딘가에 서 있다. 그러니까 K시에. 고리와 70km쯤 떨어진 K시. 남자는 내 침대에 누워 있고 나는 등을 돌리고 눈물을 흘린다. 내가 입고 있던 검은색 바탕의 흰 물방울무늬 원피스는 아주 낡아버린 옷. 나는 이 옷 어딘가에 이 질문을 기억해두어야 한다는 생각이 잠시 들었어. 왜 나는 모든 질문 앞에서 비틀거리나? 나의 이 모든 이유들은 대체 어디서 찾을 수 있나? 이 두 질문을 말이야. 나는 내가 손에 쥔 이 감정을 마음을 잊지 않는다."(박솔뫼, 「겨울의 눈빛」, 149쪽)

기억이 불러들인 시간의 지층으로 사라진 듯 보이는 사회가, 흔적도 보이지 않는 공동체가, 가족이, 이웃이 그렇게 얼굴을 드러내게 된다. 공간을 중심으로 서로 다른 시간이 뭉치고 그 시간을 살던 이들의 경험이 서로 겹치면서 아주 작은 계기로 시작된 기억의 연쇄에서 "이제까지의 이야기와 다른 이야기"[18]가 풀려나온 것이다. 개인들로 구성되는 사회가 야기하는 삶의 문제를 반복적으로 이야기하는 일의 소중함을 강조하면서 바우만이 언급한 바 있듯이, 우리가 사는 이 세계는 결코 비판의 자유에 인색하지 않다. 사회의 개인화는 구성원들의 비판을 억압하지 않지만 그것을 수용할 기제도 가지고 있지 않다. 비판 기능의 작동 범위 역시 개인의 영역으로 한정된다. 자기계발의 동력이 현재의 자신에 대한 불만으로부터 시작될 수 있음에 비추어보자면, 현재 상태에 대한 불만은 개인의 삶을 유지하기 위한 동력으로만 차용되고 있는지 모른다. 글로벌한 자본주의를 사는 우리의 불만은 그런 이유로 우리의 삶을 구성하는 장치들, "우리의 행동과 그에 따른 결과를 연결하고 결과를 결정하는 여건", 다른 이름으로는 사회라고도 부를 수 있는 곳에 닿지 못한다.[19] 우연한 계기로 시작된 기억의 연쇄를 통해 역사의 지층 속으로 스스로를 되돌리는 작업을 통해서, 박솔뫼는 개인들로 채워진 사회에 가닿기 위해서는 시선을 자신의 내부로 돌려야 하며, 개인 바깥의 무언가는 표면에서 미끄러지는 비판의 연쇄가 아니라 우연처럼 떠오르는 파편의 기억들 속에서 만날 수 있음을 환기한다. 박솔뫼의 소설은 바깥에 대한 상상이 우리들 자신의 내부로 시선을 돌리는 정반대의 방향에서 더 강렬해질 수 있음을 벼락처럼 알려준다.

알바 청년에게 묻다, 노동은 신성한 것인가

1. 포스트 IMF 시대의 청춘 군상

한때 글로벌 스탠더드가 우리를 구원해주리라 믿었던 시절이 있었다. 후발 근대의 대표 주자였던 한국이 사회 전체를 한 단계 업그레이드할 수 있는 기회라 믿었던 이들도 있었다. 돌이켜보건대 자기계발에 온 희망을 걸고 매진하던 짧은 시기가 바로 그때였다. 민주화 이후 국민을 위한 권력이 한국사회를 이끌던 시절이었다. 의구심을 멈출 수 없었지만 다수는 거대한 과도기를 지나고 나면 희망의 출구가 열리리라는 믿음을 완전히 버리지는 않았다. 신자유주의가 우리를 구원해줄 새로운 신이라 믿었던 것은 아니지만, 우리가 알 수 없는 힘에 의해 신자유주의의 소용돌이에 눈뜬 장님처럼 휩쓸려들어간 것만도 아니었다.

2007년 대선은 헛된 희망 속에서 그저 사소한 부수효과로만 치부했던 의구심의 임계치가 어떤 결과를 낳을 수 있는가를 보여준 뼈아픈 사례였다. 끝내 열리지 않는 희망의 출구에 대한 절망이 글로벌 스탠더드로의 도약에 마지막 판돈을 올인한 결과는 참혹했다. 그렇게 정치적 퇴행이 시작되었고 이후로 자체 동력을 마련한 글로벌 자본주의 체제는 한국사회를 돈의 가치로 무장한 자본주의 지옥으로, 우리 모두를 지옥에서 살아남기 위해 몸부림치는 괴물로 조형했다. '4·16 세월호 참사'를 통해 되돌릴 수 없는 우리의 치부로서 드러난바, 이 땅에 발 딛고 사는 누구든 지옥이 되어버린 한국사회의 현재를 두고 책임 소재에서 자유로운 이는 없다.

국가적 체질 개선과 조정의 결과가 뚜렷해진 2000년대 중반 이후로 학계를 포함한 사회 전반에서 글로벌 자본주의가 서구의 경제적 곤궁 해소를 위한 정치적 기획이었음이 폭로되기 시작했고, 그 기획의 허구성과 그것이 야기한 이 땅의 삶의 척박함이 보고되기 시작했다. 개인의 일상 차원으로 침투되는 사회의 부조리에 기민한 문학장도 예외는 아니었다. 한국문학에서 청년을 다루는 문학이 일군을 형성하며 대거 등장했다. 자기계발과 경쟁논리 속에서 변형된 21세기형 주체상과 실업과 미취업 현실에 시달리는 알바 청춘들의 신빈곤기가 출현했고 자본의 시간을 거부하고 자본의 논리로 포획되지 않은 세계 상상이 시도되었으며, 무위의 시간을 흘려보내거나 세계의 끝을 상상하는 종말론적 상상력이 유포되었다.

배상민의 『조공원정대』(자음과모음, 2013), 박솔뫼의 『그럼 무얼 부르지』(자음과모음, 2014), 김종은의 『부디 성공합시다』(문학과지성사, 2014), 김금희의 『센티멘털도 하루 이틀』(창비, 2014), 김의경의 『청춘 파산』(민음사, 2014) 등 최근 작업만 꼽아보아도 그 수가 적지 않으며, 무엇보다 강고해지는 학력위계에 편입될 가능성이 희박한 청소년(김금희, 「아이들」 「장글숲을 헤쳐서 가면」)에서 사회가 요구하는 코스를 통과했으나 텅 빈 자아와 대면해야 한 청년(배상민, 「안녕 할리」)까지, 생계와 취업을 위해 고향을 떠나는 청년(배상민, 「조공원정대」)에서, '열심히'의 세계를 거부하고 도시를 떠나는 청년(박솔뫼, 「안 해」 「해만」)까지, 그들을 지옥으로 떠민 이들에 대한 분노(김종은, 「살구」)에서 떠밀려 배제된 이들에 대한 동료애적 연민(김금희, 「당신의 나라에서」 「센티멘털도 하루 이틀」)에 이르기까지, 글로벌 자본주의 시대를 사는 청춘의 면모들에 대한 개별 작업들의 스펙트럼도 폭넓다.

이 작업들은 외환위기 이후 한국사회의 풍경을 보고하고 글로벌 자본주의의 격랑에 휩쓸리며 망가지고 파괴되며 변형된 면모들을 포착하는 데 그치지 않고 쫓기며 밀려나고 배제되는 청춘 군상의 삶이 세대 초월적인 것이자(김종은, 「부디 성공합시다」/김의경, 『청춘 파산』) 국경 불문의 것임(배상민, 「어느 추운 날의 스쿠터」)을 짚어내고, 삶의 밑바닥으로부터 솟아오른 질문들과 그럼에도 남겨진 인간적 자질들을 우리 앞에 부려놓는다.

2. 사회학적 보고와 문학적 보고

따지자면 글로벌 자본주의가 망가뜨린 청춘의 면모들을 확인하고자 소설까지 들출 필요는 없을지 모른다. 가령, 알바 경험으로 서울 유람기를 쓰고도 남을 정도인 슬픈 현실을 유쾌한 알바기로 풀고 있는 김의경의 『청춘 파산』을 두고 보아도 그렇다. 상가수첩 돌리기 알바, 카페 알바, 백화점 점원, 학원 강사, 전단지 돌리기, 사탕 포장 알바, 좌담회 알바, 이벤트 알바, 방청 알바, 오전 알바, 야간 알바, 단기 알바 등 알바의 종류와 성격, 알바 수칙에 이르는 알바 세계의 거의 모든 것에 대해 말해주지만, 알바 목록의 확인이 뭐 그리 새삼스러운 일이겠는가. 귀만 열고 눈만 뜨면 더도 덜도 보태지 않고 생계를 위한 돈벌이인 '텔레마케터, 국회위원 보좌관, 대형 마트 영업 관리직원, 학원 총무, 레스토랑 서빙, 한강시민공원 청원경찰, 샌드위치 전문점 점원, 돈까스&초밥 체인점 서빙 겸 배달, 한강시민공원 녹지관리, 남대문시장 도매점 배달원'을 전전하며 이십대를 보낸 청년[1]을 만나기는 그리 어려운 일이 아니지 않은가.

이미 친숙한 일상이 되어버린 알바 천국의 실태 확인을 위해서라면 넘쳐나는 이십대 청년들에 대한 사회학적 보고서 검토로 충분하다. 청년을 세대적으로 재호출하고 그들의 정치경제적이고 사회문화적인 성격을 재점검하는 작업들이 줄을 잇고 있다. 청년을 학문적으로 대상화한 작업이 있고 청년 자신이 스스로의 상황과 처지를 발언한 보고가 있다. 청년이 더이상 미래를 선취한/해야 할 존재가 아니라는 선언이 있고 대표적 복지의 대상이 되었다는 판단이 있으며 현재의 청년을 있는 그대로 보아야 한다는 옹호가 있고 사회적 배제와 분리의 심화에 공모하면서 민주주의 훼손에 일조하고 있다는 고발이 있다.

이런 면모들이 개인의 내부에서 파편화된 채로 공존하고 있으며, 그리하여 자기계발의 함정에 빠진 채 같은 처지에 놓인 이들 사이의 우정과 연대는 상상도 하지 못한 채 "처우 개선과 정규직 전환의 문제는 전혀 별개의 것이라고 생각합니다. 지금 대학생들이 왜 이렇게 고생을 합니까? 정규직이 되기 위한 것 아니겠습니까? 그런데 입사할 때는 비정규직으로 채용되었으면서 갑자기 정규직 하겠다고 떼쓰는 것은 정당하지 못한 행위인 것 같습니다." "해고자에 대한 사회적 연대가 왜 의무인가요?" "솔직히 인정하기 싫어요. 제가 지금 저런 상황에서 해고당하지 않기 위해서 이렇게 고생하는데",[2] 이런 식으로 '날로 정규직을 먹으려는 심보는 용납해서는 안 된다'는 의식이 청년들에게 공유되고 있음을 확인할 수도 있다.

세계화 전략이 불러들인 현재의 글로벌 자본주의가 '청년세대의 희생'을 바탕으로 한 것임[3]을 부인하기는 어렵다. 하지만 그 희생의 성격과 내용은 청년 내부에서 천차만별이다. 문학적 보고의 스펙트럼을 통해서도 간략하게 확인할 수 있듯, 청년을 하나의 세대로 호명하는 일은 매우 어렵거나 불가능하다. 취업만 한정해서 말해보아도 비정규직의 여성 비율이 턱없이 높은 것은 우연이 아니다. 강남과 강북의 차이는 말할 것도 없으며 서울과 지방 청년의 삶의 내용은 완전히 다르다. 부모의 삶이 그들의 삶 상당 부분을 선결정한다. 빈부와 계급 차이가 대물림되는 사정을 두고 새삼 몰랐던 사실처럼 놀랄 수만은 없다. 오히려 정반대로 권력과 학력,

젠더와 지역, 인종과 계급 위계가 불러온 온갖 사회의 부조리와 불합리를 무방비 상태로 경험할 수밖에 없다는 점에서 이십대 청년이야말로 한국사회의 모순의 핵이다. 그리고 청년의 참혹한 사정에 대해 너무나 많은 말들이 있지만, 바로 이런 점에서 사회적 축 위에 놓여 있으면서도 그 문제를 개별 삶의 층위에서 다루는 작업의 유의미성이 큰 것이다.

글로벌 자본주의에 의해 훼손된 삶에 관한 수많은 보고 사이에서 우리가 확인하기 원하는 것은 청춘 파산의 현장 자체가 아니다. 자기계발의 허구성을 깨닫고 그 세계에서 벗어나고 나면 다른 세상이 열리는가. 그것이 개별 청년들에게 가능하기나 한 것인가. 청년은 왜 그런 처지로 내몰리게 되었는가. 청년은 파산의 현장에서 어떻게 살아가고 있는가. 우리가 정작 알고자 하는 것은 이런 것들이 아닌가. 사회학적 보고가 끝나는 자리에서 여전한 현실을 살고 있는 삶 자체에 대한 문학적 보고가 시작된다. 문학적 보고는 청춘 파산이 특정 세대의 소유물이 아니며 우리 전체의 것임에 대한, 그 파산의 시간이 무엇이었는가에 대한 성찰의 기록이다. 그 기록을 통해 누구나 겪는 고통이고 그 총량이 서로 다르지 않다는 사회학적 보고 이후에도 한 개인이 겪어야 할 고통의 정량이 줄어들지 않는다는 사실을 새삼 인지하게 된다. 우리가 어떻게 이 지옥에 내몰리게 되었으며, 우리는 또 어떻게 이 지옥을 견디고 있는가, 이 시간은 우리에게 무엇을 남겼으며, 우리는 또 어떤 다른 세상을 꿈꿀 수 있는가에 대한 유용한 조언을 건네받게도 된다.

3. 알바 천국 시대, 알바 성년식

상가수첩 돌리는 알바로 서울 시내를 돌면서 자신의 이십대를 회상하는 알바 유람기 『청춘 파산』의 그녀는 왜 이십대를 온전히 수십 개의 알바에 바쳐야 했는가. 그녀의 알바 인생은 어떤 사연을 품고 있는가. 배제되며 떠밀리던 도망자의 삶은 그녀 자신의 실책의 결과가 아니다. 생존에 필요한 최소한의 짐만으로 서울 시내를 전전하고 알바 전문가가 되어야 했던 그녀의 삶은 IMF 여파로 어느 날 갑자기 집안이 망하면서 그녀에게 피할 수 없는 운명처럼 던져졌을 뿐이다. 부모의 빚을 떠안으며 '한 달에 삼십만원 이상 용돈을 써본 적도 신용카드라고는 단 한 번도 사용해본 적도 없는 그녀는 하루아침에 신용불량자가 되었고 개인파산자가 되었다. 빚쟁이의 삶을 십 년 가까이 보내고서야 파산 면책 결정을 받았다'.(37쪽)

알바의 삶이 미래 기획이 불가능하며 단기적 계약 외에 어떤 계획도 불가능한 삶이라면, 빚 독촉에 시달리는 삶은 도망과 변장이 일상인 불안과 공포의 삶이며 포식자에 쫓기는 초식동물처럼 온몸의 신경 촉수를 곤두세워 "하루하루를 무사히 흘려보내는 것에 의미를 두어야"(124쪽) 하는 삶이다. 『청춘 파산』의 주인공은 그렇게 흘려보낸 시간 속에서 자신이 누구인지조차 망각하게 되며, 결국 그 삶이 "마당에서 기르는 개와 다를 게 없"(124쪽)어졌음을 고백한다. 지옥을 살아왔음에 대한 고백에 다름아니다. 그런데 그렇게 지낸 시간을 그녀가 그저 지옥 같은 시간으로만 기억하는 것은 아니다. 흥미롭게도 『청춘 파산』의 그녀는 자신의 인생이 알바와 함께 흘러왔음을 인정한 채로, 아르바이트를 성년의 통과의례로 규정한다. "사람들은 성년의 날이 되거나 성 경험을 하면 어른이 된다고 생각하는 것 같다. 하지만 나는 아르바이트를 해야 어른이 된다고 생각하는 사람"(21쪽)이다.

희망, 미래, 성장, 꿈. 이런 말들이 청춘 연관어가 될 수 없는 시대다. 그런데 과연 그러한가. 『청춘 파산』의 그녀는 빚 독촉을 피해 시달렸던 시간 또한 자신의 소중한 삶이자 성장의 시간으로 끌어안는다. 알바생활을 그녀는 글로벌 자본주의 시대의 성장통으로 정리한다. 회상에 따르면, 그녀는 알바를 하면서 친구를 만났고 사채업자에게 쫓기다가 연애도 시작했으며 바로 그 빚에 시달리다가 실연을 당했고 사회의 약자들과 만났으며 마음을 나눴고 삶에서 자신이 원하는 것이 무엇인가를 알게 되었다.

'안정적' 일자리가 행복을 약속해주지 않는다는 사실을 깨달으면서, "다시 프리터가 되면 되지 않는가?"를 스스로에게 되물었고, 자신이 원하는 일을 위해 알바를 하면서 사는 길을 택한다. "큰돈을 벌 순 없겠지만 삼시 세끼 밥을 먹고 최소한의 생활을 유지할 순 있을 것"(221쪽)임을 믿어 의심치 않는다. 파산 면책을 받고 얻은 가장 안정적 일자리를 스스로 그만두고 프리터의 삶을 선택할 수 있는 것이 알바로 보낸 그 시간의 힘 덕분이라 여긴다.

프리터의 삶을 철없는 청년의 선택으로 치부할 필요는 없으며, 평생 그렇게 살 수 없을 거라 지레 걱정할 필요도 없다. 그저 안이한 발상으로 프리터의 삶을 선택할 만큼 자신의 삶을 함부로 다루지 않는다는 사실 정도는 의심하지 않아도 좋다. 단기 알바를 위해 연배와 성별이 서로 다른 이들이 헤쳐 모이는 상가수첩 알바 현장이나 미술학원 모델에서 심야극장 청소까지, 환갑이 넘은 그녀의 엄마가 여전히 알바중인 사정을 통해 소설이 보여주듯, 알바를 포함한 단기 계약직, 비계약직 일자리가 생계수단이 되는 현실에서 알바는 더이상 특정 세대의 전유물이 아니다. 정규직 삶 대신 프리터 삶을 선택한 행위는 자신에게 소박한 행복을 약속하는 삶이 무엇인가에 대한 질문이 마련한 진지한 해답이다. 그 선택을 통해 작가는 우리가 "기계가 아니라 사람"(336쪽)임을 다시 새기듯 환기한다.

4. 노동윤리를 의심에 부침

이 땅의 모두가 스펙 쌓기에 골몰하고 자기계발논리를 내면화하는가. 당연한 말이지만 그렇지 않다. 수많은 루저와 잉여가 입증하듯 자발적이고 비자발적인 이탈자들의 수가 적지 않다. 루저와 잉여가 프리터로 자신의 삶을 재규정하고 나면 행복해질 수 있는가. 모든 문제가 원만하게 해결되는가.

근대 이후 노동의 가치 평준화는 노동을 통해 평등사회의 실현이 가능하다는 신화를 유지하는 버팀목이 되었다. 노동윤리가 만들어지는 과정을 두고 바우만이 지적한 바 있듯이, '세상에 공짜는 없으며, 따라서 행복한 삶을 위해서는 다른 이들이 가치 있다고 여기고 돈을 받을 만하다고 여기는 일을 해야 한다는 전제, 손에 넣은 것에 만족하면서 더 욕심을 부리지 않는 것은 비합리적일 뿐 아니라 부끄러운 일이라는 전제'는 산업화 초기 단계 자본가에 의해 만들어진 가짜 윤리다. 노동윤리는 근면하고 성실한 노동력 공급을 위한 이데올로기적 토대로서 활용되는 한편, 노동윤리의 전제를 수용하지 않는 이들의 교화 수단으로 활용되었다. 특정한 형태의 삶이 도덕적으로 우월하다는 주장도 여기서 만들어졌다. 노동의 대가로 얻은 정당한 임금으로 유지되는 삶이라면 빈곤하더라도 윤리적으로 정당하다는 논리가 이 과정에서 수립되었다.[4] 신자유주의의 이름으로 진화한 노동윤리 뒷면의 실체는 앞서 확인했듯이, 노력하지 않는 삶에 대한 거부감 등으로 표출되고 있으며, 노동윤리의 신성함에 대한 고평은 부정의와 불공정을 지속시키는 동력이 되었다. 프리터의 삶을 선언한다고 우리가 인간임을 입증하는 길이 가볍게 열리는 것도, 인간으로서 살 수 있는 방법이 손쉽게 얻어지는 것도 아닌 것은 이러한 사정에서다.

자족적으로 열심히만 산다고 버텨지는 게 세상이 아니다. 자신의 실패를 밑천 삼아 성공학 강사를 하든, 프리터의 삶을 살든, 소소한 편차는 있지만 이 삶들은 근본적으로 근대 노동윤리의 허구성을 믿는다는 점에서 다르지 않다. '가만히 있으라'는 국가와 권력의 목소리에 따르는 일이 작은 불이익 정도가 아니라 생명을 앗아가는 재난에 이르게 한다는 비극적 산교육 앞에서도, 우리는 여전히 노동윤리의 숭고함을 의심하지 않는다. 그것조차 없이는 이 부정의로 가득찬 세상을 버티는 일이 가능하지 않기 때문일 수 있지만, 근면하고 성실한 삶을 살았던 아버지가 다단계에 빠져든 딸에게 전한, '사람은 그렇게[성실하게—필자] 사는 거다. 그렇게 허황되게 사는 게 아니야'[5]라는 묵직한 말은 부와 성공을 위해 부나방처럼 달려가는 이들을 향한 진리의 한 말씀이 될 수 없다. 오히려 이러한 태도가 지옥의 세기를 연장하는 밑불이 될 수 있다. 시대의 큰 어른들의 말씀처럼, 국가와 권력의 목소리가 아무리 '가만히 있으라' 다그쳐도, 옳지 않으면 거부하고 저항할 줄 아는 시민이어야만 안전하고 편안한 사회를 지킬 수 있다.[6] 한국사회는 노동윤리의 신성성을 질문하는 더 많은 알바 청년이 필요하다. 말 잘 듣는 시민이 되려는 노력의 타당성을 근본에서 되묻지 않는다면 권력의 위협이 아니더라도 우리의 삶에서 미래는 없다.

어떤 다른 세계의 가능성도 직접 말하지 않지만, 박솔뫼 소설의 소중함이 여기에 있다. 한 노래방 주인이 이유를 불문하고 고객을 가둔 채 노래를 열심히 부르라고 강요하는 상황을 통해 박솔뫼의 소설 「안 해」가 폭로하고 있듯이, 숭고한 노동윤리의 다른 말인 '열심히'의 세계라는 것은 설득력 없는 우스꽝스러운 세계다. 노동윤리를 동력으로 움직이는 도시에서 시간이 흐르지 않고 고이는 곳을 향해 떠나는 이들을 통해 그의 다른 소설 「해만」이 말해주듯, 우리가 찾아야 할 것은 텅 빈 자신과 대면할 수 있는 바로 그 고인 시간인지 모른다. 다른 세계의 가능성이 있다면 그 시간의 어디쯤일 것이며, 우리가 인간임을 확인할 수 있는 길도 거기 어디쯤에서 열리고 있을 것이다.

2부

/

몫 없는 자들의 전언

서발턴을 위한 문학은 없다[1]

1. 문학 바깥에 무엇이 있었는가

다져진 인터넷 네트워크를 기반으로 한 포털사이트의 위력이 막강해진 탓인지, 양질의 콘텐츠 덕분이라고 말하기에는 뭔가 부족해 보이는 불황을 모르는 한류 탓인지, 폭력적 남성성을 공공연한 비밀로 가진 한국사회의 뿌리 깊은 가부장성 탓인지는 확실하지 않다. 2000년대 이후로 황색 저널에서나 통용될 수 있던 '여성-몸'에 대한 말과 시선이 전 사회에서 노골화되었으며 부끄러움도 없이 널리 유통되고 있다. 영상 이미지를 접할 수 있는 곳에서라면 어디서나 '섹시한-어린' 여자들을 만날 수 있다. 세상이 더 좋아졌다고 말해야 하는가. S라인, '꿀벅지' '청순 글래머' 등 섹슈얼한 뉘앙스만을 담고 있는 말의 쓰레기를 피하기란 여간 어려운 게 아니다. '여성-몸'을 성욕 해소의 대상으로 또는 돈으로 환산되는 가치로 치환하는 물신화가 극심하다. 무엇보다 '한류' 만세다. 한류면 무엇이든 다 용인된다. 민족주의 이데올로기를 뒤집어쓴 자본이 문화수출이라는 논리로 접두어 '한류'에 무소불위의 힘을 양도했다.[2]

매일 벌어지는 일이라 충격도 무뎌진 지 오래이지만, 오늘은 또 '8등신 송혜교, 정가은'이라는 표제어에 눈이 가닿자 멈칫한다. '얼굴은 예쁘지만 몸매는 그저 그런 여자와 기껏해야 예쁜 여자의 닮은꼴에 불과하지만 몸매가 8등신인 그런 여자'라는 뉘앙스를 담고 있는 이 말은, 사실 여성과 연예인 둘 다를 모욕한다. 그녀들은 서열화되지만 위계에서 누구도 일방적 우위에 설 수 없다. '8등신 송혜교, 정가은'이라는 말은 그녀들을 '비교하는' 폭력적 시선을 지운 채 그녀들 사이의 차이에만 집중하게 한다. (여성을) 훔쳐보는 (남성의) 시선은 이제 공공연하게 일상적인, 심지어 보편을 대변하는 그런 시선이 되고 있다. AV에나 요구할 법한 여성의 '얼굴-몸'에 대한 성적 판타지를 여성 다수를 향해 발설하면서도 누구도 아무런 거리낌도 없다. 하루에도 몇 번씩 멈칫하게 하는 그런 말들이 허공을 가르며 멀리 빠르게 퍼져나가고 있다.

성녀인 엄마와 창녀인 여자라는 구분법, 성적 코드 바깥의 여자는 없다고 여기는 여성관의 바탕에는 인간이 결국 동물일 뿐이라는 인식이 깔려 있다. 우리를 살게 하는 힘이 (동물적) 욕구일 뿐이라는 판단이 전제되어 있는 것이다. 인간에 대한 이해가 여기에 이르면 여성을 바라보는 시선에 끈적거림 말고는 남는 게 없어진다. 여자의 몸이 제공할 수 있는 모든 것을 사거나 팔 수 있으며 소유 가능한 물건으로 다루게 되는 것도 이런 여성관의 산물이다. 가령, 대리모의 가치는 "26세, L대 법대생. 165cm, 54kg. 술, 담배 안 함. 유전적 질병, 정신적 결함 없음. 남자 친구 없음." (김이설, 「엄마들」, 『아무도 말하지 않는 것들』, 41쪽)이라는 '여성-몸'의 정보로 압축된다. 생명을 품을 수 있는 몸이 곧 돈이다.

당연하게도 이런 여성관에는 소유의 여부를 둘러싼 폭력의 역사가 새겨져 있다. 소유가 자동사적 행위가 아니기도 하고 친밀한 관계 안에는 언제나 치명적 폭력이 결부되어 있기 때문이다. '친밀한' 관계의 대표격인 가족을 떠올려보라. 우리의 상상과 달리 관계의 평등은 친밀성의 구도 속에서도 좀체 획득되기 어려운 관계형식이다. 알다시피 '여성-몸'에 가해지는 폭력은 대개 소유물에 대한 권한 행사라는 문맥에서 정당성을 얻곤 한다.

'가정폭력'이 사적 영역에서 일어나는 갈등이자 당사자들이 조정과 합의를 거쳐 해결해야 할 문제로 다루어지는 것은 '가정폭력'이 친밀한 관계로부터 발생한 '우발적' 사건이라는 오해에서 비롯된다. '가정폭력'은 가정 내의 위계구조가 야기한 갈등의 표출이다. 보다 근본적인 차원에서 가정 내의 위계구조는 한국사회 전반에 유포되어 있는 폭력적 위계구조의 압축판이다.[3] '가정폭력'의 가해자가 주로 가부장의 위치를 점하고 있는 남성이며 그것도 대개 (전) 남편이거나 애인이라는 사실은[4] '가정폭력'이 한국사회의 폭력적 위계구조를 노출하는 약한 고리임을 말해준다. 당연하게도 소유를 위한 폭력을 작동시키는 시작 버튼은 남성과 여성 사이에 놓인 성별 차이만이 아니다. 성차에 새겨진 위계들, 가령 국가적이고 인종적인 위계와 같은 것들이 그때그때 가장 약한 고리로 깊게 파고든다.

'여성-몸'을 두고 사회의 환부를 들여다보자면 피해가기 어려운 문제들이 대부분이다. 김이설의 소설은 이러한 문제에 대한 관심을 촉구한다. 자연주의의 도래라 불러도 좋을 차가운 시선을 유지한 채 집요하게 여자의 몸에 관심을 기울인다. 물론 김이설의 소설 안에서 여성의 몸에 관한 문제적 지점들 전부가 다루어지는 것은 아니다. 여성의 몸, 그것도 대개는 '몸 파는 엄마들'의 절박한 사정이 집중적으로 다루어진다. 사회의 최하층 여성들이 '고백하는 화자-나'로 등장해서 몸을 팔게 된 사연을 건조하게 풀어놓는다. 가족의 빚을 갚기 위해 대리모를 하고, 아이를 키우기 위해 몸을 팔고, 생계를 유지하기 위해 몸을 내주면서 그렇게 사노라고, 그래도 더 나은 삶이 기다린다는 희망에 지우고 싶은 하루를 다시 견딘다고, 그러니 당장은 몸을 팔 수밖에 없다고 소설 속의 그녀들이 입을 모아 말한다.

따지자면 김이설의 소설에서는 '몸 파는 엄마들'이 소유와 폭력의 악무한에서 벗어날 수 있는 가능성이 탐색되지 않으며, 이른바 각성을 통해 저항하는 주체로서의 정체성을 획득하는 과정이 다루어지지도 않는다. 그런데 '그녀-나'의 진술로 이루어진 김이설의 소설은 소설 바깥에 놓인 현실을 적극적으로 환기한다. 빈곤과 폭력에 무방비로 방치되어 있는 여성의 몸을 통해 '여성-몸'의 자본화와 물신화가, 그 밑그림인 사회의 동물화가 강력한 환기력을 얻는다. 왜 그러한가. 어떻게 그러한가.

2. 사회적 상상력의 재발견

김이설이 단편 「열세 살」(2006년 『서울신문』 신춘문예 당선작)과 「엄마들」(2006년 『대전일보』 신춘문예 당선작)로 '공식적인' 작가임을 승인받던 당시에, 사실 김이설의 등장이 문단의 관심을 크게 끌지는 못했다. 상상치 못했던 새로움을 예감케 하지도 않았다. 김이설은 그때나 지금이나 피하고 싶은 현실을 온기 없이 보여주고 외면하고 싶은 여자들의 운명을 물기 없이 서술한다. 그 이야기들이 얼어붙는 공포를 불러오지도 않는다. 다큐멘터리나 텔레비전 고발 프로그램을 통해 볼 만큼 보고 알 만큼 아는 이야기들을 다뤘기 때문이다. 그럼에도 그 이야기가 당혹스럽다면 신선하지 않은 사건사고가 뉴스 보도에서 배제되듯 '익숙해진' 공포의 현장에는 소설조차 더이상 관심을 기울이지 않게 된 사정 탓이리라.

사회적 상상력을 통해 현실의 문학화에 관심을 두었던 리얼리즘 소설이 현실과의 연관성을 상실한 채 관습적 영향력만을 행사하고 있는 것은 아닌가 하는 비판의 소리가 컸던 때였다. 사회를 통어(統御)할 수 있는 시선이 허락되지 않은 채 복잡성과 기괴함이 고조되고 있었고 섣부른 진단과 어설픈 대안이 미래에 대한 비판의식 앞에서 힘을 발휘하지 못하고 있었다. 당대 사회가 안고 있는 문제에 대한 적실한 포착에 실패한 채로 '다른' 세상에 대한 상상을 가능하게 할 수 있는 사회적 상상력이 문학적 관습의 틀 주변을 맴돌고 있다는 풍문이 힘을 얻고 있었다. 사회에 대한 관심을 표명한 소설들조차 사회를 이루는 인자들의 개별적 고통을 회피하는 것은 아닌가, 배제된 자들이나 가시권을 벗어난 이들을 발견하지도 그들에게 공감하지도 않고 있는 것은 아닌가 하는 문학적 의구심도 커지고 있었다.

각도를 달리해서 바라보면, 하락하는 문학의 위상을 회복하기 위한 시도들, 문학적 몸 바꾸기 노력이 한창이던 시절이었다. 김이설이 등단하던 때에 윤이형, 황정은, 김태용, 박상 등 관습화된 서사로 명맥을 유지하고 있는 리얼리티와 거리를 두고자 하는 작가들이 문단에 출사표를 던지고 있었다. 현실과 사회에 대한 문학적 관심이 다른 출구와 접근법을 찾아야 한다는 요구가 거세지던 때였다. 차가운 고발의 가치를 낮게 평가할 수 없지만, 문학에 대한 '폭넓은/새로운' 정의를 요청하는 흐름이 압도적인 힘을 발휘하고 있던 때였던 것이다.

그간 저평가되었던 김이설의 소설이 블루오션으로서의 가치를 재평가받고 있는 사정의 일면은 바로 여기에서 찾아진다. 인간임을 부끄럽게 하는 사회 부조리가 단발성 고발 뉴스로 해결되지는 않는다. 사회현실에 대한 문학의 일회성 개입으로 자연화된 구조적 폭력의 전체 윤곽이 드러나지도 모순의 핵이 파헤쳐지지도 않는다. 김이설의 사회적 상상력은 이러한 인식에 지반을 두고 시작된다. 김이설은 이미 문학적 개입이 이루어진 후 더이상 문학적 관심을 끌지 못하는 지점들, 그러나 여전히 문학적 개입을 요청하는 지점들을 돌아본다. '여성-몸'을 둘러싼 자연화된 사회 인식을 우리 앞에 들이밀면서 "사람 대접"(『환영』, 148쪽)을 받고자 하는 소망이 좀체 이루어지기 힘든 현실을 살고 있음을, 희망의 말을 떠들 수 있던 시절로부터 사회현실 자체는 조금도 나아지지 않았음을 새삼 일깨운다.

김이설의 소설은 같은 자리에서 같은 이야기로 다른 현실을 환기한다. 문학의 건망증을 질책하듯이 문학을 통해 문학 바깥에 무엇이 있었는지 돌아보게 한다. 전부는 아니라 해도 꽤 중요한 문학의 가치는 그로부터 생겨나는 것임을 문득 상기시킨다. 돌이켜보건대, 사회적 상상력의 재발견이라 할 만하다.

이것이 다가 아니다. 김이설의 소설은 문학 바깥의 현실을 환기하면서 소설과 사회(현실/정치)의 거리와 관계에 대한 재규정의 필요성을 제기한다. 한국문학에서 문학과 사회(현실/정치)의 거리는 문학의 정의-재정의를 추동하는 동력으로 작용해왔다. 문학과 사회의 관계에 대한 질문을 두고 김현은 헤겔을 설명하면서 코제브가 원용했던 금반지 비유를 가져온 바 있다. '인간의 삶(금반지)은 사회(금)에 의존해 있는 것만도 아니며 문학(구멍)에 의존해 있는 것만도 아니다. 금반지는 구멍과 금에 의해 존재한다.' 금반지 비유를 통해 김현은 문학과 사회의 관계에 대한 질문이 결국 인간이 어떻게 행복하게, 그러면서도 의미 있게 살 수 있는가를 되묻는 것임을 강조했다.[5] 김이설은 김현의 질문에 대한 소설적 답변을 통해 쩌렁쩌렁한 목소리로 다시 한번 사회적 상상력을 소환한다. 매크로적, 마이크로적 시선이 지웠던 현실에 눈을 두면서 다시 소설과 사회의 관계에 대한 질문을 문단 한복판으로 이끌고 들어온다.

3. '엄마-몸'의 상품화

김이설의 소설에서는 임신이 가능한 여자라서, 임신이 불가능한 여자라서, 원치 않는 임신을 하게 된 몸이라서 운명처럼 불운한 그녀들과의 만남을 피할 수 없다. 초경이 상징적 의미를 갖게 되는 것은 그래서다. 소설에서 초경은 지독한 불쾌함과 함께 시작된다. 초조(初潮)는 자궁이라는 저주를 품은 여자들에게 저주의 봉인이 풀리는 주문이기 때문이다. 오정희의 「중국인 거리」에서 우리는 지독한 난산 끝에 여덟번째 아이를 밀어내고 있는 엄마의 몸을 두고 '이해할 수 없는 절망감과 막막함'을 예감한 어린 소녀를 만난 바 있다.[6] 소녀의 예감은 지워지지 않는 핏자국처럼 불길한 여자의 몸이라는 운명에 관한 것이리라. 작가는 여성의 몸이라는 운명이 오늘날에도 여전히 구원 없이 반복되고 있음을 확인한다. 말하자면 초경은 '아랫도리가 벗겨진 채 서 있는 죽은 엄마를 만나는 일이며'(『나쁜 피』), '더이상 치마가 허락되지 않는 금기가 시작되는 일이다'(「열세 살」). 그녀들이 원하지 않는 임신을 하게 될지도 모르는 몸이 되었음을 알리는 흉서이며, 몸의 감옥에 갇히게 되었음을 알리는 불길한 전언인 것이다.

'여성-몸'이 야기하는 불운은 여기서 그치지 않는다. 김이설의 소설은 친밀성의 구조가 자본의 힘에 의한 변동을 겪으면서 가족이 법-형식으로만 남게 된 과정을 담담하게 술회한다. 미래를 예측할 수 없는 불가해의 현실이 인간을 동물화한다는 것을 증오, 분노, 체념할 여력도 없이, "살아 있으면 어떻게든 살게 돼 있"다는 논리를 내면화하게 하며 "문제는 현실"이라는 명제에서 한 치도 벗어나지 못하게 한다는(「엄마들」) 것을 밝힌다. 그러니 가장을 잃고 빚을 떠안은, 생계수단 없는 그녀는 구걸과 노숙으로 생명을 이어갈 수밖에 없으며(「열세 살」), 고속도로 휴게소에 버려진 어린 그녀는 고속도로 갓길에서 만난 남자에게 버림받을 것을 두려워해야 하는 것이다(「순애보」). 이혼을 하고 혼자 애를 키우는 그녀는 매일 생활고와 마주하는 극한의 일상을 살아야 하고(「오늘도 고요히」), 아이를 가질 수 없게 된 그녀는 결국 가족도 꾸리지 못하게 되는 현실과 대면해야 한다(「환상통」).

여성의 몸이 생계수단이 된다는 말은 여성이 생존의 최전선에 놓이게 된다는 것을 뜻한다. 기껏해야 폭력적 위계구조 위에 세워진 형식적인 것임에도 폭력적 울타리마저 열망하게 되는 것은 생존의 최전선에 놓인 삶이 너무 참혹하기 때문이다. 몸이 생계수단인 여자들은 매 순간 인간임을 포기해야 하는 어떤 문턱에 직면하게 된다. 그래서 그녀들은 종종 아이를 버리고 새로운 가족을 꾸리기도 한다.(「순애보」) 기껏해야 트럭을 타고 길 위를 떠도는 남자들일지라도 끝이 안 보이는 길 위에 희망이 있다고 믿기도 한다. 하지만 그것은 새로운 가족에 대한 열망이 아니다. 오히려 그것은 인간으로 살고자 하는 절박한 몸짓이다.

가족이 법-형식으로만 남게 되었다는 것은 그만큼 가족의 와해도, 구축도 쉬워졌음을 말해준다.(「엄마들」『환영』*) 물론 『환영』을 통해 확인할수 있듯이, 새로운 가족이 그녀들의 삶을 밝은 미래로 덧칠해주지는 않는다. 오히려 가족에 대한 미망이 그녀들을 더 깊은 수렁에 빠지게 한다. 공장에 나갔던 남편이 허리를 다쳐 수술을 해야 하며, 거처 없이 살던 엄마가 새로 만난 남자에게 쫓겨날 처지이지만, 『환영』의 그녀는 남편이나 엄마의 죽음을 상상하며 그들의 죽음이 최악의 상황이 아님에 안도하고야만다. 서로에게 죽어 없어지는 게 도와주는 일이 될 지경을 사는 것이다. 어떻게 해보아도 그녀들은 자신을 품었던 엄마의 몸의 불운과 조금도 다르지 않은 불운을 한 치도 벗어나지 못한 바로 그 자리에서 그대로 되-살게 될 뿐이다.

그녀들의 불운이 어디로부터 온다고 해야 하는가. 그녀들이 '여성-몸'을 가진 존재이기 때문인가. '여성-몸'을 요구하는 남자들 때문인가. 무능한 가장들 때문인가. 젖-얼룩과 피-얼룩을 남기는 유체로서의 '여성-몸'을 통해 김이설의 소설은 '엄마-몸'을 가진 그녀들의 불운의 심층 원인으로 진입한다. 아주 조금만 더 나은 삶을 살아보자는 노력이 몸 파는 일을 익숙하게 만들고 심지어 무감각하게 할 수도 있다. 그러나 "따지면 나쁜 사

---

* "남편을 만난 건 고시원이었다. 저녁 한 끼 해결하던 고시원 주방에서 곧잘 마주치던 남자였다. 조심스럽게 비켜서다가, 목례를 하게 되고, 김치를 나눠 먹고, 계란프라이를 두 개씩 하게 되었다. 고개를 맞대고 한 냄비에 라면을 끓여 먹고, 그 국물에 찬밥도 같이 말아 먹었다. 냄비 속에 두 개의 숟가락이 들락거리는 것이 아무렇지도 않게 되었을 때, 우리는 방을 합치기로 했다. 엄마에게는 연락을 하지 못했다. 이미 배가 불룩했다."(38쪽) 『환영』에서 살림을 합치는 것일 뿐인 가족의 탄생은 이처럼 긴 설명 없이 간략하게 정리된다.

람은 없다. 세상에 사연 없는 사람도 없고, 상처 없는 사람도 없다. 다만 이기는 사람과 지는 사람이 있을 뿐"(『나쁜 피』, 108쪽)이다. 그러니 생계에 허덕이며 그녀들이 다리를 벌려야 한다고 해도 그것은 결코 그녀들의 악덕 때문이 아니다. 빈곤과 무지 때문은 더더욱 아니다. 그녀들이 몸을 팔아야만 하는 이곳 현실에서는 윤리적인 옳고 그름의 논리가 통하지 않으며 그런 논리가 중요하지도 않다. 그것이 자본의 논리이고 세상의 이치일 뿐이다. 김이설은 우리의 시선을 가부장제의 부조리가 자본의 논리와 만나 더 매끈한 현실원리로 자연화한 바로 그곳에까지 이르게 한다. 단단하고 견고해 보이는 매끈한 표면 위로 지워지지 않는 얼룩을 남기는 '엄마-몸'을 통해 자연화된 구조적 폭력의 역설적 조감을 가능하게 한다.

4. '모성-가부장'의 친밀한 폭력

김이설의 소설에서 그녀들이 왜 몸을 팔 수밖에 없는가를 설명하기는 어렵지 않다. 그녀들을 점점 더 비-인간의 수준으로 떠미는 현실의 구조적 모순에 대해서도 파악할 수 있다. 그러나 그렇다고 그녀들의 삶의 내용이 온전히 이해되는 것은 아니다. 그녀들은 발목을 잡는 덫을 끊어내려 시도하지 않으며 매번 새로운 미혹에 사로잡힌다. 무책임하거나 무능할 뿐임에도 아버지로부터 야기된 불운이 남편에 의해 해소되기를 기대한다. 더구나 노동을 통해 스스로 밥벌이를 하면서도 그녀들은 조금도 각성되지 않는다. 몸을 팔아 가족의 생계를 책임지고 병든 아이의 치료를 떠맡고 있으면서도 자신의 노동이 그저 밥벌이를 위한 '임시적' 돈벌이에 불과하다고 생각할 뿐이다. "꼬박꼬박 받아오는 월급, 생활비를 주는 남편""번듯한 벌이가 있는 가장"(『환영』, 41쪽)에 대한 열망이 깨질 수 없는 강철 꿈처럼 그녀들의 삶을 지탱하는 버팀목이 된다. 남편이 벌어다주는 돈으로 먹고살고 싶어서, 아이를 위해 최선을 다하는 엄마가 되기 위해, 빚만 남기는 가족을 그래도 버리지 못해 그녀들은 몸을 판다.

그녀들은 그저 "어떻게든 버는 것이 옳은 길"(「오늘처럼 고요히」)이라 믿으며 부끄러움도 죄의식도 없이 삶에 익숙해져갈 뿐이다. 죽지 않을 바에야 살아야 하고, 살아야 한다면 둔감해지지 않을 수 없겠으나, 김이설의 소설에서 인간대접을 받으려는 안간힘 끝에 감각 없는 여성-물체인 비-인간이 되어버리는 일은 드문 일이 아니다. 게다가 물화, 동물화는 살기 위해 되도록 빨리 체득해야 할 과정으로 받아들여지기까지 한다.* 성장 발달에 문제가 있는 아이를 두고 "평생 몸을 팔아서라도"(『환영』, 164쪽) 다리를 고쳐주겠다고 다짐하는 '엄마-그녀'의 인생 앞에서 우리가 보탤 말은 많지 않다.

그렇게 사는 것 외에 다른 삶을 알지 못하는 그녀들을 어떻게 이해해야 하는가. '몸 파는 엄마'로 대표되는 '엄마-몸'의 상품화는 '엄마-몸'이 여성 서발턴의 생존과 윤리의 최전선임을 확인하게 한다. '여성 서발턴'을 이해하는 일이 난제로 다가오는 것은 이 '엄마-몸'과의 대면이 불편함을 야기하기 때문이다. '여성 서발턴'에 대한 이해는 '엄마-몸'의 상품화를 어떻게 이해할 것인가와 연동한다. 사실 '엄마-몸'의 상품화의 의미를 비판적으로 통찰하기는 어렵지 않다. 그녀들이 '가부장-자본'의 구조에 의해 착취되고 있음을 분석하는 것은 그리 어려운 일이 아니다. '길들여졌고, 으레 맞아왔으며' 참고 참으면서, "이겨낼 수 없다는 오래된 좌절이 사태를 극복하려는 의지를 없"(『환영』, 108쪽)애버렸음을 밝히는 것도 가능하다.

그런데 그것으로 '엄마-몸'과의 대면이 야기한 불편함이 전부 해소되

---

* "언제나 처음만 힘들었다. 처음만 견디면 그다음은 참을 만하고, 견딜 만해지다가, 종국에는 아무렇지 않게 되었다. 처음 받은 만원짜리가, 처음 따른 소주 한 잔이, 그리고 처음 별채에 들어가, 처음 손님 옆에 앉기까지가 힘들 뿐이었다. 따지면 세상의 모든 것이 그랬다. 버티다보면 버티지 못할 것은 없었다. 그릇을 나르다가 삶은 닭고기의 살을 찢고, 닭고기를 먹여주다가 가슴을 허락하고, 가슴을 보여주다 보면 다리를 벌리는 일도 어려운 일이 못 되었다. 일당 사만원짜리가 한 시간에 십만원도 벌 수 있었다. 세상은 나만 모르게 진작부터 그랬다."(58~59쪽)

었다고 말할 수 있을까. 김이설은 우선 '엄마-몸'과의 불편한 대면을 위해 각도 다른 거울을 들이댄다.

남편의 얼굴은 부옇게 살이 올라 있었다. 아이는 자고 있다. 책상 위는 아침과 그대로였다. 무슨 수를 써야 한다면 그게 오늘이어야 했다. 나는 냅다 밥상을 뒤집었다. 남편의 벌린 입에서 밥풀이 후둑 떨어졌다.(『환영』, 46쪽)

방안은 바깥보다 조금 더 어둑했다. 남편은 낮게 코를 골고 있었다. 나는 우두커니 서서 남편을 내려다보았다. 내가 들어오지 않았는데도 불을 끄고 잤단 말이지. 방안을 두리번거렸다. 구석의 화분이 보였다. 나는 화분 하나를 옴팡 뒤집었다. 흙은 한 주먹 쥐고 남편의 얼굴에 좌악 뿌렸다. 기겁을 한 남편이 벌떡 일어났다. 남은 화분을 바깥으로 옮겨 골목에 하나씩 내던졌다. 사층 옥상에서 떨어진 화분은 요란한 소리를 내며 박살이 났다.(『환영』, 104쪽)

김이설은 몸 파는 어미들의 비극적 삶에 대한 보고에서 나아가 무능한 남편들과 여자에게 기생하는 남성들을 향한 그녀들의 폭력적 감정분출을 보여주고, 그로부터 뒤틀린 모성-가부장의 면모를 포착한다. 밥상을 뒤엎고 물건을 부수면서 원망의 주먹질과 화풀이를 반복하는 여성들을 통해 내면화된 가부장제 이데올로기와 강요된 모성의 부조리를 폭로한다.[7] 물론 작가 김이설이 착취의 메커니즘을 폭로한다고 '엄마-몸'이 처한 문제가 전부 해결되리라 낙관하는 것은 아니다. 오히려 김이설은 '엄마-몸'을 어떻게 이해해야 하는가, 이해는 과연 가능한가를 묻는 편에 가깝다. '엄마-몸'과의 대면이 야기하는 불편함의 실체에 보다 근접해보고자 하는 것이다.

엄마가 외삼촌에게 맞은 날이면, 나는 수연에게 달려갔다. 다짜고짜 있는 힘껏 뺨을 올려쳤다. 주먹으로 머리통을 때리고 가슴이나 배를 후려쳤다. 팔뚝을 깨물고, 발길질을 해댔다. 외삼촌이 엄마에게 한 그대로 따라 했다.

"네 아버지 때문에 네가 맞는 거야. 알겠어?"

수연은 고개를 끄덕였다. 알긴 뭘 알아. 나는 주먹으로 수연의 이마를 몇 대 더 쥐어박았다. 다 때린 다음에는 수연의 숙제 공책을 뺏어오거나, 교과서를 찢어놓고 돌아왔다. (……) 수연은 내가 나타나면 주춤주춤 뒤로 물러섰다. 어느새 손을 머리 위로 올려 제 머리카락을 뽑기 시작했다. 안채 마당은 눅눅하고 나쁜 냄새가 났다. 수연은 늘 거기에 쪼그려 앉아 있었다. 나는 흙바닥에 그림을 그리고 있던 수연을 발로 힘껏 밀쳤다. 수연이 벌렁 넘어졌다. 치마 속 팬티가 보였다. 수연의 팬티엔 노란 얼룩이 묻어 있곤 했다. 나는 수연의 잠지에 흙을 집어넣었다. 소리내면 죽어. 수연은 정말로 소리를 내지 않았다. 나는 수연의 목을 두 손으로 감싸고 속삭였다. 할머니나 외삼촌한테 말하면, 죽일 거다. 수연이 고개를 계속 끄덕였다.(『나쁜 피』, 46~48쪽)

『환영』의 '서윤영'이 동정의 대상만은 아닌 불편한 존재이듯, 『나쁜 피』의 '곽화숙' 역시 공감할 수만은 없는 불편한 캐릭터다. 발가벗은 '엄마-몸'과의 대면이 불편하다면 '엄마-몸'을 향해 가해지는 폭력과의 대면 역시 불편하다. '곽화숙'의 결핍은 종종 보다 약한 자인 '엄마-몸'에 대한 제어되지 않는 폭력으로 분출된다. '곽화숙'을 통해 김이설은 폭력에 대한 분노가 자신의 몸을 지킬 수 없었던 엄마나 저항 없이 고스란히 폭력을 받아낸 수연의 몸, 약자의 몸에 대한 자학적 분노로서 반복되고 있음을 포착한다. 동시에 폭력적 현실에 대한 저주가 비-폭력 세계에 대한 열망이 아니라 폭력의 모방을 통해 분출될 수 있음을 말한다. 이중적으로 구현되는 친밀한 폭력의 발현구조를 통해 김이설은 가부장제적 폭력의 유전적 속성을 드러낸다. 여기에 그녀들에 대한 깊은 공감과 이해를 가로막는 불편함의 원인이 있음을 누설한다.

친밀성의 구조가 은폐한 폭력은 약자의 몸을 멍들게 하지만 결코 사라지지 않으며, 보다 격렬한 형태로 유전되고 반복된다. 『환영』과 『나쁜 피』는 낮은 곳으로 흘러내리는 폭력의 유전법칙을 가시화한다. 동시에 친밀한 폭력의 기원을 밝힌다. 가족을 먹여살리는 일, 생계가 모든 것에 우선하는 동물화한 세계에서 생계를 책임지는 자리가 제왕적 폭력의 원천임을 보여준다. '서윤영'과 '곽화숙'의 폭력은 그들의 성정으로부터 연원하지 않는다. 가족을 대상으로 한 폭력은 '가장'이라는 자리가 그들에게 부여한 것으로 자본의 힘과 가부장제의 결합이 불러온 구조적 결과물이다. 아버지로부터 아들로 제왕적 권력이 유전/찬탈되는 과정을 보여주는 「미끼」를 통해 확인할 수 있듯 폭력의 유전은 남녀의 차이를 넘어선 곳에서 이루어진다. 김이설은 친밀한 폭력의 참혹함을 가시화하는 동시에 그것이 구조적인 것이자 구성된 것임을 폭로한다. 물론 자본과 결합한 '친밀한 폭력'을 낱낱이 해체하기는 결코 쉽지 않다. 김이설이 '몸이 생계인 여성들'에게서 쉽게 눈을 뗄 수 없는 이유다.

5. 그녀들의 침묵, '스스로 말하기'와 '대신 말하기'

그러나 따지면 사회의 모순을 파헤치거나 객관적으로 제시하는 날카로운 비판의 시선은 김이설의 특장이 아니다. 김이설의 관심은 이전부터 쭉 있어왔고 어쩌면 앞으로도 오랫동안 계속될지도 모를 운명들, 사회적 이슈가 되어 단박에 해결되지도 않으며 끊임없이 반복될 참혹한 삶들, 문학적 표상 논리에 의거하면 포착되기 어렵거나 재현의 가치가 높지 않은 비-존재들, 재현의 시선이 스치고 간 '존재하지 않는 존재들'을 불러오는 일에 집중되어 있다. 요컨대 불편함의 실체에 다가가는 한편으로 김이설은 끊임없이 되묻고자 한다. 존재하지 않는 존재들을 불러오는 것은 가능한가. 어떻게 가능한가. 그녀들의 이야기를 들을 수 있는가. 어떻게 들을 수 있는가.

다섯 장에 걸쳐 나와 엄마의 이야기가 적혀 있었다. 대부분은 내가 흰얼굴에게 말해준 것들이었다. 그러나 내용처럼 나는 술이나 담배, 약을 하던 소녀는 아니었다. 또한 돈을 훔친 적도 없었다. 또래 남자애들과 어울려 쪽방을 전전했다는 것도 틀렸다. 거긴 흰얼굴을 따라간 적 외에는 없었으니까. 그래서 나는 이것이 정말 나의 이야기가 맞는지 몇 번이나 다시 읽어야 했다. 하지만 사진의 주인공은 내가 분명했다. 담요를 말고 웅크려 자는 내 뒷모습, 삼촌들과 어울리고 있는 풍경과 먼발치에서 찍은 공사장에서 뒤엉켜 있는 나와 담요 아저씨까지. 구걸하고 있는 엄마를 기둥 뒤에 숨어 훔쳐보는 나의 굳은 입술, 심지어 배가 솟은 내 옆모습도 찍혀 있었다. 그건 모두 거짓말이 아닌 진짜 내 모습이었다. 맨 끝에는 넥타이를 매고 있는 흰얼굴의 사진과 이름이 실려 있었다.(「열세 살」, 『아무도 말하지 않는 것들』, 33쪽)

「열세 살」이 우선적으로 보여주는 것은 '존재하지 않는 존재들'을 말하는 일의 지난함이다. '낡은 옷차림을 제외하면 또래의 아이들과 다를 바 없는 아이'(21쪽)가 '흰얼굴'로 상징되는 '말하는 입'을 가진 이들에 의해 '엄마와 함께 노숙하는 십대 여자'로, 노숙하는 여자애라는 규정이 이끄는 메타포들이 덧씌워진 채로 표상된다. 침묵하라는 엄마의 가르침을 어긴 채 자신의 이야기를 들어주던 '흰얼굴'에게 재잘대던 그녀는 결국 "세상에 공짜는 없다는 것을"(「순애보」, 72쪽), '호의를 베푸는 어른들이 더 무섭다는 것을'(『나쁜 피』, 67쪽) 다시 깨닫게 될 뿐이다. 그녀들의 침묵에는 이유가 있다. 대리모로 빚을 갚으면서 가족들 앞에 나서지 못하는 「엄마들」의 그녀 역시 '아기를 파는 여자'라는 사회적 시선으로부터 자유롭지 못하다. 남편과 젖 먹는 아이를 두고 몸을 팔아야 했던 『환영』의 왕백숙집 왕사장의 아내가 결국 왕사장에게 외면당하고 자살로 생을 마감하게 되는 것은 그녀들에게 가해지는 이중잣대가 불러온 여성잔혹사의 대표적 사례다.

우회 없이 말하면 여기서 김이설의 소설은 몸 파는 엄마들에게 가해지는 사회적 이중잣대를 피할 수 있는 문학적 재현의 가능성을 질문한다. 사회의 가장 낮은 곳에 놓여 있는 문제적 지점에 대한 고찰은 비판적 탐구자가 원하는 바로 그런 형태로 이루어지지 않는다. 「열세 살」이나 「순애보」의 소녀들이 그러하듯 『환영』이나 『나쁜 피』의 그녀들은 자본과 결합한 가부장제를 철저하게 내면화한 존재들이다. 삶에 임하는 태도로서의 진정성에도 불구하고 그녀들의 삶은 온전히 긍정적 의미를 담지 못한다. 자본의 원리에 깊이 침윤되어 있으며 가부장제의 구조적 폭력성을 몸으로 체현하는 존재들인 때문이다. 사회(현실)의 모순을 체현하는 동시에 만들어내며 동조하고 공모하는 존재들이라 말하는 것도 가능하다. 그녀들을 어떻게 다루어야 하는가라는 질문이 어려워지는 것은 이 대목에서다. 자신을 지킬 수 있는 '자기-말'을 가지지 못한 그녀들의 복합적 정체성은 '말하는 입'을 가진 이들에 의해 과연 온전히 포착될 수 있는가.

김이설의 방법론적 고민은 그녀들의 삶을 재현하는 방식에 대한 거부로 압축된다. 그녀들 스스로 말하게 하면서 비가시적 영역에 은폐되어 있는 빈곤과 폭력 그리고 그녀들의 처참한 삶을 복원한다. 그 복원의 결과는 객관적 거리로부터 도출되는 리얼리티와는 다른 어떤 것이다. 가령, 김이설은 사회적 안전망 바깥의 존재들에 대한 관심으로 '노숙자'를 불러오지만, '배제된 자'를 포착하는 재현적 룰에서는 최대한 멀어지고자 한다. '노숙자'가 환기하는 대표적 표상과는 다른 '노숙하는 십대 소녀'의 일상을 다루고자 하며, '스스로 말하기' 방식을 취하고자 한다. 존재하지 않는 존재들, 특정한 표상으로 환원되지 않는 이들을 불러들이고 '스스로 말하기'라는 우회를 통해 '대신 말하기'의 가능성을 가늠하는 것이다. '몸 파는 엄마'를 계속 양산하는 사회의 구조적 원인에 대한 환기는 '몸 파는 엄마'를 다루었다는 사실에 있지 않으며 "누구보다 참는 건 잘했다. 누구보다도 질길 수 있었"(『환영』, 193쪽)다는 그녀들의 고백을 포착했다는 데 있는 것이다.

김이설 소설의 미덕은 망령처럼 떠도는 사회적 상상력을 재소환한 것에 있지 않다. 문학적 표상의 기준에 대한 질문을 통해, 대표/표상(re-presentation)에 기대는 사회적 상상력의 한계를 짚는다는 데 있다. 김이설은 문학과 사회(현실)에 관한 한국문학의 질문을 한 차원 더 끌어올린다. 1990년대 중반 이후로 지속되어온 문학적 관심, 즉 타자와 배제된 자에 대한 한국문학의 관심이 타자를 만들어내는 구조 자체에 대한 비판적 환기로 진전되는 장면이라 말해도 좋다. 서발턴의 재현 불가능성에 관한 스피박의 문제제기가 시사하듯, 하위그룹을 다시 배제하는 순환고리에서 벗어나려는 노력 속에서 서발턴을 복원하려는 작업은 부단한 실패로 귀결될 수밖에 없을 것이다.[8] 김이설이 '몸 파는 엄마들'을 복원했는가의 여부보다 중요한 것은 '엄마-몸'을 관통하는 위계적 차이들을 가시화했다는 사실 자체이다. 김이설의 소설은 서발턴을 위한 문학이 가능한가를 질문함으로써 사회(현실)의 구조적 문제틀이 서사화될 수 있는 한계를 환기하고 작가와 문학 자체에 대한 성찰의 시선을 요청한다. 김이설의 소설이 던지는 질문들을 통과하면서 한국문학의 사회와 윤리에 대한 고민은 다시 깊어지기 시작했다.

여성의 몸을 말하는, 21세기형 사회소설

　감지되지 않을 정도의 속도로 이루어진 일이지만, 여성의 지위는 점차 높아져왔다. 시민으로서의 권리인 투표권을 얻게 되었고 허드렛일로 치부되었던 집안일을 노동으로 인정받게도 되었다. 가부장제 전체를 부인할 수는 없다 해도 호주제의 폐지로 아내이자 어미가 한 가정의 주인일 수 있는 권리도 법적으로 보장받게 되었다. 긴 호흡에서 보자면 여성의 삶은 점차 내실을 갖춰왔다고 해야 한다. 그러나 과연 그러한가. 앞으로 더 나아질 수 있다고 확신할 수 있는가.

　남편을 잃고 아이와 함께 야반도주를 하고 나면 생계를 도모할 능력이 없는 여자는 이후의 삶을 어떻게 꾸려갈 수 있을까. 그녀들에게 삶이란 가능한 것일까. 역사에서 노숙하는 모녀의 삶을 들여다보았던 등단작인 「열세 살」(2006년 서울신문 신춘문예 당선작)에서 최근작인 『환영』(자음과모음, 2011)에 이르기까지, 작가 김이설이 반복해서 던지는 질문 가운데 하나가 이것이다. 과연 그녀들의 삶은 나아졌는가, 아니 나아질 수 있는가. 『환영』은 원하지 않았던 임신을 하고 혹이 되어버린 아이를 낳고 내다 버리고 싶은 가족들을 건사하기 위해 다리를 벌릴 수밖에 없는 여성들의 삶을 들여다본다. 작가는 화려한 소비사회의 이면에서 몸을 밑천으로 살아야 하는 여성들의 내몰린 삶이 형식과 내용에서 유사 이래 조금도 바뀌지 않았음에 주목한다.

　식민지 시기까지 거슬러올라가지 않는다 해도 한국문학은 아이를 위해 자신의 모든 것을 내던진 많은 어미들을 만나왔다. 박완서의 '억척'어미들이 아이들의 신분상승을 위해 세상과 타협하고 속물이 되는 일을 서슴지 않았음을 알고 있다. 전쟁이 파괴한 가정을 지키기 위해 아이를 혼자 키우며 생계에 허덕여야 했던 어미들이 '어미다운' 어미가 되기 위해 '도둑질하는 엄마, 구걸하는 엄마, 몸 파는 엄마'가 되어야 하기도 했다. 전쟁의 상흔이 물질적 풍요에 의해 흔적 없이 휘발되어버린 후에 과연 그녀들의 삶도 그만큼 나아졌다고 단언할 수 있는가. 근대화 바람을 타고 도시화가 급물살을 타던 1970년대는 어떠했는가. 무너져내리는 농촌사회에서 유일한 희망인 장남을 위해 도시빈민으로 유입되어 가정부, 여공, 차장이 되어야 했던 딸들의 수난사를 떠올려보아도 어렵지 않게 확인할 수 있다. 몸을 거미처럼 파먹혀야 하는 어미의 운명이 고스란히 딸에게로 전가되고 있었다.

　그러니까 김이설의 『환영』이 그간 한국문학이 돌보지 않았던 현실의 일면을 새롭게 발견한 것은 분명 아니다. 하류계층 여성이 자본의 이중적 착취구조에 무방비로 노출되어 있다는 사실이 새삼스럽지도 않다. 여성의 몸을 둘러싼 상상력이 예기치 못했던 지점에까지 가닿은 것도 아니다. 차라리 『환영』이 환기하는 바는 몸을 팔아 가정을 지키고 아이를 지킬 수밖에 없는 어미들의 삶이 지금 이곳에서도 구원이나 출구 없이 여전히 반복되고 있다는 사실 자체다. 따지자면 각오를 다져야 하는 굳은 결심 끝에 어미의 구걸이나 매춘이 시작되는 것도 아니다. 가령, 배운 것 없이 기술도 없는 애 딸린 여자인 '윤영'이 "죽을 게 아니라면 살아야 했"고 "살 것이라면 제대로 살아야 했"(155쪽)으며, "제대로 살 수 있다면, 사람처럼 살 수만 있다면야"(159쪽) 도둑질이든 구걸이든 뭐든 해야만 했다. 엄마와 다르게 살기를 다짐하지만 '윤영'이 평생 몸을 팔아 남편과 아이를 건사하는 운명의 굴레에서 벗어날 가능성은 많지 않아 보인다. 누구보다 총명했으며 사람들의 기대처럼 잘 자랐던 동생 '민영'의 경우에도 사정은 마찬가지다. 가족을 구원하려는 각고의 노력에도 불구하고 결국 그녀조차 가족들이 뿔뿔이 흩어진 채 고시원을 전전하게 했고 신용불량자로 만들었으며 급기야 스스로 빚에 겨워 몸을 팔다 죽음을 맞이하는 운명 외에 다른 길을 발견하지 못했다. 그녀들의 사연을 겹쳐놓고 보면 사회의 빈곤층 여성이 겪어야 하는 비극적 운명의 강고함에 새삼 절망하게 된다. 그들의 운명은 개인의 죽음을 담보한 노력으로도 쉽게 극복될 수 없는 것이었다.

그러니 돈도 없는 주제에 아프기까지 한 아버지를 인정사정없이 구박했던 엄마와 아픈 아이와 다친 남편을 두고 다시 몸을 팔아야 할 처지에 놓인 딸이 옥탑방에 나란히 눕는다 해도 나눠야 할 말보다 참아야 할 말들이 더 많게 된다. "애가 어쩌다가 이렇게 되었냐"는 엄마의 질문에도 '같이 살기 시작했던 아저씨와는 어쩌다 결별하게 되었느냐'는 딸의 질문에도 서로 나눌 수 있는 게 침묵밖에 없다. '얘기하자면 긴' '하지 말아야 할 말들'의 침묵 속에는 돌이킬 수도 극복할 수도 없는 그녀들의 비극적 운명이 똬리를 틀고 있는 것이다.

물론 『환영』이 몸 파는 어미들의 비극적 삶에 대한 보고에만 머물러 있는 것은 아니다. 연민과 동정 없는 김이설의 냉정한 서술은 무능한 남편들과 기생하는 남성들에게 퍼부어지는 그녀들의 폭력적인 감정 분출을 통해 뒤틀린 모성-가부장의 기이한 면모를 잡아챈다. 어미이기 이전에 여자임을 강변함으로써 모성의 신성성에 균열을 일으킨 바 있는 공선옥의 어미들과는 다른 방식으로, 밥상을 뒤엎고 물건을 부수면서 원망의 주먹질과 화풀이를 반복하는 어미들을 통해 김이설은 내면화된 가부장제 이데올로기와 강요된 모성의 부조리를 만천하에 까발리고 있다고 해도 좋다. 말하자면 여성의 몸을 훼손시키는 근저에 놓인 힘이 임신과 출산 그리고 양육을 자연의 섭리이자 거부할 수 없는 숙명으로 받아들이게 하는 바로 그 이데올로기임을 폭로한다.

　무엇보다 『환영』은 가부장제 이데올로기와 자본주의의 뗄 수 없는 결합지점에 시선을 둔다. 몸 파는 어미들의 비극이 병든 아버지와 무능한 남편에서 연원한 것만은 아님을, 자본주의 사회가 내장하고 있는 보다 근원적 모순에서 연원한 것임을 말한다. 1970년대에 도시 빈민이 되어 가정부에서 여차장으로 창녀로 전전했던 '영자들'의 몸이 그러했듯, 자살한 백숙집 '사모님'이 젖도 떼지 않은 채 몸을 팔아야 했던 사정이 오래 기다리다 얻은 아들이나 왕사장의 탓만은 아니듯이, 『환영』에 등장하는 빈곤층 여성의 몸은 보다 근본적인 차원에서 자본의 논리 자체에 의해 착취되고 있다고 해야 한다.

　『환영』은 몸 파는 어미들에 대한 동정을 거둔 자리에서, 그녀들의 몸이 가족 단위로 구조화되어 있는 이 사회의 시스템을 유지하기 위한 연료로 소모되고 있음을 말한다. 이렇게 본다면, 돈이 없고는 인간다운 삶은커녕 생존조차 불가능한 세상에서 분출되는 그녀들의 제어할 수 없는 폭력적 감정이야말로 가부장제 이데올로기의 부조리이자 임계치에 다다른 시스템의 부조리의 현현이 아닐 수 없다. 김이설의 『환영』은 모성이라는 불편한 신성을 건드리면서 이 사회 모순의 핵으로 파고들어 소비사회 이면에 은폐되어 있는 자본의 논리에 깊은 성찰을 요청한 21세기형 사회소설의 한 가능성이다.

모욕의 공동체, 고귀한 삶의 불가능성

1. 화석이 된 얼굴

우리는 종종 이야기에 매혹된다. 연이은 이야기의 뒤편에 대한 궁금증으로 이야기에 중독된다. 흔히 놓치곤 하는 미묘한 감정의 흔들림과 삶의 갈피에 숨겨진 불안과 공포를 찾아 헤매게도 된다. 삶의 혹한기에 불현듯 휩싸이게 되는 절망을 견디기 위해, 가능하다면 어떤 위안까지도 덤으로 얻기를 바라면서 타인의 삶에 대한 기록을 더듬는다. 까맣게 잊고 있던 고통에 아파하며 인류의 보편적 운명에 한탄하고 또 안도한다. 대상을 찾을 수 없었던 분노의 원인을 확인하고 이곳 너머의 삶을 상상하며 스스로의 삶을 추스르게도 된다. 더 깊어진 세상을 보는 눈으로 일상의 틈새를 벌리고 두터운 삶의 속살과 마주하게도 된다. 그런 시간들 속에서 한 개인의 눈으로는 도무지 볼 수도 상상할 수도 없는 사회의 곳곳에 대한 시야가 열리게 된다. 물신에 대한 우상숭배가 피할 수 없는 시대윤리가 되고 효율성이 최고의 가치가 된 오늘날에도 무용한 글뭉치에 불과한 소설을 찾는 이유가 여기에 있다.

소설에 대한 사회적 관심이 축소됨에 따라 소설에서도 사회적 시야를 만나기는 쉽지 않아졌다. 2000년대 이후 한국소설에서는 점차 사적 상상력과 이야기 충동이 비대해지고 있다. 1997년 등단 이래로 한국소설의 변화의 소용돌이 속에서도 김숨은 사회의 그림자에 대한 촉수를 믿고 따르는 일에 흔들림이 없었다. 김숨의 소설은 나아갈 방향을 알고 있는 연체동물처럼 느릿느릿 그러나 잠시도 쉬지 않고 사회의 그림자를 따라 움직여왔다. 김숨은 윤성희와 함께 주변인의 주변인에 대한 관심을 표출하는 데 탁월한 기량을 보여왔다. 영점으로부터 같은 거리에 떨어져 있는 양극과 음극의 방식으로 윤성희와 김숨은 이전이라면 소설의 주인공조차 될 수 없었던 존재들에게로 우리의 시선을 이끌어왔다. 경쾌한 문체와 유머러스한 상상력이 윤성희 소설의 트레이드마크라면, 김숨의 소설에서 주변인의 주변인에 대한 관심은 숨막힐 정도로 느린 속도와 결합하고 강박이 된 불안과 그것이 불러온 그로테스크함 혹은 공포의 무드로 표출된다.

매번 김숨의 소설은 중첩된 시간의 지층을 거슬러오르고, 여전히 갈피를 채우고 있는 멈춰버린 시간들을 우두커니 들여다본다. 화석이 된 시간을 사는 이들이 김숨 소설의 주인공이다. 삶의 갈피에서 공적인 기록으로 생몰연대를 남기고 있을 뿐 살았던 흔적을 조금도 남기지 않은 존재들을 찾는다. 찾는다는 말은 어울리지 않을지도 모른다. 언제나 온전히 자신의 이름으로 존재할 수 없었던 그들은 여전히 그들일 뿐이다. 오랫동안 들여다보아도 그들은 개별의 얼굴로 분별되지 않는다. 김숨의 소설은 존재하지만 보이지 않았던 존재들과 그들의 표현되지 않았던 심연을 기록한다. 지우고 싶었던 과거와 덮어버리고 싶은 현재를 증명하는 존재들을 조심스럽게 우리 앞에 불러온다. 무능하고 무기력한 아버지, 불임의 어머니, 쓸모와 가치를 상실한 노인, 사회의 일원으로 살기 위해 인간에게 요구되는 최소한의 기준도 충족시키지 못하는 이들이 온전한 개인이기는커녕 가구처럼 그 자리에 붙박인 채 무기물의 생을 견뎌냈음을, 여전히 견디고 있음을 반복해서 말한다. 김숨의 소설은 언제나 공감에 앞서 슬픔이 배어 있는 부끄러움을 불러온다. 화석이 된 그들이 바로 우리의 얼굴이기 때문이다. 분별할 수 없는 나의 얼굴과 우리의 존재를 그렇게 대면하게 되기 때문이다.

2. 감정의 상품화 이후

김숨의 『여인들과 진화하는 적들』(현대문학, 2013)은 기묘한 가족 해체의 결과를 보여주는 두 여자에 관한 소설이다. 좀더 정확하게 말하자면 그저 그런 평범한 남편과 함께 아이를 키우고 있으며 그녀 자신은 전화상담원인 여성 노동자와 그녀의 필요에 의해 동거하게 된 "데친 시금치처럼 기가 죽은"(47쪽), "여자로서나, 어머니로서나"(44쪽) 쓸모를 상실한 한 여자에 관한 이야기다. 일반적 시선에 의하면 두 여자는 며느리와 시어머니의 관계로 맺어져 있다. 하지만 소설에서 그와 같은 관계가 보여주는 일반적 속성은 거의 발견되지 않는다. 그런 속성을 지워버린 원인은 돈이다. 자본의 힘이 사적 공간과 관계들을 변형시키는 일은 드물지 않다. 그러나 따지자면 국가 혹은 사회에서의 가정의 역할이 강조된 이래로, 가정의 사회적 기능이 파괴된 적은 단 한 번도 없다. 가정은 언제나 재생산 공간의 역할을 수행해왔다. 뭔가가 파괴되거나 변형되었다면 그것은 사회적 기능을 다하기 위해 노력했던 가정의 일원들이다. 가부장제의 희생자들이라고 말해도 좋겠지만, 그들을 마모시키고 메마르게 한 훼손의 힘 전부가 가부장제와 같은 이데올로기인 것은 아니다. 관습이나 도덕이라는 이름의 사회적 규율들은 언제나 사회 전체가 아니라 사회적 약자들을 통제하는 힘으로 활용되곤 했다. 사회적 약자들에게는 자연화되어 본성이 되어버린 것들, 그들의 일상을 채우고 행위를 가능하게 하는 내면의 힘이 되어버린 사회적 규약들이 개인의 삶을 어떻게 파괴하는지, 얼마만큼 비루하게 만들 수 있는지를 김숨의 소설은 롱테이크의 시선으로 담아낸다.

『여인들과 진화하는 적들』에는 가정을 위해 돈을 벌어들이는 여자와 그 여자의 사회생활을 위해 가사노동을 떠맡은 여자가 있다. 그나마도 직장생활을 하는 여자의 돈벌이가 그 가정의 최후 생계수단이라고 말하기는 어려운 상황이다. 생활비를 제공한다는 이유만으로 사적 공간에서 벌어지는 일에는 아무런 관심도 없는 남편/아들이 있기 때문에 돈벌이를 하는 여자는 그 가정의 보다 나은 미래를 위해 사회적 노동에 참여하고 있다고 해야 한다. 산업구조의 변동은 점차 노동 없는 산업 유형을 유포해왔다. 1, 2차 산업으로 분류될 수 없는 셀 수 없이 많은 직종들이 서비스업의 하위 범주로 묶인 채 증가하고 있다. 숙련된 기술이 크게 요구되지 않는 비전문적 노동이라는 편견은 서비스업을 여성을 포함한 하위계층에 적합한 직종으로 구조화한 측면이 있다. 무학력 혹은 저학력의 노동자, 신분 노출에 제약을 갖는 노동자들이 생산과 재생산을 위한 틈새 업무인 서비스업을 담당하게 된다.

미디어가 여성 노동자에게 갖는 관심은 대개 소위 '골드 미스'라 불리는 고학력에 고소득자인 여성 전문 직업인으로 향해 있지만, 알다시피 여성 노동자 다수의 삶이란 그것과는 완전히 다른 것이다. 여성 노동자 대부분은 공적인 임금 노동과 함께 무임금의 가사노동을 병행해야 한다. 임금노동이 가사노동과 조화롭게 병행되기는 사실상 어렵다. 한국사회의 산업구조가 서비스업을 중심으로 재편되면서 어쩌면 대한민국 여성들의 평균적 삶은 질적으로 추락하는 중인지 모른다. 서비스업에 종사하는 여성 노동자들을 두고 말하자면 여성의 사회 진출과 여성의 삶의 질적 고양은 별다른 관계가 없다. 『여인들과 진화하는 적들』은 이 여성들의 삶을 조명한다.

『여인들과 진화하는 적들』과 작가의 최근 단편들인 「국수」(2011), 「그 밤의 경숙」(2011), 「옥천 가는 날」(2011)과의 파라-텍스트적 읽기는, 『여인들과 진화하는 적들』이 담고 있는 여성들의 황폐한 삶에 대한 보다 풍부한 이해를 돕는다. 「그 밤의 경숙」에서 전화상담원 경숙이 겪는 해리적 현실은 친절함을 팔아야 하는 감정노동이 그녀의 일상을 어떻게 망가뜨리는가를 섬뜩하게 보고한다. 감정을 관리하는 능력은 현대인 모두에게 요청된다. 고객만족을 최우선으로 하는 기업윤리는 점차 사적 공간에서 이루어지는 감정 관리를 교환 가능한 노동의 한 유형으로 만들고 있다. 기업의 최전선에서 고객과 직접 대면해야 하는 업무를 수행하는 이들, 백화점의 판매원, 레스토랑 직원, 영업사원, 콜센터 직원은 말할 것도 없고 간호사, 교사, 승무원, 보모와 같은 대인 서비스직 노동자가 바로 대표적인 감정 노동자다. 점차 감정노동은 특정 직업인이 아니라 사회생활을 하는 현대인이 갖추어야 할 필수적 업무능력이 되고 있는 추세다. '인간감정의 상품화'(앨리 러셀 혹실드, 『감정노동(*The Managed Heart*)』)가 부조리한 일이라는 사정이 바뀔 가능성은 낮다. 그럼에도 감정을 핵심 경쟁전략으로 채택하는 서비스 산업에서조차 감정은 중요한 노동능력으로도, 전문적인 숙련기술로도 평가되지 않는다. 감정노동은 대개 '여성'이라면 '누구나 할 수 있는 일'로 간주되기 때문이다.

십오 년 이상 홈쇼핑 콜센터 상담원이었던 『여인들과 진화하는 적들』의 그녀가 그러하듯, 대개 그들은 저임금의 하위 서비스직에 종사한다. 그들의 노동은 언제나 대체 가능한, 활용 기간이 매우 짧은 교체 가능한 부품 정도로만 간주된다. 그 노동마저 '출산 예정일을 닷새 앞둔 날까지 마을버스에, 지하철을 두 번이나 갈아타고 '출퇴근하면서' 간신히 유지될 수 있는 것이었다. 그럼에도 시어머니의 건강보다 발병이 야기하게 될 비용문제를 먼저 고민하고, 직장생활 때문에 동거를 시작했던 시어머니를 퇴직과 함께 불필요한 잉여 노동력으로 해석하는 그녀의 속물성이 자본의 거센 압력에 맞서려는 절박한 생존전략임을 놓쳐서는 안 될 것이다. 김숨은 『여인들과 진화하는 적들』에서 그녀를 경유하면서 어떻게 인간의 감정이 화폐가치로 환원되는가가 아니라 감정의 상품화가 개별 인간을 어떻게 파괴하고 그 사람이 맺는 사회적 관계들을 어떻게 왜곡하는가를 짚어낸다.

3. 진화를 꿈꾸는 착취

『여인들과 진화하는 적들』의 또다른 주인공은 한 여자가 감정노동을
수행하는 동안 '돌봄노동'을 대신 떠맡은 여자이다. 도처에 넘쳐나는 존
재이지만, 누구의 시선에도 쉽게 포착되지 않는 존재, 일평생을 살고도
유령처럼 흔적을 남기지 않는 존재, 여자는 바로 그런 존재의 전형이자
이 소설의 사실상의 주인공이다. 아이를 낳지 못해 이혼당한 여자가 자식
이 넷이나 있는 남자의 집에 들어와 식모살이에 다름없는 한평생을 살았
고 호적에도 오르지 못한 채 병든 몸으로 죽음을 기다리는 사연을 담고
있는 소설 「국수」의 '어머니'와는 달리 『여인들과 진화하는 적들』의 '어머
니'는 "교배가 불가능하도록 생식적으로 격리된 종"(125쪽)으로 취급되
고 있음에도 동정과 연민의 대상만은 아니다.

오히려 짜증과 비난, 무시와 모욕의 대상일 뿐 아니라, 더이상 사적 감
정을 나누지 않는 무관심의 대상에 가깝다. 따지자면 오 년여의 동거에도
며느리와 시어머니는 서로에 대해 아는 바가 없다. 가령, '1949년생 소띠
에, 고향이 충남 부여라는 것, 초등학교를 겨우 졸업했다는 것, 열일곱 살
에 서울에 올라왔다는 것, 동대문 쪽에서 직물가게를 하던 친척집 일을 도
와주고 기술을 배우다 남자를 만나 결혼했다는 것, 딸 둘에 아들 하나를
낳았다는 것, 겨우 서른여섯 살에 홀로되었다는 것, 그리고 여자 혼자 힘
으로 자식 셋을 키우느라 파출부와 야쿠르트 배달, 버스회사 청소부, 식당
주방일 등 안 해본 허드렛일이 없다는 것'.(46~47쪽, 123~124쪽) 며느리
에 의해 단 몇 줄로 요약되는 시어머니의 이력은 그들 사이의 서로에 대
한 이해가 보모나 파출부에 대한 관심보다 낮음을 말해준다. 실제로 "하
는 역할로만 보자면, 여자는 입주 보모나 마찬가지였"(50쪽)기도 하다.

사적인 관계에서 생겨나고 교환되는 감정적 영역은 여기서 이미 상품

화되어 있음을 알 수 있다. 사실상 가사노동과 '돌봄노동'이 시장에서 상품으로 거래된 것은 어제오늘의 일이 아니다. 미국의 경제사회학자 젤라이저는 '친밀성(intimacy)'과 '경제' 영역의 만남이 21세기 신자유주의 시대를 사는 사람들에게 불가피하며 사실상 만남의 결과가 공동체성의 붕괴로 이어지지도 않는다는 점을 지적한 바 있다.(비비아나 A. 젤라이저, 『친밀성의 거래(*The Purchase of Intimacy*)』) 그의 지적은 그간 도덕적 문제로 다루어지곤 했던 가사와 돌봄이라는 친밀한 행위들의 상품화 문제에 대한 객관적 접근의 가능성을 열어준다. 친밀성의 교환가치화는 인간들 사이에서 내밀하게 이루어진다고 여겨졌던 행위들이 이미 오래전부터 사회적, 경제적 논리로 이해되고 있었음을 인정하게 한다. 아울러 그간 노동으로 분류되지 않았던 사적 영역의 부스러기 행위들이 갖는 가치를 복권시킨다.

『여인들과 진화하는 적들』에서 김숨은 분명 유령처럼 살아갔던 대한민국의 수많은 어머니들을 복원한다. 하지만 그 어머니는 가부장제 이데올로기가 유포한 희생과 헌신의 이미지로 체현되지도, 전통적 의미에서 우리가 상실한 과거와 같은 것을 의미하지도 않는다. 김숨의 '어머니'는 우리가 그간 '훼손될 수 없는 영역'으로 규정했던 것들이 얼마나 심각하게 경제적 가치에 의해 침윤되어 있는지 보여줌으로써 우리를 오늘날의 현실 자체와 대면하게 한다. 전문대를 나와 홈쇼핑 콜센터 상담원을 하고 있는 '어머니'가 '자신의 아이만은 생존에 유리하도록 진화하기를 바라며, 당당히 브랜드 아파트에서 키우고 싶어' 윗세대 '어머니'를 착취한다. '어머니'는 '어머니'의 '어머니'의 '어머니'…… '어머니'를 착취하면서 그렇게 진화를 꿈꿔왔다. 그러나 그 '어머니'가 아파트 신축공사로 인해 파헤쳐진 구덩이 속에 들어가 '화석인류'임을 스스로 입증하고자 할 때, '어머니'의 진화는 인류의 역사에서 있지도 있을 수도 없었음이 판명된다.

4. 수치와 모욕의 공동체

'어머니'들 사이의 착취를 넘어선 공존은 가능한가. 『여인들과 진화하는 적들』에서 두 여자의 관계의 불구성은 감정 표현의 불균형성으로 표현된다. 다음과 같은 진술을 보자. 매사 계산이 빠르고 자신의 계산속을 노골적으로 드러내는 며느리와는 대조적으로 시어머니에게는 "자신의 의견이라는 게 없었다".(42쪽) 시어머니의 입이 말라갔지만, "솔직히" 며느리는 "여자의 침이 마르는 입속이 그다지 걱정되지 않았다". "조금 더 솔직해지자면, 걱정되는 것은 침이 마르는 증상으로 인해 발생되는 병원비와 약값이었다."(54쪽) 이러한 구절이 보여주듯, 『여인들과 진화하는 적들』은 '솔직히'라는 부사어를 활용하면서 억압된 감정을 특정 상대에게 퍼붓는 며느리와 시간이 멈춘 듯 감정 없는 무생물이 되어버리는 시어머니를 통해 감정 표현의 불균형성을 극단화한다.

세번째 검사 때 의사가 한 말들이 뒤미처 걸리는 게…… 살라겐 양을 하루 세 알로 늘렸는데도 침이 줄자 의사도 답답했는지 그날따라 상담을 길게 했다.
"충격을 받으셨거나 크게 놀라실 만한 일이라도 있으셨어요?"
"……?"
"침이 마르기 시작할 무렵에 말이에요."
여자가 별 대꾸가 없자 의사는 볼펜 끝으로 톡톡 책상을 두드렸다.
"이를테면 가까운 분이 돌아가셨다거나……?"
의사의 설명에도 여자는 꿀 먹은 벙어리였다.
"아니면 멸시나 모욕을 당하신 일이 있으셨다거나……"
"모욕이요?"
그렇게 되물은 쪽은 여자가 아니라 그녀였다.
"심한 멸시와 모욕으로 인한 불안과 초조, 우울증도 스트레스의 일종이니까요. 제 환자분 중에 마침 그런 분이 계셔서요. 사실 만병의 근원이 아 닙니까. 제 환자분 중에 대학교 철학과 교수가 계신데…… 그분의 경우 강 의시간에 한 학생으로부터 수치심에 부르르 떨리도록 모욕을 당하고, 웃음 거리가 된 뒤로 불면에 침이 바짝바짝 마르기 시작했다고 털어놓으셨거든 요. 그래서 정신과 치료를 함께 권해드렸습니다. 물론 정신과 치료를 받으 면서 침 분비량이 빠르게 회복되었고요."(180~181쪽)

　그녀는 자신이 홈쇼핑 콜센터 전화상담원으로 일하는 동안 받았던 수 치심에 비하면, 여자가 그날 잠깐 받은 수치심은 새 발의 피에 불과하다 고 생각했다. 욕으로 시작해 욕으로 끝나는 전화와 변태성욕자의 구역질나 는 전화까지…… 교양이라고는 눈곱만치도 없는 고객이 아무리 고함을 지 르고 억지를 부려도, 태어나 처음 들어보는 욕설을 내뱉어도, 그녀는 통화 가 끝나는 순간까지 상냥하고 친절한 목소리를 유지해야 했다. 전화상담원 인 그녀에게 요구되는 태도는 첫째도 친절, 둘째도 친절, 셋째도 친절이었 다.(188쪽)

　다소간의 서글픔을 자아내기도 하는데, 쉽게 균형점을 찾지 못하는 감 정의 불균형성은 그들의 관계를 무시와 모욕 행위의 핑퐁게임으로 채워 버린다. 그러나 사실 따지자면 보다 근본적인 무시와 모욕에 시달렸던 것 은 며느리 쪽이다. 전화 상담원을 하면서 감정규칙에 따라 기업이 요청하 는 감정만을 강요받던 그녀는 자신의 본래 감정을 상실한다. 그리하여 그 녀에게 감정이라고는 우울과 수치심, 자기모멸에서 스스로를 구원하기 위한 적대감만 남게 되었다. 그녀는 자신의 감정으로부터 그렇게 소외되 었다. 그 수치와 모욕을 견디면서 그녀가 열망했던 것은 무엇인가. 그저 "남들과 똑같이, 남들 하는 대로, 그리고 남들 하는 만큼 하고 사는 것" (190쪽)을 원했던, 다른 가능성을 알지 못하는 '정상의 삶'에 대한 갈망은 그녀의 존재 전체를 자신에게서 소외시키게 되었다.

　며느리의 무시와 모욕을 시어머니는 무감정의 상태로 시간을 정지시키면서 견딘다. "십여 분이 흐르도록 여자는 꼼짝하지 않았다. 저대로 잠들기라도 했나 싶었지만 그런 것 같지는 않았다. 여자의 눈이 단추가 떨어진 구멍처럼 멍하니 벌어져 있었던 것이다. 종종 여자는 저렇게 심장과 피가 굳은 듯 미동조차 없이 거실 바닥이나 식탁 의자, 소파에 앉아 있고는 했다. 소리 없이, 움직임 없이, 있는 듯 없는 듯, 붙박이 가구처럼 가만히 존재할 뿐인데 그녀는 여자가 몹시 거슬렸다. 그러고 보니 존재하지 않는 듯 존재할 때, 여자의 존재가 그녀에게는 그 어느 때보다 무겁고 부담스럽게 다가왔다."(142쪽) 시어머니는 움직이지 않는 카멜레온처럼 적을 만날 때 화석이 되어 자신을 보호한다.

　그런데 분노와 짜증으로 표출되는 감정 표현과 시간을 정지시키는 듯한 무-감정의 반응은 서로 다른 방식으로 무기력한 하층 여성들이 자신도 모르게 뿜어내는 자기보호 행위다. 행위의 이질성에도 불구하고 그들의 편향된 감정 표현은 자기보호 행위라는 점에서 동일하다. 실제로 살림과 육아를 맡아주었던 시어머니를 '조선족 입주 보모'와 다를 바 없다고 여긴 며느리의 짜증과 분노는 세상에 대한 열등감의 뒤틀린 표현이다. '하루아침에 일방적으로 자신을 해고한 홈쇼핑 업체를 원망하는' 대신에 있어도 없어도 그만인 것처럼 여겨지는 시어머니와 그녀의 마르는 침을 원망하는 것으로 세상에 대한 열등감을 다독이고 있을 뿐이다.

　침이 말라가는 여자가 있다. "왜 하필 침인가?"(166쪽) 장판에 들러붙어 자신이 걸레가 되어 바닥을 닦듯 낮게 웅크린 채 수도계량기 밸브를 스스로 잠그면서 '어머니-그녀'는 마르는 것이 입안의 침이 아니라 그녀 자신임을 보여준다. '화석인류'로 사는 시어머니로부터 신경질적으로 종적 분류를 시도하지만, 실직 후 집안에서 시어머니와 함께 지낼수록 존재감이 없어지는 쪽은 오히려 며느리다. 조금씩 말라서 없어져버릴 듯 보이는 그녀의 모습을 보면서 며느리는 혼잣말처럼 "침 같아요"(74쪽)를 연발한다. 이 말이 시어머니를 향한 모욕의 말이 아닌 것은 그녀의 운명 역시 옆집이나 아랫집 혹은 한 골목에 살고 있는 이웃쯤 되는 "화석인류"(85쪽)의 삶과 다를 바 없는 것이기 때문이다. 사실 그녀들 모두는 진화하지도 멸종하지도 못한 채 "최초의 어머니"(83쪽)의 삶을 '화석인류'로서 반복하고 있다.

『여인들과 진화하는 적들』은 침이 말라가는 여자와 수도꼭지가 말라버린 한 아파트를 유비적으로 다루면서 반나절의 구린내 나는 일상에서 '체념과 순응이 뼛속까지 밴'(234쪽) "있는 듯 없는 듯 드러나지 않는" "비중이나 가치 면에서"(39쪽) 침처럼 하찮은 존재의 육체적 반란을 읽는다. 그러나 입안의 침이 말라가는 여자를 통해 삶을 위협하는 어떤 치명적 반전을 상상하기는 쉽지 않다. 김숨에 의해서는 적대적 멸시 이외의 방법, 그녀들의 공존의 가능성은 발견되지 않는다. 그들을 보이지 않는 인정투쟁으로 몰아넣는 부조리한 힘은 소설을 통해 가시화되지 않는다. 작가는 『여인들과 진화하는 적들』에 수치와 모욕의 공동체의 처참함과 그것의 출구 없는 답답함과 막막함을 가득 부려놓을 뿐이다. 그러면서도 김숨의 소설은 모래를 머금은 서걱대는 입으로 메말라가면서 흔적 없이 사라지게 될지라도 삶이란 끝나지 않는 치욕을 삼키면서 지속해야 하는 것일 뿐인가를 반문한다. 그 출구에 대해 우리의 모색을 촉구한다.

빈곤과 여행[1)]
─ 우정, 떠돌이들, 고등어

멀리 떠나서 깨닫게 되는 것들이 있다. 떠난다는 것은 '어디에서 어디로'와 같은 방향성을 상정하며 어떤 경우든 움직임을 동반한다. 움직임에 장소성에 대한 인식이 담겨 있다고 할 때, 그것은 공간 이동만이 아니라 장소성이 불러일으키는 시간의 흐름과 내면의 변화까지를 함축한다. 무엇보다 떠난다는 말에는 주체의 자발성의 의미가 새겨져 있다. 흔히 문학 속의 여행이 자아를 찾는 내면의 서사로 이해되는 것은 이러한 관습적 사유의 소산일 것이다. 한국문학사에서 여행서사가 남긴 족적은 성장담과도 겹쳐 있는 내면의 발견이라는 특화된 영역에 한정된 편이다. 초고속 성장 신화를 추동한 근대화의 이면이 경험 주체를 분열된 자아와 불가피하게 대면하게 했기 때문인데, 한국문학의 꽤 많은 주인공들이 주체할 수 없이 세속화되는 자신과의 대면을 위해 어딘가로 이동했으며, 그 시공의 이동을 '자아 찾기'의 기록으로 남긴 바 있다.

일생일대의 결단이기는커녕 여행은 점차 일상화되고 있다. 따지자면 낯선 경험 혹은 이국 체험을 위해 굳이 어딘가로 떠날 필요가 없는 시대이기도 하다. 손안의 스마트폰을 통해서도 멀미나는 시공초월의 이국 체험이 가능하다. 여행은 이제 삶의 일부, 즉 일상이자 문화가 되고 있다. '제주도가 아니라 동남아'를 여행지로 선택하는 것이 같은 값에 더 좋은 여행지 선택인 현명한 소비 행위로 이해될 정도로(김애란, 「호텔 니약 따」, 『비행운』, 256쪽), 여행은 소비문화의 한가운데 자리잡아가고 있다. 이제 여행은 지불 가능한 돈과 시간에 비례해서 길어지거나 짧아질 수도 있다. 그러나 지구화 시대를 두고 바우만이 지적했듯이, 시공간의 거리가 무효화되는 자리에서 새로운 양극화가 가속화되고 있으며, 자본과 권력의 소유 여부가 여행자들을 단숨에 표류하는 이들로 뒤바꿔버리기도 한다.[2] 지구 단위의 계급 재편이 촉발한 여행의 일상화는 역설적으로 여행의 자발성을 소거하는 중인지 모른다.

김애란의 「호텔 니약 따」의 그녀들, '같은 과, 같은 나이에 비슷한 감수성과 문화적 취향'을 지닌 단짝친구인 그녀들이 여행을 떠나기로 한 것도 처음에는 일종의 사치를 부려보자는 취지에서였다. 물론 그녀들의 여행계획이 순조롭게 진행된 것은 아니었다. 일상의 층위에 밀착해서 소소한 감정의 디테일까지 잡아내어 공감의 영역을 만드는 작업, 그 유머러스한 공감 가운데에서 소설 너머의 세계로까지 시선을 두게 하는 신뢰할 만한 작가 김애란은 「호텔 니약 따」에서도 그만의 장기를 유감없이 발휘한다. 절친한 친구들 사이의 우정이 긴 여행 동안 얼마나 쉽게 망가질 수 있는가에 대해 너나없는 경험이 있을 것이다. 「호텔 니약 따」에서 작가는 휴대전화 한 자리 단축번호를 나누는 단짝친구의 우정이 긴 여행 동안 겪어낸 사연, 동행자 사이에서 고조되는 불만, 터지기 직전의 짜증, 그 적나라한 폭발의 순간들, "말하자니 쩨쩨하고, 숨기자니 옹졸해지는 무엇"(271쪽)을 더할 수 없는 생생함 속에 되살려놓는다.

한편으로 「호텔 니약 따」는 국경을 넘는 여행을 통해 국적이나 인종이 아니라 계급에 따라 전 지구적인 존재방식이 재분류되고 통합되고 있음을 그녀들의 갈등이 고조되는 갈피마다에서 보여준다. 죽은 사람 가운데 꼭 만나고 싶은 사람을 보게 된다는 상술로 손님을 끄는 숙소에서 할머니 귀신을 본 '서윤'이 터뜨린 서러운 통곡은 그녀들의 갈등의 알맹이가 의식의 수면으로 떠오른 정점의 순간이라고 해야 할 것이다. 귀신이 되어서도 불편한 다리로 손수레를 끌면서 폐지를 줍고 있던 할머니가 일깨운 것이 바로 그녀 자신의 결핍과 가난이었다.

원하는 게 있으면 움직이고 갖고 싶은 게 있으면 사는 부류와 진지하고 신중하며 책임감 강하고 성실한 부류 사이의 차이, 「호텔 니약 따」에서 그들의 간극은 단짝친구인 '은지'와 '서윤'의 캐릭터 차이처럼 보이기도 한다. 하지만 20일 예정의 해외여행을 위한 준비로 작은 크로스백에 등산 가방을 메는 방법과 초대형 캐리어를 끄는 방법 사이에는 가방 크기만큼의 차이만 있는 것은 아니다. '여행 중 음악이 팬티보다 중요해서 『우리말 대사전』만한 크기의 스피커가 양쪽에 달린 음향기기와 함께 여행을 해야 하는'(262쪽) 부류와 가족도 돈도 직업도 없이 '생각하는 능력'에 집착해야 하는 부류 사이에는 캐릭터 이상의 차이가 빼곡하게 들어차 있다.

「호텔 니약 따」는 그녀들의 캐릭터가 계급에 기초한 것임을 말하는 이야기이자 돈의 유무가 우리의 취향과 의식, 그리고 삶의 패턴까지 결정하는 현대사회에서 점차 비밀과 수치가 되어가는 가난에 관한 역설의 기록이다. 멀리 떠났던 그녀들의 우정이 우리에게 그런 사실을 일깨운다.

그러니까 "옳은 것이 모든 것을 움직일 것"(박솔뫼, 「해만」, 『그럼 무얼 부르지』, 82쪽)이라는 생각은 잘못된 것이다. 『을』(자음과모음, 2010)에서 이미 일상탈출도 낯선 세계의 정착도 아닌 무위의 여행 궤적을 보여준 박솔뫼는 「해만」에서 관광지라지만 유명하지도 볼거리도 없는 어촌마을과 다를 바 없는 해만을 무대로 다시 한번 떠돌이 군상의 고여 있는 일상을 스케치한다. 그들은 왜 해만에 가는가. 해만은 어디인가. 아니 해만은 무엇인가. 해만이 반드시 해만일 필요는 없을 것이다. 존속살인을 한 범죄자가 오랫동안 숨을 수 있을 만큼 도시에서 먼 곳, "모든 것이 느리고 늘어져 있고 고여 있"(76쪽)는 곳, "앞으로의 시간에서 변하는 것이 없으리라는 것을 알"(75쪽)게 되는 곳, "결국 텅 비어버린 자신이 강렬해"(103쪽)지는 곳, 해만은 그런 곳이다.

돌아가고 싶은 사람은 아마 아무도 없지? 어느 때고 그렇지? 여전히 나는 가볍고 바람이 통과하고 흔들거리고 텅 비어 있고, 질문들은 빈 공간을 빠져나가 돌아오지 않는다. 돌아가고 싶은 사람도 돌아가고 싶어지는 때도 없다. 언제나 그랬지만 다시 어딘가로 돌아가고 있었다. 그게 어떻지는 않았다. 사라지는 것을 계속 지켜볼 수 있을 뿐이었다.(「해만」, 102쪽)

박솔뫼의 해만이라는 장소가 흥미로운 것은 해만의 떠돌이 군상들을 통해 탈일상의 휴식에 대한 우리의 상식이 오류임이 밝혀지기 때문이다. 도시의 시간이 브레이크 없는 가속 장치라면, 도시에서 멀리 떨어진 해만에서 인물들은 시간의 위험한 질주에서 벗어난 자신과 만나게 된다. 그러나 자신을 확인한다는 것이 근대 논리에 오염되기 이전의 순결한 자아를 찾는다는 의미는 아닌데, 외환위기 이후 우리 일상의 지속은 자아와 영혼을 고스란히 간직한 채로는 가능하지 않게 되었기 때문이다. 그러니까 해만에서의 그들의 고인 일상은 '쉬는 것'이라는 표현에는 잘 맞지 않는다. 탈일상은 도시의 시간 속에서나 의미 있는 행위일 수 있다. 그들이 해만에서 '쉬는 게 무엇인지 점점 모르겠다는 생각이 드는' 것은 너무나 당연한 일이다. 도시의 시간을 떠나면 '쉬는 것'은 도시에서의 그것이 아니게 된다.

박솔뫼는 해만이라는 장소를 통해 도시의 시간이 우리의 내면을 고갈시켜버렸음을 별다른 분노 없이 '무심하게' 보여준다. 작가의 목소리는 도시의 시간에 대한 탄핵으로 향해 있지 않다. 작가는 도시의 시간이 우리를 텅 빈 존재로 만드는 침식작용을 그저 지켜보는 것 말고는 다른 도리가 없다고 여기는 듯하다. 혼잣말을 중얼대는 듯한 글쓰기 방식이 단적으로 말해주는바, 도시의 시간에 어떤 변화가 가능할 것이라고는 조금도 믿지 않는 듯하다. 발작적 히스테리나 경련이 필요할 정도로 도시의 시간의 폭력성이 심각하다고, 좀더 강하게 감정을 드러낸 표현을 만나고 싶기도 하다.

하지만 가감 없이 말하자면 인물들을 도시에서 해만으로, 다시 도시로 이동하게 하는 것은 그들의 자발적 의지가 아니다. 해만에서의 고인 일상을 지속하기 위해서도 그들은 도시의 시간 위에서 표류할 수밖에 없는데, 작가는 떠밀리는 이동이 결국 도시의 시간의 힘임을, 전 지구적 자본 만능 시대의 피할 수 없는 결과물임을 매우 정직하게 보여주고 있다. 더는 진행되기 어렵다고 생각되는데도 오랫동안 지속되는 연애에 매이듯이 우리들 가운데 다수가 제자리에서 맴돌듯 고여 있는 것 말고는 어딘가로의 이동을 허락받지 못한다. 더구나 표류하는 덩어리 다수는 터지기 직전의 풍선처럼 점점 더 부풀어오르고 있다. 이것이야말로 모두가 알면서 말하지 않는 지구화 시대의 진실 가운데 하나일 것이다.

김애란의 「호텔 니약 따」에서 말해졌듯이, 우리의 가난은 이제 모두의 것이면서 누구도 말하지 않는 것이 되었다. 박솔뫼는 「해만」에서 우리가 지금 어떻게 그런 세상을 살게 되었는가에 대해 말하고 있다. 「해만」의 소설 육체는 말하자면 우리의 가난의 근원에 대한 소리 없는 고발로 이루어져 있는 것이다.

박솔뫼의 해만은 윤고은에게서 지하철 순환선으로 몸을 바꾸지만, 그 본질은 조금도 다르지 않다. 윤고은은 「요리사의 손톱」에서 도시의 시간을 살고자 했으나 거부된 존재, 도시의 시간에 갇혀 결국 소멸하는 도시 생활자의 일상을 들여다본다. 주인공을 대표 사례로 도시 표류자들을 도시생활에서 떠나게 하는 동시에 떠날 수 없게 하는 정황들, 도시를 맴돌 수밖에 없는 떠돌이 군상의 사정을 보다 상세하게 들려준다.

작가는 횟집의 수족관에 갇힌 고등어의 움직임, 거기에 도시생활의 본질과 팁이 새겨져 있다고 여긴다. 수족관 속에서 빠르게 한 방향으로 회전하는 고등어는 스스로 물살을 가르며 능동적으로 헤엄치고 있다고 생각할 수도 있다. 그러나 그 헤엄이 능동적인 것인지는 수족관 바깥의 딱딱한 현실과 만났을 때에야 확인될 수 있다. 작가는 수족관 바깥으로 내던져진 '고등어=그녀'가 결국 어떤 최후를 맞이하는가를 차분하게 지켜본다. 관찰기록에 따르면, "껌종이 든 손과 기차표 든 손을 혼동하거나, 달궈진 프라이팬 위로 기름 대신 주방세제를 두르기도"(198쪽) 하는 상황, 손쉽게 우리가 과로 때문으로 단정하는 업무상의 실수들, 그런 사소한 혼동들이야말로 이 세계의 수족관성을 인식하게 하는 날카로운 징후가 아닐 수 없다.

창문이 집을 구성하는 필요조건이 아님을 알아가면서 스스로 수족관의 고등어가 되고 있다고 안도하는 사이에 한 여자가 도시의 시간에서 밀려났고 떠날 수 없는 그곳을 맴돌다가 결국 사라진다. 그러나 그녀의 실종은 특별한 사건이 아니다. 사실 이것은 도시의 평범한 일상일 뿐이다. 그러니 그녀가 떠난 자리를 '무심하게' 메우는 후배 곽이 그러했듯이, 그냥 앞만 보았어야 하는 것일까. 좀 피로하긴 해도 물살에 몸을 내맡기고 앞에 가는 고등어의 뒤꽁무니만 보았다면 자기가 스스로 헤엄치는 건지에 대해서는 생각할 틈도 없었을까. 그렇게 수족관의 고등어가 될 수 있었을까.

빈곤이 객관적 지표로 표시될 수 있는 것이라면 빈곤감이라고도 할 수 있을 가난은 상대적으로만 경험되는 어떤 상태라고 말해야 하는 것인지 모른다. 여행을 떠나게 하는 것 혹은 어느 곳으로도 이동하지 못하고 자신의 장소에 머무를 수밖에 없게 하는 것, 여행이 아니라 표류만을 가능하게 하는 것, 흥미롭게도 그런 결정이 전 지구적 재계급화에 따른 빈곤과 가난에 의한 것임을 세 편의 소설은 서글프리만치 투명하게 보여준다.

다시 바우만에 기대보면, 생산자들의 사회에서 소비자들의 사회로 근본적인 변전을 겪고 있는 현대사회에서는 소비와 삶이 일치되면서 욕구와 만족 간의 전통적 관계가 역전되고 있다. 지연된 만족이 빈곤감의 형태로 이 사회를 유지하는 동력이 되고 있는 것이다. 극단적으로 성층화되고 있는 근미래 사회에는 종착지 없는 무한 여행의 자유를 만끽하는 여행객들과 머물고 싶은 장소에서도 끝없이 밀려나는 떠돌이들만 남게 될지 모를 일이다.[3]

오늘날 가난은 줄어들기커녕 번성하는 바이러스처럼 이전보다 더 빨리 더 널리 퍼지는 중이며, 아무것도 일어나지 않으며 통제되지도 않는 도시의 시간 속에서 떠돌이들은 그저 시간을 때우면서 시간에 의해 퇴색해가는 중이다. 그럼에도 일상을 관통하는 지구화의 힘을 두고, 세 편의 소설은 수족관 속 고등어의 감각을 일깨우지 않는다면 어느 순간 낯선 시공간에 던져진 자신을 어리둥절한 시선으로 바라보며 통곡하게 될지도 모른다고, 소금 한 줌에도 흔적 없이 끈적이는 액체로 변하는 민달팽이처럼 멀리도 못 간 채 표류하며 스러져갈지도 모른다고 말하고 있다. 중얼거리는 혼잣말에서 무심한 관찰 기록까지 좀더 귀기울여 들어두어야 할 말들을 그렇게 우리에게 건네고 있다.

마이너리티, 디아스포라

—국경을 넘는 여성들

> 확실한 질문을 하지 않는 것은 공적 의제에 잘못된 대답을 하는 것보다
> 훨씬 많은 문제를 야기하게 된다. 뿐만 아니라 잘못된 질문을 제기하는 것은
> 진실로 중요한 문제로부터 눈을 돌리게 만든다. 침묵은 인간의 고통이라는
> 값비싼 대가를 치르게 한다. 결국 올바른 질문을 하는 것은 운명과 종착지,
> 표류와 여행의 차이를 만들어낸다.
>
> —지그문트 바우만

1. (탈)국경과 문학

'국경을 넘는 여성들'의 이주와 정주를 그리는 이른바 '탈국경 서사'[1])의
등장은 2000년대 이후의 한국문학이 확보한 득의의 영역이다. 한국문학
에서 고국을 떠났던(/떠나야 했던) 여성들의 등장은 대문자 역사의 이름
으로 세계를 이해해온 방식이 권위를 잃어버린 상황을, 전 지구적으로 재
편되고 있는 현재의 정치적, 경제적, 문화적 변화 국면을 징후적으로 포
착한 문학적 결과물이다. 조선 궁녀의 신분으로 프랑스 공사를 따라 고국
을 떠났던 '리심'(김탁환, 『리심』)과 '리진'(신경숙, 『리진』), 국경 사이에

서 난민으로 떠돌아야 했던 '리나'(강영숙, 『리나』)와 '바리'(황석영, 『바리데기』)에 관한 소설이 공교롭게도 여성 주인공의 이름을 표제로 하고 있는 것은 우연이 아니다. 이 소설들은 지상 위에 획정된 국경과 수많은 비가시적 경계를 넘어야 하는 여성들의 이동 경로를 뒤쫓고 여성 주인공의 세속화된 전기 형식을 취하면서 결코 귀환할 수 없는 그녀들의 고향 상실의 여정을 보여준다. 정치경제학적으로 말하자면, 민족과 국가, 자본과 노동의 카테고리 안에 놓여 있는 국경을 넘는 그녀들의 여정(travel / displacement)은 근대의 핵심 키워드들과의 상관성 속에서 종족과 젠더 그리고 계급의 분할선을 가로지르는 모더니티의 야누스적 이중성을 폭로한다.

현실로 눈을 돌려보면, 지구화 시대가 추동하는 전 지구적 자본의 흐름과 노동조건의 재편은 국민국가를 광범위한 이주와 정주의 장으로 바꾸어놓았다. 국제결혼과 이주노동을 통한 국경 넘기가 디아스포라 자체의 젠더화 경향과 맞물려 일상화, 상시화되고 있는 것이다. 특히, 지구화 시대의 여성 이주가 세기 전환기의 주요 특징 가운데 하나로 논의되고 있다. 이를 두고 '이주의 여성화'라 명명하는 것도 가능하리라. 지구화 시대의 여성은 국민적 정체성과 글로벌 시민 정체성의 모순과 갈등의 참조점으로 대두하고 있으며 국민국가와 법의 경계, 젠더 배분의 견고한 안정성에 불안을 초래하고 있는 것이다.[2]

이주에 관한 그간의 미디어의 관심은 대개 경제적 이유에 의한 이주에서 야기된 피난민, 추방자, 망명자, 이주자, 불법 체류자를 '지구화의 쓰레기'로 명명하는 것에, 지구적 차원에서 만연해 있는 사회적 잉여가 촉발한 공포와 불안을 이들에게 전가하는 것에, 무엇보다 이러한 과정에서 역설적으로 남성 주체와 국민국가의 손상된 권위와 유동적인 경계를 다시 확립하는 작업에 쏠려 있었다.[3] 그런데 미디어의 관심과는 무관한 자리에서, 국경을 넘는 여성들에 관한 서사와 국경을 넘는 여성이 범람하는 현실을 겹쳐놓고 보면 흥미롭게도 서사화된 그녀들과 현실의 그녀들 사이에서 기이한 분절의 지점을 발견하게 된다. 고국을 떠나는 여성들은 과거형의 인물로('리심'과 '리진'), 북한을 포함한 제3세계형 빈민국의 일원('리나'와 '바리')으로 복원된다.[4] 그런데 이러한 방식으로는 빈곤을 해소하기 위해 떠나는 이주 여성 노동자나 국제결혼을 통해 국경을 넘는 여성들과 함께,[5] 한국에 공존하는, 양질의 자식 교육을 위해 그리고 개인과 가족 단위의 안위를 위해 이 땅을 떠나고 있는 이질적인 이주 여성, 이른바 중간-계층 이주자들을 포착할 수 없게 된다.[6] 이주를 둘러싼 대단위의 변화 속에서는 현재를 살고 있는 지금-이곳의 여성들이 증발해 있다. 이러한 사정은 역설적으로 정치적 망명과 경제적 이주라는 관점 혹은 국민국가 단위, 남성/여성의 대립적 분할선만으로는 오늘날의 이주 여성을 둘러싼 복잡한 정황에 대한 전체적 조망이 어렵다는 사실을 말해준다.

증발해버린 시공간에 대한 언급을 통해, 한국문학이 월경하는 '다른' 여성들과 그들을 움직이는 '다른' 메커니즘을 포착해야 한다고 말하려는 것은 아니다. 근대 초기나 한국전쟁 전후에 이어 국경을 넘는 존재들이 대거 등장하고 있는 세기 전환기적 현실을 날카롭게 포착하는 탈국경 서사들은, 국경을 넘는 여성들의 서사가 발산하는 비판적 가능성, 즉 국경/탈국경을 둘러싼 사유를 이끌어내고 있다는 점에서 자체로 유의미하다. 그러나 그럼에도 월경하는 여성들을 부조하고 있는 그간의 서사화 방식은 '지금-여기' 혹은 '지금-거기'라는 시공간성을 배제한 채로 월경하는 여성들을 시간적으로 과거화하고 공간적으로 외부화하는 뚜렷한 경향성을 보여준다.[7]

2. 국경과 여성: 시-공간성의 재고

국경을 넘는 여성들의 서사는 그들의 여정이 보여주는 체류, 부재, 추방, 망명, 실종, 향수 등의 경험에 기반해서만 국경/탈국경에 대한 사유를 불러일으킨다. 국경/탈국경에 대한 사유는 표층에서 이루어지는 그녀들의 여정과 떠나온 곳(the society of origin) 혹은 머무르는 곳(the society of arrival)과의 접면에서 발생하는 것이자 그런 경험의 이질적 층위들 사이에서 만들어지는 것이다. 국경/탈국경으로 압축되는 경계에 대한 사유는 이주 여성 자체로부터 발원하지 않는다. 그녀들의 월경 행위는 떠나온 곳과 머무르는 곳에 있어왔던 정주자의 존재 방식과 경계의 안정성에 균열을 가한다. 경계에 대한 사유는 정주자들로부터 발생하는 것이다. 여성 주인공의 여정 중심이었던 그간의 '탈국경의 서사'가 과연 국경/탈국경에 관한 정당한 사유를 이끌고 있었는가를 새삼 되묻게 되는 것은 이러한 까닭에서다.

'그녀들'을 '탈국경 서사'의 한가운데로 불러들이는 '시선'에 대한 질문이 시작되어야 하는 것도 이러한 맥락과 무관하지 않다. 흔적 없이 사라져버린 그녀들 대신 말하는 자는 누구이며, 말하는 자인 그들은 어디에 발 딛고 있는가. 누가 월경하는 그녀들을 호명하며, 구체적으로 어떤 공간성 속에서 복원하는가를 섬세하게 질문할 필요가 있다. 국경을 넘는 여성들에 대한 보다 온당한 접근은 '재현하는'/'재현되는' 이질적 층위가 담지하고 있는 시공간성에 대한 재고로부터 개시될 수 있기 때문이다.

월경하는 여성들에 주목하는 방식으로 국경을 넘는 여성들을 생물학적 실체의 영역에 가둬버리면, 월경하는 여성들에 대한 서사는 그녀들이 접하고 있는 이질적인 공간성과는 별개로 그녀들만의 수난서사이자 통합적 여성 주체가 재구성하는 자기서사로, 그녀들의 여정은 여성 버전의 거꾸로 선 영웅서사로 이해되어버린다. 보다 견고하고 매끄러운 일상의 틈새와 균열로 나타날 뿐인 문화적 접면들을 포착하기 위해서는 마이너리티 담론의 원용이 필요한 것이다.

국경을 넘는 여성들은 근대적 시간의 발전 단계를 공간성 차원에서 경험한다. 이에 따라 '탈국경 서사'에 관한 한, 근대적 시간성의 구도 위에 모더니티의 공간적 절합 구도(가령, '글로벌한 것과 로컬한 것'이라는 구도)를 겹쳐두고 그녀들의 여정을 들여다볼 필요가 있다.[8] 정치경제적 맥락에서 국경을 넘는 그녀들은 언제나 하나의 공간에서 튕겨져나간 존재이자 동시에 다른 공간에 흡수되어야 할 존재로 복원된다. 그녀들은 국경과 국경 사이의 빈 공간에 놓인 수동적 존재들이 아니라 서로 이질적인 문화의 접촉면을 마련하는 능동적 존재들인 것이다.

혼종성 담론이 내장하는 위험성을 고려하는 세심한 작업이 되어야 할 터이지만,[9] 그녀들은 문화적 관습이 충돌하는 새로운 공간을 열어젖히는 일상적 존재로서 되새겨질 필요가 있다. '미결정적'이고 '불확정적'인 존재로서 그녀들이 과연 전복의 가능성까지를 보여주는가에 대해서는 재고의 여지가 있다.[10] 그럼에도 그녀들이 이곳에도 저곳에도 속하지 않는 '혼종적 공간' 혹은 '제3의 공간'에 자리하고 있음을 부정할 수는 없으며, 이 점이 좀더 강조될 필요가 있다.[11]

3. 국가(/민족)와 여성: 마이너리티의 역사 (재)기술

역사가 남긴 한 여성의 흔적을 복원하고자 한 김탁환의 『리심』과 신경숙의 『리진』은, 대상이 된 여성이 프랑스 초대 공사의 여자라는 신분으로 고국을 떠난 조선의 궁중 무희였다는 사실만으로도 이국적 호기심을 충족시키는 서사의 범위를 크게 벗어나기는 어렵다. 그녀의 삶은 어떻게 복원되어도 유럽의 남성을 매혹시킨 동양적 섹슈얼리티의 한 예가 될 가능성이 높다. 물론 조선의 궁중 무희를 복원하는 이 소설들은 거대서사의 소용돌이로 압축할 수 있는 모더니티의 폭력성을 반성하는 작업과 무관하지 않으며, 대문자 역사의 문맥에서 흔적 없이 지워진 존재들을 호명하고 복원하며 재배치한 작업의 산물이다.

충효와 정절 이데올로기, 가부장제 이데올로기에 의해 역사가 여성을 과도하게 배제하고 누락시켜왔음은 부정할 수 없다. 그녀를 복원하는 작업이 마이너리티에 대한 기존의 역사 기술에 저항한다는 점에서 배제와 누락의 행간은 좀더 폭넓고 깊게 파헤쳐질 필요가 있다. 그럼에도『리심』과『리진』은 사라진 그녀의 흔적을 발굴한 것이라기보다 창조한 서사에 가깝다. 그리고 그 창조와 복원의 과정은 작가들의 여성에 대한 인식(과 그것과 연결되어 있는 여성을 재현하는 패턴화된 방식)을 적나라하게 보여준다는 점에서 주목된다.

『리심』의 '리심'에게 국경이 국가(왕)에 종속된 여성의 자리에서 국가의 대리인으로, 다시 속인으로의 변화를 경험하게 한 계기라면,『리진』의 '리진'에게 국경을 넘는 과정은 전근대적 계급사회의 일원에서 근대적 개인으로 재탄생하는 점진적 발전의 계단이다. 김탁환의 그녀가 중심과 주변, 주체와 타자의 갈등을 매번 어느 한쪽에 서서 경험한다면, 신경숙의 그녀에게 국경 너머에서 온 남자, 국경을 넘으면서 만나는 문화와 자연은 모두 그녀 자신의 내면을 발견하게 하는 성장의 계기로서 경험된다. 타자와의 관계를 통해 주체화하는 방식으로, 근대적 이성/감성의 계발을 통해 주체화하는 방식으로 '리심'과 '리진'은 각기 다른 주체화 과정을 거치게 된다.

근대/여성을 복원하는 방식이 보여주는 이러한 차별적 지점은 작가의 생물학적 성차와도 무관하지 않은데, 그것은 역사를 기술하는 차이이자 여성을 복원하는 관점의 이질성이기도 하다.[12) 김탁환의『리심』이 남성들이 만들어낸 공적 서사에서 장식적 존재였던 여성이 결국 주변화되고 배제되는 과정을 보여준다면, 신경숙의『리진』에서 여성은 역사적 장면들의 목격자로 격상되어 역사의 길목마다에서 존재감을 아로새긴다.

가령, 김탁환의『리심』에서 '리심'의 가치는 '국가-만들기'를 위한 남성들의 이질적인 지향들(고종, 홍종우, 빅토르 콜랭 드 플랑시 등)과 그것이 빚어낸 갈등의 장에서 부각되거나 무의미해진다. 홍정거리로서의 '리심'의 가치는 국왕의 여자였으며 외국 공사의 여자라는 그녀의 위상으로부터 나오며, 때문에 그녀의 존재론적 의미가 상실되는 것은 조선의 국왕과 프랑스 공사 양자에게서 흥정거리로서의 가치가 부정되는 지점에서다. 물론 조선의 국왕과 프랑스 공사 등이 그녀를 도구화하는 이러한 행위는 '국익'의 이름으로 혹은 '국가-만들기'라는 대의로 합리화된다. 이러한 방식으로 『리심』에서 '리심'은 대의명분을 앞세우며 그녀를 납치한(납치를 명령한) 조선 국왕의 입을 통해, '처음부터 국왕의 소유였으며, 법국 공사에게 잠시 빌려주었다가 다시 취하게 된' 그런 존재로 복원된다. 김탁환이 복원하는 '리심'은 '조선'이 '제국'으로 거듭나는 자리에서 결국 망각되거나 폐기될 수밖에 없는 존재였다.

신경숙의 『리진』에서 왕비의 사랑을 받던 어린 '진'은 왕비의 거처인 교태전이 불타는 장면에서 느낀 두려움을 울음으로 터뜨리는데, 흥미롭게도 작가는 어린 소녀의 두려움을 "프랑스가 대혁명의 성과물인 미터법을 국제적으로 통용시키고, 독일이 가스를 폭발시켜 에너지를 동력장치로 전달하는 내연기관이 등장하던 무렵"이나, "세계를 향해 이제 문을 연 조선"의 어지러운 역사적 상황과 병치시킨다.[13] 『리진』은 여성이 대문자 역사에서 지워졌으나 끝내 지워질 수 없는 존재였음을 보여주고자 한다. 그러나 엄밀하게 말하자면 어린 소녀의 두려움은 불타는 교태전 앞에서 본 한 여인의 타오를 듯한 분노였으며, 여기서 역사는 분노를 도드라지게 해줄 배경화면처럼 끼워져 있을 뿐이다. 사실 『리진』에서는 역사적 사실과 지워진 존재가 덧그려진 그림처럼 어색하게 병치되는 경우가 드물지 않다. 이는 사라진 존재들의 자리를 마련하려는 신경숙식 역사 재기술의 한 방식임이 분명하다. 그럼에도 과연 이것이 남성 중심의 역사, 대문자 역사에서 지워진 존재들, 마이너리티의 작은 역사를 되살리는 가장 적절한 방법인가에 대해서는 의문의 여지를 남긴다.

김탁환과 신경숙의 역사 기술은, 왕의 여자로 돌아와야 하는 '리심'과 왕비의 딸로 돌아와야 하는 '리진'의 귀환만큼이나 이질적인 지향을 보여준다. 그럼에도 '리심/리진'은 서로 다른 방식으로 근대국가의 일원인 근대적 주체가 되는 길에 함께 놓인다. 전근대적 여성을 '성숙해가는' 근대적 주체로 재현하는 이러한 방식은 마이너리티를 복원하는 매우 패턴화된 방식인데, 이 과정에서 국경을 넘는 여성들, '리심/리진'은 국경을 건너면서 전근대에서 근대로 건너가는, 아니 상이한 시간층 사이에 끼인 존재로 복원된다. 반대로 말하자면 근대적 국민국가의 틀에 들어올 수 없는 존재들은 발견될 수도, 복원될 수도, 창조될 수도 없음을 보여준다.

> "죄송합니다. 아직 이름을 묻지도 않았네요."
> "리심이에요."
> "리, 심! 무슨 뜻인가요?"
> (……)
> "꽃잎 떨어지니 세상이 모두 착해진다…… 이 말씀이지요? 하이쿠를 읽을 때처럼 울림이 큽니다."
> "조선에는 짧은 시가인 시조가 있지요."
> "시조! 그렇다면 가인(歌人)이신가요?"
> 나는 모랭 씨의 연이은 질문이 전혀 불쾌하지 않았다. 그의 눈망울은 청국과 일본에 이어 조선을 배울 마음으로 가득했다.
> "가인이기도 하고 무희이기도 하며 의술도 약간 배웠습니다."
> "진정 르네상스인이시로군요."[14]

프랑스 공사의 귀국길에 함께 프랑스에 간 '리심'은 문화적 소양이 있는 프랑스인 모랭(Morin)과 만난 자리에서 유창한 프랑스어를 구사함으로써 프랑스인으로부터 총명한 "동양의 진주"라는 찬탄을 이끌어낸다. 서구의 시선은 '리심'을 야만국에서 온 '암컷 원숭이'로 분류하고 배제하며 비하하고 학대하지만, 학문과 예술 그리고 과학 영역을 두루 섭렵한 아름다운 여인 '리심'이 진정한 의미의 르네상스인으로 고평되는 것도 따지자면 서구의 시선에 의해서다.

작가는 시간적 격차로 경험되는 모더니티, 근대국가의 형성사를 병존 가능한 공간들로, 그 시공간이 허락한 시야의 폭으로 전환한다. 그리하여 끼인 존재인 '리심'은 이방인의 위상이 마련해준 확장된 시야를 통해 서구에 대한 경이를 객관화할 수 있는 균형감각을 마련하게 되고, 짝패로서 동양/조선에 대한 인식에도 교정을 가할 수 있게 된다. 약화된 수준이기는 하지만 '리진' 역시 서구의 시선으로 서구의 모순을 들여다보고 틈새를 볼 수 있는 이방인으로서의 시야를 확보한 존재로 그려진다는 점에서 '리심'과 다르지 않다. 민족국가의 경계선을 넘나드는 '여정'을 통해 모더니티의 발전사를 경험하고 그것을 통해 이중의 시야를 확보할 수 있는 존재로 복원하는 이러한 방식은 국경을 넘어 정착하지 못하고 떠돌게 된 '리심/리진'의 자리를 공정하게 그려주려는 두 작가의 배려이자 고투라고도 할 수 있다.

그러나 이러한 복원은 근대의 형성사를 반복하는 것이자 근대를 서구의 것으로 한정하는 방식에 매어 있다. 그녀들은 철저하게 민족이라는 틀 속에서 복원된다. '리심/리진'은 고국의 경계를 넘는 순간, '민족의 대표'가 되고 '문화의 전도자'가 된다. 그녀들은 이방인으로서의 어정쩡한 위치를 서구에 '조선을 알리는 일'로 혹은 서구의 문물을 조선에 전달하는 방식으로 극복하고자 한다. 그런데 그녀들의 복합적이고 유동하는 불안한 정체성이 무화되기 시작하는 것은 이 과정을 거치면서부터다. 민족의 대표이자 문화의 전도자로 복원되기 위해서는 떠나온 곳과의 문화적 동질성이 전제되어야 하며 국경을 넘는 경험이 야기했을 문화적 차이의 지점들이 무시 혹은 소거되어야 한다.

『리심』과 『리진』에서 '왜 그녀들의 죽음은 탄생보다 중요하게 다루어져야 했는가, 왜 그녀들은 향수에 시달리면서 떠났던 곳으로 다시 돌아와야 했는가, 왜 그녀들의 일생은 세속화된 영웅서사의 형식을 취해야 했는가'. '오리엔탈리즘과 토착주의'[15] 사이에서 서성이는 복원하는 자들의 시선은 국경이 갈라놓은 근대국가의 분할선을 승인하는 방식으로, 그것을 강화하는 방식으로 흔들리는 시선을 고정시킨다. 역사에서 지워진 자들 '리심/리진'에 대한 복원은 근대가 여성에게 할당한 분할선 내에서 이루어지게 되는 것이다. 여성을 복원하는 패턴화된 이 방식에는 제3세계의 하위계층을 바라보는(/복원하는) 중간계층 남성 엘리트적 시선이 스며 있다고 해야 하는데,[16] 결과적으로 이러한 재현방식은 작은 역사들의 복원을 통해 더 탄탄한 거대서사를 만들어내는 작업에 역설적으로 기여하게 된다.[17]

아무리 노력해도 소녀 결코 법국 사람이 될 수 없었사옵니다. 이방 여인으로 머무르느니 차라리 돌아와서…… (……) 하나 넌 이미 잊힌 존재임을 알아야 한다. 조선에서 네가 할 일은 없느니라. (……) 네가 변한 만큼 세상도 바뀌었음을 받아들여야 하느니라. 자, 이제 묻고 싶구나. 법국에서 이방 여인으로 살아가는 게 두려웠다면 한양에서 다시 조선 여인으로 살아갈 자신은 있느냐?[18]

조선을 떠나기 전의 자기 자신이 아니라는 것을 깨닫자 리진에게는 고통이 밀려왔다. (……) 프랑스에서와 마찬가지로 조선에서도 구경거리가 되었다는 것을 실감하는 순간이었다.[19]

프랑스에서 이방인으로 살아야 했지만 조선에 돌아온 '홍종우'가 다시 구경거리가 되는 일은 없었다. 그 차이는 '파리에서도 늘 한복을 입고 다녔던' 홍종우와 유럽 복색을 흉내내는 것이 아니라 '파리지엔을 이루는 구성요소들과 완벽하게 하나가 된' '리심/리진'의 차이만은 아니다. 이는 어쩌면 국경을 넘는다는 것이 남성과 여성에게 다른 존재방식을 요청하게 된다는 점, 국경이 대개 '국가(민족)'의 정체성을 형성하는 경계와 동일시된다는 점을 보여주는 것이며 무엇보다 마이너리티의 복원(/재현)이 그러한 방식으로 패턴화되어 있다는 점, 즉 '국가(/민족)'라는 경계와의 거리를 통해 복원되고 있다는 점을 보여주는 단적인 예라고 해야 할지 모른다.

그러니 남성과 여성을 둘러싼 국가(/민족)의 젠더화된 역할 배분으로 비판의 시선을 돌리지 않은 한, 국경을 넘으면서 근대의 시간적 발전 단계를 이질적 공간으로 경험하게 되는 여성들은 필경 어디에도 정착하지 못하고 떠돌거나 흔적 없이 사라지게 될 것이다. 그녀들은 사라진(/사라져야 하는) 존재들로 복원될 수밖에 없는 것이다. 요컨대, 비판의 시선이 민족과 제국의 나르시시즘적 가치 생산의 메커니즘을 밝히는 작업, 말하자면 민족과 문화의 동질성을 상정하는 근본 전제들로 향하지 않는다면, 레이 초우식으로 말해 디아스포라 담론에 의한 전략적 개입이 시도되지 않는다면,[20] 국경을 넘는 여성들의 서사는 결국 비판적 생산성의 층위에 이르지 못하게 될 것이며 역설적으로 민족담론에 기초한 거대 서사를 강화하게 될 것임을 기억해야 한다.

4. 자본과 여성: 초국가적 떠돌이들과 '대신 말하기'의 실천윤리

떠나온 곳에 대한 회귀 욕망에 사로잡히지 않으며, 국경을 넘는 일이 도착한 곳에 대한 정주 열망으로 이어지지 않는다는 점에서 강영숙의 『리나』와 황석영의 『바리데기』가 그려내는 이주 여성은 민족과 국가의 경계와는 다른 차원에 놓여 있다. 국경 사이에서 자본의 흐름에 따라 움직이는 그녀들은 떠나온 곳과의 유전자적 동일성, 그곳을 향한 향수병으로 존재하지 않는다.[21] 그녀들을 월경하게 하는 것은 "세상 어느 도시에서나 벌어지는 일들"(『바리데기』, 255쪽), 전쟁과 굶주림과 질병이 만들어낸 난민의 삶 자체이다. 둘러보면 "아직도 세상 도처에서 많은 사람들이 죽어가고 있으며 하루라도 맘 편히 먹고 살아남기 위해서 사람들은 끊임없이 국경을 넘고 있"(『바리데기』, 217쪽)다. 그녀들에게 국경 넘기가 일상화되어버렸다면 초국적 자본주의화와 경제적 양극화, 국제적 노동 분업이 야기한 국가 간의 위계화된 착취구조에 그 원인이 있다. 『리나』와 『바리데기』는 "비서구적 지역성"[22]을 드러내면서 "난민적 상황에 봉착해 있는 지구화된 노동의 전형"[23]을 보여주고 지역적 위계 위에서 이루어지는 전 지구적 노동 착취의 현장을 비판하는 무국가적 반국가적 서사인 것이다.

앳쎄 말하지 말라. 길구 슬그머니 가문 되는 거이야. 세상에 네 처지가 이러루한데 누굴 믿갔나? 앞으로 아무두 믿지 말라. 이 고장두 인심이 점점 무서워지구 있단다. 이것이 다 무엇 때문이가? 돈 때문이야, 알가서? 세상은 말이다, 전깃불 훤해지구 돈 돌문 인정이 사라지게 돼 이서. 전에 조선하구 무역한다문서 돌아치던 젊은것덜 전부 부로카질해서 먹구산다.[24]

오늘의 이야기. 열여덟 살에 국경을 넘어 당신들의 나라에 들어와 스물네 살이 된 여자 이야기.
매일 사기 치고 매일 사기당하고 열여덟 살이지만 모르는 게 없어. (……) 국경을 넘자마자 브로커가 날 팔았어. 다 찌그러진 자동차 껍데기조차 살 수 없는 돈에 팔았지. 날 산 남자는 도망가면 곤란하다며 매일매일 데리고 잤어. 난 한밤중에 팬티만 입고 도망쳤지. 그리고 수더분하게 생긴 여자를 만났어. 이 여자가 날 또 팔았지. 얼마나 받았을까. 난 자동차로 열 시간을 달려 도시로 팔려갔어. 도시에서 뭘 했는지는 기억도 안 나. 너희 같은 것들 열 명을 모아서 팔아봤자 제대로 된 여자 하나 사기도 어려워. 우리를 늘 감시하던 남자가 말하곤 했지. 비리비리해진 나는 또 팔려갔어.
온통 논과 밭뿐인 깡시골에 내렸어. 얼굴이 작고 마른 남자가 보라색 도라지꽃을 주며 날 맞았지. 농사일을 도울 여자가 필요했대. (……) 도시 사람들은 나에게 말해. 아주머니 고향이 어디세요? 그럼 난 대답하지. 난 이제 겨우 스물네 살인데 아주머니라니, 너무하잖아요. 그러면 도시 사람들이 또 물어. 어디서 왔냐구요? 도대체 어디서 왔는데 말투가 그 모양이냐구요? 그럼 난 수줍게 말하지. 국경이오.[25)]

생존을 불가능하게 하는 빈곤(과 굶주림)이 가족을 포함한 공동체의 붕괴를 초래했고, 초국적 자본화가 탈국가적 빈곤층을 만들어냈다. 그리하여 그녀들은 대개 혼자 남겨진 채 국경을 떠돌게 되었다. 이는 그녀들이 극빈의 고통 속에서 부모와 가족조차 서로를 버리거나 팔아넘기는 일이 벌어지는 '탈인권'의 현장에 놓여 있다는 참혹한 사정과 무관하지 않다. 리나가 천막의 여가수가 되어 노래 대신 읊조리는 이야기들이 압축적으로 보여주고 있는바, 생활의 터전에서 추방된 리나와 바리로 대표되는 존재들은 국경에 잇대어진 또다른 국경을 넘으면서 경계선을 맴돌게 된다. 생존 자체가 사회가 용인하는 법과 도덕의 금지선을 넘나드는 것일 수밖에 없기에 그들에게 고국 혹은 머무르는 땅은 그들의 것이 아니다. 그녀들에게 탈출이란 "늘 옆구리에 끼고 다니며 투석하지 않으면 안 되는 혈액이 든 비닐 주머니"(『리나』, 117쪽)처럼 피할 수 없는 존재조건인 것이다.

그렇게 떠밀려서 넘게 되는 국경이, 그렇다고 원하기만 하면 누구나 넘을 수 있는 지도 위의 굵은 선인 것만도 아니다. 생존의 위협 앞에서 이루어진 목숨을 건 결단이라 해도 국경을 넘는 행위는 자본의 교환 원리 위에서만 허용되는 것이기 때문이다. 바우만이 생산자의 사회에서 소비자의 사회로 변화하고 있는 지구화 현상에 대한 분석에서 보여주었듯 전 지구적 양극화를 만들어내는 것이 자본의 힘이라면 양극화를 촉진하는 것은 이동성과 그것의 소유 여부다.[26)] 『리나』가 적나라하게 보여주고 있는

바, 가령 "너희들은 우리 같은 사람들에게 싼 임금을 주면서 지구상을 떠돌며 더 싼 돈으로 돈을 벌 생각만 하고 있구나"(『리나』, 234쪽)라는 다국적 시위대의 직설적 발언이나, 가스 폭발 이후 무너진 공단지대를 복구하는 데 돈과 시간을 들이기보다 공단지대 자체를 포기하고 이윤 창출이 가능한 다른 '지역'으로 옮겨가는 발 빠른 다국적 기업의 행보, 혹은 끝없이 국경을 넘는다 해도 가스 폭발 이후 폐허가 되어 산업폐기물이 버려지는 쓰레기 처리장에서나 생존을 허용받을 뿐이며 희생자를 위한 퍼포먼스에서조차 소외되는 떠돌이들의 난민적 상황을 통해, 자본의 공간 이동 속도가 점차 빨라지고 있으며 그보다 더 빠른 속도로 정주하지 못하고 떠도는 이들이 밑바닥의 나락으로 추락하고 있음을 확인할 수 있는 것이다.

국경을 넘는 순간, 그녀들의 몸 자체가 화폐가치로 환산되어버린다는 점에서, 탈국경이 일상화된 현실은 전 지구적 자본주의화 혹은 초국적 자본의 승리를 입증해주는 전리품인지도 모른다. 그러니 리나와 바리는 탈출하고 내쫓기며 팔리고 되-팔리는 과정에서 다국적이고 무국적인 자본의 속성을 문자 그대로 '몸소' 체험하는, "밀려나서 방황하는"[27] 존재라고 해야 한다. 당연하게도 자본의 흐름을 쫓는 그녀들의 여정은 노동 착취의 순환고리를 맴도는 것이며, 그것 자체가 보다 정확하게는 물화된 섹슈얼리티 상품이 되는 과정일 뿐이다. 리나가 그러하고 『바리데기』에 등장하는 국경을 넘는 여성들이 그러하듯이 여성 이주 노동자들은 대개 매매춘과 돌봄노동의 영역을 벗어나지 못한다.

강영숙의 『리나』와 황석영의 『바리데기』에서 국경을 넘은 빈민 여성이 손쉽게 성-상품이 되는 현실을 서사화하는 방식은 따지자면 서로 이질적이다. 강영숙의 『리나』에서 '시링'의 창녀촌이 악몽적 현실에 대한 암울한 메타포가 되고 있다면, 성적 착취의 참혹함을 환상적 서사로 처리하는 황석영의 『바리데기』에서 여성의 몸은 물화된 섹슈얼리티 자체가 되어버린다.

강영숙의 『리나』에서 '클럽퍼즐'과 '시링'의 창녀촌은 국경을 떠도는 여성들이 섹슈얼리티 상품이 되는 과정만이 아니라 그 과정이 헤어날 수 없는 굴레처럼 그녀들을 옥죄고 있음을 보여준다. 팔리는 존재가 되는 것보다 끔찍한 경험은, 떠밀리고 팔려다니는 처지에서 조금도 나아지지 않지만 클럽퍼즐에서 리나가 자신도 모르는 사이에 "돈 주고 사람을 사는 일당 중의 한 명이 되어 있"(『리나』, 242쪽)음을 깨닫는 순간이기도 하다.

그럼에도 창녀촌 시링이 어쩔 수 없는 창녀촌이면서도 '팔리고 되팔리는' 여성들에게 '다른' 창녀촌일 수 있는 것은, 그곳에서 길러지는 '딸이어서 버려지고 장애를 가지고 태어나서 버려진' 혹은 '부모에게 팔려 이곳저곳을 떠돌던' 아이들 때문이라고 해야 할지도 모른다. 시링이 창녀촌이 된 역사적 원인들―시링이, 20세기 초에 철도 공사를 위해 타지로부터 잡역부로 이 지역으로 왔으나 결국 고향으로 돌아가지 못했던 남자들, 그들을 찾아 이곳에 왔던 여자들, 그 떠돌이들과 그(녀)들의 아이들로 구성된 공간이라는 사실―이 말해주는 것처럼, 작가는 시링을 통해 국경 너머로 밀려나서 '성-상품'으로 착취되는 '하위계층-여성'의 역사가 오랜 연원을 가지고 있으며 쉽사리 해소될 수 없음을 보여준다. 그리고 바로 그런 이유로 작가는 떠돌이 하위계층을 중심으로 만들어질 수 있는, 어쩌면 유일하게 가능할지도 모를 공동체가 이런 형태일 수밖에 없음을 역설한다. 창녀촌의 윤리적 정당성이 모성적 행위를 통해 확보되는 것처럼 보이는 이러한 서사화 방식이 억압과 착취의 하중을 역설적으로 강화하는 측면이 없지 않다. 그럼에도 시링의 창녀촌이 보여주는 대안적 공동체의 모색은 단지 모성의 회복이기보다 '마이너리티의 연대'를 환기한다.

흥미롭게도 이러한 서사화 방식은 선과 악, 가해자와 피해자의 구도를 보다 복합적이고 다면적인 양상으로 포착하게 한다. 공단지대와 폐쇄구역 사이에 존재하는 클럽퍼즐이 경제자유구역으로 묶여 있는 공간의 이질성과 복합성을 보여주게 되는 것도 마찬가지 맥락에서다. 클럽퍼즐은 사실상 공단지대에 술과 마약을 제공하면서 공단 유지의 차질 없는 운용에 은밀하게 기여한다. 그렇다고 해도 (독자인 우리가) 클럽퍼즐과 그곳에 연루되어 있는 (리나를 포함한) 국경을 떠도는 여성들을 일방적으로 매도할 수는 없다. 클럽퍼즐은 생계수단을 마련하기 어려운 '하층-여성-이주자'의 전형적인 일터이며, 무엇보다 '다국적 하위-노동자'의 억눌린 욕망의 출구이고, 그런 의미에서 다국적 노동자들의 집결지일 수 있기 때문이다. 말하자면 클럽퍼즐은 공단지대와 폐쇄구역의 사이, 혹은 노동자와 부랑자의 사이, 즉 경제자유구역 내의 이질적 공간들의 경계지대를 상징하는 것이다.

> 담배를 한 대씩 나누어 피우고 나서 선원들이 샹 언니를 통로 쪽으로 끌고 나가 옷을 벗긴다. 샹 언니가 허우적거리며 저항하자 남자들은 아무렇지도 않게 주먹으로 얼굴을 몇 대 후려치고 언니가 축 늘어진다. 다른 선원들이 내려온다. 그들은 서로 잡담을 하면서 발가벗긴 언니를 돌려세우기도 하고 눕히기도 하면서 여러 짓을 벌인다. 선원들이 완전히 실신해버린 샹 언니를 내버려두고 사라진다.[28]

여성이 밀항한다는 것의 의미를 단적으로 보여주는 인용문에서 확인할 수 있듯, 황석영의 『바리데기』는 화물선의 컨테이너 사이에서 인간 뱀이 되어 열흘 이상을 견디고 살아남는 것이 국경을 넘는 것이고, 그렇게 낯선 땅에 도착하는 순간 노예처럼 팔려갈 수밖에 없는 게 월경인 참혹한 현실을 가감 없이 보여준다. 국경을 넘는 여성들을 전 지구적 자본의 흐름 위에서 문제화하고 그녀들이 성과 노동 착취의 순환고리를 벗어나지 못하게 되는 상황을 서사화함으로써, 『바리데기』는 '빈민-여성-이주 노동자'가 처한 피할 수 없는 현실에 대한 정직한 재현으로서의 가치를 담지한다.

그러나 그럼에도 '몸과 넋을 분리할 수 있는' 능력 덕분에 혹은 할머니와 칠성이의 인도 덕분에 "악머구리 벽작대구 악령사령이 날뛰는 지옥의 길"을 건너는 밀항의 시간이 "예전 아기가 아니라 큰 만신 바리가 되는" "여행"(『바리데기』, 125쪽)이라는 식으로 환상적으로 처리되는 순간, 동일한 맥락에서 '바리'가 영국 국적을 가진 사람과 결혼을 하고 "제대로 된 여권을 구해서 체류비자를 받는"(『바리데기』, 222쪽) 방식으로 런던에 정주하게 되는 순간[29]—여기에는 다국적 이주노동자들 사이의 아름다운 연대를 지향하는 작가의 과도한 열망이 개입되어 있다고 해야겠지만—『바리데기』에는 유린된 몸에 대한 이야기와 치유하는(/되는) 영혼에 관한 이야기(전반부와 후반부)를 가르는 분절선이 가로놓이게 된다. 『바리데기』는 참혹한 현실의 고발과 환상적 공동체의 열망이라는 이질적 지향의 거친 결합물이 되어버린다. 이 과정에서 여성 밀항자는 그저 인신매매의 대상이자 유린된 몸이거나 치유될 수 있는(치유된, 치유할 수 있는) 영혼으로 분열된 채 그려지게 되는 것이다.

　　할머니가 말해주던 그분이나 압둘 할아버지가 말한 이분이나 별로 다를 게 없다고 생각했다. 이들은 난이나 차파티를 먹고 우리는 쌀밥을 먹는 차이가 있다고나 할까.[30]

　　나는 무슬림에 대하여 거의 몰랐지만 알리와 가족들의 풍습이 특히 불편한 것은 없었다. 다만 나중에 라마단 기간을 거치면서 조금 불편하기는 했다. 그러나 단식기간이 끝나면 다시 대하는 일상의 음식과 가족관계가 얼마나 소중하고 귀한 것인가를 깨닫게 되었다.[31]

바리의 '나의 세계'인 런던의 빈민촌이, 작가의 의도와는 달리 폐쇄적 공동체로 보이는 것은 작품 내에 존재하는 분절선과 무관하지 않다. 공동체의 폐쇄성은, 외부로 닫혀 있고 내부의 차이가 무화될 때 발생한다.『바리데기』에서 할머니가 말해주었던 신(천지만물의 주관자)과 압둘 할아버지의 알라신이 그저 난과 쌀밥의 차이로 처리될 때, 인종적, 종교적 차이가 '가족관계'의 이름으로 해소되거나 상처투성이 피부가 아니라 자족적인 공동체라는 말랑한 속살 속에서 구현되는 것으로 그려질 때,『바리데기』는 마이너리티 공동체와 그 바깥의 관계에 대해 더이상 말할 게 없어진다. 다시 반복할 것도 없이, 국가와 공동체 내부의 인종적, 종교적, 신분적 차이를 고려하지 않으면서 런던에 이주한 빈민 노동자를 중심으로 대안적 공동체가 형성될 수 있다고 믿는 식의 이러한 논리는 사실상 한국에 유입된 아시아권 이주 여성을 국적과 신분, 종교와 문화적 차이와 무관하게 통칭 '동남아 이주 노동자'로 명명할 수 있다는 신념만큼이나 비현실적이고 탈현실적인 것이다.

무엇보다 문제는, 이러한 서사화 방식이 구현한 여성-이주-노동자의 평면성이다. 빈민-이주-여성-노동자를 재현(/대변)하고자 하는 작가의 '계몽적-윤리적' 당위의식에 기초한 시선과 그녀들을 피해자 담론에 가두어버리는 수용국의 미디어적 시선의 뒤얽힘 속에서 그녀들은 매우 일면적인 존재로 재현될 수밖에 없다.[32] 떠밀려서 국경을 넘었으나 언제나 머무르는 곳에서 다시 밀려날 수밖에 없는 존재들을 피해자 담론에 가두어버리면 그녀들의 몸을 관통하는 문화적 접면으로서의 이질성은 포착되기 어려워지며, 그로부터 문화적 갈등과 일상의 충돌로 변주되어 등장하는 제국과 자본의 논리를 섬세하게 발견하기는 거의 불가능해진다.

이러한 점에서 보자면, 두 소설은 국경을 넘는 여성들과 그녀들의 여정 자체에만 집중함으로써 이질적 공간이 담지하고 있는 차이의 국면들을 지워버리거나, 이질성과 만나는 일상의 불균질성을 외면하고 있다고 해야 할지 모른다. 빈민 여성들의 국경 넘기에 대한 참혹한 고발임에도 강영숙의『리나』와 황석영의『바리데기』가 여행기처럼 읽히는 것은 이러한 사정에서다.

국경을 넘는 여성들의 서사화는 어떻게 가능한가. 초국적 자본주의화는 국경의 의미를 무화하지도 약화시키지도 않는다. 그렇다면 이주 여성이 아니라 이주를 강제하는 자본과 국가의 논리, 그 노골적인 공모의 메커니즘은 어떻게 서사화될 수 있는가. 과연 서사화는 가능한 것인가. 이중 억압의 착취구조 속에서 스스로를 대변할 수 없는 하위 주체들의 존재 증명은 진정 불가능하다고 말해야 하는 것인가. 스스로 말할 수 없는 하위 주체와 대신 말하는 이론가(/재현하는 혹은 대변하는 주체)라는 양분법이 불러온 위험성을 경계하면서,[33] 여기서는 '대신 말하기'의 실천윤리를 반추해본다.

애도 없는 현실, 종결 없는 소설

1. 문학의 존재 이유

새삼스러울 것도 없이, 우리는 상품의 시대를 산다. 긍정적이든 부정적
이든 '자본의 힘'은 우리의 의식과 일상 전반을 운용하는 무소불위의 동
력이다. 고급문화든 대중문화든 영상물이든 인쇄물이든, 문화 역시 상품
권과 교환되며, 교환가치가 존재 의미 전부를 대체해간다. 상품 고유의
'진정한' 가치는 애초부터 없는 것이거나 있다 해도 브랜드 이미지에 의
해 결정된다. 우리 시대에는 상품화 충동이 신기성(novelty)에 대한 강박
으로 현현하고 비판과 전복마저 새로운 이름의 브랜드가 되어버린다.

문학장이 보여주는 실제상황은 어떠한가. 전일적인 화폐가치가 최촉하
는 신-약육강식 시대에 처한 문학은 '상품이 될 수 없다면 문학도 될 수
없다'는 정언명제와 대치중이다. 그리하여 작금의 문학에 관한 커다란 이
견은 '상품으로서의 문학'의 존재 의미를 적극적으로 고려하려는 입장과
문학의 존재 이유를 독해 불능과 소통 거부의 면모에서 찾고자 하는 입
장, 즉 상품이 되거나 혹은 상품이기를 거부하는 방식으로 상품이 되는
방식 사이에 놓여 있는 듯하다.

포스트모던 시대의 개시에 대한 가치 판단은 엇갈릴 수 있을 것이다. 그러나 부정할 수 없는 시대 흐름 가운데 하나는 21세기판 다위니즘의 거대한 폭풍이 '원본' 없는 무한 복제 시대를 낳았으며, 창조 개념을 둘러싼 새로운 개념 규정을 이끌어냈다는 사실이다. 이제 창조의 고통은 더이상 '저주받은 시인'의 몸에 새겨진 낙인이 아니다. 창조는 패러디(parody)와 키치(kitsch)를 넘어서, 콜라주(collage), 브리콜라주(bricolage), 낯선 병치(surreal juxtaposition) 등의 스타일 실험을 가리키는 신조어에 보다 가까워졌다.

독창성 개념 또한 보편타당하고 초역사적인 개념이 아니라 이데올로기의 수행적(performative) 효과에 가까워졌다고 해야 한다. 점차 미적 세련화와 아방가르드적 전복의 상시화가 결과적으로 다음 단계의 문학을 불러올 하나의 기미였다는 식의 사후적 판단이 가능하리라 낙관하기는 어려워지고 있다. 그러니까 오늘날 문학에서의 독창성을 발견하고자 하는 시선은 그저 부르주아 미학에 대한 미망에 불과한 것인지 모른다. 문학이 처한 상황은 우리의 상상보다 참혹하다.

우리의 옹색한 형편은 소설이, 비평이, 문학이 누구도 무엇도 예측할 수 없는 불투명한 미래 앞에 서 있다는 우울한 실감 속에서 단적으로 드러난다. 여기저기서 각기 다르게 체험된 실감이 공공연하게 노출되거나 끝내 숨겨야 할 치부처럼 은밀하게 떠돈다. 아마도 그래서일 것이다. 종종 심장을 얼어붙게 하고 머리털을 곤두서게 할 '위대한' 문학에 대한 열망에 달뜨게 되는 것은 아마도 '우리만의' 문학의 진상과 대면해야 하는 곤혹스러움 때문일 것이다. 문학 창작에서 독창성 문제에 엄밀한 잣대를 들이대고자 하는 태도들, 보다 새로운 것에 적극적인 의미를 부여하려는 방식들, 베스트셀러 작품을 새롭게 바라보려는 역설적 관심들, 이런 경향들 모두가 작금의 문학장의 사정, 즉 소설이라는 이름으로 모든 것이 가능해진, 그리하여 더이상 소설이 소설이 아니게 된 현재의 소설적 정황에 대한 반응들일 것이다.

문제는 상품성의 판단 기준이 '새로움'이라는 모놀로그적 담론으로 수렴되는 동안, 신기한 모든 것은 순식간에 진부하고 낡은 것이 되어버린다는 점이다. 심지어 모든 새로운 것들은 즉각적으로 파괴되어 비석처럼 굳어버리며, 한때 무엇을 의미했는지 알 길 없는 비문으로 남겨질 뿐이다. 모든 것이 새롭지만 결국 어떤 것도 새롭지 않다. 포스트모던 시대의 기시감, 경험된 모든 것을 흔적과 자국으로 뒤바꿔버리는 근대적 시간 경험 자체 내의 함정은 결국 문학의 존립 여부를 결정하는 치명적 위협이 되고 있다. 바로 그렇기 때문에 '동시대적 경험'을 공유하거나 혹은 포착한다는 표현이야말로 이런 자기기만성의 극한을 보여주게 된다.

민족, 국가, 계급, 인종, 젠더로 무한 분열되어 있는 우리가, 우리 모두가 동시대적 시공간을 살고 있다는 식의 포스트모던적 환각을 문제 삼지 않는 한, 문학은 결코 동시대에 공존하는 비동시적 단면들, 그 다원성을 잡아챌 수 없다. 문학에 관한 한, 이제 문학과 문화, 순수하거나 대중적인 것, 혹은 리얼·모던 식의 구분법 논의를 청산하고, 문학의 존재 이유에 대해 보다 진지한 관심을 기울여야 한다. 소설이 비동시적 일상과 비균질적 현재를 포착해야 한다고 할 때, 이때의 일상은 지루하고 반복적이며 무차별적이고 피상적인 그것이 아니다. 앞으로도 그러하겠지만, 지금껏 소설은 역사적 일상성을 통해 '잊혀졌으나 결코 잊을 수 없는' 것인 과거, 말하자면 동시대의 비동시적 경험 단면들을 현실화해왔다.[1] 아마도 이것이, 등장하는 순간 낡은 것이 되어버리는 수많은 문학적 존재방식들, 그 가운데서도 일상과 현재를 기록하는 소설들이 오늘날에 현존해야 하는 중요한 이유라고 할 수 있을 것이다.

2. "드럽게 재수없는" 막장 인생들

그새 또 지랄맞게 눈발이 날린다. 철 만난 한추위 원풀이라도 하듯, 달도
없는 섣달 그믐밤부터 진탕만탕 퍼부어댄다. 자우룩한 눈안개에 덮여 운장
폭포 아랫길이 흔적조차 없다. 밤낮으로 익혀온 길눈이 아니라면 길을 틔
울 수조차 없을 것 같다. 그믐치에는 없던 바람마저 살아 산등성이로 밭 언
저리로 눈발을 휘몰고 다니고, 과녁빼기 운장사 풍경들은 소리를 놓아버렸
다. 아무래도 살짝이 지나가고 말 눈이 아니었다. 운장산성길 돌담 한군데
를 호되게 다스려놓든 참나무골 버섯 막사를 그예 반병신을 만들어놓든 한
바탕 북새질을 쳐놓을 심보다. 별나게 볕이 좋던 두어 날 새 골안개에 먹진
구름이 동무해 걸릴 때, 암만해도 재 넘어오는 바람이 수상쩍다 여겼어야
했다.(「눈길」, 『나는 날개를 달아줄 수 없다』, 창비, 2005, 194쪽)

김지우 소설[2]의 개성은, 산을 덮고 길을 지우는 눈, 세속의 흔적을 허
락하지 않는 백색 자연이 인간 세계를 엄습하는 '지랄맞은 눈발'로 바뀌
는 그 틈새에 새겨져 있다. 작가는 아름다운 자연을 '지랄맞은 눈발'로 받
아들이게 하는 삶의 신산함과, 운명처럼 휘몰아치는 인생 역정 속에서 전
락에 전락을 거듭하면서 밑바닥에서 밑바닥으로 떠밀릴 수밖에 없는 우
리 사회의 막장 인생들을 포착한다. 그들은 대개 '지랄맞은 눈발'로 요약
되는 혹독한 현실 앞에서 속수무책이며, "삶의 선택권"(「그 사흘의 남자」,
80쪽)이 전혀 없는 말 그대로 밑바닥-약자들이다. 가령, 꽃을 피워내듯
작은 행복을 키워내며 살고자 했던 「댄싱 퀸」의 주인공이 남편 회사의 부
도로 시작된 전락의 끝에서 자폐 증세를 보이는 아이와 함께 이혼녀로 남
게 된다. 그녀들은 순식간에 "'여자'를 상품으로 내놓아야" 하는 삶의 밑
바닥으로 내동댕이쳐진다.

따지자면 막장 인생에 대한 작가의 관심은 등단작인 「눈길」에서 이미

감지된다. 천둥벌거숭이로 자라나 좀도둑 생활로 청춘을 탕진했던 「눈길」의 '태섭'이 버섯을 키우며 고향땅에 뿌리내리고자 했던 소망은 종산을 관통하는 길이 뚫린다는 소식과 함께 물거품이 되어버린다. 그는 다시 밤이슬을 맞는 삶을 시작해야 할지도 모를 선택의 기로에 서게 된다. 「눈길」은 거친 눈발을 헤치고 삶의 전환점이 될지도 모를 이발소의 면도사 아가씨가 그에게 오고 있음을 암시한다. 그러나 그녀가 전락을 거듭하던 그의 인생행로를 바꿔줄 수 있을지, 막장 인생의 전락 속도를 완화시킬 수 있을지 낙관하기는 쉽지 않다. 태섭이 눈길을 헤치면서 흥얼거리는 "오를 적엔 깔끄막이요 내릴 적엔 비탈길이라. 좆같은 내 인생 똑 그 짝이 났구나. 지랄허고 아리랑, 옘병헌다 아리라앙…… (……) 자빠지고 또 자빠지면 내 살인게 궁뎅이야 아프겄제만 물정없이 자빠지랴, 한정없이 아프랴"(「눈길」, 203쪽)는 혼잣말, 이 자조적 중얼거림은 실낱같은 희망보다는 수상쩍고 암울한 운명의 전조로 읽힌다.

김지우의 인물들은 대개 "드럽게 재수없는"(「디데이 전날」, 11쪽) 고만고만한 인생을 사는 존재들이다. 그런데 고만고만한 인생에 휘몰아치는 피할 수 없는 불운들은 그들의 악행의 응보가 아니며 성격적 결함 때문은 더더욱 아니다. 문중 어른들 사이에서 건달로 악명 높은 「건달1─모스크바 맨드라미」의 '윤달아재'가 문중 사람들을 '삥 뜯어먹으며' 평생을 건달로 살았다 해도, 그의 건달 인생 역시 작게는 '연좌제', 크게는 이데올로기의 격전장이었던 우리의 정치사가 배태하고 주조한 것에 가깝다. '윤달아재'는 건달로 산 것이 아니라 그렇게 살 수밖에 없었던 것이다.

교통사고를 위장한 자해공갈단 노릇을 하면서 '한 건'을 진행시키고 교도소에서 출감하는 '황영감'의 아들을 위해 또다른 한 건을 연습하는 「디데이 전날」의 '황영감'과 '칠범씨'와 '경범씨'와 '나'의 경우나, 가짜 교통사고 목격자 역할을 해주고 사례금으로 생계를 연명하는 「서프라이즈」의 '염여사'의 경우도 다르지 않다. 이들 모두가 "드럽게 재수없는"(「디데이 전날」, 11쪽) 존재들이며, 그들이 속이거나 갈취하는 이들 또한 그들과 별 다르지 않은 "드럽게 재수없는" 존재들이다. 김지우의 인물들은, 말하자면, "드럽게 재수없는" 존재들의 대표 주자들이다. 정치·사회·역사적 소용돌이에 휘말릴 수밖에 없는 약자들인 그들은, 바로 그런 이유로 서로를 속이거나 갈취하면서 그렇게 목숨을 이어갈 수밖에 없다.

작가가 포착하는 우리의 인생 전락사는 한국사의 어둡고 부조리한 지점들과 깊게 결부되어 있다. 노숙자이자 사기공갈단인 「디데이 전날」의 그들의 지금(now)에는 전쟁통에 혼자 월남하게 된 각자의 사정이나 구제금융사태로 빚만 지고 고향을 등져야 했던 불운한 과거가 해묵은 빚처럼 얹혀져 있다. 피할 수 없는 역사의 소용돌이에 의해 그들의 지금은 막장 인생들이 희망을 꿈꿀 수 있는 마지막 선택지가 되었다. 사기공갈단으로라도 모진 목숨을 이어가고 나면 그들에게 빚 청산을 하고 다시 택시를 몰아볼 날이, 부도난 사업체를 어찌어찌 되살려 흩어져서 살고 있는 가족들을 불러모아볼 날이, 더이상 보험사기로 연명하는 삶은 살지 않아도 될 날이(「서프라이즈」) 오게 될지도 모른다는 실낱같은 희망으로 그들은 막장 인생을 지속하게 되는 것이다.

3. "저런 놈"들의 세상을 향한, 정치적 올바름에 대하여

그러나 김지우의 소설에서 인물들의 작은 소망들은 예기치 않은 행운이나 성격적 고귀함에 의해서는 결코 실현되지 않는다. 김지우의 소설이 궁극적으로 비극일 수밖에 없는 것은 이 때문이다. 그래서인지 때로 그의 소설은 남에 대한 관심과 배려는 전혀 없으며, 아랑곳없이 '제 갈 길만 가고자 하는 사람들' "저런 놈"(「디데이 전날」, 11쪽)들이 잘사는 세상에 대한 서슬 퍼런 분노를 터뜨리기도 한다. 「나는 날개를 달아줄 수 없다」의 '나'가 보여주는 '저런 놈'들에 대한 분한의 감정을 대표적 사례로 거론해도 좋을 것이다.

작가의 시선으로 보자면, "저런 놈"들은 과거에 자신들이 행했던 어떤 잘못도 '세월'이 발휘하는 망각의 힘으로 모두 사라질 것이라고 믿는 존재들이다. 그들은 병원 수술실에 들어가면서도 담당의사에게 뇌물을 쓰고(써야 한다고 믿고) 부조리한 사회 현실 앞에서도 자신의 안위를 먼저 생각하는(한다고 믿는) 존재들이며, 무엇보다 그런 방식으로만 현실이 운용된다고 믿는 존재들이다. '저런 놈'들은 자신의 편의에 따라 과거를 지우거나 변형하기도 하고 자신들의 생존방식을 유지하기 위해 자신이 속한 가족과 사회의 구성원들을 폭력적인 불합리의 상황으로 내몬다. '나'의 신인문학상 상금을 뇌물로 쓰기를 종용하는 아버지가 그러하며 '전두환'에게 감사의 편지를 쓰기를 강요하고 명령을 거부한 그녀에게 폭력적 처벌을 가했던 여고 시절의 담임선생이 또한 그러하다.

물론 김지우의 인물들이 '저런 놈'들의 생존방식에 대한 감정적 분노를 무분별하게 분출하지는 않는다. 정치적 올바름에 대한 작가의 의식은 섣부르거나 격발적인 방식으로 드러나지 않는다. 교통사고 목격자 역할을 하면서 근근이 목숨을 연명해야 했던 「서프라이즈」의 '염여사'를 통해 작가가 말하는바, 현실은 선악과 옳고 그름의 이분법으로 재단할 수 없을 만큼 충분히 복잡하고 교묘하다. 개혁 핵심세력 모모씨와 미모의 젊은 여자가 연루된 교통사고는 보수 언론 쪽에게는 개혁세력을 공격할 수 있는 적절한 계기가, 사고 당사자에게는 목돈을 만져볼 수 있는 절호의 기회가 될 수 있다. 이 복잡하고 골치 아픈 사건에 끼어들어, 그저 몇 푼의 사례비로 어서 정리되었으면, 하고 바라는 가짜 목격자 '염여사'를 포함해서, 이들 가운데 누구도 한없이 선량하지도 끝없이 극악무도하지도 않다.

작가는 개인을 단죄하는 방식으로는 '저런 놈'들이 무한히 양산되는 현실에 대한 저항이 불가능하다는 것을 안다. 때문에 그의 소설은 우리 자신을 되돌아보게 하고 결국 서글픔에 빠지게 한다. 그의 소설세계를 통해 우리는 '저런 놈'들이 우리에게 남긴 흔적이 언젠가는 망각되고 사라질

감정들, 분노와 두려움 같은 것만이 아님을 확인하게 된다. 인물들이 증명하듯 삶이 밑바닥으로 내동댕이쳐지는 전락의 과정은 '저런 놈'들이 과거를 살아낸 방식과 그런 방식을 용인하게 만들었던 정치적, 사회적 모순과 밀접하게 연관되어 있으며, 무엇보다 그들에 대한 분한에 불타면서 어느새랄 것도 없이 그런 방식에 서서히 젖어들었던 약한 자들, 우리 자신들의 생존 방식과도 연관되어 있는 것이기 때문이다.

'출세한' 제자가 찾아가고, 엄벙덤벙 '세월'이라는 말로 약을 발라주면 날개 달고 삼탕, 사탕까지 해먹을 선생이었다. 나는 날개를 달아줄 생각이 없다.(「나는 날개를 달아줄 생각이 없다」, 70쪽)

이런 맥락에서 본다면 「나는 날개를 달아줄 생각이 없다」의 그녀가 부당한 폭력을 가했던 스승에게 초청장을 보내지 않을 것을 선언할 때, 이는 개인적 분한의 표현 이상이다. 그것은 청산해야 하는 과거식 논리에 대한 단호한 단절의 선언이자 망각해서는 안 되는 부조리한 현실논리에 대한 날카로운 경계의 목소리다. 구조적 갈등과 모순이 불투명하고 아스라한 방식으로 유포되고 있는 오늘날에는, 「나는 날개를 달아줄 생각이 없다」의 주인공처럼 스스로를 반성하는 되새김질의 작업, 분한의 감정을 벼리는 작업을 반복할 필요가 있다. '세월'의 힘을 거부하는 생존 방식은 이 막장 인생들에게 그리 손쉽게 얻어질 수 있는 것이 아니기 때문이다. '어떻게 살아야 할 것인가'의 문제를 둘러싸고 김지우의 인물들이 갈등에 사로잡히고 고민에 빠지게 되는 것은 이런 이유에서다.

4. 일상에 대한 열망을 반복하는, 소설

각기 다른 사연을 품고 전락을 거듭한 인생들은 결국 사회의 밑바닥에서 만난 다른 인생들과 어떻게 관계맺고 살게 되는가. 김지우의 소설이 계급을 가로지르는 관계맺음 방식을 보여주는 경우는 드물다. 오히려 그의 소설은 그들 밑바닥 인생들의 공존 가능성을 탐색한다. 그 가능성이 사기공갈단의 이름으로 한패가 되는 것이거나 새로운 범죄를 도모하는 방식으로 드러나기도 하지만, 종종 김지우의 소설은 「물고기들의 집」에서처럼 내장을 녹아내리게 하는 사연들을 다독이고 갈등을 아슬아슬하게 해소하는 장면들을 보여준다.

「물고기들의 집」에 의하면, 전쟁통에 조실부모하고 일찍 혼자된 여자가 업둥이를 데려다 키우고, 식도 올리지 않고 가정을 꾸리고 살다가 졸지에 가족을 잃어버리게 된 젊은 여자를 며느리로 들이면서 가족이라는 이름으로 공존하게 된다. 무연한 막장 인생들의 동거처럼 보이는 그들의 공존 방식에 세상의 시선이 말랑말랑하지만은 않으며 그들이 살아온 거친 과거가 그들의 현재를 신산하게 하는 원인이 되기도 한다. 그럼에도 그들은 이즈음에는 경험하기 쉽지 않으며 완전히 사라진 것으로 보이기도 하는 인간 다움의 이름으로, 그 아름다운 성정으로 서로의 상처를 보듬는다. 식도 올리지 않은 며느리의 전남편과 아이의 천도를 비는 시주를 하고 언제나 항상 그 자리에서 상처를 안고 돌아오는 가족을 품어안는 방식으로, 그들은 그렇게 서로의 "무섭고 외로웠던"(「그 사흘의 남자」, 87쪽) 시간들을 알아보고 위로를 나눈다.

사생아로 태어나 천덕꾸러기로 살다가, 조무래기 '쓰리꾼'을 거쳐 지하철 서울역 담당 소매치기로, 전과가 훈장처럼 쌓이는 삶을 살았던 「그 사흘의 남자」의 '남자'는 어느 날 서울역에서 소매치기를 당한 스무 살 청년의 자살 사건을 계기로 "여태 한 번도 느껴보지 못했던 낯선 감정, 죄책감"(89쪽)을 경험하게 된다. 그리고 그의 죄책감은 성을 상품으로 팔고 사채업자에게 장기를 팔면서 살아야 하는 '여자'에 대한 연민과 책임감으로 발전하게 된다. '남자'가 여자에게 삼백만원에 자신과 삼 일 동안 부부처럼 살아줄 것을 부탁하는 까닭은, 아마도 그것이 사채업자의 돈을 갚아야 하는 그녀에게 빚을 갚아줄 능력이 없는 그가 해줄 수 있는 혹은 그가 받고 싶은 유일한 최고치의 위로이기 때문일 것이다. 사채업자에게 돈을 갚을 가능성이 전혀 없는 여자와 삼 일의 일상을 함께하기 위해 한쪽 다리가 불편한 그는 그렇게 자신의 전 재산을 내밀게 되는 것이다.

이것이 포스트모던의 이름으로 떠들썩한 이 시대의 피할 수 없는 실제 상황이다. 삶의 선택권을 박탈당한 존재들의 연대 가능성은 비극적일 수밖에 없다. 그럼에도 김지우 소설의 미덕은 소설이 내장한 페이소스를 통해 비극적 삶의 현장을 어떤 그리움의 대상으로 돌려놓는 데 있다. 「물고기들의 집」의 화자가 보여주는 모성적 헌신의 태도나 「그 사흘의 남자」의 '남자'가 보여주는 윤리적 올바름의 태도인 인간에 대한 예의가 그들 밑바닥 인생들의 연대 가능성의 토대가 되고, 이를 통해 우리는 지금-이곳에는 없는 휴머니즘적 공동체 정서에 대한 아련한 추억에 젖어들게 된다.

밑바닥으로 전락해가는 인생들에 대한 관심이나 그 인생들의 역설적인 연대 가능성을 타진하는 김지우식의 방식은, 사실, 희미한 옛 사랑의 추억처럼 오래되고 낡은 것이다. 부조리하고 불합리한 세상 논리에 대한 작가의 일관된 비판의식이 종종 개별 인물들을 정치적, 사회적 굴곡에 마냥 휩쓸리는 수동적 존재로 만드는 것도 이런 사정과 무관하지 않을 것이다. 이제 더이상 계급과 계층, 국가와 민족, 인종과 젠더를 가로지르는 횡단적 시각을 확보하지 않고서는 세상의 불합리를 전면적으로 논의하는 것이 불가능하기는 하다.

그럼에도 밑바닥 인생들에 대한 김지우식 시선은 분명 '잊혀졌으나 결코 잊을 수 없는' 우리의 과거, 아니 현재가 은폐한 근대의 비균질적 단면들을 불러들인다. 김지우의 소설세계를 사투리의 정감으로 구축된 사라진 공동체의 환영이라고 말할 수 있다면, 그것은 그의 소설이 현재 우리 사회의 트라우마, 즉 공동체의 상실에 대한 일종의 허기를 강력하게 환기하기 때문일 것이다.

'여성-약자-하류계층', 그녀들의 생존법

1. 그녀들의 정체, 불확정적이거나 유동적인

표명희의 소설은 가히 여성 캐릭터들의 세계라 할 만하다. 그녀들은 일견 겹치면서도 완전히 포개지지는 않는 다채로운 모습으로 소설에 포진해 있다. 가령, 그녀들은 시어머니와의 신경전 끝에 손맛으로 가족을 장악해가는 '무서운' 며느리(「실리카겔」, 『3번 출구』, 창비, 2005; 이하 이 글에서 인용된 표명희의 작품은 이 책에서 인용)이거나, 철저한 준비 끝에 비루한 삶의 수준을 확실하게 끌어올리려는 '야심찬' 여자들(「탑소호족 N」 「누드 에스컬레이터」)이며, 처음으로 혼자 나선 여행길에서 과거의 음영을 벗어버리고 우연히 만난 남자와 새로운 미래를 꿈꾸는 '각성한' 미망인 (「죽령터널, 지나다」)이거나, 스무 살이 되면서 실질적인 가장이 되었지만 인터넷 문화행사를 적극적으로 조직하고 이끌어내는 '강단 있는' 억척녀 (「新 어가행렬」)다. 분명 표명희 소설의 중심에는 여성들이 있다. 그럼에도 그녀들의 삶에 대한 태도는 '여성'이라는 성차 범주만으로 간단히 요약되지 않는다. 그녀들은 부채로 얽혀진 부모와 함께 살기도 하지만 대체로 비자발적 독신자들이며, 번듯한 대학을 나온 것도 안정적인 직장을 가진 것도 아닌 사회적 약자이자 하류계층에 속한 존재들이다. 때때로 그녀들은 강자에 대한 분노를 자신보다 약한 존재의 생명을 빼앗는 방식(「실리카겔」)으로 표현하거나 남의 불운에 쾌감을 느끼고 생기가 도는(「야경」) '위악적' 존재들이기도 하다. 요컨대, 그녀들은 사회적 약자이지만 순종적이지 않고 하류계층이지만 성실하거나 근면하지 않으며, 냉철하고도 치밀한 방식으로 상류계층/강자와 권력자들의 성역을 서서히 잠식해가고자 하는 은밀한 욕망의 소유자들이다. 말하자면, 표명희 소설의 여성 캐릭터들은 탈관습적인 공간 점유방식으로 개성을 만들어가는 존재들이다. 그녀들의 삶의 내용이 특이한 색채를 발산하는 것은 그녀들의 거주지가 '여성'이라는 범주와 함께 연령이나 계급과 같은 또다른 범주들이 교차하는 지점에 놓여 있기 때문이다. 그녀들의 경제적이고 사회적인 위상은 젠더와 연령 그리고 계급과 같은 범주들의 서로 다른 조합에 의해 설정된다. 당연하게도 연령이나 계급은 고정될 수 없는 것이며 그녀들의 정체(正體) 또한 대체로 불확정적이거나 유동적이다.

2. 그러므로 문제는 '여성'이 아니다

'포스트 페미니즘' 이론의 층위에서 말하자면, 우리는 성적 정체성이 자명하지 않다는 사실만이 자명한 시대를 산다. 페미니즘적 주체의 보편성과 통일성을 회의하는 이런 입장은 자연적인 것과 구성된 것의 대립에 기초한 섹스/젠더(sex/gender)의 구분선이 그리 견고하지 않음을 지적한다. 사회적인 구성물인 젠더는 물론이거니와 생물학적 분류인 섹스까지도 우리의 인지가 조직한 구성물이며, 섹스, 젠더, 성차(gender difference) 모두 역사적으로 생산된 담론적 효과임을 환기한다. 이런 논의는 자연과 문화가 별개의 영역으로 인식되는 한, 몸과 섹스 혹은 섹슈얼리티(sexuality)에 대한 적확한 파악이 불가능하다는 문제의식을 담고 있다.[1]

젠더 연구가 '역설적으로' 양성 간의 차이에 대한 지식을 만들어내고 실행하고 있다는 이런 판단에 기댄다면, 더이상 젠더는 역사적인 맥락과 무관하게 차별적이거나 일관된 범주일 수 없다.[2] 텍스트 층위에서 행해지는 '재현된 여성'의 양상을 살피거나 여성성의 범주를 구성하고자 하는 시도들도 궁극적으로 폐기되어야 하거나 적어도 유보되어야 한다. 이제 더이상 텍스트를 분석하고 비평하는 자리에서 여성성의 범주가 가졌던 최종심급으로서의 지위는 정당성을 보증받을 수 없다.

젠더의 역사화를 요청하는 조앤 스콧의 논의가 말해주듯, 이런 입장이 불러오는 흥미로운 점은, 이로부터 '여성이 있는 곳에서는 언제나 젠더 분석이 요청되어야 하는가'라는 질문이 제기될 수 있다는 점이다. '여성이 존재하는 모든 시공간에 여성적 관심을 투사해야 하는가'[3]라는 질문은, 그 질문을 통해 역설적으로 '여성'의 범주가 자연화되고 확정되어버릴 수 있음을 경계한다.

이러한 문제제기는 해석 지표로서의 '여성성'의 범주에 대한 강박에서 우리를 자유롭게 해준다. 우리의 관심을 '여성'이라는 범주 자체가 생성되는 이질적인 장면들, 그 역사적이고 정치적인 국면과 그에 따른 효과들 자체로 돌려준다. 이에 따라 우리는 여성들 혹은 여성적 문제를 다루는 텍스트를 통해 무반성적이고 일방적으로 작동했던 '여성적 관심' 이상의 것을 발견하게도 된다. 때로 우리는 계급이나 연령 등의 요소들이 성차를 만들어내는 이른바 권력관계에 미치는 영향까지도 포착하게 된다.

다시 강조할 필요도 없이, 표명희 소설의 미덕은 관습화되고 자연화된 영역을 벗어난 여성 캐릭터들에 놓여 있다. 치밀하고 냉철한, 때로는 영악하기까지 한 그녀들의 캐릭터를 통해 표명희의 소설은 여성의 문제에 접근하는 다른 방식을 제안한다. 최근 젊은 작가를 중심으로 이미지즘에 의탁해 여성의 재현 불가능성을 말하거나 기존의 젠더 구분을 무화하는 방식으로 역설적으로 젠더를 고착화하는 시도 속에서, 표명희의 소설은

'여성'이 구성되는 기원의 공간, 즉 젠더/연령/계급의 범주가 결합되어 서로 다른 의미 맥락을 형성하는 메커니즘 자체를 보여준다.

3. 한통속인 세상과 맞서는 그녀들의 생존법

「탑소호족 N」에는 좁고 낡고 허술한 단칸 옥탑방에 가족 없이 혼자 사는 젊은 여자가 있다. 그녀는 삶의 미니멀리즘을 지향한다. 외화 번역으로 생계를 꾸리며 혼자만의 삶을 영위하는 그녀, 표면적으로만 보면 인간관계가 불러오는 상처로 피 흘리기를 거부하는 쿨한 존재다. 그러나 조금만 들여다보면, 최소한의 행동반경과 인간관계를 지향하는 이러한 삶은 자발적 선택에 의한 것이 아니다. 건조하고 지루한 일상에 염증난, 부르주아적이고 댄디한 권태의 제스처도 아니다.

사실, 그녀들은 사소한 부주의가 부른 혹독한 대가를 치르고서야 호의적이지 않은 사회에 간신히 진입한 고만고만한 "인생초보자들"(「탑소호족 N」)일 뿐이다. 그녀들은 대학 졸업장이 없다는 이유로 피아노 학원에서 반값의 월급을 받거나, 그 사실을 폭로하고 일자리를 잃게 되며(「누드 에스컬레이터」), 외모, 능력, 학벌로 직조된 강자를 위한 네트워크에서 배제된 채 강박증에 시달리는 정신착란자가 되기도 한다(「야경」). 그녀들은 혼자 사는 삶이 불러오는 외로움이나 심리적 고립감이 아니라 경제적 몰락이나 일상화된 폭력과 만연한 범죄에 무방비하게 노출되며 생존 차원의 공포에 시달린다. 죽음 자체가 아니라 고독한 시체로 남겨질까봐 걱정하는 그녀들의 공포감은 그녀들의 고독이 사회적 약자이자 경제적 하류계층에게 강제된 피할 수 없는 조건임을 체감케 한다.

표명희 소설이 그려내는 고립된 삶의 면모는 "언제나 복잡하게 또한 여전히 불공평하게 돌아가는" 세상에 대한 그녀들의 부정적이고 허무주의적인 인식에서 연유한다. 그녀들에 따르면, 세상은 강자 중심으로 돌아가면서도 언제나 "너무 번듯"(「온이」)하다. 다운증후군인 아이를 가진 가족의 갈등과 고민을 다루고 있는 소설 「온이」에서 온이 엄마가 항변하듯, 그녀들을 숨막히게 하는 것은 세상의 '너무 번듯함' 혹은 산뜻한 투명성 자체다. 예술성을 뒤집어쓴 자본의 구현물인 '누드 에스컬레이터'(「누드 에스컬레이터」)가 그렇듯 그 투명성은 세련된 방식으로 역설적 배타성과 차별성을 전시한다. 장 보드리야르가 지적한 바 있듯, 투명성의 허무주의에서 발원한 위험성은 음울하거나 퇴폐적이고 자기포기적인 역사적 허무주의보다 심각하다.(『시뮬라시옹』) 투명성의 은폐논리는 투명해 보인다는 바로 그 점 때문에 오히려 대처 불능한 위기를 불러온다.

> 종묘도 주변의 숲도, 심지어는 눈앞에 펼쳐진 종로 대로조차 거대한 세트장처럼 여겨진다. 온종일 그가 헤매고 다닌 곳은 다름아닌 세트장 안이었는지 모른다. 의상과 의장물을 갖추고 행렬을 이루었던 임금과 제관과 포졸들만 배역을 맡은 게 아니었다. 그는 자신도 이 거대한 시대극에 출연한 단역이었음을 깨닫는다. 아니, 극은 아직 끝나지 않았다. 자신의 일거수일투족이 여전히 누군가에게 보여지고 있을지 모른다. 그는 주위 사람들을 둘러본다. 옆 사람도 앞뒤로 선 사람도 한결같이 무심한 표정이다. 능청스런 표정의 이들 역시 행인 1, 행인 2를 맡은 단역이다. 그뿐이랴. 애당초 자신은 오렌지전사 역, 그녀는 물귀신 역을 맡은, 같은 시대극에 출현하는 단역의 운명이었다. (……) 누군가의 의도대로 씌어진 이 각본을 그대로 따르고 싶지는 않다. 누구도 주인공이 아닌, 그래서 모두가 주인공일 수 있는 이 글의 대본을 수정할 자유는 자신에게도 있다. (「新 어가행렬」, 203~204쪽)

「新 어가행렬」에서 이 투명막을 덮고 있는 베일/허위가 벗겨지는 것은 매우 흥미롭게도 가짜 어가행렬에 동원된 말의 배설물에 의해서다. 「新 어가행렬」에는 과거에 행해졌을 종묘 제단에 대한 연상과 스펙터클한 구경거리가 된 현대의 어가행렬 그리고 이를 문화적으로 향유하고자 하는 현대인들의 세태풍경과 과거/현재 혹은 가상/현실의 장면들이 다큐멘터리 형식으로 오버랩되면서 속도감 있게 소개된다. 그 속도감을 가로지르며, 말의 배설물은 다양한 장치를 통해 호출된 역사 혹은 시간의 더께를 단박에 벗겨내고 세계와 인간 존재의 관계에 대한 흥미로운 통찰을 부려놓는다.

말의 배설물은 무한히 반복되는 시간 혹은 장면들을 불러냄으로써 "할아버지의 할아버지 그 할아버지의 할아버지가 살았을 적부터 오가던, 짐승들의 배설물이 수시로 내갈겨지고 먼지가 되어 사라져간 바로 그 자리. 황톳길 위로 자갈이 깔리고 신작로가 생기고 다시 아스팔트가 덮여지고 지하도가 뚫리고 또 아스팔트가 덮여지기"(「新 어가행렬」, 195쪽)를 반복했던 그 자리가 끊임없이 되풀이되었던 시대극의 움직이지 않는 배경이었음을 오롯이 드러내준다. 이 세계가 한 편의 거대한 가상극이라는 인식은 각자의 대본과 배역을 바꿀 수 있다는 변화 가능성을 열어놓음으로써, 인물들 혹은 출현자들로부터 적극적이고 능동적인 태도를 이끌어낸다. 모든 것을 '투명하게 은폐하는' 세상과 남성들 혹은 강자들이 모두 한통속이라 해도, 비틀린 현실이 정상적이며 투명한 것이라고 주장된다고 해도, 그 모든 것이 거대한 가상극에 불과하다는 통찰 속에서 그녀들의 반란에 대한 새로운 기대지평이 열릴 수 있기 때문이다.

4. '여성-약자-하류계층'의 반란

그런데 사회적 약자이자 하류계층의 존재방식에 대한 우리의 관습화된 기대를 조롱하듯, 그녀들은 빈곤한 이웃이나 비루한 인생들과 연대하려 하지 않는다. 불가피한 경우가 아니라면 그들 가운데 누구와도 관계맺기를 거부한다. 「탑소호족 N」에서처럼 마늘 껍질을 벗기는 소리까지 들리는 옆집과의 반(半)동거생활은 그녀에게 그저 고통일 뿐이다. 그런데 사회적 약자와 하류계층의 삶에서 자신을 분리하고자 하는 그녀들의 태도는 은밀한 사적 공간에 대한 열망에서 비롯된 것만은 아니다. 그녀들의 태도는 숨기려 해도 숨길 수 없는 비루한 삶과 만천하에 공개되는 사적 공간의 치부들과의 적나라한 대면을 회피하고 싶은 심정에 가깝다.

'해질 대로 해진 기관지를 훑는 닳고 닳은' 옆집 여자의 기침소리나 옆집 남자의 유행가를 흥얼거리는 소리에 그녀가 진저리를 치는 것은 보지 않아도 환하게 드러나는 그들의 비루한 삶과 그것이 연상시키는 '자신의' 비참한 삶의 정경 때문이다. 불필요한 연민에 빠지지 않으려는 그녀의 엄격함은 언제나 자기연민을 검열하는 자의식적 표현에 가까운 것이다. 사회적 약자와 하류계층에 대한 연민, 예컨대 몸이 불편한 쌀집 아이에 대한 연민이 곧 자신에 대한 연민에 다름아님을 그녀는 분명하게 알고 있다. 호객 행위를 하던 옆집 살던 남자애가 송실장에게 당한 창피한 꼴은 'N'의 머리털을 곤두서게 하고 그녀의 얼굴을 화끈 달아오르게 할 뿐 아니라 묘한 죄의식에 사로잡히게 한다.

의식의 차원에서 거부하고 있음에도 그녀의 몸은 그들의 고통과 비참함을 같이 겪는다. 때문에 근면이나 성실성이 약속하는 미래 따위는 거짓된 것이자 약자를 얽어매는 강자의 이데올로기임을 분명하게 알고 있으면서도 그녀는 언제나 늘 새로운 일거리를 맡고자 한다. 새로운 일거리가 고만고만한 약자들의 일거리도 늘려주는 것임을 그녀가 의식하고 있기 때문이다. 마찬가지로 「新 어가행렬」에서 '오렌지전사'가 '물귀신'에게 갖는 호감에는 그녀의 강단 있는 목소리 밑바닥에 깔려 있는 신산한 기운과 그 신산함에 대한 안쓰러움이 포함되어 있다. '여성-약자-하류계층'인 그녀들의 몸에는 자기연민이든 아니든 거부할 수 없는 감정적 동요가 새겨져 있는 것이다.

107은 닫힌 문을 물끄러미 바라보며 천천히 팔짱을 낀다. 이런 일은 최소한 팔짱이라도 낄 여유를 갖고 생각해야 한다. 이건 남녀간의 일이기에 앞서 힘 있는 자와 그렇지 않은 자의 문제다. 신중해지지 않으면 일을 그르치기 십상이다. 약자에겐 언제나 선택의 여지가 별로 없다는 걸 107은 누구보다 잘 알고 있다. (……) 약자란 그렇다. 그들은 언제나 순간적인 폭발로 문제의 본질을 훼손시킨다. 기껏 소화기 따위나 들고 뛰어들거나 상대의 면상을 한 대 후려치고 뛰쳐나가는 게 고작이다. 섶을 지고 불속으로 뛰어드는 것과 하나도 다를 게 없는, 그런 파괴적인 행동으로 그들은 결과적으로 또 한번 희생당하는 것이다.(「누드 에스컬레이터」, 170쪽)

그러므로 약자로서의 자의식이 강력하게 요구된다는 그녀들의 강변은 '여성-약자-하류계층'의 문제를 감정적 반응 이외의 것으로 해결하고자 하는 모색의 결과물이기도 하다. 그녀들은 선택의 여지가 별로 없어 보이는 사회적 약자나 하류계층에게 냉정한 판단과 치밀한 계획에 입각해서 희생이 반복되지 않을 수 있는 방책을 몸으로 습득해야 한다고 되풀이하고, 이 생존전략이 모두 한통속인 세계를 살기 위해 절대적으로 필요하다고 강조한다. 그래서인지 때때로 그녀들의 분노는 매우 냉정하고 차갑게 표현되기도 한다. 무엇보다 이러한 생존전략은 생명의 훼손이나 타인을 짓밟는 행위까지도 정당화할 수 있는 기묘한 논리로 전도되기도 한다. 모두 한통속인 세상 혹은 시간을 견디면서 그녀들은 점점 발칙해지고 영악해진다. 그래서 그녀들의 반란은 은밀하면서도 치명적이다.

그러나 그럼에도 「실리카겔」의 그녀의 경우에서처럼, 어쩌면 그녀들이 할 수 있는/하고자 하는 최대치의 반란은 세상에 좀더 잘 적응하고 실리적으로 대체하는 '현명한' 선택과 판단으로 귀결되고 있는지 모른다. 감정적인 분노나 일회성에 그치게 마련일 보복이 그녀들이 처한 상황이나 조건을 조금도 변화시키지 못한다는 그녀들의 판단은 충분히 옳다. 하지만 대세에 따르지 않는 자유로운 선택이 세상의 논리를 바꿀 수 있는 힘이 되는 것만도 아니다. 그녀들의 '현명한' 선택이 종종 전도된 (신분) 상승에의 욕구나 강자의 세계에 대한 진입의 열망으로 비치는 것은 이러한 사정과 무관하지 않다.

> 그것들은 단 몇 분 만에 그녀의 손끝에서 맛깔스런 요리로 바뀌어 가족들의 몸을 살찌우고 그 에너지로 살아가게 만든다는 권능으로 스스로 고무되기도 한다. 그럴 때마다 여자는 자신이 바로 집안의 중심임을 확인하는 것이다.(「실리카겔」, 121~122쪽)

「실리카겔」이 보여주는 '부엌'에 대한 입장, 즉 금속성 도구로 빼곡한 부엌이 조종실의 거대한 계기판처럼 살벌한 분위기를 연출할 때 오히려 여자에게 더없는 안식처일 수 있다는 부엌론은 자체로 충분히 신선하다. 그러나 부엌을 자신의 가족들, 특히 그들의 육신을 통제할 수 있는 힘의 원천으로 바라보는 이러한 관점은 일종의 전도된 권력욕이자 틀 안에서의 '자리 바꾸기'라는 점에서 강자와 약자를 가르는 권력구조 자체에 아무런 위해도 가하지 못한다. 무엇보다 이 소설의 주된 갈등과 대립이 다소 진부한 '시어머니-며느리'의 갈등 구조를 반복함으로써 새롭게 제시된 부엌관의 의미는 빠르게 착한 여자 콤플렉스로 퇴색한다. '시어머니-며느리'의 틀이 오히려 고착화되는 효과까지 야기된다. 일련의 연쇄에 따라 여기에 뒤얽혀 있는 강자/약자 혹은 상층/하층 계급의 갈등구조가 희미하게 후경화되는 경향도 강화된다. 「실리카겔」이 보여주는 소소한 반란과 틀에 대한 비판은 본원적인 의미에서 여성으로서의 삶을 '운명'으로 받아들이고자 하는 그녀들의 태도에 의해 산산이 흩어져버리게 된다.

5. 꿈은 그저 꿈일 뿐
그녀들은 스스로를 긴 터널 앞에 놓인 존재로 규정한다. 그 터널은 사회적 약자이자 하류계층으로서의 그녀들의 위상을 격상시킬 수 있는 신분 상승용 엘리베이터다. 그러나 선택의 여지가 없다는 것과 기성의 논리에 재빨리 적응해야 하는 것은 엄밀히 다른 논리이다. 「탑소호족 N」의 'N'이나 「누드 에스컬레이터」의 '107'이 약자나 하류계층으로서의 자신들의 자리를 벗어날 수 있는 야심찬 계획을 세우기도 하지만, 적어도 표명희의 소설세계에서 그녀들의 '꿈'은 언제나 꿈으로 남을 확률이 높다. 표명희 소설을 구성하는 횡단축인 '엄마-딸'의 관계를 통해 유추할 수 있는바, 어머니 세대의 열망은 그 가운데 어떤 것도 실현되지 않은 채 그녀들의 사회적 지위와 계급이 오히려 격하된 채 딸들에게 고스란히 인계된다.

작가는 남을 의식하지 않고 자기 식대로 사는 삶의 의미를 강변했던 「야경」의 '나'의 어머니, 자존심 강하고 여성스러우며 예민한 성격의 소유자였던 그녀를 결국 낡은 반지하 집에서 욕창에 시달리며 딸의 미래를 좀먹는 보다 비참한 지경으로 전락시킨다. 이는 「야경」의 어머니의 삶의 방식에 대한 명백한 처벌이다. 반면 늘 팍팍하고 여유 없던 반백년의 결혼생활을 인내했던 「실리카겔」의 여자의 어머니는 결국 가족들의 삶의 고삐를 틀어쥐었던 존재가 어머니였음을 재확인하는 과정에서 적절하게 보상된다. 이런 식으로 작가는 사방 이십오 미터의 공간인 수영장에서 누리는 자유가 아무리 돌발적이고도 강렬한 에너지를 분출한다 해도(「야경」), 그녀들의 해방은 일시적인 것일 뿐이라고 말한다.

표명희의 소설에는 야심찬 신분 상승에의 욕망을 부추기는 동시에 스스로를 약자이자 하류계층인 그곳에 되묶는 듯한 상반된 발언들이 파편적으로 공존한다. 이러한 사정은 진술이나 작가적 인식의 모순이 아니라 서사를 진행시키는 기법상의 문제와 연관되어 있다. 가령, 대체로 그의 소설 끝자락은 모호하게 처리되며 소설세계의 상당 부분이 믿을 수 없는 화자들의 발언으로 축조된다. 모호한 결말이나 믿을 수 없는 화자들을 통해 표명희의 소설은 사회적 약자와 하류계층의 분노와 열망을 날것으로 드러내거나 발화자의 입장을 있는 그대로 드러내기보다는 더욱 불분명한 모호함 속으로 밀어넣은 측면이 있다.

모호함이라는 처리 기법은 그녀들의 반란의 의미를 퇴색시키고 기성의 권력 구조를 그대로 용인하는 효과를 유발한다. 이는 내면에 천착하지 않으면서 현실의 단면을 날카롭게 드러내고자 하는 작법의 결과다. 내면을 드러내지 않는 동시에 사회적 관계를 거부하는 인물들을 소설의 전면에 내세울 때 젠더와 연령과 계급이 교차하는 지점에 놓인 존재들이 세계 전체를 향해 분출하는 비판력은 약화되고, 소설이 운신할 수 있는 공간도 협소해지기 쉽다. 작가적 문제의식을 포기하지 않으면서도 보이지 않는 공간에 알을 슬어놓듯 작가만의 공간을 만들어내는 작업이 요청된다.

3부 /

공동체의 유령들

엄마의 귀환

　'부재하는 아버지'가 만들어낸 서사가 근대 이후 한국소설의 주요한 특징 가운데 하나였다고 말하는 것은 과도한 표현이 아닐 것이다. '부재하는 아버지' 서사에는 실제적이고도 상징적인 의미가 담겨 있었다고 해야 할 것인데, 상실된 국가를 회복하기 위해 가족 내 아버지의 자리를 공백으로 만들 수밖에 없었던 역사적 사정은 아버지의 실제적 부재가 가족과 사회 일반에서 아버지가 갖는 권위를 강화하는 역설적 동력으로서 작용했다고 해야 한다.

　가족 내에서 '부재하는 아버지'의 자리를 채우거나 보존했던 것이 대개 어머니였을 것임에도 한국소설에서 어머니에 대한 의미 부여는 사례가 많지 않으며 '아버지'를 중심으로 하는 사회구조와는 다른 체계에 대한 열망으로 가시화되지도 않았다. '가장'으로서의 '아버지'의 기능과 역할은 어머니 혹은 맏아들에게 이양되었으나 대개 그들은 언제나 '회복될/돌아올' '가장'으로서의 '아버지'의 대리인 자격만을 얻을 수 있었다.

　바로 이런 의미에서, 아버지를 중심으로 한 근대적 가부장제가 안정적으로 사회에 안착하게 된 것은 민족적 대의를 위해 불가피하게 공백으로 남겨져야 했던 아버지의 자리 때문이었다고 해야 할지도 모른다. 불가피한 부재가 흠결 없는 이상적 가부장의 아우라를 균열 없이 유지하게 한 조건이었다고 할 수도 있는 것이다.

다시 반복할 필요도 없이 박완서의 「엄마의 말뚝」 시리즈나 오정희의 「유년의 뜰」이나 「중국인 거리」 등의 소설이 보여주는 것은 더이상 '부재하는 아버지'의 자리가 보존될 수 없는 상황에 직면한 '엄마'들의 선택에 관해서다. 남편의 죽음이나 도피로 인해 가부장의 실질적 상실을 경험하게 되는 그 '엄마'들은 가정으로 대표되는 안온한 세계 바깥으로 떠밀리듯 뛰쳐나가 생존의 위협 앞에서 다른 삶의 가능성을 모색할 수밖에 없었던 것이다.

길 위에 선 그 '엄마'들에게 어떤 선택이 가능했는가. 박완서의 「엄마의 말뚝 1」(1980)에서 그 '엄마'는 더이상 상징적 가부장의 후광에 기대지 않고 스스로가 실질적 가부장이 되어 '엄마-가부장'을 중심으로 한 세계를 꾸리고자 했다. 가령, "안집에 들어가지 마라, 골목 앞에 나가지 마라, 안집 애하고 놀지 마라, 동네 애들하고 놀지 마라, 상종할 만한 집 자식 하나도 없더라"[1] 식의 금기의 주체가 되면서 '아버지-법'을 스스로 내면화한 '엄마'가 되고자 했던 것이다. 박완서의 '엄마'를 두고 이 점이 노골적으로 지적되지는 않지만, 아버지의 빈자리를 채우면서 '억척 모성'으로 거듭난 그 '엄마'는 대리인에서 나아가 스스로가 가부장으로 현현했다고 해야 한다.

물론 「엄마의 말뚝 1」에서 그 시절에 드물었던 딸 교육의 의미를 간과해서는 안 될 것이다. 시부모와의 갈등에도 아랑곳하지 않고 딸에게 근대교육을 시키고자 했으며, '공부를 많이 해서 신여성이 되어야 한다'는 요구를 강조했던 것은 아마도 자신의 딸이 누군가의 아내나 어머니의 삶으로 전부 회수되지 않는 스스로의 삶을 살기를 바라는 열망 혹은 후대 여성이 더 나은 삶을 살기를 바라는 선대 여성의 바람으로 이해되어야 할 것이다. 그러나 엄밀하게 말하자면 그 '엄마'가 꿈꾸었던 세계가 가부장을 중심으로 한 가정에서 그리 먼 것은 아니었다.

> 따귀 맞은 것도 분하지만, 후레자식 소리는 엄마의 자존심에 깊은 상처를 입혔다. 오빠는 엄마의 신앙이었다. 엄마는 오빠가 잠든 머리맡도 지나다니지 않았다. 오빠가 다 쓴 책이나 공책도 선반 위에 차곡차곡 쌓아놓고 신줏단지처럼 받들었다. 신줏단지를 배반한 엄마에게 그거야말로 새로운 신줏단지였다. (「엄마의 말뚝 1」, 『엄마의 말뚝』, 세계사, 2012, 56쪽)

딸에 대한 기대는 '새로운 신줏단지'인 아들에게 걸었던 기대나 미래의 청사진과 결코 교환될 수 없는 것이었다. 박완서의 등단작인 『나목』(1970)이 잘 보여주고 있듯이, 전쟁이라는 우발적 불운으로 아들을 잃게 되었을 때 그 '엄마'는 삶의 의미 전체를 상실하게 되었을 뿐 아니라, 살아남은 딸에게 저주를 퍼붓기를 서슴지 않았다. 그 '엄마'의 자식을 위한 무조건적인 희생은 아들을 중심으로 보다 안정적으로 부활되어야 할 가부장제를 위해 동원되고 있었다. 물론 가부장적 시스템으로 운용되는 가족을 염원한다고 해도 그 '엄마'가 과거 형태 그대로의 복원을 꿈꿨던 것은 아니다. '엄마'와 자식을 구성원으로 하는 소가족 단위로 축소되는 변형을 거치고 있었던 것이다. 그러나 그것은 본래적으로 회복되어야 할 것이지 결코 폐기되어야 할 것은 아니었다.[2]

박완서의 소설과는 달리, 오정희의 소설이 포착하는 것은 전쟁이 강고한 가부장제에 야기한 균열의 속살이다. 오정희의 소설에서 흠결 없는 가부장의 권위가 그간 온전히 유지된 것이 아니며 어떤 의미에서 가정 내의 갈등과 모순을 봉합하는 이데올로기로서만 작동하고 있었음이 폭로되는 계기는 한국전쟁이다. 일상생활 차원의 문제들이 전방과 후방의 구분 없이 삶의 안정성을 근간에서 뒤흔든 한국전쟁을 계기로 뚜렷하게 가시화되었는데, 소설은 전쟁을 통해 가부장제가 어떤 변형을 거치면서 그 권위를 유지할 수 있었는지에 대해 확인하게 해준다.

남편 없이 피난을 떠나 낯선 곳에 임시로 정착한 가족이 어떻게 생계를 꾸려갈 수 있겠는가에 관해 오정희의 소설 「유년의 뜰」(1981)은 '몸 파는 엄마'로 요약되는 참혹하지만 피할 수 없는 사실과 대면하게 한다. 중학교 이학년에 공부를 중단해야 했던 아들에게 "온 식구가 한뎃잠을 자는 한이 있어도 학교를 보내"[3]겠다고 약속한다 해도, '거지나 다름없는 뜨내기 피난민'인 그 '엄마'에게 약속은 지킬 수 없는 것이거나 기약 없이 지연되어야 할 것일 뿐이다. 그녀에게 저녁 햇빛이 어스름해질 즈음에 화장을 시작해야 할 수 있는 일 이상의 것은 허락되지 않았던 것이다.

> 나는 오빠가 또 언니를 때릴 거라고 생각했다. 지금 저렇게 묵묵히 있는 것도 아마 트집을 잡을 궁리에 골몰한 탓일 것이다. 어머니가 돌아오지 않는 밤이면 오빠는 언니를 때렸고 할머니는 말릴 염도 없이 동생을 업고 나가 개울가를 서성거렸다.
>
> 오빠의 매질은 무서웠다. 오빠는 작은 폭군이었다. 아버지가 떠난 이래 오빠는 은연중 가장의 위치로 부상했고, 더욱이 어머니가 읍내 밥집에 나가게 되면서부터, 그리고 수상쩍은 외박으로 우리에게서 비켜서고 있음을 시사하자 오빠는 암암리에 대행 가장의 위치를 수락했음을, 공공연히 자행되는 매질로 나타냈다.[4]

언제 돌아올지 알 수 없는 아버지를 기다리는 사이, 뜨내기 피난민인 '노랑눈이'의 가족은 처리되지 못하는 정념을 분출하고 훔친 닭의 맛에 익숙해지거나 어머니의 지갑에서 더 큰 돈을 훔쳐가면서 '아버지-법'의 영향권에서 점차 벗어나게 되고 전쟁 이전의 도덕률을 상실해가게 된다. '엄마'의 외박이 잦아지자 여동생을 대상으로 한 맏아들의 폭력도 거세졌고, '작은 가부장'인 맏아들에 의해서는 더이상 '엄마'의 정념이 통제될수 없는 상황에 이르게 되자, 맏아들과 엄마의 극단적 긴장은 전쟁 이전의 삶으로는 돌아갈 수 없음의 상징처럼 작은 방을 되비추던 거울이 그의 발길질에 의해 산산조각 나면서 해결 없이 해소된다.

소설은 '엄마'가 읍내 정육점 사내와 정분이 났다는 소문이 돌고 맏아들이 어떻게 해서든 성공을 해서 돌아올 것을 약속하고 가족 모두에게 서로 흩어지기를 선언하고도 일상을 지속할 수밖에 없던 시간을 흘려보내고 나서야 전쟁이 끝나고 아버지가 돌아왔음을 알린다. 소설을 통해 아버지가 돌아온 후의 일상을 확인할 수는 없다. 하지만 전쟁을 겪은 뜨내기 피난민의 경험이 그들을 더이상 이전 세계로 되돌릴 수 없음을 유추하기는 어렵지 않다. 아버지의 귀환으로 균열을 품은 가부장의 체계는 위태롭게 봉합된다. 그러나 떠나온 집의 뜰에 묻어두었던 훔쳐 먹은 닭의 흔적과 부서진 거울 조각들이 새 주인의 삽질에 의해 손쉽게 끌려나오듯 은폐된 가족 내의 균열이 끝내 숨겨질 리 만무하다.

가정이라는 울타리를 벗어난 여성들, 그 가운데에서도 길 위에 선 '엄마'들의 선택에 한국소설이 보다 주목하기 시작한 것은 1990년대에 접어들면서다. 1990년대 중후반에는 공지영, 은희경, 전경린, 서하진 등의 여성 작가들에 의해 적지 않은 여성들이 가부장제로부터 해방과 일탈을 꿈꾸었고 용감하게 가정과 집을 뛰쳐나왔다. 그러나 그 '엄마'들의 용감한 선택은 길 위에서의 삶에 대한 준비에 미흡했다는 점에서 해결책 없는 난국에 직면할 수밖에 없었다. 가정의 일원으로서 존재의 의미를 상실한 채 살기를 원하지는 않았지만 집 바깥에서 어떻게 살아갈 것인가를 둘러싸고 뚜렷한 대안을 가지고 있지 못했던 그녀들은 결국 더 처참한 상태로 집으로 되돌려졌다. 대개 그녀들의 일탈은 실패로 끝나고 말았다.

남편의 외도로부터 촉발된 것이기는 하지만, 불륜을 제도와 사회의 금기에 대한 도전일 뿐 아니라 자신의 내면에 각인된 가부장제에 대한 거부로 의미화한 전경린의 소설 『내 생에 꼭 하루뿐일 특별한 날』(문학동네, 1999)을 통해 확인할 수 있듯이, 상실한 자아를 찾고자 힘겹게 낸 용기는 끝내 아들 '수' 앞에서 '바람난 엄마'로 추문화되자 맥없이 흩어졌다. 이러한 사정을 두고 균열을 내장한 가부장제의 복원 충동은 강력했고 그 균열이 파열음을 만들어내기는 쉽지 않았다고도 할 수 있겠으나, 이후 좀더 강해지는, 일탈의 저항성이 탈색되어가는 이러한 경향은 IMF 구제금융 사태를 겪으면서 한국사회에 가족 중심의 이기주의가 보다 팽배해진 사정과 무관하지 않다고 해야 한다.[5)]

이런 사정을 염두에 두자면, 잊고 있던 엄마의 삶을 환기하는 신경숙의 『엄마를 부탁해』(창비, 2008)의 등장은 글로벌리즘과 결합한 가부장제의 역습이 시작된 시점으로 이해될 수 있을 것이다. 『엄마를 부탁해』에서는 무한한 희생으로 가족을 보필했던 '엄마'의 실종은 '엄마'의 존재의 무게를 실감하게 하는 계기가 되는데, 이때 『엄마를 부탁해』에서 재호출하게 되는 것은 '모성'의 숭고함만은 아니다. 『엄마를 부탁해』에 대한 독자의 폭넓은 호응은 글로벌리즘이 불러온 불확실성과 불안정성 같은 사회적 속성이 이전과는 다른 의미의 '가족주의'를 불러왔음을 단적으로 보여주는 대목이라고 해야 한다.

더구나 신경숙이 포착한 '엄마'의 운명은 2000년대 이후 소설에서 꽤 많이 반복되고 있어 주목을 요한다. 가령, 그것은 "어머니의 칼끝에는 평생 누군가를 거둬 먹인 사람의 무심함이 서려 있다. 어머니는 내게 우는 여자도, 화장하는 여자도, 순종하는 여자도 아닌 칼을 쥔 여자였다. 건강하고 아름답지만 정장을 입고도 어묵을 우적우적 먹는, 그러면서도 자신이 음식을 우적우적 씹고 있다는 사실을 모르는 촌부"(김애란, 「칼자국」, 『침이 고인다』, 문학과지성사, 2007, 151쪽)로 시작되는 김애란의 소설이나, 아이를 낳지 못해 이혼당하고 아이가 넷인 집에 들어와 식모살이와 다름없는 인생을 살았던 의붓엄마에 대한 애잔함을 밀가루 반죽을 치대어 국수를 만드는 시간으로 응축해서 표현한 김숨의 소설 「국수」(『국수』, 창비, 2014), 심지어 노숙생활을 하면서도 딸의 매춘을 가능한 한 막아보려 하는 한 엄마의 처절한 운명을 기술하고 있는 김이설의 소설 「열세 살」(김이설, 『아무도 말하지 않는 것들』, 문학과지성사, 2010)에서도 그대로 반복되고 있다.

여성성을 억압/상실하고 '엄마'로 사는 이들에 대한 상찬과 경외가 이렇게 반복되는 한편, 김이설의 『환영』(자음과모음, 2011)을 통해 확인할 수 있듯이, 이러한 현실의 참혹함은 더 나은 삶을 희구하는 '하층민' 엄마를 외적 강요 없이도 자발적으로 '몸 파는' 엄마가 되게 하는 지점에서 재확인된다. 2000년대 이후로 한국소설에서 생계를 책임지고 가족을 먹여살리는 '엄마'들이 늘고 있다. 이 '엄마'들을 눈여겨보고 거기에 경계의 시선을 두어야 하는 것은 그녀들의 속절없는 운명이 불러오는 눈물바람의 문제 때문만이 아니다. 그녀들은 '출산과 양육'을 제외한 여성적 자질을 망각해야 하는 존재인 동시에 경제적 인간을 원하는 시대 요청에 따라 자신의 육체까지 경제적 가치로 환산해야 하는 지경에 내몰린 존재들이다.

『엄마를 부탁해』가 환기한 '모성'과 '가족'의 가치는 전통적 공동체의 윤리에 대한 노스텔지어가 아니다. 귀환한 '엄마'들이 시대착오적인 어머니상의 재현인 것도 아니며 그녀들을 통해 전통적 공동체나 가족의 존재방식이 옹호되는 것도 아니다. 그녀들이 가부장의 화신임은 새삼 강조할 필요도 없으며 그녀들은 글로벌리즘에 적합한 형태로 변형된(/되어야 한) 존재라는 점에서 가부장제를 체현한 과거의 '엄마'보다 더 위험한 여성이자 위험한 지경에 내몰린 여성인 것이다.

중국 공략 비즈니스 실전 가이드, 『정글만리』

소문난 독서가조차 한국소설에 별다른 관심을 갖지 않는 최근 독서문화에 비추어보자면『정글만리』(전3권, 해냄, 2013)에 쏟아진 한국독자들의 관심은 우선 반가운 일이다. 판매부수가 작품성을 입증하는 충분한 근거가 될 수는 없지만, 그럼에도『태백산맥』의 저자에 대한 기대치가『한강』이나『인간연습』등의 작품을 거치면서 점차 낮아진 사정까지 고려하자면,『정글만리』가 다양한 스펙트럼의 독자 확보에 성공했다는 사실에는 이의를 덧붙이기 어렵다.

『정글만리』는 소설 전체를 이끄는 주요 사건이나 중심 플롯 없는 에피소드 모음 형식을 취한다. 수출업을 위한 생산지로 중국을 선택한 중소기업의 형태로, 각국 기업의 지사로, 수출입 업무를 위한 무역상사로, 중국을 학문적으로 알기 위한 유학생으로 중국에 입성한 이들을 중심으로 중국의 문화를 소개하는 데 집중하며, 주요 시선을 경제적 맥락에 맞춘다는 점에서 특정적이다. 이런 점에서『정글만리』는 소설이라기보다는 중국 진출 비즈니스를 위한 실전 가이드나 여행 가이드 책자의 성격을 갖는다. 『정글만리』를 두고 이야기 형식으로 제시된 중국 공략 비즈니스를 위한 팁 정보지라고 말하는 것도 과장은 아닌 것이다. 비즈니스를 비즈니스로만 이해해서는 안 된다는 경고나 그에 따라 상대국의 문화와 역사에 대한 깊은 이해를 쌓으라는 권유는 말할 것도 없으며, 『정글만리』는 연줄, 뒷배, 네트워크라고도 하는 '꽌시'를 맺고 관리하는 법을 다양한 사례를 통해 알려주고, 중국에서 성공적 비즈니스를 위해 피해야 할 사항들이나 일상을 영위하기 위해 알아야 할 사항들을 소개한다. 중국 역사나 도자기나 차 문화 등에 대한 지루한 설명이 소설 곳곳에 사설처럼 삽입되어 있음에도 큰 거부감 없이 소설의 구성요소로 받아들이게 되는 것도 『정글만리』가 갖는 소개 책자로서의 성격과 무관하지 않다.

중국식 과장법을 동원하지 않더라도, 개혁개방 이후 경제 성장의 신화를 다시 쓰면서 글로벌한 정치경제적 영향력을 급상승시키고 있는 중국에 대한 관심은 폭넓게 확산되고 있다. 하지만 중국에 대한 다대한 관심에 비해 맞춤한 소개 책자가 많았다고 하기는 어렵다. 적절한 설명틀을 마련하는 데 불성실했다기보다 '넓고 크고 다양한' 중국을 하나의 관점으로 모으는 일이 쉽지 않았으며, 무엇보다 그만큼 중국의 변화폭이 컸기 때문이다. 이러한 관심의 근간에 급부상한 '중국 파워'에 대한 두려움과 호기심이 깔려 있다는 점에서, 『정글만리』는 "중국 경제가 정말 엄청나게 막강해진"(『정글만리』 2, 11쪽) 사정에 대한 경계의 시그널로서 독자의 요청에 맞춤하게 화답하고 있는 독서물인 것이다.

재미와 정보를 한꺼번에 제공하는 『정글만리』의 미덕은 독서의 몰입을 막는 불편한 요소들을 종종 부차적인 것으로 차치하게도 한다. 그러나 소설 전체를 관통하는 내셔널리즘적 접근법과 남성중심주의적 시선을 지엽적 문제로 치부해서는 곤란하다. 커피와 차를 서양과 동양의 취향으로, 중국에서 커피의 유행을 중국적 전통문화의 침탈과 파괴로 이해하거나 중국의 폭죽 터뜨리기 풍습을 타민족의 시선을 빌려 비판하는 소소한 지점들을 포함해서 자본의 이윤 추구로 압축되는 글로벌리즘을 저자는 민족 간의 대결 문제로서 다룬다. 『정글만리』는 중국에 진출한 한국인들을 조선족까지 포함해서 서로 도와야 하는 존재로, 국적이 다른 이들끼리는 경쟁해야 하는 존재로 다룸으로써, '동지와 적'이라는 양분적 대결 구도를 반복한다. 이에 따라 등장인물은 돈과 비즈니스를 대하는 민족성의 구현물이 되고, 중국을 '정복하고자 하는' 비즈니스맨은 국위선양을 하는 '애국자'가 된다. 저자의 이러한 인식의 출발지는 동아시아 인접국 간의 불편한 과거사인데, 이런 이유로 『정글만리』는 글로벌리즘의 논리를 강조하면서도 3국의 역사를 둘러싼 서술에서 민족 감정을 강하게 호명한다. 동아시아의 발전적 미래상과는 거리가 있는 내셔널리즘이 소설의 전면에서 두드러지는 이유다.

농촌을 떠나 도시 빈민층을 형성하며 임시직 노동과 강도 높은 노동을 떠맡았던 '농민공'의 존재와 마찬가지로, 중국의 성매매나 축첩 문제는 개혁개방 이후 중국의 비약적 발전의 부정적 산물이다. "중국에서 예쁘면서 몸매 좋은 여자들 절반은 관리들의 얼나이(첩)나 화류계로 빠졌다는"(『정글만리』 1, 241쪽) 표현에서 확인할 수 있듯이, 『정글만리』는 급격한 근대화가 풀무질한 신분 상승 열망이나 젊은이들의 이촌향도 현상을 중국의 신풍속도이자 중국 여성의 국민적 속성으로 환원해버린다. 설사 이것이 현실 풍경을 '리얼'하게 전하는 미덕을 가진다 해도, 신중국의 '여존남비화'에 대한 통탄이나 문란한 성의식에 대한 비난을 포함해서 '명품족과 매매춘족'만을 허용하는 이러한 여성관은 소설이 강조하는 교양인으로서의 비즈니스맨의 자세에 비추어보아도 지나치게 단선적이거나 시대착오적이다.

민족우월주의나 마초이즘에 대한 예민한 감각은 독자마다 다를 수 있다. 그러나 내셔널리즘적 시각과 남성중심주의가 글로벌리즘과 결합해서 나타나는 효과에 관해서라면, 이를 소설적 한계로서 치부하고 넘기기는 어려울 듯하다. 자본의 이동을 민족적 대결로, 여성을 상품화하는 자본의 간계를 여성의 문란한 성의식으로 환원해버리는 『정글만리』의 이해방식은 국경을 모르는 자본의 논리가 결국 특정계급을 위한 돈놀이임을 간과하게 한다. 글로벌한 계급 모순을 교묘하게 내셔널한 문제로 뒤바꾸는 자본의 둔갑술을 시대정합적 특성으로 이해하게 되는 것이다. 더구나 이러한 이해방식은 국가별 시차를 두고 이루어지는 근대화의 발전도식을 전면적으로 승인하게 할 뿐 아니라 서로 다른 내셔널한 상황에 대한 자본의 놀라운 적응력을 근대화가 불러오는 긍부정적 측면들로서 수용하게 만든다.

가령, 『정글만리』는 중국적 근대화의 치부들, 도시 공해, 공중도덕 미비, 부정부패, 언론 통제 등의 문제를 적극적으로 지적한다. 그것이 '한강의 기적'에 방불하는 압축 성장의 불가피한 부산물이라는 사실도 병기한다. 이러한 기술방식은 기술 도용 문제를 다룰 때에도 반복된다. 단순기술을 바탕으로 한 공장을 세우며 중국에 진출했던 한국 자본이 곧 기술을 습득하고 경쟁자로 나서게 된 중국 자본에 밀려 중국에서의 사업을 접고 마는 사태에 대해 저자는 "중국에서만 일어나는 특별한 배신행위가 아니"며, "그 방법의 원조이며 시범국이 바로 한국이었(『정글만리』 3, 111쪽)"음을 근거로 '지극히 자연스러운 현상'이라는 판단을 내린다. 간과하기 쉽지만 이러한 접근법은, 산업재해를 입고 불구가 되었으나 제대로 된 보상은커녕 치료도 받지 못한 채 회사로부터 외면을 당한 농촌 출신의 도시 빈민 노동자가 결국 분신자살을 하고 마는 사정까지도 근대화 과정에서 한 사회가 불가피하게 통과해야 하는 과도기적 경험으로 처리하게 한다는 점에서 문제적이다.

소설 곳곳에서 '중국의 기적'은 '한강의 기적'과 대비적으로 다루어지거니와 우리나라 "온 국민들이 힘을 합쳐 몸부림치며 하루 14시간 노동도 마다하지 않았던 결과가 기적적 경제발전이었"(『정글만리』 3, 266쪽)다는 식의 내셔널리즘적 시각으로 글로벌리즘을 이해해보려는 시도는

『정글만리』를 중국이라는 기회의 땅으로 나아가라는 격려를 담은 자기계 발서의 일종으로 읽히게 하며, 무엇보다 그 뒤편에서 한국의 개발 독재 시대 착취형 근대화에 대한 알리바이를 제공하게 된다는 점에서 심각한 위험성을 피할 수 없다.

철의 시대를 기억하라

1. 추상의 힘

김숨의 소설세계는 느리고도 느리다. 그의 소설은 언제나 그러하듯, 느리게 마모되어가는 생을 저속으로 재생한다. 고립된 개인의 유폐된 생을 말하는 것이 아니다. 『철』(문학과지성사, 2008)을 통해 작가 김숨은 얼굴 없는 다수, 익명의 그들로 이루어진 한 사회를, 아니 한 시대의 기척 없는 마모를 그 속도 그대로 포착한다. 현실의 사소한 일면들을 과감하게 생략하고 앙상한 얼개와 골조를 드러내는 김숨 특유의 추상 능력은 『철』에서도 여지없이 발휘된다. 그로테스크한 빛깔을 덧입은 노동과 계급문제 역시 김숨의 손을 거치면서 입자 거친 목판화의 질감을 마련한다.

그간 친숙해진 김숨의 소설들처럼 『철』에는 다이내믹한 서사도 뚜렷하게 형상화된 캐릭터도 없다. 내면 없는 인물을 향한 작가의 시선은 언제나처럼 연극적 거리를 유지하면서 소설 전체를 피동형 문장들과 끝없이 이어지는 하루치의 생애들로 채워넣는다. 조선소와 함께 만들어진 『철』의 시간, 조선소가 세워진 이후의 소설적 시공간은 내일이 어제 같은 일상의 반복일 뿐이다. 그리하여 김숨의 소설이 오롯이 보여주는 것은, 곳곳에

낭자한 붉은 피에도 불구하고, 온기 없이 연속되는 노동뿐이다.[1]

『철』에서는 종종 조선소가 세워진 이후의 날들이 연도를 거듭하며 정확한 햇수로 제시되고, 급격하게 증가하거나 줄어든 조선소 노동자의 수가 엄밀한 수치로 헤아려진다. 조선소가 세워진 지 '이십오 년째' 되던 해에는 혈기왕성한 노동자가 새로 요청되었고(219쪽), 조선소로부터의 노동 박탈이 최초로 일어난 이후에는 한때 천 명에 달하던 조선소 노동자가 "오백스물두 명"으로 점차 줄어들었으며, 조선소가 생겨난 지 '삼십이 년째'가 되던 해에는 남은 조선소 노동자가 정확하게 '아흔두 명'에 불과하게 되었다(237쪽). 그러나 『철』이 제공하는 수치들은 정확도와 무관하게 개별적이고도 특정한 고유의 의미를 가지지 않는다. 오히려 의미 바깥을 떠돌면서 개별 사건 자체를 무의미의 구조 속에 밀어넣고 결국 줄어들거나 늘어나는 변동의 거대한 경향성만을 가시화한다. 그것마저도 삶 일반의 파고(波高)이거나 자본주의 자체의 운동으로 추상화된다.

작가 김숨은 특정한 공간을 중심으로 멈춘 듯이 흘러가는 시간을 무심한 듯 요령 있게 추상하고, 되풀이될 수 없는 사건 혹은 그 구체적 개별성을 걸러내면서, 그렇게 시간의 흐름을 한 세대 단위의 역사 변천사로 압축한다. 김숨의 소설세계가 본질을 유지하면서도 스스로 진화하고 있다면, 그 동력은 메마른 골조를 끄집어내고 시간의 뼈를 보여주는 바로 그 추상화 방식에서 마련된다.

2. 사후적 진실, 자본의 애니미즘화

현재 우리는 집단적 행위 주체의 존재 가능성을 회의한다. 계급 혹은 계층의 구분이 임금과 하부구조에 의해 결정될 수 없음을 안다. 계급을 구분할 수 있는 토대로서의 경제구조라는 틀은 이미 시대정합적 의미를 상당 부분 상실했다. 우리는, 비가시적 미디어의 힘이 가장 세고 소비문화의 광풍에 계급적 구분 자체가 무의미해진 시대를 살고 있다. 그러나 사실, 키우던 닭들이 폐사하고 풀을 뜯던 염소들이 땅에 뿔을 박고 죽어가던 시간은 생각보다 가까운 우리의 과거사다. 그 시간은 경제 개발 계획과 수치화된 GNP로 압축되는 자본주의 발전사이자 그리 오래되지 않은 우리의 근대화의 역사다. 『철』이 보여주고 있으며 음울한 이미지로 재현하고 있는 것은, 지나온 한국의 근대화, 산업화, 자본주의화의 일면이다.

『철』에서는 마을 북쪽에 조선소가 들어서기 전과 후의 변화가 압축적으로 도해된다. 그 변화는 매우 현격한 것이었다. 가령 조선소가 들어서기 전까지, 즉 산업화 단계에 진입하기 전까지 그곳은 그저 '똥값'에 불과한 버려진 땅으로, "순전히 자갈밭이었"고 "경사가 심한데다 흙이 메말라 밭농사도 지을 수 없는 황무지였다".(14쪽) 그러나 그 땅에 조선소가 세워지고 얼마 지나지 않아 그 마을 전체에서 굶어죽거나 얼어죽는 사람이 순식간에 사라지게 된다. "시장은 온종일 장을 보려는 여인네들로 북적거"리게 되고 "골목마다 아이들이 시끄럽게 뛰어"놀게 되며, "조선소 노동자를 가장으로 둔 집들은 지붕을 슬레이트로 올리고 제대로 된 담을 쌓"을 수 있게 된다.(44~45쪽) 바야흐로 노동과 자본의 교환구조가 성립되면서 먹고사는 문제에 안전장치가 마련되었다.

새롭게 맞이한 산업화 시대가 불러들인 일상의 변화, 그 질적 변전은 우리의 자본주의사가 말해주듯 생계가 보장되는 것이자 가난과 굶주림에서 벗어나는 것이며, 무엇보다 행복을 추구할 수 있는 가능성이 열린 것을 의미한다. 김숨식으로 말하자면 소고기만큼 귀했던 말린 가자미를 아침저녁으로 밥상에 올리는 것이자(42쪽), 황홀한 맛에 신음이 절로 나오는 백설탕의 맛을 알게 되는 것을 뜻한다(44쪽). 때문에 마을에서 노동은 '먹을 것'과 '입을 것'을 구할 수 있는 수단을 넘어서서 일종의 구원이자 축복이고 종교적 신성성을 부여받은 어떤 것이 된다. 자본주의 발전사가 말해주듯, 철의 시대는 가난의 밑바닥에서 마을을 구제할 수 있는 전지전능이다.(22쪽) 물론 그것이 눈먼 전지전능이었음을 깨닫게 되기까지는 꽤 많은 시간이 경과해야 한다.

철의 시대가 개막됨으로써 조선소로 상징되는 근대화의 한 면이 열린다면, 마을 북쪽에 조선소가 들어서고 철선을 만들기 위한 용광로에 불이 지펴지던 날에 『철』을 통해 펼쳐진 것은 근대화의 감출 수 없는 다른 얼굴이었다. 용광로에 불이 지펴지는 그 순간은 긴 안목에서 보자면 살아 있는 생명체를 제물로 바치면서도 꺼꾸러뜨릴 수 없는 괴물이 탄생하는 시간이었다. 『철』의 마을은 괴물 혹은 불타오르는 용광로와 함께 '자연'이 생존할 수 없는 '이후'의 시간으로 넘어가야 했다. 자본주의의 운명이 곧 마을의 운명이 되었다.

노동이 더이상 구원도 축복도 선도 아니며 단순하고 고된 하루하루를 통한 마모임을 깨닫게 되는 것은 황개남의 아들 황영태가 그렇게 거부했음에도 결국 조선소 노동자가 될 수밖에 없는 시간, 말하자면 조선소 노동자가 되어야 하는 운명을 받아들일 수밖에 없는 시간, 그 한 세대의 시간이 흐른 뒤다. 그때서야 마을이 "조선소가 들어서기 전과 딴판으로 달라져 있"(222쪽)음을 그들은 뒤늦게 깨닫는다. 조선소에서 나오는 임금으로 곡식과 고기를 얼마든지 사 먹을 수 있으므로 "먹고살기 위해 농사를 지을 필요도, 가축을 기를 필요도 없"다고 믿었으며, "자갈과 잡초를 골라내가며 힘겹게 일궈"야 했던 밭이 반나절도 채 걸리지 않아 갈아엎어질 수 있는 힘과 속도에 경탄했었지만(79쪽), 그것이 다가 아니었음을 그제야 알게 된다. '쇠'가 함께 불러온 '녹'은 그곳을 더이상 농사를 지을 수도 가축을 기를 수도 없는 불모의 땅으로 만들고 있었다. TV와 전화기가 집집마다 생겨나는 속도로 빚과 술집과 식당도 한없이 늘고 있었다. 그들은 한 세대의 시간이 흐른 뒤에야 그 사실을 알게 되었다. 그나마도 그 변화의 내용과 의미에 대해서는 어렴풋하게만 알 수 있었다.

조선소가 세워지던 그때, 그들은 쇠를 신봉했기 때문에 감수해야 할 대가, 그들의 목숨을 건 선택의 결과를 알지 못했다. 쇠가 조선소 노동자들의 삶을 지탱시켰다면, 그 삶을 뿌리까지 썩어들게 한 것이 쇠와 함께 마을로 들어온 녹이었다는 사실, 안타깝게도 그것은 더이상의 노동이 불가능할 뿐 아니라 피를 토하고 죽어야 하는 그때가 되어서야 알 수 있는 사후적 진실이었다.(123쪽) 감지할 수 없을 정도의 느린 속도로 김숨의 소설이 보여주고 있는 것이 바로 이 근대화 혹은 자본주의사의 앞뒷면이다.

3. 노동의 신성화, 확성기 자본주의

마을에 세워진 조선소는 '쇠'로 상징되는 자본의 애니미즘화를 알리는 서곡이다. 또한 자본이 불러온 근대화의 시간 터널을 지나면서 노동을 갈구하고 신성시했으나 결국 그로부터 박탈될 운명에 놓였던 존재들의 미래를 암시하는 암울한 전주곡이다. 『철』은 한 마을에 조선소로 상징되는 산업화의 물결이 밀려오면서 생겨난 변화들에 대한 보고서이자, 조선소와 함께한 마을의 흥망사인 것이다.

물론 『철』의 노동자가 노동에 집착한다고 할 때, 그것은 노동 일반이라기보다 한국의 산업화 과정과 특정한 관련 속에 놓인 노동이다. 노동에의 집착이라는 문제에서, 『철』의 이야기가 공동체의 구성원에 관한 것이 아니라 '마을' 자체의 흥망사라는 사실에 유의할 필요가 있다. 조선소가 마을에 요구하는 것은 노동자의 노동이 아니라 주체의 개별성과 무관한 노동 자체였다. 『철』이 세대 단위의 분절을 가늠할 수 있는 물리적 시간을 다루면서 마을의 변화를 포착하고 있다고 할 때, 그 변화는 행위-주체의 자발성과는 전혀 관련이 없으며, 그저 마을과 같은 전체 단위를 통해서만 비교되고 평가될 수 있는 것이었다. 조선소 노동자가 되기 위해 고향을 떠나온 '김태식'의 경우가 정확하게 보여주듯, 마을 단위의 변화는 그에게 복된 귀향을 안겨주지 않았고 한국의 산업화는 그런 일에는 관심조차 없었다.

자본주의 발전사는 개인에게 상대적 우월감 혹은 박탈감 외의 개인이 실감할 수 있는 발전의 실질적 내용을 제공하지 않는다. 이는 자본주의 발전사의 이면이 보여주는 부정할 수 없는 진실 가운데 하나다. 노동하는 개미일 뿐인 조선소의 노동자는 그(/그것)가 속한 사회가, 지역이, 국가가 부강해지는 동안, 그것을 엄청난 속도로 가능하게 하는 배터리일 뿐이다. 노동자란 노동과 자본의 교환구조를 원활하게 움직이게 하는 유기체 동력이므로, 여기서 반드시 유지되어야 할 것이 있다면 노동의 연쇄뿐이다. 자본주의 발전사가 말해주는바, 배터리의 교체와 폐기는 상시적으로 손쉽게 이루어질 수 있고 또 그래야 한다. 자본의 편에서 보면 그렇다.

노동에 강박적으로 집착했으나 결국 노동에서 소외될 수밖에 없는 존재를 보여주는 작가 특유의 '반복-전도' 기법과 그 효과가 『철』에서 그리 뚜렷하지는 않은 편이다. 아마도 그것은 『철』의 관심이 물화된 존재들 자체라기보다 자기소외로 귀결될 노동문제로 향해 있기 때문일 것이다. 김숨의 소설에서 개별 존재들의 정물-화 과정보다 중요한 것은 그저 하나의 덩어리가 되어버릴 뿐인 노동하는 존재들이다. 이들은 각성을 통해 다시 태어날 수 있는 '주체'가 아니다.

작가 김숨은 노동자에게 연민의 정서로 다가가지 않는다. 그렇다고 집합적 의미로 전화되는 주체라는 관점에서 노동자를 그려내지도 않는다. 이는 노동자를 복원하는 소설에서 만나기 힘든 접근방식인데, 김숨은 그들을 철저한 산업화의 동력원으로 그려낸다. 우리의 염원과 달리, 『철』에서 노동자들은 결국 노동을 박탈당하고, 자본주의 체제를 유지하는 유기체 동력원으로서의 역할조차 폐기당하고, 소멸해간다. 이것이 조선소 노동자 다수의 삶이었음을 김숨은 건조한 시선으로 풀어낸다. 노동에 관한 한 소설의 어디에서도 노동자들의 개별성을 발견할 수 없는 것은 이러한 접근방식과 연관된다. 『철』의 인물들이 '어떤' 관계, 정확하게 말하자면 친족을 중심으로 한 관계도의 선분 위에서만 존재하는 것도 개별성 없는 비(非)-주체로서의 그들의 존재가치를 보여주는 날카로운 대목이 아닐 수 없다. 『철』에서 존재로서의 개별성을 확보할 수 없는 인물들에 대한 정보는 다음과 같은 아주 간략한 '관계도'를 통해 정리되곤 한다.

> 양금영은 양순영과 자매지간이었고 아직 처녀였다. 그녀들은 시장에서 국수 장사를 하는 오덕순의 딸이기도 했다.(28쪽)

이 관계도를 통해 꼬리에 꼬리를 물고 새로운 인물들이 계속 등장하며, 가족에서 이웃으로 그리고 친족으로 그 범주가 점차 확장되면서 노동자 계보가 만들어진다. 물론 타지 사람들이 한 집 건너 한 집에 살 만큼 넘쳐났으며 이웃 간의 악의에 차고 우스꽝스러운 싸움이 빈번했지만, 조선소의 노동자가 되기 위해 이 마을에 들어온다는 것은 노동을 갈구한다는 것이며, 결국 그것은 이 관계도의 일원이 되기를 염원한다는 것을 의미했다. 타지에서 조선소의 노동자가 되고자 마을로 온 김태식이 있었다면, "죽었다 깨어나도 조선소 노동자가 될 수 없"(29쪽)던 꼽추가 있었다. 아이러니하게도 마을의 여자와 결혼해서 정착하고자 한 그들, 김태식과 꼽추가 공통적으로 염원했던 것이 바로 이 계보의 일원인 조선소 노동자가 되는 것이었다.

물론 '조선소 노동자' 황개남의 '아내' 양순영의 '여동생' 양금영처럼, 때로 어떤 이들은 조선소 노동자 혹은 그들의 아내로서의 삶을 거부하기도 했다. 그들의 거부의 제스처는 이 계보로의 편입을 거부하는 것이자 개별 주체로서의 가치를 지키려는 열망의 표출이었다. 하지만 소설에서 그들의 열망이 실현된 예를 찾을 수는 없다. 욕망과 자본 그리고 노동의 연쇄로의 편입을 거부할 수 있는 자, 그때 그곳에는 없었다. "당장 밥 걱정"(131쪽)으로 압축되는 먹고사는 것에 대한 욕망조차 실현할 수 없었던 그들에게 다른 선택지가 있을 수 없었고, 그것 외에 어떤 요구도 관계도의 일원들에게 수용될 수 없었다.

4. 소문과 침묵 사이, 탄핵하는 시선

『철』의 표면에서 조선소 마을을 움직이는 가시적인 힘 혹은 그 주체를 발견하기는 어렵다. 소설은 그 힘의 실체를 직접적으로 드러내지 않으며, 우회적인 영향력으로만 암시한다. 이러한 방식으로 떠도는 소문을 통해 진실이 은폐되고 왜곡되는 장면들을 고발한다. 마을 사람들은 조선소나 '조선소의 주인 되는 자' 그리고 조선소에서 만들어진다는 '철선'에 대해서 '소문'으로밖에 접근할 수 없으며, 조선소에서 다시는 돌아오지 않은 많은 남자들의 생사 여부나 귀환 여부도 끝내 밝혀지지 않고 모두에게 망각되고 만다.

> 도대체 수백에 달하는 조선소 노동자들의 손을 부리는 자가 누구인가?
> 그렇지만 조선소 노동자들조차 조선소의 주인 되는 자가 누구인지 알지 못했다. 조선소 곳곳에 내걸린 파란색 확성기들만이 근면, 성실, 진보, 지향을 외치며 조선소 노동자들을 부리고 있을 뿐이었다. 조선소 노동자들은 다만, 파란색 확성기 저 너머 어딘가에서 조선소의 주인 되는 자가 자신들을 지켜보고 있을 것이라고 믿었다.(47~48쪽)

보이지 않는 힘에 대한 이야기는 소문으로만 떠돌고 결국 침묵으로 귀결된다. 그리고 그 시간 동안 『철』의 마을은 서서히 북쪽 대도시와 방직 공장 천지인 서쪽의 도시, 그리고 화학 공장지대인 남쪽의 도시와 다르지 않은 그렇고 그런 곳이 되고 만다. 그리고 바로 그 그렇고 그런 곳이 되는 사이, 그 소문과 침묵 사이에서, "다들 잠든 늦은 시간에 예고나 통보도 없이"(183쪽) 조선소에서 모자란 쇠를 충당하기 위한 쇠 징발이 시작된다. 호시절이 끝났고 용광로의 괴물성이 그 실체를 드러낸 것이다.

용광로가 허기진 짐승처럼 끊임없이 쇠를 원했다면, '쇠'를 무서워하지 않는 존재, '그저 다들 미쳐서는 쇠에 환장을 해대는 꼴'을 비웃을 수 있는 유일한 인물은, 만물의 허상을 꿰뚫어보는 눈의 소유자이자 "외지에서 흘러든 떠돌이 이발사"(195쪽) 꼽추뿐이었다. 꼽추의 존재는 소설 전체를 관장하는 '하나의' 시점으로 기능한다. 엿보고 엿들을 수 있는 현실적 시선인 꼽추는 마을의 비밀을 엿보는 자, 코러스를 엿들을 수 있는 자로, 이런 점에서 꼽추가 스스로를 조선소의 주인이라거나 배의 주인이라고 떠벌린 것은 그리 이상한 일도 아니다. 그는 자신의 등짝에 달라붙어 있는 커다란 혹처럼 마을의 폐기할 수 없는 잉여가 되어, 보이지 않는 무언가를 맹목적으로 믿는 광신의 세계를 존재 자체로서 고발한다. 작가는 고리대금업을 통해 냉소와 무관심, 잔혹함과 야비함과 같은 자본주의가 내장한 혐오스러운 특징들을 고발한다. 고리대금업자인 꼽추를 통해 자본의 축적이 은폐하고 있는 어두운 이동 경로를 가감 없이 폭로한다.

파놉티콘(panopticon)의 자기-감시 체계 내부에서 꼽추는 고리대금업자의 역할을 떠맡으면서 노동과 쇠의 세계를 들여다볼 수 있게 하는 투명창으로서 기능한다. 하지만 꼽추의 시선 역시 쇠 우리(iron cage)의 광기를 벗어난 곳으로 우리를 이끌지는 못한다. 이런 점에서 꼽추의 시선은 하나의 트릭인지도 모른다. 어쩌면 꼽추야말로 철저하게 물신화된 형태로 화폐의 힘을 맹신하면서 자본의 세계를 이면에서 떠받치는 역설적 역할을 수행하고 있었던 것인지 모른다. 화폐가 보이지 않는 권력을 획득할 수 있게 해줄 것이라는 순진한 믿음이 '관계도' 바깥의 삶을 유지할 수 있게 하는 동력이었지만, 꼽추의 돈뭉치와 땅문서를 바스러져 날아가게 했던 것은 결국, 녹 덩어리가 다 된 틀니들, 아니 녹으로 뒤덮인 쇳덩어리였던 것이다.

김숨은 이 과정의 연쇄들 속에서 쇠 우리의 광기가 벗어던질 수 없는 틀니처럼 우리의 살에 깊숙이 박혀들어오기 시작한 시점이 언제인지를 반추하게 하며, 새삼 그 공포의 시공간을 환기한다. 매우 우회적인 방식으로, 『철』은 박정희식 근대화와 함께 급속도로 진전된 한국사회의 판옵티콘화를 김숨만의 방식으로 고발한다.

5. 아버지 혹은 사회적 상상력의 갱신

김숨이 다른 자리에서 예견했듯이,[2] 두번째 장편소설 『철』은 첫번째 장편소설인 『백치들』(랜덤하우스코리아, 2006)과 마찬가지로 아버지에 대한, 아버지를 위한 이야기이다. 『백치들』을 통해 중동 근로자로 떠났던 아버지 세대를 호출한 작가 김숨은 『철』을 통해 선박 노동자가 되기 위해 울산에 가야 했던 아버지 세대의 다른 역사를 기억해낸다.

김숨은 언제나 그로테스크한 장치들을 활용하면서 자신만의 기억의 방식을 만들어낸다. 무쇠 가위를 철컹거리며 백설탕을 탐했던 노인, 커다란 혹을 달고 틀니를 해 박는 이발사이자 고리대금업자였던 꼽추, 광포다리 아래에서 아버지가 조선소 노동자임을 앵무새처럼 반복했던 쌍둥이, 무쇠 식칼에 열광하는 마을의 여자들, 쌍둥이의 죽음에 대한 언급이 단적으로 보여주듯이, 그로테스크한 이미지와 장치를 활용하는 방식은 김숨 소설의 특장이다. 아버지 세대의 역사를 기억하는 자리에서도 작가의 특기는 빛을 발한다. 만국박람회의 떠들썩한 축제 분위기는 사라진 지 한 달 만에 발가벗겨진 채 죽은 비둘기들에 뒤덮인 모습으로 발견된 쌍둥이로 기억된다. 아버지 세대의 역사를, 김숨은 만국박람회가 숨긴 추악한 이면으로, 자본주의의 화려한 축제 뒷면으로 기억해낸다.

그간 한국의 근대화 과정을 기억하고자 했던 다양한 접근들이 아버지 세대에 대한 뿌리칠 수 없는 향수에 젖거나 숨길 수 없는 혐오로 그 세대에 대한 이야기를 폐기했던 것이 사실이다. 아버지와 그 세대를 기억하는 김숨의 방식은 이전의 방식들 가운데 어느 한쪽에도 속하지 않는다는 점에서 흥미롭다. 김숨은 일방적으로 따져 묻지도 손쉽게 연민하지도 않는다.

고백하자면, 『철』의 세계는 프루스트의 마들렌처럼 박정희식 근대화의 시간을 지나왔던 나의 일상을 단박에 파노라마처럼 끄집어내는 회상 기제였으며, 그를 통해 나는 완전히 망각했던 그 시절의 일상이 퍼즐처럼 짜맞춰지는 기시감을 경험했다. 때로 분노나 깨달음으로, 가끔 아련한 추억의 풍경으로 모두가 가난했던 그 시절이 나에게 왔으며, 그리하여 나는 작가 김숨의 손길을 통해 마련된 그 풍경들을 공감의 정서로 들여다보게 되었다. 그 풍경을 통해 나는, 개체로든 집단으로든 단 한 번도 온전한 주체가 될 수 없었으며 그럼에도 전적으로 사물-대상으로만 존재한 것도 아니었던 존재들, 한국의 자본주의 발전사와 생애 주기 혹은 생의 주요한 시간들을 함께해야 했던 아버지 세대, 그들의 행복하고도 불행했던 과거사의 양면을 동시에 만날 수 있었다.

자본을 통한 물신화 과정과 자본주의 발전사 그리고 개별 도시의 운명에 관한 서늘한 진실을 그로테스크한 장치들로 탈색화함으로써 김숨의 소설이 잡아채는 것은, 결국 타자라고도 명명할 수 있는 그 시절의 존재들, 노동으로부터 소외되고 결국 자기소외된 우리의 가족과 이웃 그리고 친족의 얼굴 없는 삶이다. 김숨의 소설에서 타자의 범주는 개별적으로는 형체를 잃지만 집합적으로는 자본과 노동 그리고 계급의 층위에서 짱짱하게 조여 있다. 이런 점에서 우리는 김숨의 소설이 이미 지나치게 낡은 것이 되어버린 사회적 상상력의 갱신 가능성을 보여준다고도 말할 수 있을 것이다.

과거를 바라보는 김숨의 시선은 언제나 과거 자체에 대한 미미한 자리 이동에서 시작된다. 그러나 그 위치 변경의 유의미함이 결코 작가 김숨에게만 한정된 것으로 끝나지 않는다. 김숨의 소설이 결국 나를 포함한 독자에게 철의 시대에 대한 기억과 재고를 촉구하게 되는 것은 이러한 과정 속에서다.

우아하거나 수동적인 가부장의 유령들

1. 그래도, 가족

서하진의 소설은 한결같이 '가족'을 말한다. 물론 '가족'을 말하는 방식은 다 다르다. 『책 읽어주는 남자』(문학과지성사, 1996) 이래 그래왔듯, 그의 소설은 타인의 시간을 사는 그림자 인생들의 일상을 들여다보며, 허깨비 인형들이 토해내는 말해지지 않는 열기를 감지하고, 그들이 부여잡고 있는 자기환각의 베일을 벗겨낸다. 그러나 서하진의 가족은 분석이 까다로운 블랙박스와 같아서 응축된 몇 가지의 접근법을 통해 손쉽게 도해되지 않는다. 언젠가 행복했던 부부들의 유리파편 같은 일상들, 매끈한 일상의 안쪽에 깃들어 있는 폭력의 논리들, 일상에 의해 은폐되고 사라진 꿈에 대한 열망들, 권위적인 아버지에게서 속물적인 남편에게로 인계되는 수인(囚人)들의 절망들. 서하진은 이것들을 각기 다른 방식으로 엮어내고 끝나지 않을 것 같은 가족-일상의 이야기를 새로운 판본으로 다시 쓴다. 이를 통해 아무런 문제가 없는 '듯한' 일상, 바로 그것이 피할 수 없는 악몽인 그들의 존재감을 돋을새김하고, 자기변명이나 폭로의 형식을 취하는 식의 '상식'과 '편견'에 붙들리지 않고 '소시민' 혹은 '중산층'으로

지칭되었던 존재들의 다층적인 결을 살려낸다. 이렇게 서하진의 소설은 오정희식의 불온한 위반에의 열정과 박완서식의 중산층의 속물성에 대한 날선 자기비판의 계보 아래 놓이지만, 동시에 '중산층' 가족-일상의 이야기 속에 나약하면서 영악하거나 속물적이면서 이기적인 속성 이상의 것을 담는다.

현실이야 어떻든 소설에서 더이상 가족 따위를 다루는 것이 치욕인 듯 여기는 작가군이 등장한 지 오래다. 어느새 경제적으로 독립한 자발적 독신자들, 고독하고 비루한 이들의 원룸-옥탑방 의식이 세대감각을 장악한 지 오래다. 그러니 이제 아버지-어머니, 남편과 아내로 이루어진 가족에 대해 말하는 것은 현실감각의 지체를 표명하는 표식이 될 수도 있을 것이다. 그러나 쇄신의 감각을 온몸에 휘감고 가족 이야기를 저편으로 밀쳐버린다 해도 여전히 문제는 '가족'이다. 근대가 '개인'의 시대라는 믿음이 신화라면, 현대사회에서는 가족이 해체되었다는 믿음 또한 신화다. 인간은 어떻게 '사회적인' 존재로 호명되는가. 우리가 '우리'일 수 있는 대표적인 방식 가운데 하나는 여전히 아버지-어머니, 아들과 딸, 남편과 아내라는 매듭을 통해서다. 이제 우리는 '가족'을 버려야 할 낡은 관념으로 치부해야 하는가. 여성문학의 의미를 소리 높여 떠들던 뜨거운 시절이 지났다고 해서 여성문학의 가치 자체가 퇴색되었다고 말할 수 있는가. 소설적 쇄신과 문제적 현실의 스펙트럼은 언제나 반쯤만 겹칠 뿐이다. 그러니 좀더 엄밀하게 질문할 필요가 있다. 서하진의 경우는 어떠한가. 그는 어떤 '가족'을 말하고 있는가. 끝나지 않을 판본으로 다시 씌어진 서하진의 '가족'은 대체 어떤 가족인가. 아니 왜 가족인가.

2. 타인의 시간을 사는 가면 쓴 존재들

서하진 소설의 인물들은 분명 이름을 가진다. 적어도 작가가 나서서 부러 인물들의 익명화를 부추기지는 않는다. 그럼에도 그들에게는 이름이 없기도 하다. 서하진 소설 『요트』(문학동네, 2006)에서 그들은 그저 "희정씨, 민정씨, 아니 희연씨 등으로 불리던"(99쪽) 희수, 그러니까 희정이거나 민정이거나 희연이 될 수 있는 희수일 뿐이며, 매트릭스가 지정하는 위치를 통해서만 규정될 수 있는 존재들이다. 그들의 윤곽이 가장 분명해지고 형상이 가장 명료해지는 순간은 사실 그들의 자리가 그들을 규정할 때이다. 그들이 '아버지'와 '어머니', '남편'과 '아내'의 이름으로 등장할 때, 이상적 자아상이 뚜렷해지는 바로 그 순간, 그들은 미약하나마 독자적인 캐릭터로 살아남을 수 있는 가능성을 부여잡게 된다.

문제적인 지점을 특화하는 소설 장르의 속성에 비추어보아도, 소설이란 본래 냉소적이거나 비관적 태도와 연동하기 쉽다. 수많은 소설들이 '무엇을' '어떻게'에서 차별화될 뿐, 세계에 냉소하거나 비관한다고 말한다면 지나친 단순화가 될까. 어쨌든, 서하진 소설의 출발점은 가족이며, 당연하게도 가족에 대한 서하진의 입장은 매우 비관적인 편이다. 일단 이 가족은 자신의 자리에 충실해야 유지될 수 있는 제도 혹은 비가시적인 힘의 논리로 이해된다. 서하진의 소설에서 '가족'은 그들을 그들이게 하지만 또 자기소외를 경험하게 하는 것이기도 하며, 부양해야 할 짐이며(「꿈」), 협잡과 위협의 장이기도(「농담」) 하다. 그렇기 때문에 대체로 서하진의 인물들에게 가족은 피할 수 없는 '유사(pseudo)-운명'쯤으로 받아들여진다. 이로부터 모든 불운이 시작되고 그 끝에서 체념적 슬픔이 번져나오게 된다. 당연하게도 '유사-운명'과도 같은 가족이라는 틀은 '가슴 깊은 곳에 잠겨 있는 선혈 같은 욕망'의 소유자들뿐만 아니라 자신의 이상적 자아상을 내면화하고 삶을 하나의 기획으로 받아들이는 아버지들에게도 적용된다. 자신의 분열을 받아들이고 자신에게 주어진 자리를 가면 쓰듯 받아들이지 않는다면 그들이 이 매트릭스 안에 존재할 곳은 어디에도 없다.

그렇다면 우리는 서하진의 인물들을 무엇이라 불러야 하는가. 그들은 누구인가. 호명 이전에 '진정한' 무엇이/누가 존재한다는 믿음은 기만이기 쉽지만, 호명의 방식을 내면화할 때만 그들이 존재할 수 있는 것도 아니다. 어쩌면 그들의 존재방식에 대한 질문은 전적으로 달라져야 하는 건지도 모른다. 그들이 누구인지는 아무도 모른다. 확인할 수 있는 것은 '그들이 어디에 있는가'일 뿐이다. 그들은 '어디에 있는가'. 호명 이전인가 이후인가. 틀 '안'인가 '위'인가. 이 미세한 차별적 지점들이 아마도 유일하게 그들을 구별 가능하게 하는 표지가 아닐까. 이런 식으로 보자면, 위반에 대한 열망이든 도발적인 월경(越境)의 행위이든, '틀'에 대한 사유는 한 개인의 의지나 혹은 심리 차원에서 논의될 수 없다. '가족'에서 출발하는 순간, 서하진의 인물들은 누구나 틀 안에 갇힌 자가 되며, 틀이 제공한 안정감과 상실감 사이에서 부유하게 된다. 그들이 '가족'이라는 틀과 그틀이 휘두르는 억압논리를 뿌리칠 수 없는 '운명'으로 받아들이게 되는 것은 결코 그들의 체념적이고 수동적인 개별 성향 때문이 아니다.

'가족'이라는 이름의 이 틀은 구성원들에게 힘의 논리에 의해 분배된 각기 다른 자리를 배정하며 이 힘의 균형은 매번 새롭게 재조정된다. 그러나 틀이 새롭게 재조직된다고 해도 틀을 유지하는 힘의 총량은 불변한다. 반복되는 것은 넘어설 수 없는 틀 혹은 금지의 부표가 틀의 논리를 강화하게 되는 메커니즘 자체다. 금지의 내용물은 그리 중요하지 않다. 그러므로 틀을 부인하거나 외부를 상상하는 것, 틀을 망각하거나 체화하는 것, 틀에 대한 이러한 접근법은 얼핏 매우 이질적으로 보이지만 거울의 역상처럼 유사한 것이기도 하다. 틀의 논리는 각각의 위치에서 행사할 수 있는 힘의 불균등과 무관하게 예외 없이 적용되기 때문이다. 가령, 실제의 아버지 자신이 '아버지'의 자리에 저항하건 충실하건 '아버지'의 자리가 행사하는 힘의 논리에는 어떤 흠집도 남기지 못한다. "불평이나 불만이 없으며 남다른 욕망도 바람도 없"(102쪽)이 살던 「농담」의 '희수'와 일상의 궤도에서 튕겨나가 파멸의 구덩이에 스스로 걸어들어간 「비망록(備忘錄), 비망록(悲忘錄)」의 '아버지'의 삶은 접었다 펼친 물감 그림처럼 그 존재 형식에서 닮아 있다. 누구든 어떤 방식으로 살든 이들은 모두 틀에 사로잡힌 가면 쓴 존재들이다. 우리들 모두가 그러하듯, 가면 쓴 그들은 틀 속에서 그렇게 타인의 시간을 살게 된다.

　서하진의 소설에서 가족은 구체적 형상물로서의 가족만을 의미하지 않는다. 인간 존재를 가능하게 하는 최소한의 관계이자 가부장제 이데올로기 자체이기도 하다. 우에노 치즈코가 단언한 바 있듯이, '가족'이라는 제도의 역사적 형태는 '가부장제'이며, '가족'과 '가부장제'는 공히 성과 세대 사이에 억압적 차별구조를 기입한다.(『가부장제와 자본주의』, 녹두, 1994) '가부장'을 중심으로 하는 '가족'구조의 근본원리에 대한 관심이 곧바로 페미니즘적 지향을 드러내는 것이라는 오해를 피할 수 있다면, 서하진의 소설은 한국사회에서 가족이라는 제도를 존속시키는 근간, 그 강고한 '가부장'의 수많은 단층들을 다룬다고 말해야 한다.

3. 정열이 객관화되는 시간, 그것은 정열이었을까

　'아버지'에 관한 한, 소설집 『요트』는 전면적이라고 해야 할 변화를 보여준다. 서하진의 이전의 '아버지/남편'이 가부장제가 요구하는 역할에 충실한, 그래서 독선적이고 속물적이며 그렇기 때문에 가족을 지켜나갔던 존재들이었다면, 『요트』에서 그런 '아버지/남편'을 찾기는 거의 불가능하다. 오히려 아버지 다수가 아무런 미련 없이 가족을 떠나거나(「비망록, 비망록」「꿈」), 미지의 세계를 떠돌 수 있는 '방랑자'를 꿈꾸고(「요트」), 어린 시절의 꿈을 이루기 위해 급작스럽게 사표를 내던진다(「퍼즐」). 그들의 가출은 갑작스럽게 찾아든 '사춘기'와 같은 것이어서, 인과논리로 설명이 불가능한 삶의 부조리함과 연관되어 있는 듯하다. 말할 수 없는 혹은 말해지지 않는 영역이 오히려 삶의 전부일 수도 있음을 말해주는 「비망록, 비망록」을 통해서 확인할 수 있듯, 이 부조리는 '왜'를 물을 수 없는 삶의 부조리이기도 하며, 이런 의미에서 「비망록, 비망록」의 아버지의 가출은 불가해성으로 상징되는 삶의 부조리의 결과를 대표한다.

「비망록, 비망록」의 아버지가 아들인 '동우'에게 보내온 연애일기에 의하면 옆집 여자에 대한 아버지의 돌연한 열정은 옆집 여자의 "텅 빈 눈"과 "텅 빈 얼굴"(60쪽)이 불러온 "가슴 한곳에서 무언가 무너지는 소리"(64쪽)로부터 '충동적으로' 시작되었다. 허깨비 같은 삶을 사는 옆집 여자에 대한 아버지의 열정은 연민이나 구원의 제스처만은 아니었지만, 몰아지경으로 휩쓸려들어가게 한 제어할 수 없는 충동도 아니었다. 그는 자신의 선택이 아내에게 가할 고통의 강도까지 짐작했으며 그럼에도 '텅 빈 눈'을 만나기 전으로는 되돌아갈 수 없다는 것까지도 알고 있었다. 아버지는 격정적이고 돌이킬 수 없는 열정이라는 것이 자신도 모르는 사이에 허공으로 흩어지고 말 것임을 잘 알고 있으면서도, 다시는 돌아오지 않을 길을 떠났다. 아버지의 선택은 피할 수 없는 추돌사고 같은 것이자 절박한 결단이었다.

그러니 사실 아버지가 남긴 언어 기록물을 읽는 시간이 곧 냉정한 시선으로 자신을 들여다보는 시간이고 그래서 무척 고통스럽고 회피하고 싶은 시간이라 할지라도, 언어가 남긴 기록물을 통해서는 아버지의 선택이 담고 있을 불투명한 영역의 의미를 결코 해독해낼 수 없다고 보아야 한다. 아버지의 치밀한 연애 기록을 들여다본다고 해도, 아버지가 떠난 이유에 관한 '동우'의 고통스러운 궁금증은 결코 해소되지 않는다. 아버지의 선택의 비밀은 말이든 글이든 언어로 된 것 속에서는 발견할 수 없는 것이기 때문이다.

먼 이국땅이나 낯선 외지에서 '다른' 가족을 만들고 익숙하지 않은 일로 생계를 꾸리면서 그의 '아버지'는 행복했을까. 「비망록, 비망록」은 오히려 자신을 지탱했던 모든 것을 버리고 떠난 아버지, 그 아버지를 기다리면서 죽어간 어머니, 아버지와 함께 '틀'을 넘어선 옆집 여자, 아버지에 대한 사랑을 어머니의 고통 속에 은폐해버린 '동우', 이 가족-이야기를 통해 사랑 혹은 삶이란 '행복/불행'과 같은 단순한 논리로 해명될 수 없음을 말해주는 듯하다. 이들 각자의 선택이 사랑이라고만 말할 수 없다면 또한 그것을 사랑이 아니라고도 말할 수 없다. 사랑이란 모든 것을 감수하면서 선택할 수밖에 없는 순수한 원색의 열정만이 아니며, 끝없이 비루해져가기만 하는 비극이자 모든 것을 소진시킬 수 있는 고통이며, 이 모든 것이기도 하다. 중요한 것은 그 가치가 계량화될 수는 없다는 점이다. 작가는 사랑의 불가해성을 들어 삶의 복잡성을 말한다. '아버지'를 포함한 우리의 삶은 언어로 포착할 수 있는 이해의 영역 너머에 있는 것이라고 말하고자 한다.

> 틈이 생기고 그것이 점차 벌어지더라도 힘겹게 메우며 메우며 살아갈 수도 있을 거라 생각했다. 나는 다시 변할 것이었다. 나는 그러고 싶지 않았다.(「비망록, 비망록」, 84쪽)

물론 '아버지'에 대한 새로운 이미지를 모색하는 자리에서 작가 서하진이 우리에게 전하고자 하는 메시지는 이것이 다가 아니다. 다시 '아버지'의 결단으로 돌아가보자. 아버지의 결단이 "나는 그러지 싶지 않았다"는 선언으로 시작된다는 점에 주의할 필요가 있다. 일상에 숨겨진 음험한 빈틈, 깊이를 알 수 없는 허방, 그런 것들은 일상의 일부임이 분명하다. 그러나 그런 빈틈은 어느 날 갑자기 검은 입을 벌리며 일상을 위협한다고 해도 어떻게든 메워질 수 있는 것이다. 그렇게 유지되는 것이 일상이다. 그런데 '아버지'는 '그러고 싶지 않다'는 선언과 함께 이 일상의 논리를 거부하고자 했다. '아버지의 가출'은 보다 근본적인 차원에서 '아버지/남편'의 역할이라는 가면을 벗어버리고자 하는 의지의 표명으로 이해되어야 한다.

각자 맡은 역할에 충실할 때 유지될 수 있는 것이 가족이라는 서하진식

'가족' 관념에 따르면, 삶이란 목숨을 건 투쟁이나 심심파적 롤플레잉 게임보다는 존재의 분열을 감내할 때 참여할 수 있는 한 편의 가면극에 가깝다. 이런 점에서, '아버지/남편'의 역할을 비극적으로 거부하든(「비망록, 비망록」「꿈」), 별다른 고민 없이 유희적으로 회피하든(「요트」「퍼즐」), '아버지'를 중심으로 본 서하진의 소설은 아버지들을 억압하는 '아버지'라는 틀을 다른 각도에서 바라보게 해준다. 아버지-가면을 포함해서 가면으로 유지되는 가족, 그 강고한 '틀'에 대한 재사유를 우리에게 권고한다.

우리는 서하진의 권고에 따라 '틀'에 대한 재사유 끝에 아버지들의 가출, 그 위반에의 열망이나 월경(越境) 행위가 중산층의 무료한 일상이 불러온 관리 가능한 위기가 아니며 개인의 기질에서 연유한 제어되지 않는 정열의 분출도 아님을 재확인하게 된다. 서하진의 아버지들의 정열이 객관화되고 또 분명해지는 지점이 바로 여기다. '틀'의 경계를 의식하는 '아버지/남편'들에 대해서 말해보면, 그들의 결단은 그저 유희를 위한 정열의 연소가 아니다.

물론 반란을 꿈꾸는 아버지들의 결단이 자기반성에 의한 것은 아니며, 무엇보다 그 아버지들은 그저 사라져버리거나 사라질 꿈을 꿀 뿐, 어떤 저항의 제스처나 변명도 하지 않는다. 이는 '저항과 순응' 같은 극단적 처방을 피하고 균형감 있는 시각을 유지하려는 그간의 서하진의 소설 경향과도 무관하지 않다. 그래서인지 때로 작가의 입장은 모호해 보인다. 그럼에도 『요트』는 가족-일상의 이야기를 통해 모두가 가면을 쓸 수밖에 없는 존재론적 조건에 대해 언급하고, '아버지'의 가출을 다루면서 '가부장적 논리'라는 비가시적인 힘의 구도를 가시적인 경계선의 논리로 바꿔쓴다. '아버지'의 반란을 통해 작가는 가족이라는 '틀'을 살짝 그러나 유의미한 방향으로 비트는 중이다.

4. 착한 남자 콤플렉스의 릴레이

그렇다면 서하진의 소설에서, 폭력을 행사하며 열정을 억압하는 거대한 환상 체계로서의 권위적인 '아버지'는 사라진 것인가. 『요트』에서 작가 서하진이 집착해왔던 '아버지'에 대한 이야기는, 적어도 표면에는, 없다. 그러나 사실 상징적 '아버지'는 보다 강고한 '틀'의 형태로 여전히 편재한다. 실제의 아버지가 사라진다 해도 '가부장적' 논리는 일상에 깊이 침윤되어 있으며, 사라진 아버지의 자리는 무수한 '유사(pseudo)-아버지'들에게 릴레이 바통처럼 떠넘겨진다. 누군가 버린 자리를 다른 누군가가 기꺼이 떠맡는다. 기꺼이 아버지의 자리를 떠맡는다는 점에서, 이들 '유사-아버지'들은 '착한 남자 콤플렉스'에 사로잡힌 존재들이다.

'착하고 성실했으며, 나를 포함한 동생과 어머니 세 여자에게 남편과 아버지 역할을 하면서도 힘든 내색을 하지 않았'(「꿈」, 138쪽)던 오빠, 몸이든 정신이든 그저 고통을 참기만 하다가 군대에서 죽어간 오빠, 오빠를 잃고 말과 웃음과 눈물을 잃고 일상의 궤도를 벗어나버린 어머니, 오빠의 등록금으로 편입학한 나. 불임 환자를 위한 도너(donor)를 하는 나, 「꿈」이 펼쳐 보이는 이 처연한 불운의 연쇄는 마흔이 되던 해 집을 나가 홀로 산속에서 살아가는 아버지에게서 시발된다. 아버지가 버리고 간 '가부장'의 자리를 누군가 인계받아야 할 때, 「꿈」의 오빠나 동생의 남편은 기꺼이 그 자리를 떠맡는다. 이들은 성실하고 자상하며 나날이 구질구질해져가는 말 그대로 '착한 남자'들이다. 사실 그들을 떠난 '아버지'들 역시 착한 남자들이자 착한 아들들이다. 예컨대, 「꿈」의 아버지 역시 착한 아들이었기에 아버지가 권하는 '남편'의 자리를 거부하지 못했다.

그런데 이 '착한 남자' 릴레이의 문제는 '아버지/남편'들이 '가부장'의 자리를 거부하고 역할 놀이를 포기한다고 해도 가부장 체제의 난점들이 전혀 해결되지 않는다는 데 있다. 이들이 개별적으로 '착한 남자'인 것과는 무관하게 '가부장'을 중심으로 구성되는 '틀' 안에서는 누군가가 가면을 벗고 맨얼굴로 나서서 '틀'을 문제삼는다고 해도, 결과적으로 그들의 행위는 '틀'에 아무런 영향도 미치지 못한다. 심지어 '아버지/남편'의 결단은 남은 성원들의 고통을 가중시키게 될 뿐이다. '떠나겠다'는 선언을 실천하면서 그렇게 타인이 된 「꿈」의 아버지 역시 여기에 남은 나-가족의 삶에 고통스런 그림자로 드리워지게 된다.

서하진의 소설에서 격정적으로 오열하거나 치밀어오르는 분노를 발산하는 인물을 찾기는 쉽지 않다. 서하진의 인물들은 대체로 가면을 쓰고 감정을 억누르며 태연을 가장한다. 떠나버린 '아버지'를 기다리면서 서서히 죽어간 「비망록, 비망록」의 '어머니'가 그러했듯이, 속앓이를 하다가 어느 날 갑자기 산-죽음을 살게 되더라도 그들은 가면 너머의 내면을 드러내지 않는다. 어머니의 임종의 자리에서 아버지의 연애/외도의 기록을 태연하게 들여다보는 부조리한 장면이 연출될 수 있는 것도 이 때문이다.(「비망록, 비망록」) 이것이 서하진의 인물들이 고통을 표현하는 방식이다. 따라서 다음의 장면은 서하진의 인물이 격렬한 화를 분출하는 매우 드는 경우에 속한다고 하겠다.

그의 음성이 한결 가라앉아 있었다. 괜찮지 않다고 나는 말했다. 감사를 받고 싶은 생각 같은 것은 없다고 말했다. 그 여자는 적절한 가격을 지불했으며 나는 그것을 받았다. 그것은 거래였으며 전혀 감사할 일이 아니라고 말했다. (……) 나는 흥분해 있었다. 걷잡을 수 없이 화가 치밀었다.
"너무 그러지 말지, 승희씨."
그 남자의 말투가 바뀌었다. 갑작스러운 반말이었다. 멈칫 말문이 막혔다.
"거래라는 거 나도 알고, 그 여자도 알아. 그 여자는 승희씨가 남 같지 않다는 거야. 동생 같고 뭐라도 사주고 싶고 그렇다는 거야. 전화 한 통 받아주는 거, 아무에게도 해가 되지 않잖아. 착한 사람 같아서……"(「꿈」, 172쪽)

불임 환자에 대한 '승희'의 격렬한 반응은 불임 환자가 보여주는 '죄책
감과 열등감'에서 비롯된 것이라는 점에서, 사실 과도한 것이기도 하다.
그러나 좀더 오랜 연원을 따라가면 '착한 사람'에 대한 '승희'의 분노는,
일단 「뱃전에서」나 「아내는 소설가」(『비밀』, 문학과지성사, 2004) 등의 소
설이 노골적으로 보여주었던 '착한 사람 콤플렉스'에 대한 자각성 분노라
고 해야 한다. 동시에 그녀의 분노는 길 잃은 아이들이 자신을 엄마라고
부르는 환각을 경험하는 것에서 알 수 있듯, 이 끔찍한 세상에 '생명'을
내보내는 행위, 여성의 재생산 능력을 상품화하는 가부장의 논리에 대한
혐오감에서 비롯된다. 임신에 집착하는 불임 환자나 어린 나이에 임신한
동생에 대한 불편한 감정은 왜곡된 형태로 재생산되는 '가부장'의 강고함
에 대한 혐오감이며, 무엇보다 불임 부부에게 난자를 제공하면서 그렇게
비틀린 방식으로 어머니의 자리를 떠맡게 되는 자신에 대한 공포와 혐오
와 분노의 결합물이다. '착한 사람'들도 결국은 그녀에게 왜곡된 방식의
재생산 과정에 참여하게 만든다는 사실에 대한 각성, 가면을 쓰고 자신의
자리를 지켜야만 유지되는 가부장제의 틀, 이 틀에 대한 걷잡을 수 없는
혐오와 공포인 것이다. 그러니 그녀는 "어디를, 어떻게 찾아다녀야 할지
알 수 없는 채로" 우두망찰할 수밖에 없는 것이다.

5. 우아하거나 수동적인 가부장의 유령들

군이 고의적이고 선택적인 기억상실을 앓으며 습관적인 백일몽의 세계
를 사는 서하진의 '어머니'들의 사례를 들지 않더라도, 지금껏 서하진의
소설에서 많은 여성인물들은 미지근한 온수의 일상으로 위장한 가부장의
논리를 견디기 위해 영혼이 놓일 어지러운 꿈의 공간을 요청했으며, 악몽
의 연쇄 속에서 자기최면의 제스처를 보여준 바 있다. 안타깝게도 '아버
지'의 가면 벗기 선언 이후 '아버지/남편'들의 '자아찾기' 후편은 더 참혹
한 결과를 낳았다고 할 수 있다. 여자들은 아버지의 사랑을 얻고자 하는

'착한 딸'에서 '아버지/남편'의 자리까지 떠맡아야 하는 가부장의 유령으로 출몰하게 된 것이다.

「요트」의 '아내/어머니'인 '그녀'를 대표적 사례로 들 수 있을 것이다. 그녀는, 돌아보면 알 수 없는 미래를 위해 끝없이 현재를 유예하고 그렇게 서서히 꿈을 포기하고 '자신'을 망각해왔지만, 단칸 월세로 시작한 살림살이를 오십 평대 아파트로 늘린 자랑스러운 시간을 살았다고도 생각하며, 아파트 값의 일부를 헐어 요트를 사자고 칭얼대는 남편과 가출한 후 다시는 돌아오지 않겠다고 선언하는 착한 모범생이었던 아들을 다독이며 '아버지'의 빈자리를 떠맡는다. 그녀는 어떻게 '아버지'의 자리를 떠맡게 되는가.

　정직하게 말하자면 그날 밤 저는 그가 그린 세계에 매료되었습니다. (……) 문장과 씨름하고 종이 종류 하나 때문에 전화통에 불이 나는 탁한 공기의 사무실이 지긋지긋하게 느껴졌지요.
　이내 기다렸다는 듯 그 사람의 아내가 떠올랐습니다. 두 아이와 씨름하면서 씩씩한 척, 야무진 척 살아가는 여자, 그의 방랑은 거의 해탈의 경지에 이른 그 아내의 인내심이 아니라면 가능하지 않았을 테지요. 만약 제가 요트를 타겠다, 바다로 가겠다고 하면 무슨 일이 벌어질까요?(「요트」, 18쪽)

그 과정은 「요트」의 '그녀'가 스스로에게 던진 질문, 즉 '남자의 욕망과 여자의 소망은 어떻게 다르며, 왜 다른가'라는 질문으로 압축된다. '아버지와 남편'들, 그들이 그저 철부지 아이처럼 마냥 자유로웠던, 망각했던 어린 시절의 꿈을 상기할 수 있다면, '어머니/아내'들에게 일상 너머에 대한 열망은 '죄의식'이라는 이름의 치명적인 징벌로 응징된다. 사실 그녀들은 죄의식에 자발적으로 포획된다.

「요트」의 그녀는 망각했던 꿈을 상기하면서 아이를 잊었던 사실, 아이를 망각했던 자신의 무의식을 스스로 처벌하고자 한다. 「퍼즐」의 '지은'은 어떠한가. 남편이 어린 시절의 꿈을 실현한다고 덜컥 사표를 낸 후, 즐길 수만은 없는 직장생활에도 불구하고 내핍의 흔적을 표면에 드러내지 않던 그녀는, 결국 옛 남자친구에게 사기당한 돈을 처리하지 못해 전전긍긍하게 된다. 「요트」와 「꿈」에서와 마찬가지로, 「퍼즐」의 '지은'이 맞닥뜨린 곤란은 옛 남자의 눈빛에 흔들렸던 자신뿐 아니라 급작스럽게 회사를 그만두고 퇴직금을 털어 땅을 산 남편에게서도 연유한다. 그런데도 그녀는 사건의 책임을 전적으로 자신에게로 돌린다. 남편이 회사를 그만두었다는 사실보다 그녀 자신이 '그가 그럴 수도 있다는 가능성을 고려하지 않고 안이하고 미지근하게 대처했던 그 모든 순간'만을 반추할 때, 이미 그녀를 삼킨 것은 죄의식이라고 해야 한다.

사실 이는 그녀들이 우아하거나 수동적인 존재들이며 대체로 품행이 단정하고 예절교육을 과도하게 받은 중산층 의식의 현현이라는 점과 밀접하게 연관된다. 조지 모스가 지적한 바 있듯이, 고결함의 개념 자체가 인간의 육체와 섹슈얼리티에 관한 새로운 관습의 일부이며, 고결함의 절정은 중산층의 승리와 일치하고 그들의 욕구나 두려움이 유발하는 죄의식에서 발현되는 것이다.(『내셔널리즘과 섹슈얼리티』, 소명출판, 2004) 그녀들은 죄의식을 내면화하면서 우아하고 고결한 태도를 취하게 되며, 반대로 죄의식은 그녀들을 '어머니/아내'다운 존재로 되돌려놓는다. 아버지의 사랑을 갈구하면서 아버지의 자리를 욕망했던 수많은 그녀들은 어머니가 방기한 어머니의 역할을 떠맡고 자신의 슬픔과 비애와 고통을 자신의 내부에 감금한다. 이런 메커니즘을 통해서만 아버지의 사랑의 대상이 되는 동시에 '아버지'의 자리를 차지할 수 있는 것이다. 결국 그녀들은 아버지가 비워둔 공석까지 떠맡으면서 강한 어머니로 다시 태어나게 되며, 아버지의 가면을 겹쳐 쓰고 가부장적 논리를 자발적으로 떠받치게 된다. 「요트」의 그녀의 경우가 그러하듯이, 떼쓰는 남편을 다독이고 집을 나가 자신의 세계를 구축하고자 하는 아이를 찾아 헤매면서 그녀들은 그렇게 아버지의 자리를 지켜나가게 된다.

그러니, '가부장제'의 다층면을 다룬다고 해서 '가부장'의 논리가 문제삼아지는 것은 아닌 것이다. 사실 작가 서하진의 가부장 체제에 대한 입장은 양가적이다. '아버지'의 가출을 통해 이야기하고 있듯이, '아버지'도 주어진 가면을 써야 하는 희생자에 불과하다는 전언은 유의미하다. 그러나 아버지가 자신의 자리를 부인할 때 그나마 가부장제에 의해 유지될 수 있었던 미덕마저 붕괴될 수밖에 없다는 식의 논리 전도는 예상보다 쉽게 일어난다. 서하진의 소설이 가끔 가부장적 논리에 대한 옹호로 읽히는 것은 이 때문이다. 물론 가부장제에 대한 양가적 입장은 그녀의 소설이 중산층-가족 이야기에 밀착되어 있다는 점과도 무관하지 않다. 프로이트의 신경증 분석이 말해주듯, 중산층이야말로 가부장적 논리를 떠받치는 핵이다. 가부장의 논리는 이들을 중심으로 공고한 체제로 자리잡을 수 있었다. 이런 면모를 고려해보자면, 서하진의 소설은 가족 안에서 가족에 대한 균형감 있는 시선을 유지하려는 안간힘의 흔적인 것이다.

6. 보이는 것과 보이지 않는 것의 문턱

서하진의 인물들은 언제나 가족의 일부로서 존재한다. 그 때문에 가면을 쓰고 분열된 자아를 추슬러야 하는 그들은 '시간이 흘러가도' 되풀이해서 선택의 기로에 서게 된다. '금지'에 대한 그들의 애매한 태도들이 그들을 부유하게 한다. 그러나 경계 바깥을 꿈꾸게 하는 것은 금지 자체이며, 월경(越境) 욕망이야말로 금지선의 홈을 더 깊이 파이게 하는 역설적 동력이다.

"어쩌면 말이야…… 견디는 것이 말이야…… 사실은 말이야…… 견디면서 사는 일이 미련해 보여도 꼭 그런 것만은 아니라는 생각이 들었어. 뛰쳐나오는 것이 반드시 위대한 것이 아니란 말이야. 내 말은, 그러니까 그 견딘다는 것이 어떤 의미냐가 문제라는 거지."(「조매제(弔埋祭)」,『책 읽어주는 남자』, 307쪽)

이 땅을 영영 떠난다면, 바다와 하늘과 가이없는 너른 들판을 바라보면서 허위허위 살아온 내 서른일곱 해를 잊을 수 있을까. 내 남루한 날들을 나는 정말 버릴 수 있을까. 나를 가두는 것, 내가 진정 두려워하는 것은 무엇일까.

저만치 낮은 목책이 보이고 불 꺼진 막사가 눈에 들어왔지만 나는 걸음을 멈추지 않았다. 저기를 지난다면 누군가 나를 막아설 것인가. 내가 진정 가고 싶은 곳은 어디인가. 와글와글 요란스러운 맹꽁이 울음을 뚫고 누군가 나를 부르는 목소리가 들렸다. 나는 돌아보지 않았다.(「시간이 흘러가도」,『요트』, 255쪽)

길게 우회해왔으나, 서하진 소설의 궤적은 이 두 소설의 거리로 요약할수 있을 듯하다. 첫 소설집『책 읽어주는 남자』에 실린「조매제」에서처럼 함께 견뎌보자는 말을 여자친구에게 건네는 방식이 하나의 선택이라면, 「시간이 흘러가도」에서처럼 '낮은 목책'을 넘어서는 행위가 다른 하나의 선택일 것이다. 후자의 행위는 일정한 진전처럼 보일 수도 있다. 그러나 엄밀하게 말하자면, 그들은 여전히 '허위의 일상과 저 너머의 진정한 존재'라는 이분법에 매여 있다. 선 안에서 다시 견뎌보기로 하든 금지와 경계를 무너뜨리는 행위를 하든 그들의 삶의 규정은 언제나 금지로부터 시작된다. 서하진의 인물들은 보이는 문턱을 넘거나 혹은 넘지 못하지만, 여전히 보이지 않는 문턱 앞에 놓여 있다.『요트』가 보여주는 '귀한' 진전이라면, 작가 자신이 이런 사정을 인지하고 있다는 점이다. 남편과 아이가 있는 뉴질랜드로 떠날 것인가의 선택의 기로에서 자신의 존재 전부가 뒤흔들리는 고민에 빠진 「시간의 흘러가도」의 '나'에게 '패트릭'이 풀어놓는 말들은 사실 작가 서하진이 자신의 소설을 두고 단언하는 독백들이기도 하다. "너는 모르겠지만 너는 너를 가두고 있어. 가벼운 이야기들이었지만, 짧은 시간이었지만 나는 늘 그런 느낌이 들었어. 너를 가두는 게 뭔지 너는 몰라. 나도 알지 못하지. 그렇지만 느껴져."(252쪽) "너는, 그걸 인정해야 해. (……) 그게 어쩌면 네 문제일지도 몰라."(같은 쪽) 작가가 인물의 입을 빌려 행하는 성찰, 이는 스스로에게 비수를 꽂는 비통한 진전임에 분명하다. 이제 그 느낌에 보다 가까이 다가가야 할 시간이다. 그러나 훌쩍 뛰어넘을 수 있는 '낮은' 목책이란 그만큼 허술한 금지일 뿐인지 모른다. 금지에 관한 한, 성찰의 역설적 소중함은 넘을 수 없는 금지에 대한 지치지 않는 탐색과 도전에 놓여 있는 것이다.

여성이 일상을 사는 방식

1. 거대한 성장과 미미한 발전

여성의 역사는 남성 지배 체제에 대한 정치경제적이고 이데올로기적인 도전을 지속해왔다. 여성을 가정에 귀속시키고 남성이 거대한 바깥세계를 지배했던 '전통적인 체계'로 되돌아가는 일은 더이상 가능하지 않다. 그럼에도 예외 없이 모든 사회는 성역할의 차이를 인정한다. 우리는 남성의 일과 여성의 일을 구분하는 방식에 습관처럼 익숙하다. 한 시대 이전의 여성은 가사와 양육에 일생을 송두리째 헌납하는 포용/희생의 이미지와 단단하게 결합해 있다. 전업주부와 모성에 대한 오해는 지금까지도 화강암의 세기로 우리의 일상을 지탱한다.

실상 남녀의 성역할 구분은 대개 부당한 것이기 쉬우며 여성을 종속적 지위에 머무르게 하는 데 기여한다. 역사적으로 보자면, 노동세계와 가정생활의 철저한 분리를 전제하는 '모던 스위트 홈'은 서구에서도 19세기에 발명된 신문화 가운데 하나다. '전업'주부/모성 신화 역시 전 세계적으로 제2차 세계대전 이후에 등장한 유례없이 새로운 변화 가운데 하나다.[1]

복합적이고 불투명하다거나 다층적이고 불균질적이라는 술어를 다수동원해야만 하는 우리 사회를 두고 진보의 빛 위에 겹쳐진 퇴영의 그림자를 발견하기는 그리 어렵지 않다. 우리는 옳고 그름의 판단이 쉽지 않은 혼돈의 시대를 산다. 그럼에도 단언할 수 있는 일들이 없는 것도 아니다. 여성에 관한 한, 이 사회는 거대한 성장을 이루었지만 미미하게 발전했을 뿐이다.

플라톤이 『티마이오스』에서 여성을 코라(Chora), 즉 존재를 담아두는 그릇이자 저장소로 이해한 이래, 질료/형상의 이분법적 사유 체계는 남녀의 차이를 설명해주는 틀, 정신/육체, 사유/열정, 이성/감성 등으로 다양하게 변주되어왔다. 성별 차이를 생물학적이고 본질적인 것으로 보든 사회문화적이고 구성적인 것으로 보든, 여성의 역사에서 남녀의 차이는 인정을 할 수도 하지 않을 수도 없는 곤란한 문제인 채로 지금껏 논쟁을 거듭해왔다. 20세기 초반에 여성의 시민권을 주장하기 위해 남녀의 차이는 오히려 축소되고 무화되어야 했다면, 주체로서의 여성에 대한 논의를 위해 테크놀로지의 혁신이나 이데올로기적 평등이 달성된 이후에도 성별 차이는 극복될 수 없는 것으로 정의되어야 했다.

때로 몸에 대한 새로운 인식은 정신/육체의 이분법을 넘지 않으면서 넘어서는 방식을 발견하고자 한다. 개인적인 것도 공적인 것도 아니며, 자아도 타자도 아닐 뿐 아니라 본능적인 것도 학습된 것도, 유전적으로 결정된 것도 환경에 의해 구성된 것도 아닌 몸 개념을 통해, 이분법을 관통하고 그 경계를 문제삼고자 하는 것이다.[2] 그런데 과연 몸에 관한 새로운 인식은 우리에게 이분법의 문지방을 넘어설 해법을 제공해주는가. 우리는 전통적인 성별 차이에 호소하지 않으면서 주체도 타자도 아닌 여성에 대해 말할 수 있는가. 순종의 오랜 관습을 부활시키지 않고도 여성이 '다른 목소리로' 말한다고 주장할 수 있을까.

2. 여성과 일상, 세 편의 영화로 말하다

여성을 테마화하고자 하는 박향의 소설에서[3] 여성들은 대개 기존의 성역할에 충실한 인물로 등장한다. 전통적으로 가족을 유지하는 근간이자 본원적인 착취의 대상으로서 그들 여성들은 어느 누구도 사회가 요구하는 성역할에 거부감을 갖지 않으며 의심도 품지 않는다. 시어머니-며느리, 남편-남편의 애인-아내, 시누이-올케, 첩-자식의 관계가 반복되지만 이들 간의 갈등은 뚜렷하지 않으며, 그들 모두는 자신의 일상을 묵묵히 살아낼 뿐이다. 뚜렷한 갈등 없이 선명한 해결책도 없이 여성이 아니라 한 인간으로 살고자 하지만 이들 여성들의 삶은 피해갈 수 없는 고통으로 점철되어 있다.

때로 그들은 "아버지 얼굴에 먹칠을 하지 않으려고, 아버지의 어깨가 축 처지는 일이 없도록, 오로지 그 생각만을 하며"(156쪽) 모든 일을 견뎌내는 착한 딸들이며(「길동무」, 『영화 세 편을 보다』; 이하 작품들은 이 책에서 인용), 평생을 그리워하던 여자를 만날 수 없다면 죽을 병 앞에서 수술조차 거부하겠다는 남편에게 "어제로…… 그 여자는, 그라고 그 남자 역시 죽었능기라요. 오늘부터 당신은 내 남잡니더. 절대로 안 됩니더. 수술 받으이소. 오늘부터 내가 당신 여잔기라요"(196쪽)라고 목 놓아 절규할 수밖에 없는 슬픈 운명의 아내들이다.(「아버지의 여자」) 그녀들은 매듭을 풀려고 하면 더욱 단단히 묶인다는 사실을, 그저 묶인 채로 닳아질 때까지 살아야 한다는 사실을 숙명처럼 받아들이고 이 모든 것을 무심하고도 편안하게 가슴속에서 삭이는 법을 배우고자 한다.(「길동무」, 169쪽)

그러나 아니 그렇기 때문에 그들에게 가정은 "시계의 시침처럼 심심하고 지겨운 세계"이자 "출구를 찾을 수 없는 갑갑한 미로"(79쪽)이거나 스스로를 서서히 미치게 하고 말려 죽이고 썩게 하는(130쪽) 파괴의 공간이다. 그럼에도 사랑하는 여자와 잠적한 후 당당하게 이혼을 요구하는 남편에 의해 고통받던 「영화 세 편을 보다」의 주인공이 이혼을 결심하기까지는 오랜 고민의 시간이 필요했다. 이혼 외에 어떤 출구도 없음을 알고 있었지만, 그녀는 그냥 그렇게 끝나서는 안 될 것 같은 막연한 미련과 고집 때문에 선뜻 결정을 내리지 못하고 미로를 헤맬 수밖에 없었다. 이른바 가부장제는 일상의 이름으로 이들 여성들을 뼛속까지 길들였기 때문이다.

「영화 세 편을 보다」의 세 편의 영화는 남편에 대한 그녀의 감정이 여러 갈래의 착잡함일 수밖에 없음을 말한다. 파괴의 공간인 가정이 자신들을 서서히 말려 죽이고 있었음을 알게 된 그녀들이 느낀 첫번째 감정이 분노임을, "격렬한 분노로, 배신을 향하여 벼려온 날카로운 야수의 이빨을 드러내고, 당구공이 파이도록 손가락에 힘을 주며 그의 머리, 골수가 허옇게 파이도록 내리"(77쪽)치고 피가 튀고 살이 찢어지고 얼굴이 문드러질 때까지 손아귀의 힘을 빼지 않고 싶은 분노임을 전한다. 그것은 단지 남편의 배신이 불러온 남편에 대한 분노만은 아니다. 안타깝게도 그것은 거구의 남편조차 숨을 곳을 마련하는 동안 그녀 자신은 파괴의 공간에서 하루하루 존재감 없이 바스라지고 있었다는 깨달음에서 오는 분노다.

그럼에도 남편의 배신이 결과적으로 자신의 앙상한 맨얼굴과 헛것으로서의 자신의 존재를 확인하게 해주었다는 점에서, 그녀들의 착잡함은 분노로만 채워져 있지 않다. 학생 한 명을 찾기 위한 〈책상 서랍 속의 동화〉의 주인공의 집요한 기다림을 통해 투명하게 되비춰지는 것은 오히려 그녀 자신이다. 그녀는 거기서 파괴의 공간에 자신을 가두고 있는 "무모하게 느껴질 정도로 고집스런 책임감"(87~88쪽)을 본다. 무모한 책임감이 누군가에게는 "모든 것을 희생해도 좋을 만한 무언가"(90쪽)를 향한 열정이 될 수도 있음을, 기다림이 모든 문제를 해결해주는 것은 아님을 그녀는 스스로 깨닫게 된다. 그리하여 인정하고 싶지는 않지만 또 한 편의 영화가 욕망으로 가두어지지 않는 사랑의 가능성을 그녀에게 설득할 때에야 '남편의 불륜을 이해할 것인가'라는 질문을 불필요한 것으로 내던지게 된다. 세 편의 영화를 통해 그녀는 자신이 부재하는 동안에도 돌들이 눈에 보이지 않게 채워지고 공간이 만들어지고 집이 지어지는 바둑판처럼 그녀의 삶이 "그렇게 정지된 채로 만들어져가고 있"(91쪽)었음을, 지금까지의 그녀의 일상이 그렇게 지속되고 있었음을 "잔인하리만치 또렷하게"(85쪽) 확인하게 된다.

남편의 여자들은 배신당한 아내들과는 다른 일상을 살았을까. 연인의 아내에게 머리칼을 휘어잡혀야 했던 「먼 길」의 '정민'이 새삼 깨닫는 것은 연인의 아내와 자신 사이를 관통하는 "어떤 동질감"(103쪽)이다. 사랑을 모욕으로 되갚는 아이를 위해 목숨을 내건 사랑을 호소하는 '정민'의 가여운 여학생 '해선'의 눈물로 얼룩진 얼굴은 '정민'의 연인의 '아내'의 얼굴이자 평생 여자 뒤꽁무니만을 쫓아다녔던 노인의 아내 '양주'의 얼굴이며, "그것은 다름아닌 바로 정민의 얼굴"(117쪽)이었던 것이다.

「영화 세 편을 보다」나 「먼 길」의 남자들이 아무렇지도 않게 훌쩍 어딘가로 잠적해버릴 때 남겨진 일상을 버티는 것은 아내이든 불륜의 상대이든 여자들이다. 노인의 아내는, 그의 아내는, 그녀 '정민'은, 어린 '해선'은 왜 '그'들을 떠나지 못하는가. 남겨진 그녀들이 흐르는 눈물로, 끈질긴 침묵으로 "아무렇지도 않은 일상이 되어버린"(102쪽) 그들의 고통의 전모를 말한다. 이것은 결코 고발이거나 폭로가 아니다. 그녀들은 여성의 이름으로 말한다. 일상이라는 것이 궁극적으로 끝나지 않는 박탈과 억압의 반복임을, 비천한 인생에 대한 착취를 통해 지속되는 것임을.[4] 그렇게 여성은 지속되는 일상의 알리바이이자 희생양임을 되새긴다. 우리는 그녀들의 세 편의 영화 속에서, 그녀의 깨달음의 갈피에서 일상의 이면, 끝나지 않는 그 '먼 길'을 본다.

3. 바싹 마른, 허약한, 흔들리는

일상은 끝나지 않는다. 그러나 허약하다. 일상에 관한 또하나의 진실이 이것이다. 작은 자극에도 영원할 것만 같던 '먼 길'이 돌연 끝나버리는 것이 일상이다. 별다른 의미 없는 문자메시지나 깊은 밤에 울리는 소리 없는 몇 통의 전화만으로도 걷잡을 수 없이 붕괴되는 것이 부부관계다. 한 남자와 아이를 낳고 아파트 평수를 늘리며 베란다를 정원처럼 가꾸고 문화센터를 다니면 일상은 흔들림 없이 지속될 수 있을까.(「본래면목(本來面目)」) 출근과 퇴근 시간이 정확하고 퇴근 후 하는 일의 내용과 순서가 다르지 않은 남편과 사는 일상은 흔들림 없이 안전할까. 한낮에도 잠금장치를 몇 개씩 해놓고 문밖의 동정을 살핀다고 이미 깨지기 시작한 평온과 안락이 다시 무료한 일상으로 회복될 수 있을까.(「덫」)

"당신도 알잖아. 저건 그 여자가 쓴 소설이야. 당신이 얘기하면 되잖아. 비겁하게 왜 이래? 의부증에 걸린 여자가 쓴 소설에 불과한 이야기라구."
"뭐? 소설?"
눈을 부릅뜬 남편의 얼굴이 붉으락푸르락해졌다. 은미는 남편의 팔을 잡았다.
"왜 화부터 내고 이래?"
"내가 화 안 나게 됐어? 이걸 보고 침착할 수 있는 사람이 몇 명이나 될 것 같아?"
"이건 사실이 아니야. 당신이 잘 알잖아. 당신 나한테 이러는 거 너무 심한 거 아냐?"
"뭐? 내가 심하다고? 적반하장도 유분수지. 너 말 다했어?"
드디어 '너'라는 말까지 나왔다.(「덫」, 30~31쪽)

"어떻게 하면 좋겠냐고 했더니 자기 남편하고 놀아난 것 사과받고, 심적 고통에 따른 보상비 운운하던걸……"
"뭐? 놀아나요? 기가 막혀. 그리고 보상비……? 무슨 보상비? 보상비는 내가 받아야 돼."

"당신만 결백하면 뭐해? 자꾸 이런 식으로 나가면, ……나도 더이상은 못 참아."

"더이상 못 참으면? 뭐 어떻게 할 건데? 이혼이라도 하겠다는 거야?"

"이혼? 당신 지금 이혼이라 그랬어?"(「덫」, 36~37쪽)

모든 것이 순서에 따라 정돈되어 있고 무료할 만큼 안정적인 것처럼 보였던 '은미'의 일상이 걷잡을 수 없이 엉망이 되어버린 것은 신경쇠약에 시달렸던 한 정신이상자의 상식을 넘어선 행동 때문이다. 의부증에 걸린 옛 동창의 아내는 상상을 초월한 이야기를 만들어내고 예측 불가능한 방식으로 그녀의 일상을 뒤흔들었다. 그러나 "금영에게서 전화가 왔다"(47쪽)는 문장으로 시작되는 「본래면목」의 '정민'의 일상이 그러하듯, 전화만 걸려오지 않았더라면 그녀의 일상이 평온하게 유지될 수 있었던 것일까. '금영'의 처참한 인생에 관심을 두지 않고 그녀의 마음을 거부했다는 죄의식이 없었다고 해서 그들의 일상이 파탄에 이르지 않을 수 있었을까. 단순치 않은 인생을 무탈하게 살기 위해 사랑을 포기하고 얻은 은미의 행복한 일상은 과연 'K'의 아내 때문에 불현듯 깨져버린 것일까. 어쩌면 금영이나 K 부부는 그들의 일상이 숨겨놓은 균열을 표면으로 밀어낸 하나의 계기에 불과했던 건 아닐까. 금영과 K 부부가 미리 불러왔으나 언젠가는 직면해야 할 그런 장면들은 아니었을까.

「덫」의 은미에게 여느 날과 다를 게 없는 평범한 하루가 계속된다는 것은 사실 그녀에게 가정의 안주인으로서의 존재 이유가 더이상 뚜렷하지 않다는 것을, 전업주부로서의 억지 자부심을 갖는 것이 힘들어졌다는 것을 뜻한다. 그러니까 이 모든 사건은 옛 동창의 아내에게서 발단된 것이 아니다. 그녀 은미가 "빛도 바람도 소리도 욕망도 없는 허허한 공간"(41쪽)에 유폐되기 시작한 것은 아내나 주부보다 인간이고 싶었던 그녀의 염원이 좌절된 결정적 순간, 결혼으로부터다. 어이없는 불륜 해프닝이 제풀에 끝나버린 후에도 은미를 둘러싼 일상의 모든 것이 멈출 수 없는 속도로 추락할 수밖에 없는 것도(「덫」), 금영의 죽음을 확인하고 난 후에도 정민과 원재 부부가 본래면목이라 믿었던 그들의 일상으로 돌아갈 수 없는 것도(「본래면목」) 그래서다.

그 부부들은 이렇게 해서 남녀를 둘러싼 제도 자체가 내장한 모순의 단면들, 그 치부를 보여주게 된다. 결혼이라는 제도가 딛고 서 있을 수밖에 없는 균열은 성별 평등에 기초한 사랑과 아내가 남편의 권위에 복종할 것을 당연하게 여기는 가부장제 사이에서 발생한다. 결혼의 전제 조건을 낭만적 사랑으로 이해한 근대 이후, 일상으로서의 결혼은 균열의 불안정한 봉합체일 수밖에 없다. 박향의 소설이 보여주는 것은 사랑과 결혼 그리고 여성과 일상을 둘러싼 해결 불능의 아이러니한 국면들이다.

집사람은 나에 대한 집착이 병적으로 심하다. 자기는 그걸 사랑하기 때문이라고 하지만—물론 나도 초창기엔 동의를 했었지만—지금으로선 의부증 증세로밖에 이해할 수가 없다. 자기 눈앞에 내가 없으면 마음을 놓질 못한다.(「덫」, 18쪽)

「덫」의 은미와 K의 몇 차례 만남에 대해 K의 아내가 보여준 반응이 남편에 대한 사랑에서 기인한 것임은 사랑과 결혼제도의 모순이 만들어낸 흔하디흔한 아이러니 가운데 하나다. 안정된 결혼생활이란 사랑의 종말로부터 시작된다. 사랑이 끝나고 나서야 상징적 의미에서 안정된 부부관계가 시작될 수 있다. 광기에 사로잡힌 존재로 분류될 수밖에 없는 K의 아내가 보여주듯, 결혼생활을 위협하는 결혼 이후의 그 '사랑'은 진정성의 여부와 무관하게 폐기해야 할 잉여다. 그리하여 그것은 더이상 사랑도 아닌 것이다.

느닷없이 걸려온 전화가 박향의 여성들의 일상을 뒤흔든다. 박향의 소설은 비가시의 힘을 감지하지만, 그것이 가부장이라고 고발하지 않는다. 그것이 무엇이든 보이지 않는 힘이 파괴한 것은 한 개인의 행복한 일상이 아니라 남편과 아내의 이름으로 구성된 가정과 가정에 근거해야만 의미를 부여받을 수 있는 여성 존재 자체다. 「덫」이나 「본래면목」이 보여주듯, 여성에게 가정의 안온함이나 일상의 평온함이란 인간으로서의 가치가 거부된 그 지점에서, 상실한 가치를 부채처럼 떠안은 그곳에서나 얻을 수 있는 서글픈 대가이다.

4. 여성, 몸, 역사

여성이 가정의 구성원이 되기 위해서는 인간으로서의 가치를 포기해야 한다면, 여성이 역사의 일원이 되고자 할 때도 다르지 않다. 여성이 겪는 역사는 시작과 끝이 있는 연속성의 서사가 아니며 사진과도 다르다. 하나의 장면으로 종결되어 시간이 흐를수록 바래지고 지워지지 않는다. 전쟁에 관해서든 혁명에 대해서든 거대서사가 포착하지 못한 파편들이 그녀들 여성의 몸에 새겨지며 몸이 기억한 역사는 지리한 일상처럼 반복되면서 영원처럼 끝나지 않는다.

> 86년이던가, 87년이던가. 시민항쟁의 불길이 성화처럼 타오르던 그때가, 그때가 몇 년도였는지 정확하게 기억이 나지 않는다. 아니, 어쩌면 기억이 나지 않는 것이 아니라 그 모든 일들은 연경의 환상에 불과할지도 모른다. 어쩌면 연경의 방에서 머문 남자 따위는 애초에 존재하지 않았는지도 모를 일이었다.(「압정」, 291쪽)

연대표가 말해주는 역사에 대한 그녀들의 기억은 "흐릿하고 낡은"(290쪽) 파편들로 이루어져 있을 뿐이다. 「연대표 속의 전쟁」의 '경옥'에게 전쟁은 기일을 모르는 사람들의 제사나 온정신이 아닌 시백모로 경험된다. 「압정」의 '연경'에게 혁명은 압정처럼 자신의 가슴에 꽂혀 있는 한 남학생의 얼굴로 기억된다. 국방군에 입대했다가 돌아오지 않는 남편을 기다리느라 살던 집을 떠날 수 없는 그녀, 남편이 아끼던 개를 지키려다 온정신을 잃어버린 채 멍한 시선을 하늘에 두고 살아야 하는 그녀(「연대표 속의 전쟁」), 십 년이 지났으나 멀리서 본 화염병 잔해만으로도 격한 구호 소리만으로도 민주화를 위해 역사의 광장으로 달려나갔던 한 남학생을 떠올려야 했던 그녀, 폭염 속에서 핏빛 구호를 토해내는 아들 때문에 죽 한 그릇 쉽게 넘기지 못하는 그녀, 현실의 불합리를 타파하기 위해 거리로 나선 이들의 정신적 피난처이기를 자처하는 그녀(「압정」), 그녀들은 수십 년이 지난 후에도 그녀들에게서 넋을 빼앗아간 그때의 기억에서 자유로워질 수도 기다림을 종결할 수도 없다.

> 흑단 같은 머리를 풀고 통곡하는 여자처럼 밤에 보는 강은 서글픈 소리를 내질렀다. 강 속에 발을 묻으면 어느 순간 강과 하나가 될 것이다. 치마를 걷어올리고 강물에 발을 담그고 해가 다 지나갈 때까지 있었다. 발바닥은 흔적도 없이 다 나았는데, 가슴 어느 부분이 압정으로 찔린 것인지 찾을 수가 없었다.(「압정」, 295쪽)

역사의 횡단면이든 종단면이든 가족사에서든 개인사에서든, 박향 소설의 여성들은 몸으로 역사를 기억하는 방식에 익숙하다. 떠나간 남성들이 비워놓은 시공간에 뿌리를 내린 채 그들은 거기서 일상을 만들어간다. 옛날 애인과 함께 살게 해달라는 남편의 애원을 뿌리치지 못했던 「침뱉기」의 '승하'의 고모는 목욕을 하다 형사들에게 잡혀간 자신의 남동생을 걱정하며 운다. 승하의 할머니는 차디찬 감옥에서 잠들지 못할 아들이 맘에 걸려 결국 정신을 놓아야 했다. 어머니든 누이든 아내든 조카든, 그녀들은 일상을 지키며 주어진 모든 것을 포용하고 감내하며 견뎌야 하는 전통적 여성의 자리를 거부하지 않는다. 아니 그녀들은 역사의 토대이자 이면인 여성의 자리를 몸소 받아들이고 그 자리에 움을 틔운다. 그렇게 그들은 끝나지 않을 기다림을 견디고 서로의 상처를 보듬으며 스스로 치유의 강물이 된다.

당연하게도 기다리고 받아들이며 포용하고 이해하는 그녀들의 능력이 불쑥 떠나버린 남성들에게만 발휘되는 것은 아니다. 「연대표 속의 전쟁」에서 시백모의 백일몽을 깨워주고 싶었던 이가 다름아닌 조카며느리 '경옥'이었으며 온전한 정신이 아닌 시백모를 있는 그대로 인정하는 것으로 자신의 최선을 다하고자 했던 이가 경옥의 시어머니다. 아이를 낳거나 낳지 못한 여성들이 서로의 처지를 이해하고 존중하면서 그렇게 느슨한 연대를 구축하며 수직축의 시간 변화에도 끝나지 않는 여성들의 역사를 다시 쓴다.

난희가 상추상자를 머리에 이고, 두 손을 휘저으며 능숙하게 앞서 걸었다. 몸뻬 입은 난희의 투실한 엉덩이가 좌우로 빠르게 움직이고 있었다. 문득 그녀의 엉덩이에서 난데없는 그리움 같은 것이 물씬거리고 올라왔다. 몸뻬의 가랑이가 스치는 소리에, 보였다가 사라졌다 하며 힘차게 내젓는 오른손에서도, 거북이 등같이 딱딱한 그녀의 견갑골 부근 어디쯤에서, 땀에 젖어 질척하니 붙어버린 뒷목덜미의 어지러운 머리카락에서도 삶은 메주콩 냄새를 풍기는 들큰한 그리움이 내 가슴으로 싸아하게 밀려왔다.(「홍시」, 『문학과경계』 2005년 봄호, 197쪽)

아이의 울음소리는 들리지 않았다. 하지만 남편의 팔 안에 든 담요 속에 제 어미의 자궁을 뚫고 힘겹게 세상 밖으로 나온 아이가 들어 있으리라는 추측은 어렵지 않았다. 남편은 성한댁에게 눈길 한 번 주지 않고 뛰기 시작했다. 남편이 어디로 가는지, 무엇을 하러 가는지 알 수 없었다. 다만 신발도 신지 않은 남편의 맨발을 보면서 성한댁은 그 자리에 붙박인 듯 서 있었다. 먼 곳에서 누군가가 소리 높여 자신을 부르는 소리가 났다. 가늘지만 날카로운 칼날이 아랫배를 갈랐다. 성한댁은 배를 감싸안으며 그 자리에 주저앉았다. 진통이었다. 이골이 났는지 산파도 부르지 않고 남편은 또다시 아이를 받아냈다.(「어머니의 자리」, 228쪽)

이십 년이 넘어 우연히 만난 조카의 오열에 불운한 인생이자 상처의 응결체 자체였던 고모가 등을 쓸어주며 위로한다.(「홍시」) 끝나지 않을 고통을 품어안아 끝내 생명력으로 다시 복원하는 그녀들, "오래된 흙먼지 냄새"(「홍시」, 217쪽)가 풍기는 그녀들이 여전히 소중한 그리움의 대상인 까닭은 왜일까. 어린 시절에 동생을 산에 데리고 갔다가 사고로 동생이 죽은 후 정신을 놓아버린 「길동무」의 시누이는, 들로 산으로 사라져버리던 그녀를 보살피며 그렇게 한 생을 보냈던 올케를 돌보면서 동반의 삶을 살고, 팔자를 고치기 위해 자식을 버려야 했던 「어머니의 자리」의 한 여인(성한댁)은 본처의 아이가 있는 집안에 들어가 아이를 둘 낳고 본처를 위해 다시 그 자리를 내놓은 후, 황무지를 개간하면서 본처와 자신이 버렸던 자식을 위한 속죄의 삶을 살아간다.

여러 차례에 걸쳐 아이를 잃고 정신을 놓아버렸던 '정수'의 큰어머니, 자식을 버려두고 첩이 되어 아이를 낳아야 했던 정수의 어머니, 칠 년 동안 불임으로 고통받으며 두 명의 시어머니와 이복 조카까지 돌보아야 했던 정수의 아내까지, 「어머니의 자리」의 불행한 가족사는 철저하게 비극적 여성사로 뒤얽혀 있다. 기억해야 할 것은 비극의 매듭을 조심스럽게 풀고자 하는 이들 또한 비극의 주인공인 여성들이라는 점이다. 그녀들은 아이를 낳아서 혹은 낳을 수 없어서, 낳았음에도 잃을 수밖에 없어서 생겨난 생채기들을 서로의 방식으로 이해하고 보듬는다. 조금씩 서로 다른 내용의 상처와 서로 다른 크기의 고통으로 오열하고 앓고 정신을 놓아버리지만, 그녀들은 그 상처와 고통이 모두 같은 곳에 연원을 두고 있음을 안다. 벗어나고 싶지만 그렇게 되지 않는 덫과 같은 인생살이를 그녀들은 서로의 삶에서 발견한다. 그렇게 그녀들은 모든 고통의 최종 퇴적지인 가장 낮은 곳에서 상처와 고통으로 연대한다.

박향의 소설은 자신에게 요구되는 역할에 충실한 채로 그렇게 수직적 시간축이 아니라 망사 조직으로 직조되고 퍼져나가는 여성들의 역사 구성 방식을 재연한다. 물론 그녀들의 행보는 지나치게 조심스러워 종종 오랜 관습에 기초한 순종을 환기하는 것처럼 보이기도 한다. 그렇기는 하지만 박향의 소설은 여성들의 지루하고도 숨막히는 일상들을 단숨에 무가치한 것으로 부정하지 않으면서도 그들의 존재 방식이 오늘 그리고 내일의 여성들에게도 유의미할 수 있는 통로를 마련해준다. 이는 그녀들의 화해와 연대의 가능성이 한순간의 감정에 의한 것도 단지 제스처에 불과한 것도 아님을 보여주는 작가적 시선의 부피가 발견한 미덕이다.

5. 발랄한 망상으로

사실 한국사회에서 전통적인 성별 차이에 호소하지 않으면서 여성에 대해 말할 수 있는 가능성은 매우 낮은 편이다. 몇몇의 도전적 예외를 제외한다면 순종의 오랜 관습을 부활시키지 않으면서 여성의 독자적 가치를 말하기는 쉽지 않다. 그럼에도 박향의 소설이 보여주는 여성들의 비극성은 그녀들의 순종성에서 배태되지 않는다. 그녀들의 비극성은 끼어 있는 존재로서의 어떤 이질성에서 연유한다. 그녀들은 모든 것을 포용하고 이해하는 현명한 어머니 혹은 아내의 이미지에도 가부장제에 온몸으로 도전하는 투쟁적인 여성의 이미지에도 완전히 부합하지 않는다. 역사와 혁명이 지나간 후에도 여전히 지속되는 것들, 평범한 여성의 일상에 밀착해 있는 박향의 소설은 모든 것을 수용할 수 없으나 그렇게 되고자 하며 반란을 일으킬 수 없으나 저항의 몸짓마저 포기하고 싶지는 않는 그런 존재들로 가득하다. 대개 그녀들이 정신을 놓아버리거나 망상의 세계로 진입하는 것은 이런 연유에서이기도 하다.

흥미로운 것은 정신을 놓아버린 수많은 그녀들이 세계에 대한 인식의 끈을 놓아버린 후에야 활기를 찾는다는 사실이다. 종종 그녀들은 "사나운 야생 짐승처럼 광폭"(161쪽)해지고, "올빼미처럼 밤에도 눈이 반짝이고, 얼굴의 주름들은 울퉁불퉁 금방이라도 불끈 일어설 것만 같이 꿈틀거"(321쪽)리는 활기를 되찾게 된다. 망상과 활기의 상관성이라는 맥락에서 보자면, 박향의 여성들이 점차 발랄한 망상을 시도한다는 점은 유의미한 변화로 기억되어야 한다. 가사도우미로 일하면서 주인집 남자와의 불륜을 꿈꾸는 「즐거운 게임」의 '나'가 만들어내는 것은 분명 발랄한 망상이다.

　　"엄마는 세상이 너무 겁나지? 왜 그렇게 우거지상으로 살아? 아빠한테 속았다고 세상을 송두리째 거부할 필요 있어? 아빠 갔어. 제발 그렇게 살지 마. 엄마 눈에 내가 몹쓸 년으로 보이겠지만 난 엄마처럼 살지 않아. 다 용서해. 다 용서하고 즐겁게 살아. 인생은 즐거운 게임 같은 거야. 눈으로 보고도 몰라?"

　　"뭐? 게임? 미친년, 뭐 용서? 퍼뜩 일어나. 이년아. 이게, 이 거지 같은 꼬락서니가 즐거워?"

　　"내가 어때서? 난 적어도 엄마처럼 엄살을 피우지는 않아. 죽은 남편 때문에 인생 전부를 지옥으로 만들지는 않는다구. 난 지금 즐거워. 그러면 오케이 아냐?"(「즐거운 게임」, 『문학수첩』, 2007년 봄호, 265쪽)

애인이 있던 남편이 급작스러운 사고로 죽은 후, 배신이 불러온 분노와 함께 생활고에 시달려야 했던 「즐거운 게임」의 '나'에게 가출을 밥 먹듯 하는 딸 '유림'이 말한다. 남자 덕분에 행복하고 남자 때문에 불행해하는 그런 방식의 삶을 그만두라고. 자신이 인생의 주인이 되라고. 어떤 삶이 인생을 주인으로 사는 것인지, 어떻게 살아야 인생의 주인이 될 수 있는지,「즐거운 게임」의 그녀들뿐만 아니라 박향 소설의 그 누구도 알지 못한다. 그들이 자신만의 세계를 구축하고 활기를 찾으면서 다른 현실을 산다고 해서 그들의 현실적 고통이 감해지는 것도 실제 현실이 변하는 것도 어쩌면 아닐지 모른다. 그럼에도 남편이 죽고 나면 자신은 남겨진 쓸모없는 것이 되리라는 두려움에서 벗어나는 것, "나는 남은 장갑도 남은 젓가락 한 짝도 아니"며, "그냥 원래부터 그렇게 혼자였"(「즐거운 게임」, 269쪽)음을 깨닫게 되는 것, 이런 깨달음의 순간이 소중한 것은, 여기서 인생을 주인으로 사는 삶이 시작될 수 있는 가능성이 지펴지기 때문일 것이다. 뼛속까지 순종하는 것도 정신을 놓아버리는 것도 아닌 방식, 전 존재를 부정하지 않으면서도 그녀들의 일상을 다시 만들 수 있는 방식, 과거와 오늘의 평범한 일상을 사는 이곳의 여성들에게 긴급하게 요청되는 것은 이 작은 깨달음의 순간이 아닐까.

디스토피아 통신

1. '보는/말하는' 좀비-아버지들

'아버지'에 대한 이야기에서 시작해보자. 한국문학이 '아버지'를 호명한 것은 그리 오래된 일이 아니다. 물론 그 아버지는 칭송의 이름이 아니다. 따져보면, 한국문학에서 '건전한' 아버지의 실제적 모델을 발견하기는 쉽지 않다. 상징적인 차원에서의 아버지 역시 긍정적 의미망을 마련하고 있다고 하기 어렵다. 문학사를 촘촘히 거슬러오를 수도 있겠지만, 적어도 장정일 이후 한국문학사에서 아버지는 명시적으로 거부와 조롱의 대상이 되었다(흥미롭게도 한국문학에서 '아버지'의 대거 등장은 바로 이 시기에 이루어진 일이기도 하다). 전 세계적 자본의 힘이 불러온 경제대란의 여파라고도 할 수 있는, '아버지'의 상징적 높낮이를 의도적으로 조정하려 한 문학적 시도가 없지 않았다. 하지만 한국문학이라는 전체 문맥에서 그 이름을 삭제하거나 낭만적으로 복원하고자 할 때의 '아버지'는 대개 거부와 저주의 대상이었으며 그보다 낫다 해도 조롱이나 희화화의 대상이었다.

박성원의 소설 『도시는 무엇으로 이루어지는가』(문학동네, 2009)의 아버지 역시 "동시에 임신한 두 여자 사이를 오가는, 찰리 채플린 같은 우스 꽝스런"(15쪽) 존재이고, 종종 "그저 궁색한 패배자"이자 "술주정꾼에 못 질 하나 제대로 하지 못하는 목수"(89쪽)였을 뿐이다. 그러니까 "사람들은 누구나 시간 안에서 산다"(10쪽)거나 "시간의 바깥으로 나간 사람은 그 누구도 돌보아주지 않는다"(11쪽) 혹은 "법은 바뀌지만 시간은 절대 바뀌지 않는"(89쪽)다는 식의 잠언이 박성원의 소설 전반에 흩뿌려져 있다고 해도, 그걸 곧이곧대로 다 믿을 필요는 없다. 내용보다 우선적으로 고려될 사항이 잠언들의 발원지이며, 그 잠언들이 모두 '보는/말하는' 아버지의 소유물이라는 점이 먼저 고려되어야 한다.

더구나 그 '아버지와 아들'의 관계에도 암암리에 이미 다 아는 작은 비밀이 숨겨져 있다. 거부하고 조롱하고자 하는 '아들'의 욕망이 '아버지-자리'의 획득을 위한 욕망의 뒷면이기도 하며, 욕망의 크기에서 별다른 차이가 없기도 하다는 소소한 사실들에 관한 것 말이다. 그러니까 박성원 소설의 아버지가 그 아들들에 의해 책과 글로 이루어진 활자와 망상 사이에서의 자유를 꿈꾸었던 궁색한 패배자로 치부된다 해도, 이조차 다 믿어서는 안 된다. '아버지'에 대한 평가는 '아버지'를 보고 말하는 '아들' 쪽의 것일 터, 애초에 세상에 존재하는 모든 말/글은 항상 편향된 하나의 해석일 뿐이자 무한히 증식하는 오류의 가능성일 뿐인 것이다.

박성원의 최근작이 보여주는바, 유목민을 꿈꾸었으나 패배자였을 뿐인 '아버지'와 사막으로의 탈출을 꿈꾸던 '아버지'(「캠핑카를 타고 울란바토르까지」)의 자리는 결국 미래로의 탈출을 꿈꾸었던 딸과 SF문학의 작가 지망생일 뿐인 아들(혹은 후손)에 의해 다시 채워지고 만다.(「캠핑카를 타고 울란바토르까지 2」) 비교적 정확한 현실인식이라 할 수 있는 작가의 비관적 세계인식에 입각해보자면 후기자본주의 사회의 도시인에게 그것 외에는 별다른 선택지는 없다. 그래서인지 그의 소설은 아버지의 자리를 두고 이동과 계승의 반복만이 유일하게 가능하다고 선언하는 듯하다. 세계

바깥을 꿈꿀 수 있는 가능성을 믿지 않는 존재들에게 그것 이외에 무엇이
또 상상될 수 있겠는가.

2. 현실 정향성 혹은 추상화된 직설화법의 세계

박성원의 소설에서 기묘한 이야기들로 이루어진 예기치 못한 반전을
만나는 일은 드물지 않다. 예를 들어, SF소설을 쓰고자 하는 작가지망생
의 인생실패담 옆에 그의 미출간 SF소설이 나란히 실리는 식으로 시공간
을 달리하는 불균질한 이야기가 병렬적으로 배치되곤 한다. 병치된 이야
기들의 이질성이 소설의 마지막까지 유지되는 경우도 꽤 있다. 아버지의
장례를 치르기 위해 배다른 남매가 오랜만에 만나면서 시작된 일종의 가
족 이야기가 아버지의 장례식 이후에 알게 된 복권 당첨 사실과 함께 뒤
틀리면서 매장한 아버지의 관을 파헤치거나 돈을 차지하기 위해 벌이는
속고 속이는 배신/사기극으로 치닫는 기묘한 결말로 종결되기도 한다.
그렇다고 박성원 소설에 부정합의 연쇄로 보이는 불연속적 서사의 지층
만 있는 것은 아니다. 오히려 기이한 이야기의 연속체들에서 발견하게 되
는 것은 일관된 현실 정향성이라고 해야 한다.

박성원 소설의 빼놓을 수 없는 미덕은 소설세계를 통해 드러나는 '현
실'에 대한 어떤 태도로 모인다. 그 태도는 후기자본주의적 현실에 적극
적으로 개입하고자 하는 작가의 비판의식에서 배태된 것이다. 현실과의
비판적 거리를 만들어주는 망원경식 조망을 통해 작가 박성원은 우리의
삶과 거기에 결부되어 있는 치명적 문제들을 추상화의 극단까지 밀어붙
인다. SF를 비롯한 하위문화적 요소들의 문학적 유용화 가능성을 다양하
게 실험해보는 박성원의 소설에 좀비-아버지들이 넘쳐나는 것은 무엇보
다 작가의 현실인식과 연관되어 있다.

난 늘 분노와 복종 사이에서 흥분하지. 누구나 그래. 모든 사람들은 분

노와 복종 사이에 있어. 분노를 하지만 결국엔 그 틀을 벗어나지는 않아. 화가 나지만 순순히 따를 수밖에 없을 때, 참을 수 없는 가려움이 있어. 제도는 구정물 같아. 그러나 누구나 구정물에 몸 담그는걸? 구정물에 빤 걸레를 수건으로 알지. 악취를 애써 향기라고 믿어. 누구나 그래. 살기 위해서 분노는 늘 복종이 되지. 인간은 언제나 그랬어. 분노와 복종 사이에 있어. 어디 날 강간해봐. 내게 참을 수 없는 고통을 줘봐. 분노와 복종 사이에서 나를 숨막히게 해봐. 동의 없이 태어났고 허락 없이 불시착하지 그것이 우리야.(「분노와 복종 사이에서 그녀를 찾아줘」, 『하루』, 문학과지성사, 2012, 152~153쪽)

일상을 이어간다는 것이 분노와 복종 사이의 아슬아슬한 줄타기임을 말하고 있는 「분노와 복종 사이에서 그녀를 찾아줘」의 이 한 문단으로 불합리한 세계를 향한 작가 박성원의 역설적 논지는 단박에 간파된다. 그리고 이처럼 박성원의 소설에서 '아버지'는 실제적 존재감을 상실한 지 오래이면서도, 육체의 죽음 이후에도 여전히 목소리로 남아 힘을 행사한다. 종종 살아 있는 사람들의 필요가 흔적 없이 사라진 '아버지'의 형상을 실물보다 더 실물처럼 만들기도 하는 것이다. 아버지의 시선과 목소리가 아버지 이후의 존재 전체를 채우고 있음을 보여주는 이 소설이 그러하듯이, 아버지들의 체제 적응 실패담 혹은 시스템의 바깥을 엿본 자들이 제안하는 양극단의 해결책은 세대를 넘어 현재를 사는 '아들-딸'의 신체와 욕망까지 조절하거나 제어한다.

이 소설에 의하면 위태롭게 유지되던 '아들-딸'의 일상을 근본적 위기의 지경으로 몰고 가는 힘의 꼭대기에는 '도청 앞에서의 시위'에 대한 아버지들의 경험이 놓여 있다. '도청 앞에서의 시위'로 상징되는 시스템의 힘(/혹은 불능)은 은폐된 치부를 엿본 자들을—시스템의 내부에서 안정적 삶을 유지하던 존재와 시스템 바깥을 꿈꾸었던 존재의 구별 없이—무차별적으로 광기 혹은 생존 불가능의 영역으로 내몬다. '미세한 균열'을 보았으나 경험 이전의 시공간에서 튕겨져나온 자들에게 남은 틈새 공간은 더이상 없다.

'우리는 달려간다 이상한 나라로' 연작이 보여주었던바, '평균적 삶'을 유지하는 논리와 보편자의 이름으로 행해지는 폭력에 예민했던(『우리는 달려간다』, 문학과지성사, 2005) 박성원의 소설은 점차 '전체와 규칙' '탄생과 죽음' '윤리와 가치' 등 근대 이후에 형성된 모든 것들에 대한 전면 비판을 행하기 시작했다. '정상과 비정상'이라는 기준의 타당성을 겨냥했던 질문이 점차 시스템 전체의 타당성에 대한 질문으로 확대되었다. 아이러니하게도 이러한 질주 과정에서 박성원은 다음과 같이 비관적으로 말하기 시작했다. "전체와 규칙"을 위해 어쩔 수 없이 "모든 사람들이 이어달리기 주자"가 되어야 하며, "그게 삶이고 운명"이라고 말이다.(「도시는 무엇으로 이루어지는가」, 73쪽)

이러한 표면적 언설에도 불구하고, 분명한 것은 근대 이후에 형성된 것들, 시간으로 대표되는 시스템에 대한 작가의 차가운 비판의식이, 그 불합리성과 그것이 결코 해소되지 않을 것이라는 판단이 불러온 분노나 절망과 버무려지면서 작가만의 개성의 영역을 마련해왔다는 점이다. 자체의 패러독스적 지점들을 내장한 그 영역에는 추상화된 직설화법의 세계라는 명명이 타당할 것이다.

3. 책과 글쓰기로의 귀환

네가 이 사회의 생산에 조금의 보탬이라도 되었다고 생각하나? 소설로는 아무것도 할 수 없다. 소설을 쓴다고 그게 시멘트가 되기를 하나, 물건과 교환할 수 있기를 하나, 무슨 가치가 생기기를 하나? 너는 정말이지 아무짝에도 쓸모없는 일에 너를 바치고 있다. 네가 말하는 암세포 분열 따위,

사실 나는 그런 말 들어도 무슨 말인지 하나도 모르겠다. 너는 남들이 박 터지게 싸울 때도 너만 잘 살겠다는 놈이다.(「분열」, 『도시는 무엇으로 이루어지는가』, 287~288쪽)

　　모든 사람이 손창섭의 소설을 좋아할 수는 없다. 모든 철학자들이 한 가지 철학사상을 따르는 것은 아니다. 모든 사람들이 포크음악을 좋아하는 것은 아니다. 그처럼 분열은 있을 수밖에 없다. 그러나 취향과 입장에 따른 분열은 암세포들의 분열과 합세해 작품들이 지니고 있던 저 나름의 가치마저 죽여버렸다. 그래서 너는 언제나 외로운 것이다. 소설이라는 것을 쓰고는 있지만 세상이 바뀔 것이라는 또는 미래가 밝을 것이라는 기대는 가지고 있지 않다.(같은 글, 277쪽)

　　추상화된 직설화법의 세계에서 박성원이 매번 회귀하는 곳은 글쓰기의 영점이다. 죽었으나 여전히 힘을 행사하는 다양한 좀비-관념들과 제도들을 들여다보고 분노하고 절망하는 박성원의 소설이 글쓰기의 의미와 가치에 대한 질문으로 매번 되돌아가는 것은 어쩌면 당연하다. 세계의 바깥에 대한 상상이라는 불가능한 틈새를 열어줄 유일한 가능성이 언어의 세계에 있다는 그의 믿음을 떠올려보면 더욱 그러하다. 하지만 그가 언어의 세계에 절대가치를 쏟아붓고 있다고 오해할 필요는 없다. 오히려 그는 해묵은 소설무용론을 들고 스스로를 질타하기도 하고, 때로 '아무짝에도 쓸모없는' 문학의 유일무이한 존재가치를 고평하기도 한다.
　　한 개인의 내면보다는 사회 전체의 관계를 들여다보고자 하며 그 관계의 구조화 방식이 만들어내는 소음에 귀기울이고 또 발언하고자 한 현실 정향적 성향은 작가 박성원의 이모저모를 구성하는 주요소 가운데 하나이다. 언어에 대한 가치 부여 이상으로 이 요소가 박성원의 글쓰기를 새로운 실험의 장으로 향하게 하는 원동력으로 작용한다. 소설 「분열」의 사

변이 말해주는 것처럼, 박성원에게 글쓰기는 편향된 해석들과 오류 가
능성들의 누적층으로 이루어진 예기치 못한 어떤 영역이거나 효과인 것
이다.

물론 글쓰기가 언어로 이루어진 세계 내부로의 침잠이라는 것, 때문에
어떤 상상의 가능성을 담아낼 수 있다 해도 픽션의 세계란 결국 세계와
전체의 근처에도 다가가지 못한 채 만들어낸 '문학' 혹은 소위 '문학하는
자'들의 비겁하고 나약하며 옹졸한 변명거리일 수밖에 없다는 것, 이런
것들을 박성원은 충분히 잘 알고 있다. 그럼에도 글쓰기의 한계에 절망하
는 '너'를 보여주고, 원하는 대로 쓰거나 말하지 못하는 '너'의 절망과 비
애가 다시 '너'를 '책꽂이'라는 광막한 언어의 세계로 이끌고 있음을 보여
줄 뿐 아니라, 이 전모를 작가의 대리 시선인 '나'를 통해 보여줄 때, 박성
원의 글쓰기는 쉽게 부인하기 어려운 신뢰의 무게를 얻는다. 중층의 고민
이 가까스로 밀어냈으나 그저 제자리걸음에 가까운 보폭의 흔적밖에 남
길 수 없는 것, 그것이 글쓰기의 숙명임을 자기해체의 과정을 통해 보여
주고 있다는 점에서 더 그러하다.

4. 그리고 보론

의외로 한국문학에서 "내 견해나 생각은 없"다거나 "내 견해나 생각
따위를 누군가가 이해해주리란 기대는 포기한 지 오래"(「논리에 대하여」,
196~197쪽)라는 식의 절대적 염세주의를 선언한 사례를 만나기란 쉽지
않다. 박성원의 작가정신이 소중한 까닭은 역설적으로 여기에 놓여 있다.

현실의 복잡한 층위를 들여다보자면 「분노와 복종 사이에서 그녀를 찾
아줘」가 보여주는 바처럼 감시자의 시선이 (누군가가) 훔쳐보는 느낌과
반드시 일치하지는 않을 것이며, 수치심과 모멸감이 언제나 감시(자)의
시선에서 발생하는 것만도 아닐 것이다. 사디즘/마조히즘적인 구도로 설
명하기에는 우리가 사는 세계의 정치사회학적 역학이 훨씬 거대하거나

복합적인 구조를 이루고 있는지도 모른다. 그러니 그의 소설은 문제의 핵을 드러내기 위한 고도-추상화 과정을 지속시키는 동시에 현실 정향적 경향을 좀더 치밀하고 세밀하게 펼쳐 보일 필요도 있을 것이다.

그럼에도 추상화된 직설화법의 세계가 마련한 빛나는 지점은 SF적 트릭을 활용한 유머감각을 보여준 다음과 같은 순간이 아닐 수 없다.

나는 집을 둘러보며 우선 커피를 마시라고 말했다. 그러고는 그들에게 도무지 세금이 어디에 쓰이는지 모르겠다고 말했다. 둘 중 하나가 웃었다. 약간 마른 사람이었다. 우주탐사와 개발에 쓰이지요. 내가 내준 커피를 홀짝이며 마른 사람이 말했다. 다른 한 명이 옆에서 마른 사람을 거들어주었다. 또 무기를 만들어 지구를 지키는 데에도 사용하지요. (……) 뭐, 모두 그런 데만 쓰이는 건 아닙니다. 마른 사람은 마른기침을 두어 번 한 다음 팔십여 년 전에 완공했던 대운하가 문제가 많아 재공사를 하는데 거기에 천문학적 돈이 들어갈 것이고, 하다못해 유럽의 어느 축구단 유니폼 등짝에 'Hi, Korea'라는 광고를 새기는 데도 수백억원의 세금이 필요하다고 했다.(「캠핑카를 타고 울란바토르까지 2」, 93쪽)

촌철의 유머감각에 미소지으면서, 깨어 있는 시선으로 세계 바깥에 대한 상상 불가능의 틈을 열고자 하는 작가 박성원의 흥미로운 행로 앞에 다음과 같은 표지판을 세워본다. 그것은 당연하게도 직진 표지판이다. '이택광-조정환'을 중심으로 이루어진 촛불 논쟁이 시시하듯, 진위, 선악, 시비로 다양하게 변주되는 대립항들에 대한 비판은 새롭게 찾아지는 기준을 수립하는 것에 그치지 않고 그 기준 자체를 재검토하는 순환적 과정으로 이어질 필요가 있다. 시스템에 대한 전면 부정을 견지하는 박성원의 단호한 비판의식은 '전면 부정'의 '타당성'에 대한 '전면 부정'으로까지 나아가는 연쇄작용이 되어도 좋을 것이다.

영원히 좌절될 뿐인 작가의 꿈, 유목민의 가능성에 대해서도 첨언은 가능하다. 그의 글쓰기 행적을 조용히 뒤밟아왔던 독자라면, 그가 열망하는 유목민의 삶이라는 것이 '세계의 바깥에 대한 상상'의 알레고리적 표현에 가까우며, 사실 그런 것이 있다면 책과 망상과 글쓰기의 세계 내부에 놓여 있을 것임을 알고 있다. 그런데 바로 그렇기 때문에 이제는 그의 소설이 그런 선택/지향의 불가능성을 보여주는 동시에, 타협하지 않는 염세주의적 비판의식을 유목민의 삶이라는 그 불가능성의 한가운데로 관통시키길 기대해본다. 돌이켜보면, '아버지'가 유목민이 '되지 못할/될 수 없었던' '패배자'였기에 좀비-아버지로 떠도는 것은 아닐 것이다. 건너다보면 '유목민'의 영역에도 적지 않은 난망한 문제들이 질문도 되지 않은 채 놓여 있기도 하다. 이제 유목민에 관한 한, 정신의 자유와 함께 이방인에 대한 공포와 적대의식도 이야기해야 한다. 이런 질문들이 되짚어지는 그곳에 좀비-아버지의 세계를 넘어설 새로운 소설이 숨죽이고 있을 것이기 때문이다.

고독의 권장

1. 소설의 존재론 재고

구효서는 단연코 소설과 함께 나이를 먹어간다는 표현에 가장 적합한
작가다. 소설 쓰기에 '나이 먹음(aging)'의 표식이 새겨지고 있다는 말이
다. 물론 이 말은 문장의 탄력이 떨어진다거나 세상을 보는 시선이 낡았
다는 뜻이 아니다. 구효서에게서 소설가의 삶과 소설의 몸피는 분리할 수
없는 만큼 단단하게 결합되어 있다. 삶의 진행과 함께 두터워지는 소설가
의 삶의 부피는 다채로운 소설적 관심으로 남김없이 구현된다. 여기에는
소설이 소설가의 삶을 넘어선 숭고의 영역이나 일상과는 세련된 거리를
유지한 기예의 영역에 놓인 것이 아니라는 구효서의 투철한 소설관이 함
축되어 있다. 중앙일보 신춘문예 당선작 「마디」로 작가생활을 시작한 구
효서가 이십육 년간 90여 편의 작품을 출간했다는 사실 자체가 그러한 소
설관의 움직일 수 없는 물증이 아닐 수 없다.

소설가의 삶과 소설적 몸피의 결합은 대표적 전업작가인 구효서의 존
재론적 일면을 설명해준다. 이러한 면모는 낭만주의적 작가관을 극복할
수 있는 대안적 작가관으로 의미화될 수 있다. 작가라는 말에 덧붙어 있

는 향취로 작가는 꽤 오랫동안 생계를 위한 생활과는 거리가 있는 존재로 다루어지곤 했다. 본래적 차원에서 창작자로서의 작가의 면모에는 일상적 생활과의 간극의 지표가 새겨져 있었다고도 할 수 있을 것이다. 소설적 허구를 만들어내는 주체로서 작가는 현실을 작가적 시선으로 포착하고 변형하며 소설 속에서 재배치한다. 실제가 아니라 허구적 실제의 세계를 만들어낸다는 이러한 이해방식에 의하면 작가에게서 타고난 천성이나 천재적 자질이 상대적으로 중요해진다. 여기서 작가의 인간적 면모에 대한 관심은 최소화된다.

　작가라는 말에 덧붙어 있는 이러한 신화의 흔적을 염두에 두자면, 작가의 위상을 일상에 보다 밀착시키는 방식은 창작이라는 말에 담긴 창조주의 권능과 그것이 불러오는 전능성의 심상을 탈신화화한다는 데 의미가 있다. 그런데 작가를 둘러싼 낭만적 이데올로기가 해체되고 있는 2000년대 이후로 작가와 일상의 거리에 대한 새로운 선언이 갖는 의미는 그리 크지 않아졌다. 소설을 포함한 문학적 환경의 변화는 이러한 경향을 강화하고 있기도 하다.

　예술의 시대적 기능에 근거한 이러한 이해 방식과는 다른 맥락의 간과할 수 없는 원인도 있다. 경제만능주의가 유력한 시대윤리가 된 오늘날에는 소설을 쓰는 일이 생계를 책임져주는 직업군에서조차 그리 환영받는 일이 아니게 되었다. 작가라는 말에는 직업에 미달하는 결여의 지점이 있다. 소설 쓰기라는 노동의 결과물이 실질적으로 경제적 효용가치 면에서 그리 높지 않은 가치를 갖는다는 현실적 이유로 작가는 주변부적 존재로 이해된다.

　이러한 상황에서 소설가의 삶과 소설적 몸피의 결합은 소설 자체의 위상 저하와 함께 사실상 소설의 존재론에 육박하는 질문을 불러오게 된다. 그 질문은, 생계를 위한 수많은 직업 가운데 하나가 되어버리고 나면 소설가에게 소설은 무엇이며, 소설은 왜 계속 쓰여야 하는가, 나아가 소설의 대사회적 존재 의의는 어디에서 찾아질 수 있는가와 같은 것으로 압축될 수 있을 것이다.

소설의 존재론에 대한 질문 위에서, 구효서에게서도 이제 더이상 작가의 삶과 소설의 몸피의 밀착이 갖는 의미가 전업작가로서 끊임없이 소설을 써나간다는 것에 머무를 수 없게 된다. 문학을 둘러싼 다각도의 탈신화화의 의미가 신화화의 강도와 전적으로 결부되어 있다고 할 때, 소설가의 삶과 소설의 몸피를 결합시키고 있는 구효서의 소설이 갖는 시대적 의미망에 대해서도 재점검이 요청되는 시간이다.

2. 문학의 무용과 유용 사이, '쓴다는 것'의 의미

소설의 시대가 이울고 있다는 징후는 곳곳에서 발견된다. 근대 초기에 신문에 연재되었고 이후 단행본으로 출간된 한국 최초의 장편소설이 쇄를 거듭하는 인기를 구가했다거나 1970~1980년대에 정치적 암흑의 시대를 살아야 했던 많은 한국 작가들이 시대의 불의에 대한 저항을 역사적 서사로 우회해야 했던 사정, 근대 역사를 통틀어 거대역사가 다루지 않거나 의도적으로 배제했던 몫 없는 자들에 대한 기록을 소설을 통해서 만날 수 있었던 사정 등은 소설이 한국사회에 강력한 문화적 영향력을 행사했던 시절을 환기한다. 소설의 정서적 감응력은 의식의 각성을 불러왔고 일상의 변화를 이끌었다. 그러나 소설의 힘이 일상에 직접적 영향력을 행사하던 시절은 지나가고 있다. 소설의 시대는 지나간 과거가 되고 있다.

2000년대 이후로 한국문학이 보여주었던 '현실/가상'에 대한 감각변화의 징표들은 이러한 경향의 회귀 불능성을 선언하고 있는 것으로 보이기도 한다. 2000년대 이후 한국문학의 상당수가 실제 현실과 거리를 두거나 관계맺음방식에 대한 무관심을 과시하곤 한다. 이러한 경향은 역설적으로 소설세계를 작가의 욕망에 매어 있는 좁은 세계로 축소시키고 있기도 하다. 글쓰기의 의미도 작가 개인의 욕망의 테두리 내부에 갇혀 있는 편이다.

　소설집 『별명의 달인』(문학동네, 2013) 곳곳에서 작가 구효서가 누설하듯 내비치는 글쓰기의 의미는 특정한 목적을 가지지 않는다는 점에서 문단의 경향과는 다른 문맥을 갖는다. 그에게 있어 '소설을 쓴다는 것'은 분명 일상 현실과의 관련 속에서 이루어져야 할 일이다. 일상과는 무관한 숭고한 예술 창조의 길도, 생계를 위한 수단만도 아니다. 그러나 작가 스스로가 소설의 사회적 역할과 공동체에의 기여를 목표로 삼지도, 일상 현실의 문제에 깊숙이 개입한 실천으로서의 의미를 강조하지도 않는다. 차라리 구효서에게서 소설은 '쓴다는 것' 자체에 가까운 어떤 것이자 그것의 기록인 "말의 궤적"이라고 해야 한다.

　「모란꽃」에서 뭔가를 적는다는 것을 뜻하는 글쓰기는 '중얼거리며 한숨을 쉬는 일과 다르지 않은, 이유나 목적도 없는, 일종의 버릇'(「모란꽃」, 79쪽)으로 취급된다. 그것은 그저 "소용없고 쓸모없는 짓의 무심한 반복"(103쪽)이며, 그렇게 해서 기록된 글이란 "소용없고 쓸데없는 것들의 무덤. 지금까지 살아오며 내뱉은 푸념과 허텅지거리, 시샘과 원망의 썩은 물웅덩이"(103쪽)일 뿐이라는 것이다. 글쓰기의 무용성에 대한 우회적 발언에 주의를 기울여야 하는 것은 그 무용성이 역설적으로 「모란꽃」의 화자에게 글쓰기를 계속할 수 있는 이유가 되기 때문이다. "그 속절없는 일에 애초부터 무슨 이유나 목적이, 있었던 건, 아니었질 않은가. 버릇처럼 숨처럼 그래 온 것뿐이니까. 사십 년간 하염없이 이어져오기만 한 거였으니까. 그리고 이어져갈 거니까."(112쪽)

　흥미롭게도 바로 그 무용성으로, '쓴다는 것' 자체인 "말의 궤적"은 '지나온 자국으로서의 궤적이 아니라, 삶이 나아가고자 하는 이정표로서의 궤적'(143쪽)이 된다. 글쓰기가 진릿값을 담보한 불변의 언어로 구축되기보다 일상적 삶의 굴곡이 불러오는 상념들과 그것에 대한 반응일 뿐이라는 인식에 근거해 있기에, 구효서에게서 소설적 행보는 삶의 진전 가능성을 타진해볼 통로가 된다. 이러한 방식이 내장한 한계를 충분히 염두에 둔 채로, 그럼에도 짚어두어야 할 것은, 그 탐색의 의의가 문학의 무용성과 유용성 사이에 놓인 길을 내고, 어쩌면 존재하지 않을지 모르는 그 길 위에서 소설의 존재 의미를 가늠해보려는 시도 자체에서 찾아져야 한다는 사실이다.

3. 삶이 품은 질문들, 기억의 다른 판본들

구효서의 소설에 쉽게 해소되지 않는 의미의 복합체나 풀어야 할 미스터리가 숨겨져 있는 것은 아니다. 그러나 따지자면 구효서의 소설에는 삶의 의미를 되묻는 무수한 질문들이 던져져 있다. 구십대의 노인이 '결혼한 두 아들 집을 마다하고 굳이 막내와 함께 사는 이유, 새벽마다 거실을 걷는 이유, 아파트 복도에 서서 멀어지는 아들의 등을 하염없이 바라보는 이유'는 무엇인가.(「바소 콘티누오」) 모든 면에서 한국 남자의 평균치를 웃도는 남자와 그의 아내는 왜 더이상 함께 살 수 없는 것인가.(「별명의 달인」) 작가는 우리의 시선을 일상의 곳곳에 숨겨진 작은 의문들로 향하게 한다.

작가의 인식에 따르면, 어디에서 연원했는지 모를 삶의 다층적 문제들이 엉킨 실타래가 풀리듯 완전히 해소될 수는 없다. 작은 질문들의 해소 여부 자체는 작가의 주된 관심이 아니기도 하다. 구효서 소설의 특장은 어느 날 삶의 표면으로 떠오른 균열의 기미를 기민하게 포착하고 소설의 인물들에게 그리고 더 나아가 독자인 우리에게 그것을 계기로 흔들리는 존재의 의미를 돌아보게 하는 데 있다. 아마도 삶의 본질이 질문의 형태를 취한다는 점에서 질문 그 자체가 이미 하나의 해답임을 감지하고 있기 때문일 것이다. 구효서는 반복된 질문을 통해 삶의 본질에 다가가고자 한다. 삶이 품고 있는 무수한 질문들을 통해 삶의 본질에 한 발짝 더 다가가보자고 제안한다.

어느 날 돌출한 삶의 균열은 구효서의 소설에서 타인에 대한 이해를 재고할 수 있는 성찰의 힘으로 작동한다. 그 과정에서 구효서는 각자의 삶은 어떻게 같으며 또 다른가를 묻고, 서로 다른 삶들이 어떻게 만나거나 공존할 수 있는가를 되묻는다.

누구보다 경희를 잘 안다고 믿었던 나였다. 죽으려 했다고? 왜 내가 몰랐을까. 몇 달 동안 울었다면 몰랐을 리 없었다. 어떤 식으로 죽으려 했을까. 몇 달 동안이나 울고 있었을 때 나는 어디에 있었던 걸까. 경희와는 하루도 떨어져 있던 날이 없었다. 기억에만 없는 걸까. 가장 가깝고 잘 알고 좋아했고 믿었던 사람의 끔찍한 슬픔을 기억 못 하다니. 바로 곁에서 고통으로 몸부림치고 있었다는데.(「모란꽃」, 100쪽)

형제들마다 제목이며 내용을 다르게 알고 있는 책. 그리고 읽을 때마다 자꾸 달라지는 책이었다. 책은 한 권이 아니라 여러 권인 셈이었고, 내용을 조금씩 달리 알고 있다 해도 그것 모두 모란꽃이었다.(110쪽)

해소되지 않는 질문들의 의미를 곱씹어보는 일이 삶의 본질에 다가가고자 하는 시도라면, 「모란꽃」에서 그것은 타인에 이르는 길에 대한 재점검의 과정으로 구현된다. 이유 모를 상실감에 휩싸여야 했던 「모란꽃」의 주인공은 옛집에 있었던 책 한 권에 대한 기억을 반추하는 과정에서 형제들 간에 전혀 이질적인 기억이 공존하고 있음을 알게 된다. 가장 가깝다고 여겼던 여동생의 지독한 실연의 상처에 대해 자신이 전혀 아는 바 없었음에 놀라게도 된다.

타인에 대한 이해 불능의 좌절감 앞에서 「모란꽃」의 주인공은 "난 무얼, 얼마나 알고 있는 걸까"(101쪽)를 질문하게 된다. 스스로에게 던져진 그 질문들은 「모란꽃」 주인공의 타인에 대한 이해의 시야를 넓혀줄 것이다. 그러나 사실 「모란꽃」의 의미가 타인에 대한 이해의 불충분함을 환기하는 데에서 그치는 것은 아니다. 우리가 언제나 타인에 대한 불충분한 이해에 머무를 뿐이라는 사실이 타인에 대한 온전한 이해의 불가능성을 말해주는 것임은 분명하다. 이 지점에서 구효서는 오류로 밝혀진 이해들, 말하자면 다양한 오해들이 우리가 취할 수 있는 이해의 최전선임을 말한다. 펄 벅의 소설 『모란꽃』에 대한 서로 다른 기억이 그러하듯, 해석과 오해의 다양성이 만들어내는 효과와 의미가 보다 중요한 것은 아닌가를 역설하는 것이다. 구효서는 서로에 대한 이해 불가능성의 확인에서 나아가, 제각각의 기억의 뒤편에 불변의 원본이 있으리라는 인식 자체가 삶의 본성과는 매우 이질적인 것임을, 서로 다른 기억의 판본들이 삶의 본래성에 더 가까이 다가가 있는 것임을 강조한다.

4. 길 끝에서, 생은 다른 곳에

어느 날 갑자기 이후의 삶을 함께 할 수 없다는 아내의 선언 앞에서 「별명의 달인」의 주인공이 자신이 수석 데스크로 있는 잡지사에서 취재를 자청하게 되는 것은 그 길에서 자신의 본질을 정확하게 꿰뚫고 있었다고 여겨지는 옛 친구와의 만남을 기대했기 때문이다. 옛 친구와의 오랜만의 해후 자체를 기대했다기보다는 그의 통찰의 힘을 그리워했다고 해야 할 텐데, 한 인간의 본질을 탁월하게 응축해냈던 옛 친구라면 "아내의 비명 같고 체념 같던 외침의 뜻을 잘 알 것 같았"(46쪽)고, 자신에게 무엇인가를 말해줄 수 있을 것으로 여겨졌기 때문이다.

삶의 막다른 골목에 서 있는 「별명의 달인」의 주인공에게 옛 친구는 어떤 통찰을 던져주었는가. 독자의 기대를 배반하듯, 「별명의 달인」은 삶의 길을 잃은 듯한 그의 사정에 대해서는 관심을 기울이지 않는다. 엉뚱하게도 「별명의 달인」은 맞춤한 별명을 마련하기 위한 과정이 야기했던 옛 친구의 공포에 관한 이야기를 슬그머니 풀어놓는다. 맞춤한 별명들이 마련되는 과정에 대한 소개에 "상대를 빨리 파악하고 나름의 규정을 내리는 일"(72쪽)이 재미로 이루어진 즉흥적인 일이 아니었을 뿐 아니라, 공포에 가까운 불안과 고통, 심지어 생명을 위협하는 무엇처럼 옛 친구를 옥죄는 일이었음을 무심한 듯 슬며시 덧붙인다. 너스레와 자존심 따위로 포장되었던 옛 친구의 억누를 수 없는 두려움이 타인에 대한 빈틈없는 파악의 불가능성에 대한 인식에서 온 것임을 밝힌다.

아주 좋네. 무슨 차야?

그가 물었다.

산국화에 구기자를 넣었어. 죽염 조금.

차에 소금을?

응, 아주 조금.

차 이름이 뭔데?

없어.

없어?

없어.

니가 직접 만든 거야?

응. 문밖만 나가면 먹고 마실 거 천지야.

그는 자기 잔에다 어느새 두 잔째 찻물을 붓고 있었다. 없어진 게 뭔지 알 수 있을 것 같았다. 라즈니시에게서 사라진 것. 그래서 보이지도 느껴지지도 않는 것.(「별명의 달인」, 69쪽)

「별명의 달인」은 해소할 길 없는 삶의 난제들과 그 해소 과정이 아니라, 그런 난제들이 결국 해소될 수 없는 것임을 말하는 데 더 집중한다. 우리는 누구나 살면서 한번쯤 길을 잃고 우두망찰하거나 길 없는 길 앞에 서게 될 것이다. 그런 순간은 「별명의 달인」에 의하면, 타인과의 관계에서 서로에 대한 규정을 피할 수 없다는 사실과 의식적이든 무의식적이든 그러한 규정이 다 담지 못한 면모들이 서로에게 남아 있다는 사실, 그리고 무엇보다 그간의 이해 방식에 의해서는 파악되지도 이해되지 않는 영역들 앞에서 타인에 대한 그리고 그/그녀와의 관계에 대한 그간의 모든 규정들이 아무것도 아닌 것이 되어버린다는 사실을 깨닫게 되는 시간인 것이다.

「나뭇가지에 앉은 새」에서 판본을 달리하면서 보여주고 있듯, 멀리 떨어져 사는 형제가 전화로 전한 말 "아무것도 안 보여……"(247쪽)는 살면서 문득 만나게 되는 알 수 없는 막막함이자 우리 모두가 살면서 겪게 되는 고달픔의 일면이다. 의식하지도 못한 채 흘러나오는 중얼거림이자 감출 수 없는 한숨일 뿐인 그것이 어떤 진실을 담고 있는지에 대해 구효서는 캐묻지 않는다. 다만 작가는 「모란꽃」에서 어린 시절부터 얼어붙는 공포를 야기했던 토주가 텅 빈 허공일 뿐이듯 불현듯 발화된 고달픔의 편린들 자체에는 아무것도 담겨 있지 않은 것인지도 모른다고 중얼거리듯 말할 뿐이다.

「별명의 달인」에서도 역시 주인공이 직면한 삶의 막막함은 소설 내에서 전혀 해소되지 않는다. 그런 채로 소설은 "그의 앞에 길이 없었다. 길은 거기서 끝나 있었다"(76쪽)는 문장으로 끝이 난다. 「별명의 달인」은 길 없는 길 앞에 선 인물들의 막막한 사정을 소개하고, 그러한 막막함이 우리 모두의 것임을 넌지시 암시하는 이야기에 더 가깝다. 그런데 그렇기에 길 없는 길 앞에 서 있다고는 해도, 그와 옛 친구가 타인에 대한 이해 불능성이라는 극복하기 어려운 절망 앞에 서 있는 것으로 보이지는 않는다.

「별명의 달인」을 통해 보여주듯, 구효서는 각자의 개별적 막막함에 대한 해소책을 말하기보다, 존재의 근본적 이해 불능성에 대한 승인을 통해 타인에 대한 이해의 새로운 가능성이 열릴 수 있음을 전한다. 물론 삶의 의미를 반복적으로 되묻는 과정의 끝에서 삶의 의미가 온전히 파악되는 것은 아니다. 끝내 "삶은 여전히 모를 거"(45쪽)로 남아 있을 뿐이다. 거기에는 언제나 "체념을 정당화하는 자기암시"(137쪽)의 가능성이 놓여 있다. 그럼에도 타인에 대한 이해의 영점에 서게 되는 일이 길 없는 길로부터 미지의 어딘가로 한 걸음 내딛는 방법임을 부인할 수는 없을 것이다.

5. 성찰은 나의 힘

구효서의 소설에서 이러한 허무의식이 삶에 대한 포기로 이어지는 것은 물론 아니다. 사실 허무의식은 구효서의 인간에 대한 이해와 밀접하게 연관되어 있다. 구효서의 인간론은 조금 추상적으로 말하자면, 탈구축적 관점으로 압축된다. 개별자의 정체성보다는 그것이 형성되는 과정에 놓여 있다는 사실 자체가 오히려 주목된다. 이에 따라 스스로 만들어가는 주체의 능동적 면모가 강조된다. 구효서의 주인공은 탈시간적 자명성을 갖지 않으며 자기성찰을 통해 정체성의 균열의 지점들을 되돌아보고 재고하면서 재정비하는 과정을 반복한다. 성찰의 힘에 대한 신뢰가 다른 주체로의 변신 가능성을 열어젖힐 수 있다고 믿기 때문이다. 삶의 의미는 끝내 모를 것이기 때문에 있는 그대로 받아들여야 한다기보다, 그런 까닭에 재질문될 수 있다는 입장이 구효서가 취하는 '체념'의 실체에 가깝다.

거대한 세계 앞에 놓인 주체의 수동성을 강조하는 최근 소설의 주류적 경향과 비교하자면, 주체의 자기규정적 능동성을 강조하는 구효서의 태도는 소중하게 다루어져야 할 미덕이 아닐 수 없다. 성찰의 힘에 대한 믿음은 앞으로도 계속 유지될 필요가 있다. 그런데 성찰의 힘에 대한 신뢰는 주체에 대한 반성의 시간을 통한 주체의 조정 가능성을 포기하지 않는다는 점에서, 그리고 그 변화에 보다 주목한다는 점에서 상대적으로 주체를 제약하는 조건들에 대한 지적에 소홀할 수 있다.

「산딸나무가 있는 풍경」은 마을 바깥에서 유명세를 탄 화백의 생가를 복원하는 자리에서 새롭게 구성되는 집성촌의 모습을 담는다. 그런데 「산 딸나무가 있는 풍경」에서 서서히 모습을 드러내는 것은 복원되는 화가의 생가가 아니다. 생가의 복원 과정은 혈연 공동체인 정씨 집성촌이 어떻게 다시 복원될 수 있는가 아니 복원되어야 하는가를 묻는 시간에 더 가깝다. 소설은 핏줄이 아니라 같은 성씨로 맺어진 이들이 만들어낸 집성촌의 새로운 면모에 더 주목한다.

소설에 따르면, 정씨 집안에 새경을 받는 머슴으로 흘러들어 일꾼으로 눌러앉았던 청년 황씨가 정씨 일가의 혈족이 되기까지 그리 오랜 시간이 걸리지는 않았다. 물론 소설은 세월이 흘러도 쉽게 가시지 않는 어색함과, 대개 "에두른 끝 선에, 바깥을 향해"(161쪽) 서 있었던 존재들에 관심을 기울인다. 정씨 집성촌에서 다른 성씨의 가족을 꾸린 이, 임신 사실을 모른 채 재가한 어머니가 낳은 껄끄러운 존재인 '나', 외지로부터 온 정 화백의 배다른 동생 등이 그들이다.

> 청년은 정 화백의 배다른 동생이었다. 시골에서는 드물게, 정 화백의 부친은 경찰공무원이었다. 해방 전부터 임지를 돌아다니느라 이틀 이상 시골집에 머물지 못했다. 바깥에 따로 살림을 차렸기 때문이었다는 사실이 뒤늦게 밝혀졌다. 정씨 성과 항렬을 따른 청년이 어느 날 마을에 나타났던 것이다. 그때 청년의 나이 열하나였다.
> 세력 있는 사람이 작은 부인을 두는 일이 드물지 않던 때였다. 바깥에 따로 차린 살림이 파국을 맞는 일도, 서자를 본가에 맡기는 일도 마찬가지였다. 그러나 예사로운 일에 가까웠다고 해서 청년의 처지마저 대수롭지 않았을까. 청년은 끝내 산딸나무에 목매 죽었다.(「산딸나무가 있는 풍경」, 164~165쪽)

말없이 부지런하기만 했던 정 화백의 배다른 동생의 비극적 죽음은 소설에서 특별한 사건으로 다루어지지 않는다. 혈족에 의해 외면될 수밖에 없던 존재들이 흔하던 시절이었고, 작가의 물기 없는 요약에 의하면, 죽음마저 심상한 것일 수 있던 시절이었던 때문이다. 소설을 통해서는 부모 제사에 잔도 못 올리는 처지에 대한 서글픔이 그를 자살로까지 몰고 갔으리라 추정만 할 뿐, 독자를 포함한 누구도 청년의 심경과 전후 사정을 알 수 없다. 생가 복원사업의 자문 역할을 맡은 황씨가 사연 많은 산딸나무를 옮겨다 심은 의중도 끝내 밝혀지지 않는다. 황씨와 나, 그 둘 사이에서 공유되었던 황씨가 저질렀다는 범죄에 대해서도 독자인 우리로서는 알 도리가 없다.

삶이 본래 그러하듯 띄엄띄엄 드러나는 진실 외에 소설을 통해 공동체로부터 조금쯤 내쳐진 채 살아간 이들의 사연이나 그들의 속내에 대해 우리가 알 수 있는 것은 그리 많지 않다. 그것이 삶이라고 하는 사태 자체의 진면목일는지 모른다. 구효서에 의해 삶이 본래 그러하다는 사실이 강조되고 있기도 하다. 그러나 삶이 본래 그러하다고 말하는 것으로 충분한가를 되묻게 되는 것도 사실이다. 「산딸나무가 있는 풍경」에서 개별자들이 가진 비극의 얼굴이 점차 소거되자, 배제된 자들에 관한 이야기에 새겨져 있을 희로애락의 면모들도 휘발되어버리고 만다. 이러한 장면 앞에서는 더욱 그러하다.

6. '멋스러움과 가당찮음의 경계'

구효서의 소설은 한결같이 단아하다. 재료 본래의 맛과 풍미를 살려낸 한정식처럼 번다하지 않으면서도 정갈하다. 우리 시대의 다수가 겪었을 법한 경험과 거기에 담긴 비극적 사연들이 단정한 문체와 함께 풀려나온다. 덩이진 흙이 매끈한 도자기의 표면을 이루듯, 사연은 다독여지며 감정은 절제된다.

말이 전하지 못하는 감정의 영역들, 말로는 나눌 수 없는 공감의 지점들이 때로 음악(「바소 콘티누오」)으로, 때로 핸드폰으로 주고받는 문자(「6431-워딩.hwp」)로 짚어진다. 처가의 식구에게 모질게 굴었던 한 가장의 언어 이면에 깔린 '소심함'도 말의 궤적 속에서 드러날 수 있음을 보여준다.(「6431-워딩.hwp」)

그런데 어쩌면 그 단아함이 주체를 제약하는 피할 수 없는 조건들의 소거로부터 오는 것인지 모른다는 의구심을 물리치기 어려운 것도 사실이다. 「산딸나무가 있는 풍경」이 보여주듯, 배제된 자들의 희로애락이 사라지게 되는 것은 그 개별자들의 비극의 얼굴이 지워져 있기 때문인지 모른다. 종종 구효서의 소설에서 타인의 의미가 주체의 정체성에 균열을 가져오는 징후로 축소되는 것도 이러한 사정과 연관되어 있는지 모른다.

> 마주보기는 분명 아니지만 외면도 아니다. 마주보기보다 더한 마주보기라는 걸, 알려 하지 않을 뿐이다. 완강히 마주보기를 꺼리는, 두 사람에게 작용하는 동일한 종류의 의지가 실은 모종의 연대거나 유대라는 걸. 그리움, 혹은 면구(面灸)의 유대.(「바소 콘티누오」, 25~26쪽)

서로에게 성찰의 계기가 되는 존재들은 구효서의 소설에서 '마주보기도 외면도 아닌' 공존으로 의미화된다. 구효서는 성찰과 그것이 가능한 거리를 강조한다. 자신을 들여다볼 고독의 시간을 가지지 않는 한, 각자에게 파악될 수 없는 면모들이 남겨져 있음을 인정하지 않는 한, 우리 스스로가 무엇을 박탈당했고 무엇을 놓쳤으며 무엇을 잃었는지 알 수 없게 된다는 사실을 지적한다. 그 고독이 우리를 반성도 하고 창조도 하게 할 것임을 강조한다. 작가는 현재 우리의 삶에서 쉽게 찾아볼 수 없는 고독의 의미와 고독이 의사소통에 의미와 기반을 마련해줄 숭고한 조건이라는 사실을 환기한다.(지그문트 바우만, 『고독을 잃어버린 시간』)

구효서의 소설은 자신을 돌아보게 하는 고독의 시간을 선물한다. 잠들지 않는 도시의 왁자함과 들끓는 내면의 잡음에 지친 영혼에게 위안을 전한다. 그의 소설을 통해 곧 다시 휘몰아칠 욕망의 소용돌이 속에서 얼마간 버틸 수 있는 마음의 평온을 얻을 수 있을 것이다. 비록 잠시뿐일지라도, 안팎을 둘러싼 현대사회의 소음을 편안하게 받아들일 수 있는 조금쯤 너그러운 마음 상태를 얻을 수 있을 것이다.

"그래, 너무 걱정하지 마. 세상 사는 거 다 그렇고 그렇지. 별뜻 있겠니. 이래도 한세상 저래도 한세상이야"(「나뭇가지에 앉은 새」, 271쪽)라는 식의 읊조림에도 위안의 힘이 있는 것은 분명하다. 그런데 여전히 그것이 성숙한 긍정인지 외부적 현실 변화의 불가능성에 대한 체념인지를 가늠하기는 쉽지 않다. 어느 편인가 하면, 구효서의 소설에서 삶에 대한 긍정은 손바닥만한 좁은 격자문을 "밖의 동태를 살피는 유일한 구멍"(「바소 콘티누오」, 16쪽)으로 가진 이들에게나 가능한 것처럼 보이기도 한다.

그 거리의 유지 불가능성이 현재 우리의 삶이 고통스러운 근본원인임을 떠올려본다면, 구효서의 소설이 제공하는 평온함이 매우 제한적이고 일시적인 것은 아닌가 의구심이 드는 것도 사실이다. 바로 이런 점에서 "멋스러움과 가당찮음의 경계"(「6431-워딩.hwp」, 140쪽)는 구효서의 소설이 서 있는 지점에 대한 가장 적확한 명명이 아닐 수 없다. 그리고 바로 이 지점에서 인정해야 할 것은 그 지점이 또한 외부의 힘에 압도되어 갈 길을 모르고 우두망찰하는 우리들이 서 있는 곳이기도 하다는 점이다. 어디로 가야 하는가. 이것은 피할 수 없는 삶의 난국에 처한 우리 스스로에게 던져진 질문이자 일상에 바싹 밀착해 있는 구효서의 소설이 대면한 질문인 것이다.

4부

공공감정과 공통감각을 찾아서

불안을 그리다

한국문학에서 미메시스의 환상은 깨진 지 이미 오래다. 현실과 언어적 가공물 사이의 긴밀한 조응관계를 상상하기가 쉽지 않다. 현실이 원근법에 따라 제자리를 찾은 듯이 배치되지도, 그럴싸하게 꽉 짜인 이야기 안에 쉽게 담기지도 않는다. 사실상 현실과 언어적 가공물 사이의 거리는 점점 벌어지고 있다. 이것이 한국문학이 처한 곤경이다. 그러나 엄밀하게 말하자면 이것은 미메시스의 무능 탓이 아니다. 언제 어디서 시작된 어긋남의 결과인지 알 수 없는 현실이 달리의 몽환처럼 비틀려 있고, 경중을 따지기 쉽지 않은 문제적 풍경들이 그 안을 빼곡하게 채우고 있다. 어디를 돌아보아도 범죄와 재난이 야기한 불확정적 삶 외에 남은 게 없고, 불안과 공포가 에테르처럼 떠돌며 상시적 일상을 이루고 있다. 가출, 실직, 죽음으로 내모는 참혹한 삶을 살지만 어디에 대고 무엇을 호소해야 할지 도무지 알 수 없는 세계다. 애초에 사회 전체를 부감하는 특권이 더이상 허용되지 않는 시대다. 개별 작가들의 분투에도 가시적인 비책의 마련이 쉽지 않은 이유다.

말하자면 『아령 하는 밤』(창비, 2011)은 문학적 곤경에 대한 강영숙의 고심의 결과물이다. 썩은내가 진동하고 황사로 뿌연 불안하고 막막한 도시의 정조가 언어로 기록될 수 있는가. 회색빛 하늘 아래 떠도는 죽음의 기미와 삶의 흔적이 언어로 포착될 수 있는가. 불투명한 현실에 닿아 있는 촉수가 언어적 구현의 방책을 마련하는 곳, 『흔들리다』(문학동네, 2002), 『날마다 축제』(창비, 2004) 이래로 강영숙의 소설세계가 가닿고자 한 곳이 거기다.

『아령 하는 밤』에서 미메시스의 오류를 예민하게 의식한 채로 현실에 닿고자 한 소설가적 촉수는 이야기로 번역되지 않는 불길한 정조들을 냄새 맡고 감촉한다. 강영숙의 소설은 군더더기 없는 문장의 집적으로 삶의 불투명성에 가닿으며, 붙잡을 수 없는 불확정성에 눈을 둔 채 파편적으로만 존재하는 것과 에테르처럼 떠도는 분위기를 기록한다. 현실과 정직하게 대면하면서, 시작과 끝이 있는 이야기의 덩어리 속에서는 사라지는 것들, 볼 수도 없고 보이지도 않는 공간과 존재를 압지에 새기듯 소설적 언어로 복원한다. 실재를 전달하는 매질 자체가 되어 통각된 에테르의 파편들을 언어로 번역하면서 불안과 고통을 잡힐 듯이 기록하고 시간이 지워버린 흔적들을 되살린다. '평온한 풍경 위로 불행한 장면들을 겹쳐놓거나' '행복하고 느긋해 보이는 풍경 위로 황폐한 그림들을 겹쳐놓으면서'(「재해지역투어버스」, 113쪽), 듣는 이 없었던 절규와 나눌 수 없었던 공포를 언어화한다.

강영숙의 소설은 시각적 구체화가 놓치거나 망각한 '지나간' 시간과 '빈' 공간을 부조하면서 스스로 '재해지역투어버스'가 되고자 한다. 몸으로 재난의 시간을 매번 재현해야 하는 재해지역투어버스의 운전기사가 그러하듯이, 몸짱 노인이 야기했을지도 모를 불안과 공포에 맞서고자 한 오줌 지리는 할머니가 그러하듯이(「아령 하는 밤」), 도시가 품고 있는 불안과 고통, 공포와 우울의 전달체가 되고자 하는 것이다. 강영숙의 소설이 언어적 기록에 젠더적 인식을 새기고 있다고 말해도 좋다.

글쓰기에 젠더를 기입하는 일은 여전히 어떤 오해를 떨치지 못한다.

'쓰는 자'의 생물학적 성별이 글의 젠더를 결정하는 최종심급으로 작동한다는 오해가 그것이다. 지나치게 단선적인 이런 오해에서 벗어난다 해도, 가부장제 이데올로기에 억압당한/저항하는 여성 주인공의 유무로 이해되거나 여성적 수사학의 층위로 되돌려지는 일이 빈번하다. 그러나 사실 글쓰기에 젠더적 질문을 기입하는 일은 현실을 기록하는 글쓰기 방식에 대한 질문에서 시작된다.

현실을 불러오는 시선이 누구의 것인가를 묻는 일은 시선의 보편성을 의심하는 일이다. 시선에 부여된 특권을 상대화하고 나면 냄새, 소리, 감촉을 전할 수 있는 통로가 마련된다. 부감되지 않는 사회가 품고 있는 주변부적 존재에 대한 포착이 가능해지는 것이다. 글쓰기에 젠더를 기입하는 일은 글쓰기가 잡아챌 수 있는 층위를 더 낮은 곳으로 끌어내리려는 분투가 발견한 방법론인 것이다. 강영숙의 분투는 시선의 보편성이 가시화하는 공간의 특수성을 소거하며, 그로부터 재난의 지구적 흔적을 감지한다. 재난이 야기하는 고통의 하중은 낮은 곳에서 더 커지게 마련이다. 한국의 변두리 공장지대에서 지방도시, 아시아와 아메리카 대륙에 이르는 공간에서 비동시적으로 떠도는 재난이 동시적으로 현시된다. 공간이 품은 악몽이 시간의 주술에서 풀려나면서 고통받는 자들의 공간이 새로이 열리게 되는 것이다. 마침내 재난에 무방비로 노출된 가난하고 약한 자들, 노인과 여자, 어린이 그리고 말 못 하는 짐승들의 고통이 보고될 수 있는 길이 열린다. 공간이 품은 시간도 생명을 얻는다.

『아령하는 밤』은 새로운 보편성의 지평이라 할, 고통의 공감대를 마련한다. 나이, 성별, 피부색을 관통하는 인류의 고통을 통각하게 한다. 물론 우리에게 전해진 공감의 영역이 고통 없는 미래를 약속하지는 않는다. 공감의 순간마저 「불안한 도시」의 그녀처럼 잡힐 듯 잡히지 않고 손아귀를 빠져나갈 뿐이다. 그럼에도, 아니 그렇기에 『아령하는 밤』은 한국문학이 처한 곤경 앞에 선 우리가 발견한 하나의 비책이다.

비밀의 위안

편혜영의 소설에서, 세계를 바라보고 이해하는 작가의 시선은 일정한 수평각을 유지한 채 움직인다. 그래서인지 소설집만 두고 보아도, 지금껏 네 권의 소설집이 각기 뚜렷한 제 색채를 가지면서도 소설집 사이의 적절한 거리가 꽤 안정적인 기하학의 형국을 이룬다. 그로테스크의 세계로 무장한 『아오이가든』(문학과지성사, 2005) 이래로 편혜영의 소설은 더러운 시궁창과 시취 풍기는 해충과 설치류의 세계에서 대도시 소시민의 일상으로 몇 걸음쯤 옮겨왔다. 『저녁의 구애』(문학과지성사, 2011) 이후로 피하고 싶은 불편한 세계를 감각화하는 방식과 거리를 유지하면서, 손쉽게 가시화되지 않는 세계의 비밀 쪽에 작가적 관심을 모으고 있다.

대체로 이러한 경향성을 띠면서도 『밤이 지나간다』(창비, 2013)가 앞선 소설집들과 만들어낸 거리에는 존재의 개별성에 대한 편혜영의 조금쯤 달라진 입장이 새겨져 있기도 하다. 일반적으로 친밀함을 나눈다고 가정되는 관계들, 가족이나 친구와 공유하지 않는 특수한 경험이나 기억을 가진다는 것을 편혜영은 『밤이 지나간다』에 실린 몇 편의 소설을 통해 비밀로 명명한다. 그러면서도 편혜영은 과대망상이나 범죄까지를 포함해서 그 비밀의 소유 여부가 존재의 특이성 혹은 존재의 특별한 가치를 온전히 승인해주지는 않는다고 말한다.

가령, 「야행」은 통증의 개별성을 말한다. 통증에 시달리는 병든 몸으로 사실상 아들에게 버려진 늙은 여자의 나눌 수 없는 고통이 읽는 이인 우리에게 전달된다. 그녀 주변의 누구에게도 전달되지 않는 고통이 마치 우리에게만 전달되는 것처럼도 여겨진다. 그러나 「밤의 마침」이나 「해물 1킬로그램」의 인물을 통해 확인하게 되듯, 비밀 혹은 고통과 같은 것은 개별성의 징표가 될 수 없다. 어느 날 수신인과 발신인을 정확히 알 수 없는 엽서를 받은 한 남자가, 엽서에 적힌 비밀의 문장에 뜨끔해진다. 자신의 비밀이 폭로되었다는 당혹감에 얼굴을 붉히고 두려움에 떨기도 한다. 그러나 소설 안에서 잘못 배달된 엽서는, 세상의 누구나 비밀을 가지고 있다는 공통의 사실이 결코 개별성의 증표가 되지 못하며 그 비밀의 내용이 심심풀이용 오늘의 운세만큼이나 뻔한 것이라는 불편한 진실이 폭로되는 계기로서 다루어질 뿐이다.

그리 놀랄 일은 아니다. 지금껏 편혜영 소설의 반복적 작업이 깨어날 수 없는 악몽으로서의 세계(『아오이가든』 『사육장 쪽으로』)와 출구 없는 미로를 헤매는 동물화된 인간 존재론(『저녁의 구애』 『재와 빨강』)을 중심으로 이루어지고 있었음을 환기해보아도 좋을 것이다. 그간 작가의 시선은, 우리가 사는 이곳이 다른 듯 같은 곳일 뿐인 미로 지옥이라는 사실과, 그 안에서 대개의 사람들이 출구가 없다는 사실을 잊는 것으로 일상의 평온을 지키고 있음을, 무심한 듯 보여주었다. 출구 없는 미로를 돌고 도는 쥐-인간의 일상을 반복하고 있다는 작가의 판단은 『밤이 지나간다』에서도 여전히 흔들림이 없다.

따지자면 작디작은 변화의 기미는 쥐-인간의 일상을 사는 인물들로부터 오고 있기도 하다. 그간 편혜영의 인물들은 적어도 소설 안에서는 그런 세계를 사는 일로 그리 고통스러워하지 않았다. 그들은 세상이 놀랄

만큼 사악하거나 광폭하지 않았지만, 인정과 호의의 가치를 믿는 선한 존재들도 아니었다. 살아남기 위한 전략으로 만들어진 불가피한 면모일 수 있으나, 대개 그들은 이기적이고 몰인정했으며 인색했다. '우정이라는 것도 애정의 정도와 아무 관계가 없으며 자신에게 헌신적이거나 유익할 때에만 유효한 감정임'을 서글픔과 회한 속에서 받아들이면서도(「저녁의 구애」), 그런 이유로 다른 이의 이기심을 비난하지도 않았다. 물론 미래가 현재의 축적 없는 반복인 통조림에 갇힌 일상의 시간을 살고 있을지라도 쉽게 자신을 연민하지도 않았다. 삶이 허락하는 한 사람분의 행운이나 불운이라는 게 누구에게나 별다르지 않다는 생의 비밀을 순순히 인정하는 편이었고, 자신들이 있어도 없어도 좋을 존재들이라는 사실을 절망 없이 받아들였다. 미래에 대한 어떤 기대도 없었지만 미로를 헤매는 자동인형의 삶에서도 소소한 균형의 지점들을 발견해내고 있었다.

편혜영의 인물들은 『밤이 지나간다』에서도 여전히 "무심과 무감"(「가장 처음의 일」, 181쪽)으로 무장하고 있기도 하다. 그러면서도 종종 그들이 권장할 만한 삶의 균형감각을 획득하고 있는 것은 아니라는 사실을 슬며시 알려주고 있다는 점은 흥미롭다. 그들의 무심과 무감이 '나약하고 가진 것 없는 존재들이 불행을 피하려는'(「블랙아웃」, 199쪽) 절박한 시도였음을, 작은 계기로도 평온의 균형감이 깨질 수 있음을 그들 역시 알고 있으며, 그렇기에 스스로를 버티게 하는 방어막의 균열에 언제나 전전긍긍했다는 사실을 조금쯤 더 분명하게 말하도록 내버려두는 편이다. 비교적 잘 견디는 것처럼 보였던 그들이 사실 외부 충격 없이도 이 세계로부터 사라지고 싶은 열망을 간신히 참고 있음을 비밀처럼 누설하기도 한다.

편혜영의 세계에 대한 인식은 여전히 비관적이다. 파국의 예견을 부인하지 않으며 세계의 출구 없음이라는 판단에 이의를 제기하지도 않는다. 그렇기에 누구와도 나눌 수 없는 통증이나 비밀조차 우리의 바람과 달리 개별성의 표지가 될 수 없다는 '세계의 비밀' 폭로가 더 위력적인 것인지도 모른다. 그럼에도 『밤이 지나간다』에서는 개별성 없는 생을 살아온 자신 혹은 주변의 삶에 대한 부끄러움과 연민 혹은 '자신의 일부가 훼손되었다고 생각될 정도의 순수한 고통'이 읽는 우리에게로 전해진다. 편혜영은 그 고통과 절망을 우리와 나눌 수 있는 것으로 만들고 있다.

본시 편혜영의 언어는 이야기를 직조하고 장면을 되살리기보다는 감정을 포착하는 데 능하다. 정확하게 말해 흐르는 것이자 잡히지 않는 것인 어떤 무드를 만들어내는 데 탁월하다. 무드는 분위기 혹은 공기라는 말로 바꾸어도 무방한데, 개별인의 내면에서 나왔다고 할 수 있으되 집합적이고 집단적인 것으로 불러야 할 어떤 분위기를 잡힐 것처럼 실감나게 전달한다. 편혜영의 언어는 준비 없이 열어젖힌 방문 안쪽에서 느닷없이 끼쳐오는 날카롭거나 불안하거나 위험한 듯한 분위기와, 달아오르거나 쇠잔해지는 그 유동성 자체, 소설적 언어로는 좀체 잡히지 않는 그것을 우리에게 전달하고 순식간에 그 분위기에 깊숙이 빠져들게 한다. 더구나 기술된 문장으로 그 무드를 표현한다기보다, 수사 없이 간명한 문장들 사이에서 뭉글뭉글 열기처럼 냉기처럼 효과로서의 무드를 피어오르게 만든다고 말해도 좋다.

『밤이 지나간다』의 인물들이 『저녁의 구애』의 세계로부터 멀리 나섰다거나 없는 출구를 만들기 위한 어떤 시도를 시작했다고, 혹은 작가가 세계에 대한 비관적 인식을 거둬들였다고는 말할 수 없다. 하지만 무드를 만들어내는 편혜영의 언어가 출구 없는 지옥을 사는 이들이 속으로 삼키던 절망을 우리와 나눌 수 있는 것으로 만들고 있음은 부인의 여지가 없다. "지금의 삶이 그다지 지속할 가치가 없다는 것을 깨"(「서쪽으로 4센티미터」, 154쪽)닫는 순간의 절망, 그것 또한 당신만의 것이 아니라고 말하고 있음에도, 고통과 절망이 나만의 것이 아니라는 그 사실이 의외의 위안을 건넨다. 그 위안이 소중한 것은, 그것이 편혜영 소설에서는 없었던 예기치 못한 수확으로 여겨지기 때문이다.

상상된 기억, 감정의 맛

　권여선의 소설은 예민한 감각의 보고(寶庫)다. 소설 곳곳에 날선 가위로 오려낸 종이공예처럼 정교하면서도 섬세한 감정의 윤곽이 돋을새겨져 있다. 대개 '짧고 추하거나' '예쁜 편은 아닌' 외양의 소유자이자 '쿨하지 못하거나 고지식하기 일쑤인' 젊지 않은 여자들의 것으로, 미묘한 내면의 흔들림에 가까운 그 감정들이 대단히 예민한 기록으로 남겨져 있다.

　그 감정은 누군가에 대한 기대와 사랑이 동량의 실망과 증오로, 자신에 대한 분노나 절망으로 바뀌는 감정의 연쇄이자 감정의 주인들 사이에서 벌어지는 작용/반작용의 결과물에 가깝다. 감정의 선이자 이리저리로 흘러가는 물질적 변성작용의 미묘한 움직임을 섬세하게 짚어내면서, 작가는 찰나의 떨림에 가까울 감정들이 결코 '흐르는 대로 그냥 흐르게 두어야 하는' 인간 본연의, 본래적인 성정의 외화이거나 발현이 아니라는 사실을 강조해두고자 한다. 권여선식으로 말하자면 감정은 만들어지는 것이고 외부로부터 규정되는 것이자, 주고받으며 움직이는 것이다.

　전작들에서와 마찬가지로 감정이란 언제나 관계의 산물이라는 사실에서 출발하고 있는 『내 정원의 붉은 열매』(문학동네, 2010)의 개별 작품들은 홍상수의 영화처럼 그렇게 무심히 들여다본 일상을 스케치하고, 사건으로서의 일상이 아니라 감정의 연쇄로서의 일상을 얼룩이 그대로 남겨지는 덧그린 수채화처럼 우리 앞에 부려놓는다. 물론 그 감정선의 흐름을 추적하는 일에 권여선의 소설은 지나칠 만큼 집요하다. 흐르는 시간에 의해 매번 다시 형상을 가지게 되는 수만 가지의 감정이 그녀의 인물들에 의해 날카롭게 추적되고 반추된다. 곱씹어진 감정들이 차곡차곡 쌓이면서 가히 엇갈린 연애 삼부작이라고 해도 좋을 노골적인 연애담(「빈 찻잔 놓기」「사랑을 믿다」「내 정원의 붉은 열매」)과 함께, 『내 정원의 붉은 열매』에 실린 소설들은 좀 다른 방식으로 온 엇갈린 사랑에 관한 이야기를 전한다.

남자(블랙 조)의 성적 취향을 몰랐기에 감정의 엇갈림 속에서 불신과 의혹과 피해의식에 사로잡히게 된 여자(「빈 찻잔 놓기」), '서툴고 겁이 많으며 감정에 인색한' 성격으로 낮은 음역의 희미한 사랑의 멜로디를 감지할 수 없었던 삼 년 전의 나 혹은 오지 않을 미래의 그녀(「사랑을 믿다」), 무엇인가를 "완전히 잃고, 잃었다는 것마저 완전히 잊고, 오랜 세월이 흐른 뒤 우연히 그 언저리를 헛짚는 순간"(118쪽)에 첫사랑이 완성되고 지나가버렸음을 알게 되는 여자(「내 정원의 붉은 열매」), 사랑하는 여인이 아니라 그녀를 사로잡은 남편의 매력에 골몰하느라 자신을 향하고 있었던 여인의 감정을 알아채지 못했던 남자(「웬 아이가 보았네」), 이들을 두고 권여선은 사랑을 말한다.

"가망 없는 감정의 소모"(40쪽)를 끝마치고 소진해야 할 미묘한 흔들림이 완전히 사라진 이후에 오는 어떤 깨달음, 알지도 못한 채로 지나간 짧은 순간을 곱씹으며 반죽처럼 이기고 주물러서 만들고 싶은 뭔가를 만들려는 감정 행위, 그 무한 반복하는 기억 행위를 그녀는 사랑이라 부른다. 돌아보는 되새김질 속에서 사랑이 되는 감정들, 그리하여 더이상 사랑이라 부르기에도 너무 보잘것없어진 그런 방식으로만 오는 사랑들, 뒤늦게 도착한 연애편지처럼 흘러간 시간과 함께 이미 흩어져 후회나 죄의식과 결합되지 않고서는 결코 확인되지 않는 엇갈리고 비틀린 관계들, 여기에 권여선이 말하는 사랑이 있다.

작가는 엇갈릴 수밖에 없었던 비틀린 관계와 그때의 사정을 들여다본다고 해서 그 감정의 실체가 파악되고 엇갈린 감정들이 온전히 전달된다고는 말하지 않는다. 오히려 '그 모든 상상이 사실이었다 해도' 기억이라는 이름의 헤아릴 수 없는 후회를 되짚어보아도 달라지는 건 없음을 반복적으로 상기시킨다. 작용과 반작용을 통해 이질적 내용을 갖게 되는 감정의 연쇄를 추적한 끝에서 만나게 되는 것이 감정의 실체가 아님을 말한다. 오히려 숨겨진 무의식의 그늘에서 미묘한 흔들림으로부터 지켜내고자 했던 것이 각자의 자아였음을 우리에게 알려준다. 도스토옙스키의 『지하생활자의 수기』와 마찬가지로 권여선의 소설은 상처의 기록이자 문명의 세계에서 온전히 지켜낼 수 없는 자아에 대한 망상의 기록물인 것이다.

권여선의 인물들이 미래의 시간을 후회와 반추에 따른 망상으로 채울 수밖에 없는 것은 그들의 성정 탓이 아니다. 「K가의 사람들」을 통해 좀더 상세하게 보여주었듯이, 그들은 타인과의 관계뿐 아니라 가족관계와 거기에 녹아 있는 사회역사적 위계의 힘에 사로잡혀 자아를 망각한(/할 수밖에 없었던) 존재들이다. 그렇기에 작가는 미묘한 감정의 변화에 흔들리고 매번 다시 그 감정으로 되돌아가는 반추 행위의 소중함을 놓치지 않으려 한다. 권여선은 상상력이라 불러야 할 기억 행위로 우리의 시선을 모은다. 기억 행위야말로 형체도 없이 사라지는 자아를 붙들기 위한 우리의 서글픈 발버둥임을, 그것 없이는 우리의 삶이 어떤 내용도 가질 수 없음을 역설한다. 『내 정원의 붉은 열매』는 현대인의 초라한 자화상을 감정이라는 맛에 실어 우리에게 띄워보낸 권여선식의 위로의 편지다.

존재의 기척을 나누는 시간

　공동체의 경험이 누적되어 전해지는 문자 이전 시대의 이야기든 공동체의 기억을 상실한 시대에 개별체에 의해 생성된 이야기든, 이야기는 '관계'로부터 풀려나온다. 언어라는 길을 통해 언어가 닿을 수 없는 존재의 의미에 가닿고자 하는 노력이 이야기를 만들어낸다. 관계 불능이 이야기를 만들어내는 것이다. 아니 이야기는 언제나 누군가의 심장과 뇌수를 관통하고서야 이야기가 된다. 사람들 '사이'가 아니라 누군가의 내장 안에서 이야기가 되며 다른 누군가의 체액을 덮어쓰고야 이야기로 완성된다. 이야기의 세계에서 객관적 사실이라는 것이 존재할 수 없는 이유다. 그런데 과연 정신의 추상적 외화물인 언어는 고립된 개별 존재들 사이에 길을 낼 수 있는 것인가.

　한강의 소설 『희랍어 시간』(문학동네, 2011)은 빛을 잃고 어둠의 세계로 밀려드는 한 남자와 몸속 깊이 파고든 고통으로 말의 길을 잃고 삶의 의미를 상실한 한 여자의 만남에 관한 이야기다. 『희랍어 시간』에서 '소리와 냄새와 감촉을 귀와 코와 얼굴과 손에 낱낱이 새기려 하는'(8쪽), 실명(失明)의 시간을 사는 남자가 풀려나지 못해 칼날이 된 여자의 고통의 그림자를 읽는다. 빛의 세계에서는 결코 감지할 수 없는 삶의 기척이 그의 통각에 가닿는다. '보이는 세계를 잃음으로써 무엇을 얻게 되는 것인가.'(44쪽) 남자의 귀와 코와 얼굴과 손에 새겨진 고통이 노래가 되어 흘러나와 여자의 고통에 찬 삶을 적시고 토해내지 못해 몸안에 갇힌 고통-말의 길을 낸다. 안에서 걸어잠근 말의 입이 그렇게 열리게 된다. 그러니 어쩌면 만남이라는 말은 그들이 감지한 서로의 기척에 대한 적절한 명명이 아닌지도 모른다. 그들에게 만남이란 언어화될 수 없는 감정의 촉수가 닿는 순간이자 공감의 영역이 마련되는 찰나다. 작가는 무중력의 공간처럼 막막한 세상에 던져진 삶의 기척을 솜털 같은 예민한 감각으로 포착한다. 낮은 목소리와 희미한 몸짓으로 존재의 기척을 감지하는 찰나를 언어화하는 것이다.

그들의 만남을 위해 작가는 희랍어 시간을 마련한다. 남자에게 희랍어가 모국어를 버리고 떠난 땅에서 스스로를 지키기 위해 부여잡아야 했던 "고요하고 안전한 방"(119쪽)이었다면, 여자에게 희랍어는 말을 잃기 전에 그녀가 희구했던 "신음이나 낮은 비명. 숨죽여 앓는 소리. 으르렁거림. 잠결에 아이를 달래는 흥얼거림. 킥킥 터지는 웃음. 어떤 입술들이 포개어졌다가 떨어지는 소리"(30쪽)에 가까워지는 통로다. 희랍어가 어찌해서 그들에게 위안일 수 있는가. 아마도 그것은 희랍어가 수천 년 전에 죽은 언어이자 의사소통 기능을 상실한 물질일 뿐이기 때문이리라. 아니 존재와 존재 사이를 이어주는 말이 아니라 정점의 언어, 즉 삶의 의미로 다가가고자 한 언어이기 때문이리라.

따지자면 희랍어는 본시 소통을 위한 언어가 아니다. 희랍어는 플라톤의 언어, 말하자면 철학의 언어다. 희랍어는 삶에 덧씌워진 거짓된 막을 벗겨내는, 본질에 다가가고자 하는 말이다. 희미한 빛의 세계를 어른거리는 가상들, 상처로 귀결되고 마는 수많은 거짓된 만남들, 그것들 너머에 있는, '말이나 더이상 말이 아닌' 진리의 빛, 희랍어는 그곳에 이르는 길이다. 이렇게 보면 실명은 결코 어둠의 세계를 여는 문이 아니다. 네거티브 필름 조각을 들고 해를 올려다보는 일은 죽음의 공포를 부르는 일이다. 하지만 그곳을 통과하고서야 비로소 삶의 본질에 가닿을 수 있다. 형상과 동작들이 덩어리로 뭉개진 바로 그곳에서 디테일을 선명하게 통각할 수 있는 상상의 힘이 도래하는 것이다. 플라톤의 동굴을 떠올리게 하는 어두운 방안에서 그들은 서로의 고통을 일깨우고 또 감지한다. 뒤척이는 움직임과 손바닥을 간질이며 지나가던 따스한 획과 점들 속에서 그들은 말의 육체성을 획득한다.

『희랍어 시간』에서 말의 육체성은 점차 넓어지는 문장과 문장 사이의 간격에 놓인다. 그 간격은 남자와 여자의 기척이 서로 만나는 비가시의 공간이다. 그런데 흥미롭게도 침묵과 여백으로 남겨진 그 간격이 우리를 그들의 기척과 조우하게 한다. 그들이 감지한 고통이 그들만의 것이 아니게 되는 것이다. 그들과 우리가 점차 가까워지는 동안 문장과 문장 사이는 점점 더 멀어진다. 문장 사이가 멀어질수록 서로의 기척을 감지할 수 있는 품이 더 넓어진다. 그들의 고통과 우리의 고통이 만나는 찰나를 담고 있기에 『희랍어 시간』은 안단테로 읽혀야 한다.

희랍어는 다른 시간을 겪게 하는 말이다. 타인의 고통 속에 깊이 침잠하게 하기 때문이다. 죽은 말이 삶의 기척을 전하는 통로가 되는 것이 희랍어의 아이러니라 말해도 좋다. 이런 점에서 여자가 쓴 희랍어 시는 무용으로서만 유용함을 입증하는 문학의 본래적 기능을 환기한다. 상투화되어 너덜너덜해진 문장으로는 전달할 수 없는 것들, 온몸을 서서히 채워 존재 자체가 된 고통은 어떻게 타인에게 전해지며 또 나눌 수 있게 되는가. 남자와 여자를 만나게 한 희랍어 시간은 고통받는 존재들을 위해 문학이 무엇을 할 수 있는가를 새삼 곱씹게 한다.

생명의 사실성의 기록

김훈의 소설과 말의 연관은 깊다. 그간 김훈의 소설은 말의 난무 속에 세속을 살아내야 하는 존재의 피로와 그들에 대한 연민을 담아왔다. 말이 되기 위해 있음이 없음으로 처리되는 과정에 대한 회의와 피로감이 전작인 『공무도하』(문학동네, 2009)의 주된 정조를 이루었다면, 『내 젊은 날의 숲』(문학동네, 2010)에서는 보다 깊어진 말의 무능이 각성되고 있다. 이데올로기와 인종, 국적이 아니라 그것이 한때 생명의 일부였던 흔적, 오래 삭은 뼈가 겪은 시간을 그려내려는 일(153쪽), "종이에 붓질을 해서 식물의 삶의 질감과 온도를 드러내는"(91쪽) 불가능에 도전하는 일, "도라지꽃의 보라색과 패랭이꽃의 자주색이 젖거나 마르는 것이 아닌데, 도라지꽃은 물안개 속에서, 패랭이꽃은 햇볕 속에서 쟁쟁쟁, 울리는 까닭"(197쪽)을 묻는 일, 꽃의 색깔과 새의 울음과 벌레의 죽음의 내면을 언어로 구조화하려는 일은 불능에 앞서 무용한 것인지 모른다. 『내 젊은 날의 숲』은 그 무용함의 도저한 끝에 관한 소설이다.

김훈의 소설에서 말은 소통의 도구 이상이다. 표정과 목소리가 배어 있는 김훈의 말은 객관화될 수 없는 생명의 독자성이 겨우 외면화될 수 있는 가능성이다. 『내 젊은 날의 숲』에서 김훈은 "마음의 나라는 멀고멀어서 자욱하"다고, "마음의 나라의 노을과 바람과 시간의 질감을 말하기 어렵"다고, '마음의 일을 말하기는 어렵다'(11쪽)고 곱씹어 말했다. 그것은 언어의 한계에 대한 조바심이 아니다. 마음의 일과 상관된 그 말은 언어로는 따라잡을 수 없는 도저한 마음의 갈래에 대한 절망이 아니라 끊어내고 잘라내도 떨어지지 않는 인간적인 것에 대한 체념과 연민에 가깝다. 김훈의 말들은 치정적 인간관계의 낌새를 멀리하고 인연이 소멸된 단독성을 염원한다. "숲속의 나무나 벌레처럼 홀로 적막하고 자족하기를"(94쪽) 기원한다. 그러나 그런 자리에서도 마음의 더듬거림은 세속을 살아내야 하는 인간들에 대한 연민을 털어내지 못한다. 바로 이 어찌할 수 없는 사정, 마음의 일을 말하려는 시도가 처하게 되는 곤혹스러움이 이 소설이 자아내는 깊은 공감의 이유다.

소설에서 곤혹스러운 난감함의 한가운데 놓인 이는 나 '조연주'다. 그녀는 민통선 안 국립 수목원에서 계약직 세밀화 작가로 채용되어 생명의 사실성을 그린다. 생명의 사실성을 그리는 그녀는 짝눈이다. 그녀의 시선 한쪽은 수목원의 자연이 담지한 자연성의 인과를 파악하고자 하는 '안요한'으로 향해 있다. 그녀는 수목원의 연구실장인 '안요한'이 마련한 세계, 나무와 벌레의 그것처럼 자족의 영역에 다가가기를 염원한다. 동시에 그녀의 시선 한쪽은 아버지로 향해 있다. 장기간에 걸쳐 음성적, 관행적, 구조적 갈취형 상납 비리로 특가법상 뇌물죄, 알선수재로 유죄 판결을 받고 교도소에 있는 아버지를 두고, 그의 비굴하고 남루한 삶에 대한 연민을 떨치지 못한다. 그녀의 더듬거림은 아버지에 한정되지 않는데, 상사에게 굽실대던 치사한 삶은 한편으로 만주에서 독립군을 도왔다는 아리송한 이력을 가진 할아버지라는 내력을 가진다. 아버지의 아버지들로 이어지는 엉거주춤하고 비루한 내력은 총기도 앞니도 잃은 채 다리를 절었던 할아버지의 말(馬)로 외화되어 그녀를 짓누른다. 그 비루한 남루함이 남은 음식을 거두어 소대원들에게 가져다 먹이는 김민수 중위와 같은 세상의 아버지와 남편들에게서 반복될 것임을 이미 알고 있기 때문이다.

그 중압감은 세속을 살아내야 하는 자신도 그 비루한 남루함에 연루되어 있음을 부인할 수 없다는 사실에서 온다. 아버지의 치사하고 비루한 삶이 자신의 삶의 테두리를 만들었음을, 자신의 삶에 깊게 얽혀 있음을 알기에 아버지의 삶에 대한 연민은 맞붙어 있는 자신에 대한 분노의 이면일 수밖에 없다. 그러니 정확하게 말하자면 '안요한'의 세계 즉 자족의 단독성을 향한 그녀의 염원은 인연의 남루함에서 헤어날 길 없는 그녀 자신에 대한 회한의 뒷면이다. 할아버지와 아버지와 늙은 말과 김중위 그리고 어머니의 삶 전부와 단단히 얽혀 있는 그녀 자신에 대한 분노이자 서글픔인 것이다.

느낌을 사실적으로 그리는 그녀의 세밀화 작업이 서로 다른 방향을 향한 눈으로는 결코 볼 수 없는 마음의 기록 혹은 무용함을 향해 나아가는 일이라면, 말로 세밀화를 그려 느낌을 기록하려는 일이야말로 김훈의 『내 젊은 날의 숲』이 나아가려는 무용함의 내용일 것이다. 생명의 근원적 비밀에 관한 '안요한'의 연구 내용은 다만 '저절로'의 과정을 들여다보는 것, "저절로 되어지는 것을 말하는 일은 저절로 되어지지 않는"(337쪽) 것으로 요약된다. "보여야 보이는 것이고 본다고 해서 보이는 것은 아닌 터"(46쪽)임에도, 마음의 일을 더듬는 일의 곤혹스러움을 피하지 않고 들여다보려 하는 자리에서 김훈의 무용을 향한 마음의 한 자락이 읽힌다.

되짚어보건대, 김훈의 생명은 생명정치의 대상이 아니며 동물화된 인간과도 다르다. 책임과 연민과 체념과 수치의 인연으로 얽힌 생명 현상이 인간이기에, 생명이 벗어날 수 없는 운명이 그것이기에, 인연에 한없이 얽힌 이도 그로부터 벗어나 자족하려는 이도 모두 가엾기는 마찬가지인 것이다. 끝내 객관화될 수 없는 생명 현상을 흔적 없이 사라지는 죽음까지 포함해서 그 현재성으로부터 말해보려는 마음, 인물의, 작가의, 우리의 것이라서 그저 말일 뿐임에도 그 마음은 한없이 쓸쓸하고 애잔하다.

씌어지지 않는, 쓸 수 없는, ( )을 향한, 거부의 기록

　김태용의 소설은 한국소설의 최전선이다. 하나의 시작점에서 시작된 거부가 거대한 연쇄를 이루며 말 그대로 문학의 최전선을 개척한다. 하나의 시작점은 어디라도 좋다. 김태용의 소설에서 단 하나의 시작점은 없다. 가령, 김태용의 소설은 시간을 거부한다. 이로부터 끝나지 않을 거부의 목록이 만들어진다. 시간이 거부되면서 시간의 흐름이 거부되고 과거와 현재 그리고 미래라는 구도가 거부되며, 시간의 존재 방식인 기억과 회상이 거부되고 시간의 선분 위에서 생성되는 '서사'가 거부된다. 어제와 내일이 없어진 곳에서 현존의 의미가 거부되며 현존에 기반한 존재가 거부되고 존재의 분별인 개별성이 거부되며 개별성의 표식인 이름이 거부된다. 미래를 상상할 수 없는 공간에서 생산이 거부되고 생산을 가능하게 하는 노동이 거부되며, 노동의 환산가치인 화폐가 거부되며 화폐가 열어준 소유가 거부되고 소유에 의해 발생하는 쓸모가 거부된다. 존재가 개체가 되고 결국 하나의 유형이 되는 순간까지, 나와 그와 그녀가 남성과 여성이 되며 마침내 우리가 되고 우리의 '말'이 되며 "해독이 불가능한 문자를 닮은, 닮기 위해 애를 쓰는, 닮으려고만 하면 닮아지지 않는,

닮으려다 말다가 하는, 닮으려다 실패한, 닮고 싶어도 닮을 수 없는 기억의 피톨"(81쪽)이 되어버리는 순간까지, 의미를 구성하는 모든 것이 바닥나는 ( )까지 김태용의 거부 혹은 언어 실험은 계속된다. "누구를 부르고 무엇을 지시하기 위한 언어. 현상에서 사유를 끌어올리고 사유를 행동으로 견인하는 언어. 그렇게 우리를 유혹한 그러나 불완전한"(339쪽) 언어. "감추고 있는 것을 드러내고, 드러나는 동시에 드러났던 다른 것이 감춰지는"(339쪽) 언어. "사회화된 언어" "소통의 언어" "목적의 언어" "기록의 언어"가 아닌, "자신만의 형태와 소리의 울림과 발광의 언어를 부자연스럽게 구사하는, 언어라 이름 붙일 수 없는, 언어 이전의 목소리와 시선 그리고 떨림이 전부인, 짐승도 흉내낼 수 없는"(345쪽), 그런 언어 찾기 혹은 언어의 물질성에 가닿기의 행보 속에서, 거부의 목록이 늘어나고 연상 놀이가 계속되며, 그런 방식으로 '거부를 위한 생산'이 지속된다. 우리가 상상하는 생산과는 다르며, '돌쌓기'나 '사체 나르기' 혹은 '냉장고를 분해하는 일'과도 같은 생산을 지속하면서, 김태용의 소설 『숨김없이 남김없이』(자음과모음, 2010)는 "목적도 대상도 결말도 없는 문장들"(64쪽), '썼다기보다 지워나간 것이자 지울 수 없을 때까지 지워나간 것, 지울수록 더 지저분하게 남는'(65쪽) '흔적과 얼룩', 세상을 채운 지겨운 이야기들을 거부하기 위한 더 길고 지루한 이야기의 기록, 매번 시작점으로 되돌아오는, 침묵의 반대편인 '말의 소용돌이', 말하자면 완성될 수 없는 거부의 목록이자 씌어지지 않으며 쓸 수 없는 ( )의 파편 다발이 된다. 거부의 목록을 기록하는 생산을 통해, 그렇게 "시작을 되묻는 끝"(379쪽)인 김태용의 소설은 한국소설에 들러붙은 '경험'과 '현실'이라는 찌꺼기와 결별하고 한국소설의 최전선에 가닿는다.

편혜영, 한유주, 황정은 등 2000년대 신세대 뉴웨이브의 대표주자들이 앞다투어 장편소설을 출간하고 있다. 그들의 장편소설의 출현이 지속적으로 추진되었던 문단의 장편소설 활성화나 연재 형식을 적극적으로 요청하는 소설의 존재 방식 변화와 맞물린 것임을 염두에 두어야겠지만, 그들의 장편은 기대를 한몸에 모았으면서도 충분히 예측 가능한 움직임을 보여주었다. 뚜렷한 개성이 새겨진 각자의 세계(단편소설)에서 그저 길이만 길어진 것은 아니지만, 그들의 장편은 예기치 못한 신세계의 마련이라 칭하기에는 아직 이른, 그리하여 이행기적 작업으로 불려야 더 적절할 세계를 마련하고 있다. 물론 이 이행기적 궤적은 한국문학이 상상하는 장편소설의 기준에 따른 미달을 의미하지는 않는다. 그들의 장편소설은 '그들의' 장편소설을 향해 나아가고 있다. 소설이라기보다 텍스트라는 명명이 더 적합할 김태용의 첫 장편소설 역시 한국문학이 만나게 될 새로운 장편 텍스트로 전진하고 있다. 김태용은 현대 철학의 주요 논제인 로고스 중심주의에 문학적으로 도전하면서 한 평론가의 지적처럼 "데리다의 해체주의를 소설적으로 실천"(김형중)하는 작업을 심화하는 중이며, 기약 없는 언어놀이의 변주를 통해 언어 본연의 음악성에 보다 가까이 다가가면서 '장편음악'이라 불러도 좋을 ( )을 향한 시험을 계속하고 있다. 아버지의 세계에서 어머니 혹은 '뭐'와 '것'의 세계로, 무의미한 삶에서 포착과 체험과 대체가 불가능한 죽음의 세계로, 대타자의 억압에 대한 조롱에서 본능에 '억압당한' 인간의 물질적 육체성 혹은 죽음이라는 사체의 물질성에 대한 중얼거림으로 나아간다. 그리고 그런 방식으로 한국소설의 최전선을 향한 우리의 열망을 단련시킨다. 텍스트에 관한 불변의 진리가 있다면, 그것은 텍스트가 언제나 미완의 반제품이라는 사실일 것이다. 직접적 의사소통이든 무언가의 표현이든, 심지어 독자에 대한 명시적 거부의 텍스트화이든, 텍스트의 완성은 결국 읽고 듣는 자를 통과해서만 도달된다. 새로운 텍스트가 새로운 독자를 발견한다. 그러니, 김태용의 텍스트가 전진하는 바로 그 속도로 우리 또한 말놀이 파티로의 초청을 수락하고, 그 횡설수설의 유희에 중독되어, 언어의 물질성을 읽고 그 리듬의 음악성을 감각해야 하며, '사실은'과 '하지만'의 세계에서 가장 먼 그곳에 대한 열망을 불태워야 한다. 이것이 김태용식 장편 텍스트라는 신개지와 만나기 위한 우리의 준비 자세가 되어야 한다.

블록버스터 소설의 출현과 위안의 상상력

　2000년대 전반기의 출판 풍경은 자기계발서와 대중문화 붐을 빼고 말하기 어렵다. 베스트셀러 목록에 올라 있던 『부자 아빠 가난한 아빠』나 『누가 내 치즈를 옮겼을까?』와 같은 우화형 자기계발서는 1997년 IMF 구제금융 사태의 여파로 2001년 모 카드회사 광고에서 외쳐졌던 당부의 말 '부자되세요'와 함께 2000년대 초반 대중의 변화된 정서의 일면을 그대로 반영한다.

　2001년부터 방송된 텔레비전 오락 프로그램 〈느낌표〉는 단숨에 『괭이부리말 아이들』『봉순이 언니』『그 많던 싱아는 누가 다 먹었을까』를 베스트셀러 반열에 올려놓으며 이른바 '느낌표 브랜드' 문학상품을 만들어냈다. 베스트셀러는 대개 미디어셀러이거나 스크린셀러와도 중첩되었다. 〈해리포터〉 시리즈와 〈반지의 제왕〉 시리즈로 대표되는 문학작품들이 스크린셀러의 위력을 보여주고 있었다. 영화에 대한 관심이 원작 작품에 대한 관심으로 이어졌으며, 이후에는 원작과의 원소스 멀티유즈 방식에서 나아가 이미 방영된 드라마가 소설로 출간되는 역방향적 현상도 생겨나게 되었다. 출판계의 전반적인 경기 침체로 오프라인 서점이 점차 문을 닫게 되는데, 종로서적의 도산은 이러한 변화를 보여주는 상징적 사건이었다. 이러한 변화를 추동하는 저변에 자본의 힘이 깔려 있었다. 한국문학에 대한 교양 독자의 관심이 빠져나가기 시작했고 읽을거리의 성격은 점차 가벼워지는 추세였다. 문화상품을 '독서'하려는 독자가 등장하는 동시에 교양독자가 빠져나간 자리를 세계적 판매고를 기록하는 블록버스터형 소설이 채우기 시작했다. 베르나르 베르베르의 소설에 대한 한국독자의 열광은 이런 시대정서 속에서 이해되어야 한다.

베르나르 베르베르는 한국독자가 특별히 아끼는 외국 소설가 가운데 하나다. 그의 소설에 대한 한국독자의 유별난 애정은 헤르만 헤세의 『유리알 유희』나 생텍쥐페리의 『어린왕자』에 뒤지지 않는다. 『개미』의 폭발적 인기 이후로, 그의 거의 모든 소설이 한국에서 베스트셀러와 스테디셀러의 위엄을 자랑한다. 종종 호기심과 그것을 해결하고자 하는 과학적 탐구의 면모를 보여주지만, 그의 소설의 근본적인 매력은 조금 다른 시선으로 세상을 바라보면서 삶에 대한 '약간'의 통찰을 제공한다는 점에서 나온다.

베르베르의 소설이 갖는 '어른을 위한 동화'의 성격은 18편의 단편으로 이루어진 소설 『나무』의 머리말을 통해서도 쉽게 확인할 수 있다. "내가 어렸을 적에 아버지는 나를 재우기 전에 언제나 이야기를 들려주셨다. 그러면 나는 밤에 그 이야기에 관한 꿈을 꾸었다. 그뒤로 나는 세상살이가 너무 어려운 것으로 보일 때마다 짤막한 이야기를 짓곤 했다. 내가 겪는 문제의 요소들을 무대에 등장시켜 이야기를 짓고 나면 이내 마음이 평온해졌다. (……) 세월이 흐르면서 그 이야기들은 갈수록 환상적인 것으로 변했다. 그러다가 그것들은 하나의 게임이 되었다. 사람들에게 어떤 문제를 제기하고 뜻밖의 해법을 찾아내게 하는 게임 말이다."(「이야기를 시작하며」, 『나무』, 열린책들, 2003, 7쪽) 『나무』에 실린 소설들이 제공하는 환상적 이야기는 상상력을 자극하고 세상을 다른 시선으로 바라볼 수 있는

가능성을 가볍게 터치하면서 고단한 삶에 위안을 건넨다.

소설 「가능성의 나무」에서 밝히고 있듯이 ─ "〈만약 제3차 세계대전이 발발한다면〉〈만약 기상에 중대한 이변이 생긴다면〉〈만약 지구에 우리가 마실 수 있는 물이 부족하게 된다면〉〈자본가들이 인건비가 전혀 들지 않는 노동력을 얻기 위해 인간 복제 기술을 이용한다면〉〈만약 우리가 화성에 도시를 건설한다면〉〈만약 어떤 고기를 먹는 사람들 모두가 그 고기 때문에 똑같은 질병에 감염된다면〉(……)〈만약 바다에 침몰한 러시아 핵 잠수함에서 방사능 물질이 새어나오기 시작한다면〉 등등"(『나무』, 129쪽) ─ 소설집 『나무』 전체가 가령, 기계가 사람처럼 행동한다면(「내겐 너무 좋은 세상」), 시간여행이 자유롭게 이루어질 수 있다면(「바캉스」), 사람의 피부가 투명해진다면(「투명 피부」)…… 등과 같은 식의 다양한 질문과 발랄한 상상력 그리고 메시지를 강요하지 않는 흥미로운 이야기로 채워져 있다.

한 편 한 편의 소설을 흥미를 가지고 읽을 수 있으며 이런 질문들 아니 이야기의 씨앗이 어떻게 자라날 것인지 상상하는 일도 지루하지 않다. 게다가 다양한 질문들은 폭넓고 지적인 정보들을 통해 이야기 속에서 어느 정도 해소되기도 한다. 이야기의 보고인 『나무』를 읽는 일은 얼마간의 지적 욕구를 채워주면서 독서의 즐거움도 제공해주는 유익한 일처럼 여겨지기도 한다. 그러나 따지자면 아쉽게도 『나무』가 제공하는 상상력은 기발함에서 한 발도 나아가지 않는다. 『나무』의 이야기는 결국 삶에 대한 깊은 통찰로까지 이어지지 않는다. 상상력으로 채워진 베르베르 소설의 이면인 이런 점은 그의 소설에 대한 평가에서 꽤 중요한 요소다. 사실 그의 소설에 대한 평가는 이점에 대한 입장에 따라 완전히 달라진다. 소설이 삶에 대한 통찰에까지 이르는 힘을 가져야 한다고 믿는 독자에게는, 기발함에 그치는 상상력이 『나무』를 포함한 베르베르 소설의 한계로 말해지곤 한다.

그러나 적당히 지적 호기심을 충족시키면서도 삶을 뒤흔들지는 않는 이런 면모는 일상이 자본에 의해 잠식되어감에 따라 삶이 척박해지던 시절을 산 독자에게 맞춤형 소설의 한 양태로 받아들여졌던 것이 사실이다. 독서 행위가 그저 킬링 타임용 취미만은 아니라는 거짓 위안을 건네면서도 『나무』가 제공한 '다른 관점'은 이야기 바깥으로 튀어나오지 않으며 독자의 삶에 개입하지도 않는다. 육신을 짓누르는 삶의 무게를 잠시 잊고 가벼운 상상력에 의탁할 수 있게 하는 힘, 여기에 베스트셀러 『나무』에 대한 시대적 요청의 이유가 있었다. 아니 이것이 베르베르 소설의 치명적 매력이다.

추상화풍 에필로그

　아이들은 언제 어른이 되는가. 될 수 있기나 한가. 현실이 동화 속 세상과는 판이하게 다르다는 것, 당장 생활비가 없어 일을 나가지만 몸뚱이가 아니고서는 돈 버는 일이 불가능하다는 것, 적당히 때가 묻어 속물이 되고서야 팍팍한 삶이 조금쯤 수월해진다는 것, 세상이 원래 그렇고 사람살이가 다 그렇다는 것, 사는 게 희망 없이 견디는 것임을 안다는 것, 생존 전략으로 이런 요령들을 숙지하게 되면 어른이 되는 걸까.

　김사과라면 한 치 앞이 벼랑인 그런 삶을 견딘다 한들 아이들이 어른이 될 수는 없음을 단언하리라. 김사과의 시선에서 보자면, 스스로 견뎌낼 힘을 마련하지 못하거나 세상을 조망할 시선을 마련하지 못하고는 어른이 될 수 없다. 어른의 몸이 되는 것과 어른이 되는 것은 엄연히 다르다. 적어도 근대 철학자풍으로 거울 앞에 자신을 세울 수 있는 이들, 자신을 돌아볼 수 있는 이들이나 어른이 될 수 있다. 그래서 김사과의 소설에 그런 어른은 없다. 세상이 더이상 거울-눈을 허락하지 않기 때문이다. 진짜와 가짜의 차이가 더이상 중요하지 않은 인공낙원에서는 원천적으로 누구도 어른이 될 수 없는 것이다.

하지만 김사과의 소설이 아이들의 세계라고 말하는 건 반쪽만 맞는 말이다. 거듭제곱의 방식으로 세포분열하듯 쪼개진 '나'들, 그 즉자적 존재로만 채워진 곳이 김사과의 세계인 아이들의 것이라면 그곳은 파랑새를 꿈꾸는 영원한 동심의 세계가 아니다. 볼 수도 들을 수도 생각할 수도 없는 곳, 자랄 수 없는 아이들이 영원히 갇혀 있는 곳, 깰 수 없는 악몽이 계속되는 곳이 김사과의 세계이며, 그곳이 바로, 정치경제학적으로 비명처럼 터져나온, 사회문화적으로 작가가 가감 없이 포착한, 우리 삶의 날카로운 단면이다.

김사과의 돌연한 분노를 막 대면하기 시작했던 때로 돌아가보자. 김사과는 "아빠가 술을 마시면 엄마는 욕을 하고 아빠는 엄마를 때리고 둘은 싸운다"(「영이」, 『영이』, 창비, 2010, 24쪽)라는 문장을 통해 폭력사태가 영이에게 드리운 영향을 전해준 바 있다. 전기밥통으로 엄마의 어깨를 내리치는 아빠와 삽으로 아빠의 뒤통수를 갈기는 엄마, 수십 개의 욕설이 오가고 흥건한 피범벅의 장면들이 연출되는 부부싸움 와중에서 영이는 보호기제로서 스스로를 영이로, 순이로, 영이의 몸으로("괴로운 영이와 울고 있는 영이의 몸과 거짓말쟁이 순이", 『영이』, 13쪽) 쪼갰다. 아빠를 삽으로 내리쳐 피투성이가 되게 한 엄마의 웃음소리에도 미치지 않고 죽지도 않기 위해 '괴로운 영이들'을 살해해야 했던 영이들이 점차 자라면서 친구를 죽이고 '묻지 마 살인'도 서슴지 않는 괴물이 되어버렸다.(『미나』『영이』 등)

김사과가 창조한 괴물들을 만나면서 당혹감을 감출 수 없는 것은 그들이 현실의 사건사고를 전하는 뉴스에서 자주 만났으나 소설에서 그리 친근한 존재는 아니었던 탓이 크다. 내면으로부터 그 괴물들에 깊이 공감할 수 있던 것도 사실인데, 역시 친숙한 방식은 아니었으나 괴물들 스스로가 토로하는 고통의 날것과 만났기 때문이다. 폭력의 분출을 억누르는 강박과 감정의 잔을 넘치게 하는 마지막 한 방울의 정념, 고함과 욕설, 분노와 물리적 폭력이 난무한 그간의 김사과의 소설을 괴물들 스스로가 반복해온 '변호의 말들'이라 말하는 것도 가능하리라. 「영이」에 끼어 있던 돌연한 목소리, "내게는 미지의 목소리가 들리기 때문에 계속 쓰겠다. 멈추지 않고 계속해서 쓰겠다. 다 쓴 다음에 나는 울겠다. 왜냐하면 팔이 아프니까. 다 쓴 다음에 나는 팔이 아프겠다. 왜냐하면 울고 싶으니까. 그리고 내 이야기를 듣지 않는 놈들은 다 죽여버리겠다. 왜냐하면 내가 말하고 있으니까"(『영이』, 23쪽)라는 외침은 가족, 학교, 직장, 아니 한국사회가 어떻게 괴물을 만들어냈는가에 대해 말하고자 하는 욕망이 김사과의 소설세계를 구축해왔음을 알려준다.

'변호의 말들'로 변주되어 다양한 형태로 지속되었던 그 욕망은 「몰」(『문학동네』 2011년 가을호)에서 줌아웃의 최대치를 지향하면서 괴물들로 채워진 세상이 어떤 곳인가를 돌아보는 쪽으로 향한다. 괴물들의 고백형 발화에 주력했던 김사과의 소설은 파편으로만 남은 기억과 단상들로 뒷걸음질쳐서 좀더 절제되고 폭넓은 시야를 확보한다. 「몰」은 '보아야 할 것과 들어야 할 것' 앞에서의 겸손함이 포착한 세계를 보여준다. '몰'은 여전히 아이들의 세계이다. 몰에서 길을 잃지 않기 위해 안간힘을 쓴다 한들, 모두가 눈을 뽑아내고 혀를 잘라낸 끝에 얼굴 없는 아이들이 될 뿐이다. 몰 바깥은 없다. '눈과 혀 없는' 아이들은 끝내 어른이 될 수 없다. 그럼에도 작가는 인공낙원이 숨긴 진짜 악몽, 아니 악몽 탈출의 가능성을 포착하려는 노력을 포기하지 않는다. 화장실에서 빵을 먹다 입술이 파래져 쓰러진 청소부를 '보아야 할 것들' 사이에 슬쩍 끼워넣는다. '없는 듯 있는' 존재들이 어떻게 구현될 수 있는가를 그렇게 실험한다.

김사과의 소설이 지금껏 반복해서 절규했듯이 어른이 될 수 없는 세상을 사는 것은 악몽이다. 물론 더 끔찍한 것은 '몰'의 누구도 더이상 인간이 아닌 '괴물-아이들'의 악몽에서 자유로울 수 없다는 사실이다. 소설 「몰」이 인공낙원의 악몽을 말한다고 할 때 뉘앙스는 이중적이다. 거기에는 인공낙원인 '몰'의 완결성과 세계의 비관적 미래라는 의미가 동시에 담겨 있다. 이중적 뉘앙스를 전달하면서 작가는 '몰' '바깥에 대한' 상상을 '독자'인 우리에게 우회적으로 촉구한다. 캔버스와 색 자체에 집중한 마크 로스코의 작업이 우리에게 거울-눈을 불러다준 것처럼, 흥미롭게도 기억의 포스트잇 더미인 「몰」은, '몰'을 들여다보는 우리에게 하나의 거울-눈이 된다. 본문 자체가 아니라 본문을 되새기게 하는 액자틀 혹은 에필로그가 되어, 우리에게 본문에 대한 성찰의 시간을 마련해준다. 아이들이 볼 수 없는 비가시의 영역을 담고 있는 다중 관점의 추상화풍 에필로그 「몰」이 악몽을 떨칠 희미한 빛처럼 우리 앞에 놓이게 된다. 「몰」이 되묻는다. 아이들은 어떻게 어른이 되는가. 될 수 있기나 한가. 이제 우리가 답해야 할 시간이다.

중간지대
—이야기로 지은 비정도시

인식하지 못한 채 불변의 것으로 고착된 사유틀과 이것과 저것의 구분에 기초한 중심과 주변의 분류법을 단박에 낯설게 한 사례로 푸코는 『말과 사물』의 도입부에서 보르헤스가 인용한 '중국의 한 백과사전'을 언급한다. 사유의 전 지평을 산산이 부수면서 푸코에게 폭소를 선사한 이 분류법에 따르면 "동물은 다음과 같이 분류된다. (a) 황제에 속하는 동물, (b) 향료로 처리하여 방부 보존된 동물, (c) 사육동물, (d) 젖을 빠는 돼지, (e) 인어, (f) 전설상의 동물, (g) 주인 없는 개, (h) 이 분류에 포함되는 동물, (i) 광폭한 동물, (j) 셀 수 없는 동물, (k) 낙타털과 같이 미세한 모필로 그릴 수 있는 동물, (l) 기타, (m) 물 주전자를 깨뜨리는 동물, (n) 멀리서 볼 때 파리같이 보이는 동물."[*]

이 분류법을 두고 푸코가 우선적으로 짚어두고자 한 것은 이국적 매력으로 다가오는 사고 체계가 기실 우리 사유의 한계, 무언가에 대한 사유의 절대적 불가능성을 말해준다는 점이다. 그러나 이것으로 설명이 충분

---

[*] 미셸 푸코, 『말과 사물』, 이광래 옮김, 민음사, 1987, 11쪽.

하지는 않다. 푸코의 말마따나 이 분류법은 우리의 사유 체계를 낯설게 하는 데 그치는 것이 아니라 그저 알파벳의 순서로만 나열된 동물들을 통해서는 실재하는 동물과 상상의 동물 '사이'를 공간화하는 일이 불가능한 것임을 알게 한다. 보르헤스가 보여준 분류법의 전언은 분류를 가능하게 할 지평이 없는 곳에서의 분류는 무엇이며 또 어떻게 가능한가에 관한 물음, 사유 체계의 근본을 돌아보게 하는 물음에 가깝다. 보르헤스의 사례를 푸코는 공간에 대한 인식과 사유 체계를 위한 조건 탐색의 시발점으로 삼고자 했다. 특정한 시공간 내부에서 인식적 배치를 가능하게 하는 에피스테메에 대한 탐색은 매번 어디에 배치해야 할지 고민하게 만드는 구병모 소설의 자리를 위한 사유의 출발지로 삼아도 좋을 듯하다.

구병모의 소설은 그로테스크한 상상력으로 청소년을 위한 소설을 쓰기 시작한 그때로부터 소설을 둘러싼 꽤 많은 경계를 가로지르고 있다. 수용의 측면을 고려해보면 소설 독자 내부에 아동소설, 청소년소설, 성인소설, 장르소설 등 연령별, 취향별 구분의 실금들이 없지 않으며 생산의 측면을 고려해보아도 장편소설과 단편소설의 차이가 길이의 차이로만 환원되기는 어렵다. 입장에 따라 내부 차이를 강조하는 실금들의 무용성이 지적되기도 하고 실제로 작동하는 차별적 위계에 날카로운 비판이 가해지기도 하며 그런 실금은 없는 양 능쳐지거나 따지자면 실금의 현상 유지를 원하는 실금 자체에 무심한 대응도 없지 않다. 구병모의 소설은 소설 범주 내부의 실금들을 자유자재로 넘나들면서 소설을 확장 가능한 소설 범주의 경계로까지 밀고 나아간다.

구병모 소설의 매력은 소설 범주 내의 실금들을 가로지르는 일을 매번 흥미를 끄는 이야기의 몸피로 마무리하는 작가의 면모에서 마련된다. 소설 범주를 가로지르는 실금들이 구병모의 소설을 통과하면서 유연하게 재배치된다고 말하는 것도 가능하다. 동화나 영화나 애니메이션에 이르는 다양한 대중문화로부터의 모티프 차용이 드물지 않으며 페로의 동화를 변주하고 있는 소설 「파르마코스」(『그것이 나만은 아니기를』, 문학과지성사, 2015)가 도입부—"눈에 손대지 마시길. 이 집에 들어오기 전 약속한 대로, 그 눈가리개를 내 이야기가 끝날 때까지 결코 풀어선 안 됩니다. 가능하면 이곳을 떠날 때까지가 좋겠습니다. 나가는 문까지는 제가 안내하지요"(49쪽)—를 통해 암시하듯 그것들은 따지자면 '흥미'와 '재미'를 강조하는 소설임을 표명하는 표식으로 읽히기도 한다. '약이자 독'인 중층적 상황을 부각하면서 동화의 기본 얼개를 낱낱이 해체하는 「파르마코스」가 대표하듯, 소설에 불려온 다양한 대중문화적 모티프들이 소설이 제공하는 디테일의 물질성과 긴밀하게 조응하면서 기대를 저버리지 않고 곧바로 현실성을 획득해간다. 그럼에도 차용의 흔적들은 끝내 '흥미'나 '재미'를 포기해서는 안 된다는 입장의 표식처럼 소설의 근간으로 남아 구병모 소설이 고유의 중층적 성격을 이루는 일에 기여한다.

소설 범주를 이루는 다종의 실금들에서 자유롭다는 점을 환기하자면 "식물성과 동물성의 경계는 한층 더 모호해"(「덩굴손증후군의 내력」, 225쪽)지는 사정은 말할 것도 없거니와 구병모의 소설에서 현실과 비현실의 경계가 그리 단단하지 않은 것은 특이한 일이 아니다. 실재와 가상의 소설적 혼용이 쉬이 이루어지는 일은 이제 그리 드물지 않으며, 비루한 아버지가 동물이 되거나 사물이 되는 변태도 한국문학에서 친숙하다면 친숙한 일이지만, 그러한 일들이 대개 현실의 알레고리의 이름으로 이루어졌음을 기억해둘 필요는 있을 듯하다. 구병모의 소설에서는 어떤가 하면 습자지 한 장의 간격을 두고 그 아래로 은밀하게 현실이 내비치는 방식과는 정반대로 현실 자체가 품고 있는 믿을 수 없는 비현실의 면모가 현실을 비집고 튀어나와버리는 형국을 이룬다고 해야 한다. 현실과 비현실의 면모가 뒤섞이고 있다기보다 현실 곳곳의 뚫린 틈으로 현실의 현실성이 포착되고 있다고 말해도 좋다. 매일의 뉴스 보도가 확인해주듯 현실성에 대한 우리의 상상과 달리 본래 현실은 평균적이지도 일반적이지도 않다. 이런 점에서 구병모의 소설을 현실의 현실성에 보다 육박해가는 소설로 명명하는 일도 가능할 듯하다. 구병모의 소설을 두고 그로테스크한 상상력을 말할 수는 있지만 그것은 현실에서는 만나기 어려운 희귀한 존재나 기괴한 사건의 자리를 마련하기 위해서라기보다 현실의 현실성이 불러온 현실 바깥 혹은 현실 너머의 현실을 두고 우리가 맞춤하게 붙인 이름에 더 가까운 것이다.

새엄마의 폭력과 아버지의 무관심 속에서 가출로 내몰린 끝에 기억을 지울 수 있는 마법쿠키를 만난 청소년(『위저드 베이커리』, 창비, 2009)에서 호수에 던져졌다가 아가미를 가지고 되살아난 반인반수의 남자(『아가미』, 자음과모음, 2011), 한 치의 오차 없는 살인기계로 살아온 살인청부업자 할머니 킬러(『파과』, 자음과모음, 2013)에 이르기까지 남다른 인물과 소재로 인상 깊은 장편을 연이어 발표하면서도, 작가 구병모는 『고의는 아니지만』(자음과모음, 2011)에 이은 두번째 소설집 『그것이 나만은 아니기를』을 통해 이야기로 구축된 비정한 도시를 세우면서 고유의 중층적 성격을 두텁게 획득한다.

『그것이 나만은 아니기를』이 들려준 이야기에 따르면 구병모가 세운 비정도시에는 때로 모든 것을 부식시키는 산성비가 내리고(「식우」), 비정규직으로 있는 직장이나마 곧 실직의 위기에 처한 사람들이 하루아침에 덩굴식물이 되는 현상이 믿거나 말거나 풍문처럼 떠돌며(「덩굴손증후군의 내력」), 팔 개월 된 아이를 버려두고 벽에 난 틈을 통과해 저편의 세계로 넘어가기도 한다(「관통」). 살아 있는 사람을 뜯어먹는 새떼가 출현하고(「조장기」), 원인도 모른 채 인도 한가운데에 생긴 구멍에 빠지거나(「타자의 탄생」), 성범죄 전과자의 몸에 주입된 반생물 반기계 곤충이 인간 숙주를 찢는 탈태가 이루어지던(「곤충도감」)『고의는 아니지만』의 그로테스크한 면모를 고스란히 이어받고 있으면서도, 작가는『그것이 나만은 아니기를』에서 극단적 상황이 야기하는 개인과 공동체의 갈등의 면모들을 보다

면밀하게 다루는 한편 현실의 비정함이 극대화된 지점에서 터져나오는 현실성 너머의 현실을 포착하는 데 좀더 주력한다. 그 현실이란 그저 막연하게 극단화된 상상이 아니며, 그것은 말하자면 생계에 떠밀려 꿈을 접고 택배 기사, 육아 돌보미, 콜센터 상담원, 환경미화원에 이르는 생계를 위한 비정규직 노동자들을 실직으로 내몰거나 생계도 불가능한 상황으로 내모는 비정한 이 땅의 현실 자체를 가리킨다.

그리하여 구병모의 소설은 선악과 정위(正僞)가 단박에 판정될 수 없는 이른바 '중간시대'의 소설화를 실현한다. 현실을 뚫고 나온 비현실의 면모들, 아니 현실이 누설하는 비현실의 면모들, 현실이 현실의 경계를 넘는 순간들을 가시화하면서, 휴머니즘을 구성하는 면모들을 두고 근본에 닿는 질문을 던진다. 인간의 선의와 악의, 동정심과 이기심이라는 것이 그것을 둘러싼 상황과 조건에 따라 전혀 다른 의미 영역을 마련할 수 있으며 심지어 정반대의 효력을 발휘할 수 있음을 짚어낸다. 그것을 통해 "심장 있는 보통 사람의 그것"(「이물」, 187쪽)이라는 것이 세상에 존재하지 않으며 어떤 것도 단일한 의미로 확정되지 않음을 보여준다. 모든 의미는 조건이 결정하는 불확정적인 것이라고 말하고 있다기보다, 모든 의미에는 시비와 정위가 비율의 차를 달리할 뿐 언제나 공존한다고 말하는 쪽에 가깝다. 『그것이 나만은 아니기를』은 그렇게 세계의 의미를 결정짓는 휴머니즘의 본의를 묻는 동시에 그것이 힘을 발휘하는 현실 자체를 (되)묻는다.

그렇게 삶은 소설이 된다

이방인, 타자, 경계, 월경은 전성태 소설의 근간을 이루는 이야깃거리다. 자체로 소설의 오랜 관심사이지만, 전성태 소설에서는 매번 개인들의 실존적 고민을 훌쩍 넘어선 지점들과 현실을 구축하고 지탱하는 보이지 않는 뼈대들 속에서 그 자리를 마련한다. 내리쬐는 빛 속에서 가시광선과 자외선 그리고 적외선이 세계에 미치는 영향을 구분해내듯 현실을 채운 온갖 구분선과 그것의 효력을 세심하게 분류해낸다. 거기에 전성태 소설 고유의 매력이 있다.

몽골의 대평원에서 한국의 지방 소도시에 이르는 공간과 과거사가 누적된 현재의 시간을 아우르면서 그간 전성태 소설은 경계의 강고함과 월경의 지난함, 일상에 착색되어 있을 이념적 대치 상황, 배제와 차별의 면모, 이 모든 것의 작동을 관장하는 자본의 위력을 섬세하게 짚어왔다. 지난 육 년간의 작업을 갈무리한 전성태의 신작 소설집 『두 번의 자화상』(창비, 2015)에서 현실의 구분선을 가늠하는 일은 일상이 품은 시간의 기미들을 짚는 일과 중첩되면서 좀더 예민해졌다.

그 시선이 가닿은 곳에는 국가에 의해 전쟁에 동원되었다가 적국에서 젊은 목숨을 잃고 끝내 그곳에 묻힌 자들이 있다.(「성묘」) 생계의 난망함을 해결하기 위해 목숨을 걸고 고향을 떠나 이념적 적대국에 삶의 터를 마련한 이들도 있다.(「로동신문」) 광주에서 희생된 청년의 무덤 앞에서 해소되지 않는 죄의식을 반추하는 이가 있고(「국화를 안고」), 국경 너머 고향으로의 귀환을 꿈꾸며 간첩으로 내몰리는 일도 마다하지 않는 이들이 있다(「망향의 집」). 적대적 이념이 대치하던 시절은 지나가고 먹고사는 문제가 최우선의 해결과제가 되었지만, 여전히 과거의 상흔은 뿌리내리지 못한 채 떠도는 삶의 갈피에서 누설된다. 전성태의 소설은 공들인 언어와 짜임새 있는 구성으로 계기가 없다면 감지되지 않을 해소되지 않은 상흔을 우리의 망각을 꾸짖듯이 우리 앞에 가시화한다. 무엇보다 그 상흔들을 첫 소설집인 『매향』(실천문학사, 1999)에서부터 견지해온 공동체적 감성 속에서 복원한다. 새터민을 주민으로 하는 아파트에서 경비를 맡은 이가 폐지를 처리하던 중에 우연히 발견한 '로동신문'이 한 새터민이 인편으로 건네받은 남편 사진의 포장지였음이 밝혀지는 에피소드를 다루면서 소설 「로동신문」이 환기하는 것은, 일상에 뿌리내린 경계 혹은 이념적 공포라기보다 고향을 떠난 이들에 대한 인류애적 공감의 가능성이다. "거기가 생지옥이었든 천당이었든 그이들한테는 어쨌든 고향 아닌가벼. 고향 그리울 때 볼짝시로 그거 한 장 품고 왔을 수도 있잖여."(「로동신문」, 168쪽) 평소 경비 일에 성실한 이가 아니라 매사 소홀하고 조금은 삐뚜름하며 무례한 행동을 일삼는 이가 무심결에 던진 말 속에 담긴 저 이해의 폭은 토속적 말투와 함께 새터민이 실향민이라는 점을 새롭게 인식하게 하는 힘을 마련한다.

돌이켜보면 고향에 대한 향수는 공간적 귀환에서 시간적 회귀까지 정착의 꿈을 품고 인적 없는 산골로 향한 떠돌이 남녀(「길」, 『매향』)에서 자본주의화된 몽골이 잃어버린 늑대[초원]의 삶(「늑대」, 『늑대』, 창비, 2009)에 이르기까지, 전성태 소설이 품어왔던 궁극적 지향점과 맞닿아 있었다.

지나간 시간에 대한 온기 어린 시선 자체가 문단에서 희소하기도 하거니와 고향/귀향이 품은 복합적 맥락을 충분히 고려한 채로 그것을 다룰 수 있는 자질이야말로 작가 전성태에게 보내는 우리의 신뢰의 근저일 것이다. 두 딸을 친정에 맡기고 한국에 와서 십 년 동안 식당 찬모 일을 했던 외국인 노동자 '쏘야'는 친정어머니가 위독하다는 소식에 친정아버지가 돌아가셨을 때도 가보지 못했던 고향으로 떠난다.(「배웅」) 그녀의 귀향은 언제 내쫓길지 알 수 없는 불법 체류자로서의 공포를 벗는 일이지만 한국의 출입국사무소에 불법 체류를 자진신고 하고서야 이루어질 일이자 낡은 식당용 그릇으로나 남을 시간들의 끝과 마주하는 일이다. 고향에 돌아가지 못한 채 실향민으로 생을 마치게 되는 이들의 회한을 짚어보는 소설 「망향의 집」에서 고향은 갈 수 없는 국경 저편의 갈망의 시공간이자 자신의 가족이 뿌리내린 국경 이편의 일상적 시공간이다. 어부로 평생을 보낸 이들에게 바다에서 국경을 넘는 일은 그저 어부 욕심이 부채질하는 일이겠지만, 소설은 시절이 월남한 어부를 납북되었다가 귀환한 이들로, 이념적으로 불온한 자들로 내몰기도 했음을, 그 와중에 누군가에게는 납북이 생에 다시 못 올 성묘의 시간이기도 했음을 짚는다. 작가는 『두 번의 자화상』 곳곳에 고향과 월경이 만들어내는 복합적 의미망을 풍요롭게 부려놓으면서 월남 실향민과 외국인 노동자의 삶을 관통하는 이해의 지평을 열어준다.

「소풍」「지워진 풍경」「이야기를 돌려드리다」에 이르는 소설에서 '치매'로 구체화되었지만, 고향의 상실은 기억의 상실의 다른 이름이기도 하다. 기억의 상실은 낡음과 늙음의 생물학적 표식일 뿐 아니라 존재를 구성하는 요소들의 망각이자 존재의 고향을 상실해가는 과정의 은유이기도 한 것이다. 이런 의미에서 실향은 우리의 일상이 지속되는 한 실존적으로 사회구조적으로 끝없이 반복되는 삶의 과정 자체라 말할 수도 있는 것이다. 『두 번의 자화상』의 의미가 이방인, 타자, 국경, 월경을 떠밀리듯 살아야 하는 실향인의 문제로 폭넓게 다루면서 모두의 삶을 실향으로 귀결하게 하는 자본과 시간의 힘을 읽어낸 데 있다면, 이 소설집의 참된 미덕은 실향의 삶을 주관적 감상 고백이나 거리두기적 관찰이 아니라 월경과 실향의 경험이 뒤엉킨 채 일상을 사는 이들의 '관계' 속에서 포착한 데 있다. 소설 「성묘」의 관심은 적군묘지로 남겨진 전쟁 때 죽은 북한군과 중국군 유해, 남파 공작원들에게라기보다 적군묘지 '옆에서' 삶을 꾸리고 있는 우리들 자신에게로 모인다. 복원되지 못한 전쟁의 기억들, 국가나 국민의 이름으로 호명될 수 없는 개별자들의 자리를 더듬어보면서도, 작가는 그들 자체의 복원에 집중하거나 그들의 희생의 의미를 되묻기보다 그들과 지금 현재를 사는 우리가 어떻게 공존할 것인가, 그 개인의 자리를 어떻게 마련하고 유지하면서 함께 살 것인가에 관심을 기울인다.

역사와 전통을 갖는 것들은 첨단의 자본화 물결에 휩쓸리고 있는 한국에서는 그리 환영받지 못하는 편이다. 낡음이나 늙음은 부끄럽거나 숨겨야 할 일로 여겨진다. 이러한 시선은 사실 사람을 대하는 자리에서 가장 적나라하게 드러나고 있는지 모른다. 예전만큼은 아니지만 여전히 한국의 어제와 오늘은 같은 듯 많이 다르다. 시차의 폭은 크고 공간적 차이도 적지 않으며 적어도 표면적으로는 매일매일 과거를 지우며 새로워지는 곳이기도 하다. 꽤 많은 이들이 유행에 민감한 한국사회의 순발력에 거부감을 표명하고 다른 삶의 가능성을 타진하기도 한다. 그러나 사회의 일원들이 그러한 삶에 다소간 아니 꽤 깊이 연루되어 있음을 부인하기는 어렵다. 오래 혹은 길게 뭘 할 수 있는 상황이나 조건도 아니거니와 오래 혹은 길게 뭐든 하는 사람들을 고평하는 사회도 아니다. 한국사회까지 들먹일 것 없이 문단만 돌아보더라도 오래도록 독서계의 신뢰를 얻으면서도 좀더 확장된 세계로 나아간 소설가를 점차 만나기 어려워진 게 사실이다. 뭐든 빠르게 생산해야 하고 그런 속도로 빠르게 소진되는 세태는 소설가에게도 고스란히 해당된다. 쇄신에 대한 사회적 요청에 매번 응답하는 것으로 세계의 확장을 보증받기 어렵고, 성찰 없는 쇄신이란 그저 얼굴 바꾼 같은 세계의 동어반복일 가능성이 높다. 낡음과 늙음에 대한 사회의 부정적 인식에 저항하면서도 낡음과 늙음의 폐기할 수 없는 의미를 복원하기 쉽지 않다는 말이다. 전성태의 소설집 『두 번의 자화상』은 과장적 제스처 없이 맞춤한 온도로 고향과 기억의 의미를 환기하면서 낡음과 늙음을 소설로 육화하고 그것에 대한 재고를 요청한다.

원형질을 찾는, 아무것도 아닌 이야기들

통일성이란, 언제나, 부여된 것이자 설정된 것이기 쉽다. 의미니 목적이니 형식이니 하는 것들이 이 통일성의 범주에 속한다. 입담의 대가이자 허풍선이 만담가인 성석제가 이른바 '작은 이야기(小說)'를 지향하면서 글쓰기에 관해 뭔가 거부해온 것이 있다면 그게 바로 통일성이다. 성석제의 소설은 의미와 형식으로 환원되기를 거부하는 곳에서 출발한다.

물론 그의 소설이 거부와 저항의 몸짓으로만 이루어져 있는 건 아니다. 『참말로 좋은 날』(문학동네, 2006)에서도 그렇듯, 성석제의 소설은 그 외적 형식에서 온건하다. 주인공들의 전기 작가인 성석제는 열전과 묘비명 등의 전기 형식을 취하고 인물의 가계도(/관계도)를 그려주며 시간의 흐름에 따른 인물의 행적을 기록하는 데 비교적 충실하다. 그럼에도 그의 소설은 통상적인 의미의 '완결된' 플롯에 기대지 않으며 시작도 끝도 없는 스토리텔링으로 질주하지도 않는다. 소설로든 이야기로든 넘치거나 모자라는 어떤 공간, 장르적 미개지에서 성석제의 소설이 보여준 진경은 필경 노래가 될 경쾌한 호흡과 욕설과 사투리로 어우러진 거짓말의 난장이다.

성석제의 소설에서 즐거운 거짓말과 슬픈 허풍을 지우고 나면 남는 것은 무엇일까. 웃음으로 눙치지도 거짓말로 과장하지도 않으면서 『참말로 좋은 날』이 보여주는 것은 정당화를 요청하지 않는 무질서 자체 혹은 고통스러운 현실의 자연 상태다. 성석제는 이기적 속물들과 벼랑으로 내몰린 사회적 낙오자들뿐만 아니라 웰빙 라이프를 온몸으로 실천하는 고귀한 존재(「고귀한 신세」)와 선량하게 살고자 하는 온순한 존재들조차 파국을 피할 수 없는 오늘의 현실을 차갑게 응시한다. 눈먼 돈이 촉발한 노골화된 자본주의적 욕망이 결국 부모, 가족, 형제를 둘러싼 모든 관계를 제대로 결딴내기도 하지만(「아무것도 아니었다」), 작가 성석제는 돈도 빽도 능력도 없는 가장이 붕괴하는 가족을, 박탈당한 집을, 몰락하는 자신을 구할 방도가 현실에는 없다고(「저만치 떨어져 있네」) 말한다. 아는 사람만 알고 모르는 사람은 모르는 사연들, 가령 사직단이 사지땅, 영빈관이 인빈관, 늦출이가 넙춘이, 침천정이 심청전이 된 사연이 구구절절이라 한들 거기에는 아무런 뜻도 없으며, 이 모든 것이 어쩌다보니 무심결에 생겨난 일들, 일상다반사일 뿐이다. 그래서인지 『참말로 좋은 날』에 실린 소설들은 어떤 논평도 배제한 채 여전히 의미와 형식의 통일성을 거부할 수 있는 거리감각을 유지하면서도, 소설의 심연으로부터 냉소와 허무의식을 불편하고 낯설 만큼 짙게 분출한다.

그 가운데에서 성석제의 시선은 먼 과거, 변형되지 않은 원형질로 향한다. 작가는 무미(無味)의 손두부를 먹는 이야기인 「고욤」에서 잊을 수 없는 "야생의 본질적인 맛"(17쪽)을 가진 감의 원형 같은 것, 말하자면 이전의 것, 순수한 것, 변하지 않고 남아 있는 본래의 것과 그것이 가진 대체 불가능한 가치를 천천히 되돌아본다. 쓰려던 소설은 쓰지 못한 채 '박태보'라는 인물에 대한 정리만을 보여주는 소설 「집필자는 나오라」에서 대체 불가능한 가치에 대한 작가의 관심은 "사람다움이라는 기 뭐냐, 그때 자기가 꼭 안 해도 되는데 나서게 하는 힘이 뭐냐"(198쪽)는 식의 질문으로 보다 선명해진다.

　그리하여 성석제는 설정된 것이자 부여된 것으로서의 의미를 찾아나서
게 되었는가. 물론 그렇지는 않다. 그럼에도 이들 소설들이 삶을 바라보
는 새로운 가능성일 수 있는 것은 대체 불가능한 가치에 대한 희구 때문
이 아니다. 성석제에 따르면, 야생적 원형질에 대한 갈망은 어떤 실패를
통해 우연히 어쩌다보니 얻어지는 것이며, 훼손되지 않은 원형질이라는
것도 결국 아무것도 아닌 것이기 쉽다. '좋은' 의미든 '바람직한' 가치든
혹은 '나쁜' 현실이든 성석제에게 그것들은 상대화되고 주변화될 수 있는
거리와 함께 취급되어야 할 세목들일 뿐이다. 성석제의 소설은 이제 많은
의장을 벗어던지고 보다 간명해지고 있다. 통일성을 거부하면서도 어떤
의미를 추구하는 것, 그 불가능의 화강암에 균열을 만드는 일은 그렇게
시작되고 있다.

부코스키들의 엉뚱한 산책 혹은 느슨한 연대

　취업재수생의 엉뚱한 '부코스키' 미행담인 한재호의 장편소설 『부코스키가 간다』(창비, 2009)는 현재 우리가 처한 현실의 중핵에 관한 한편의 충실한 보고서라 불릴 만하다. 미래의 불투명성을 감지하게 하는 우리 사회의 가장 약한 고리, 청년백수를 다룬다는 점에서 그렇다. 대학을 졸업했으나 사회에 진입하지 못하고, 제도와 조직의 빈틈 혹은 그 주변이나 맴도는 올드보이인 『부코스키가 간다』의 주인공, 그는 타인들의 실없는 대화에 귀를 기울이거나 다시는 만나지 않을 사람들과 일상을 나누고, 별반 특이할 것 없는 한 중년남자를 미행하기까지 한다. 그러는 와중에 그는 일과처럼 구직공고를 훑고 그날의 지원할 곳을 결정하며 이력서와 자기소개서를 완성하고 발표날짜를 체크한다.

　이 소설의 일차적인 미덕은 2000년대를 전후한 한국사회 전환의 징후를 단적으로 보여주는 청년백수에 대한 가식 없는 보고를 실행한다는 데 있다. 작가는 감지할 수 없는 속도로 흘러가는 일상을 따라 제도와 조직에 속하지 못한 루저들에 대한 관찰일지를 담담하게 써내려간다. 역사적 문맥으로 보자면 IMF 구제금융 사태를 겪으면서 한국에서 청년은 더이상 희망찬 미래의 다른 이름일 수 없게 되었다. 그럼에도 그간 청년세대를 자기희화화나 허세 없이 다루기는 쉽지 않았다. 그것이 결국 청년이라는 이름이 불러올 미래에 대한 우리 사회의 복합감정에서 기인한 것이라면, 이 소설은 과감하게 그러한 복합감정과의 단절을 선언하고 있다.

흥미로운 것은 실없는 미행과 결과 없는 구직 행위로 이루어진 백수의 일상이 정체불명의 중년남자인 '부코스키'가 비 오는 날마다 떠나는 정처 없는 산책—가령 "청계천을 건넌 뒤에 씨네코아를 지났고, 파고다학원 쪽 길을 따라 종로3가역으로 갔다"거나 "낙원상가를 거친 뒤에 피맛골 뒷골목으로 들어갔다는 식"(55쪽)이지만 '종합하자면 결국 대부분의 시간을 그냥 허비한 것'에 가까운 도시 산책과 정확하게 대칭을 이룬다는 점이다. 대개 시간과 비용, 목적과 방향을 산술적으로 예견할 수 있는 지하철 노선표를 중심으로 이루어지는데도('부코스키'의 내면 따위에는 무관심한 이 소설에 의하면), '부코스키'의 외출은 특이점을 가진 반복적 행동이지만 표면적으로 어떤 의미도 지니지 않는다. 일과처럼 행하는 주인공의 구직 행위가 순서나 목적에 무관하게 결국 무의미한 것처럼 말이다. 주인공의 미행이나 구직 행위에 대해서 말하자면, 그것은 무의미를 넘어 그를 옥죄는 막연한 불안의 얼굴과 대면하는 공포 체험이기도 하다. 그 산책, 미행 그리고 구직 행위가 "내가 지금 여기서 뭘 하고 있는 걸까?"(59쪽)라는 질문을 불러올 것임을, 그것이 "스스로 생각해도 참 쓸데없는 짓이란 걸"(59쪽) 깨닫게 될 것임을, 그리하여 "매일 쓰레기 같은 이력서를 쓰"(69쪽)는 자신 "역시 쓰레기"(67쪽)라는 사실을 새삼 확인하게 될 것임을, 이미 충분히 알고 있다는 점에서 그러하다.

취업재수생을 포함한 부코스키 일행이 '아웃사이더'라는 말에서 풍기는 자발적 저항의 냄새와는 관계없는 '남겨진' 존재들, 이른바 '어딘가에 끼지 못한' 존재들임을 짚어내면서, 이 소설은 청년백수에 대한 충실한 보고 이상의 의미를 획득한다. 이유 없는 외출을 반복하는 중년남성, 미행하는 자를 미행하는 검은 우산의 사내, 놀이터의 구석을 차지하고 있는 왕따 아이에 이르기까지, 곁돌기 외에 별다른 선택의 여지가 없는 현대사회의 주변부적 존재들을 통해, 오늘의 비극적 현실을 사는 이들이 청년세대만이 아님을 보여준다. 그렇게 현재 우리의 삶의 방식에서 일어난 전환적 변화, 한 치 앞을 예측할 수 없는 정체구간과도 같은 현실의 일면을 날카롭게 스케치한다.

부코스키 일행이 경험하고 있는 현실 변화는 우리 사회가 더이상 목표 자체의 확실성과 타당성을 신뢰할 수 없는 단계에 진입했음을 말해주는 것이기도 하다. 생산자 중심의 사회에 대한 합의가 깨졌음을 말하는 바우만의 논의가 지적하듯, 이제 사회는 미취업자 혹은 실업자를 언젠가는 현장에 투입될 잠재적 생산자로 고려하지 않는다.(『쓰레기가 되는 삶들』, 새물결, 2008)『부코스키가 간다』의 청년백수들뿐 아니라 특정 세대에 한정되지 않은 존재들이 목표를 알지 못한 채 그저 도시를 헤맬 수밖에 없는 것은 목표만이 아니라 과정에 대한 신뢰도 모두 무너졌기 때문이다.

사정이 이러하기에 배제된 자들은 물론이거니와 우리 가운데 잠정적인 배제의 불안에서 온전히 자유로운 자는 없다. "시스템이 좋고 싫고 간에" 거기에 끼지 못하는 부코스키 일행을 보여줌으로써 소설은 실상 우리 모두가 배제의식을 나누어가지면서 동등해지고 있음을 말한다. 가중되는 공포의 근원에는 시스템 자체를 '자발적으로' 뒤돌아볼 수 없다는 어정쩡하고도 미지근한 사실이 놓여 있는 것이다. 문제의 복합적 지층은 이미 배제되었거나 언젠가는 배제되고 말 우리들과, 공포를 유포하는 시스템 양자의 상관성에 놓여 있겠지만, 우리를 진정으로 쓸쓸하게 하는 것은 배제를 두려워하는 자들뿐 아니라 이미 시스템이 폐기한 자들조차 결코 시스템으로의 진입 열망을 버릴 수도 포기할 수도 없다는 사실에 있다.

아무런 해결 없이 그저 뜻 없는 일상을 연장하는 『부코스키가 간다』의 인물들이 그러하듯, 우리들 가운데 누구도 이유 없는 외출과 미행을 멈추게 할 적절한 해답을 알지 못한다. 글을 쓰는 자도 읽는 자도 우리가 직면한 전환적 변화의 의미와 대응법을 알지 못한다. 우리 앞에 놓인 것은 우리들 모두가 "각자 관찰하고 답을 내야"(63쪽) 한다는 피할 수 없는 생존법뿐이다. 한 치 앞을 가늠할 수 없으며 가도 가도 만나는 것은 막다른 골목뿐이다. 그러나 "뭐, 알아낸 게 없으니"(114쪽), 더구나 정체구간을 지난다 해도 아무것도 달라지지 않을 것임을 이미 알고 있으니 어떻게 정처 없는 외출과 한심한 미행, 의미 없는 구직 행위마저 멈출 수 있겠는가. '부코스키'를 뒤쫓는 자는 다른 '부코스키'가 될 뿐이지만, 그럼에도 부코스키 일행이 연출하는 단조로운 미행의 연대, 지루한 관찰의 연대라도 없다면 각자의 "씁쓸하고 뻔한"(103쪽) 권태의 끝을 어떻게 견뎌낼 수 있겠는가. 막다른 골목에 선 우리 모두가 직면한 씁쓸한 한 줌의 진실 혹은 위안이 그뿐인 것을.

예술과 공동체들

　예술과 정치, 문학과 공동체, 예술과 삶을 핵심어로 만들어진 쓰기이자 행동의 기록물인 심보선의 『그을린 예술』(민음사, 2013)은 한 권의 종이−책으로 남겨지기 전에, 그 개별 기록의 현장성 속에서 예술과 그 바깥의 상관성을 둘러싼 전제들을 깬 선언문이었다. 『그을린 예술』은 예술과 정치의 습합을 말해야 하는 시절을 우리가 통과했다는 오해를 교정하면서 예술과 정치에 대한 시적 행동을 선도했다. 유동하는 현실에 대한 반응이자 언어 기록물인 『그을린 예술』은 단어들 사이에서, 인쇄된 종이의 갈피에서 우리의 독서 체험을 그 '행동'과 접속시킨다. 그 '행동' 영역에서는 공간적으로 단절되었던 예술, 정치, 운동, 문화, 삶, 시, 학문 등이 서로 교통하면서 범주의 재설정을 이룬다. 재설정의 유동성 자체가 '행동'이라면, 『그을린 예술』은 그 '행동'의 유동성을 언어화한 기록의 더미들이다.

　예술과 현실 사이에는 시차가 있고 매개가 있다. 부가설명이 필요 없는 사실이다. 머지않은 지나간 시간을 돌아보자면 쉽게 수긍할 수 있을 것이다. 예술, 그 가운데서도 언어예술은 현장의 의미를 언제나 뒤늦게 감지한다. 예술은 미약한 손 촛불이 검은 장막을 걷어내는 광명이 될 수 있음을 사후적으로나 깨닫게 된다. 용산참사 이후 출렁이며 파고를 달리한 집합감정에 대해서도 뒤늦게야 추수할 수 있었다. 한 시인의 탄식처럼 예술은 역사의 현장에 대해 언제나 늦된 아이다. 예술은 생산적 삶에 부가적으로 덧붙는 잉여다. 삶에서 예술이 담당하는 가치 영역은 보잘것없는 것이라 말해도 좋다.

예술이 독자적으로 때로 공동체와의 관계에 비추어 대단히 숭고하거나 대항적인 의미를 가진다는 진술이 시대착오적 망상이거나 패거리들의 생계를 위한 의미 부풀리기가 아님을 모르는 이는 없을 것이다. 그럼에도 공동체에 대한 예술의 기능과 가치를 재고하는 자리에서는 언제나 예술이 삶을 구성하는 매우 사소한 요소일 뿐임을 재확인해둘 필요가 있다. 편지는 결국 목적지에 도착하지 않으며 진심은 언제나 사후적으로만 구성된다. 그러니 현실과 삶에 대한 예술의 사후적이고 잉여적 속성에 대한 지적은 예술의 비생산적 무용성에 대한 반복진술이자 예술의 가치에 대한 평가절하로 들릴 수도 있겠다. 오해를 무릅쓰고 반복하자면, 예술이 공동체에 무엇을 할 수 있는가라는 질문은 예술의 힘이 손 촛불보다도 미약한 것임을 인정한 채로, 바로 그 자리에서, 그럼에도 예술이 공동체에 대하여 무엇을 할 수 있는가를 물을 때에 비로소 실감의 무게를 얻게 될 것이다.

예술의 미약한 힘에 대한 재차 확인은, 좀 엉뚱하게도, 이른바 '대선 멘붕' 이후 얻은 순수하게 주관적인 어떤 통찰이 떠민 일이다. 그 통찰로, 딛고 선 땅이 순간 꺼지는 듯한 절망에 꽤 오랫동안 붙들려야 했다. '사회적으로 연결된 듯한'(SNS) 열기로 확신했던 집합적 실감이 서로에게 거울로서 되비치던 '공동체-신기루'였음을 문득-강제로 깨닫게 되었다. 마비가 풀린 후의 쓸쓸하고 참혹한 감각이 절망의 구체임을 확인하는 동안, '공동체-신기루'가 그 바깥과 어떻게 접속할 수 있는가가 향후 반복되어야 할 질문으로 되새겨졌다. 예술이 공동체를 상상하는 동안 의식하지 못한 채 하나의 공동체만을 상상하며, 종종 그 공동체 바깥의 공동체'들'에 대해 무심했다는 사실을 반추하게 되었다. 환기하자면, 이것은 예술과 현실 사이의 '시차와 매개' 혹은 그 가능성에 대한 질문으로 곱씹어져야 한다.

고백건대, 나는 『그을린 예술』의 저자인 그-심보선이 시인으로서 그러했듯, "양심과 비양심, 정의와 부정의를 가르는 바리케이드"(92쪽)를 오롯이 드러내고 그 바리케이드가 자동적으로 작동시킨 자기검열을 고백할 때, 예술과 공동체에 대한 그의 고민에 조금 더 근접해서 공감하게 된다. 그가 서 있는 자리가 뚜렷해지자 그와 나 사이의 거리 혹은 그와 나의 시선이 향한 곳이 얼마나 같고 다르며 또 가깝고 먼가가 가늠하게 된다. 이 과정에서 내용의 같고 다름과 무관하게 나에게도 작동하는 이러저러한 검열의 기제들이 억압충동을 뚫고 몸을 드러내게 된다.

용산으로 간 그가 '용산'의 구성요소가 되는 순간(두 용산이 완전히 다른 것임을 지적해두자), 그는 정체가 무엇이듯 '이미 충분히 새로운'(96쪽) 그가 됨을 깊이 확신한다. 그의 내부에서 서로 완전히 겹치지는 않던 n개의 그가 연금술적 전환을 경험하며 충분히 다른 그가 되고 있으며, 그리하여 거기에 정치와 예술의 습합이 선물처럼 생성되고 있음을 전한다. '용산'과 '두리반' 그리고 한국사회의 곳곳에서, 그의 말을 빌리자면 공간과 사람의 화학작용이 '고유한-새로운' 삶의 형태를 빚어내고 이 삶의 형태가 우정을 통해 타인과 공동의 것이 되는 중이다. 거기에 심보선이 말하는 (되살아날) '예술'이 있다(고 한다). 문학과 공동체를 두고 말하면 그 과정은 다음과 같이 기술될 수 있다. "문학은 이때 썼다가 지웠다 다시 썼다 지워나가는 무한의 쓰기 혹은 비움이자, 그 이상이 된다. 문학은 그 끊임없는 글쓰기의 좁고 희미한 여백에서, 공동체의 가능성을 꿈꾸고 가능성의 공동체를 추구하는 말과 행동으로 존재한다. 문학과 공동체의 삶은 그렇게 조금씩 하나가 되어갈 것이다."(89쪽)

이 화학작용에 대한 믿음 위에서 n개의 그가 지금 거기서 너는 무엇을 하느냐고 나에게 묻는다. 묻어둔 죄의식을 불러오는 것도 상실한 부끄러움을 다그치는 것도 아니다. 존재의 변이라는 경이를, 그 마술적인 경험을 함께하자고 권한다. 내가 여전히 망설인다면 화학작용의 효력을 의심해서가 아니다. 전적으로 거기에 이르는 길을 알지 못해서다. '거기에' 하나의 공동체가 있는 듯하다. 그 공동체의 구성요소가 아닌 채로 나는 어떻게 그 공동체에 닿을 수 있는가. 그 "느슨하고 개방된 공동체"(117쪽) 바깥인—바깥에 서 있는 듯한—나는 그 공동체와 어떻게 만날 수 있는가, 아니 만나고 있는가.

주

데모스를 구하라

1) 김연수, 『네가 누구든 얼마나 외롭든』, 문학동네, 2007, 374쪽.

2) 김동춘, 「'민주화 이후' 한국사회」, 『1997년 이후 한국사회의 성찰』, 길, 2006, 32쪽. 김동춘은 '1987년 이후의 정치 민주화 현상은 권위적 정권이 구축한 사회질서의 흐름과 전 지구적으로 통합되어버린 정치경제적 환경 변화 위에 떠 있던 작은 물결에 불과했는지 모른다'고 언급한 바 있다.

3) 이와 관련하여 독일의 한 인권운동가(파울 슈나이스 목사)는 다음과 같이 언급한 바 있다. '한국 사람들은 민주주의가 왔다고 너무 일찍 확신했다. 그러나 민주주의는 영원히 완성되지 않는다. 또 수십 년 독재 시절의 일들이 십 년 만에 사라지지도 않는다.' 김기현, 「2012 민주주의 대공황을 넘자: 한국 민주주의, 죽어야 산다」, 동아일보 2011년 12월 1일자 ; 김규원, 「언론·지역문제가 한국 민주주의 후퇴 초래」, 한겨레 2012년 8월 12일자 등.

4) 민주화 이후 민주주의의 퇴행을 둘러싼 비판도 '정당정치의 실패와 낮은 투표율로 표출된 참여의 위기를 반복적으로 강조하거나 정치 권역의 발전적 지체로 치부해버리는 것'(최장집, 「한국 민주주의는 지금 어디에 서 있나」, 『민주주의의 민주화』, 후마니타스, 2006 ; 임혁백, 『신유목적 민주주의』, 나남, 2009 ; 강원택, 『통일 이후의 한국 민주주의』, 나남, 2011 참조)만으로는 충분하지 않다.

5) 자크 랑시에르, 『민주주의는 왜 증오의 대상인가』, 허경 옮김, 인간사랑, 2011, 123쪽.

6) 최장집, 『민중에서 시민으로』, 돌베개, 2009, 69~115쪽.

7) 그간 사실상 '시민'이라는 말이 다 담지 못한 개별자 혹은 집단 주체의 열망이 벌어질 대로 벌어진 '일상과 정치의 간극'을 메우기 위해 새로운 의사소통 방식을 요청해 왔다. '촛불집회' '희망버스' '나는 꼼수다' '안철수 현상' 등 기존의 운동방식과는 다른 새로운 대의 표출방식이 다양하게 실험된 현상은 의회 내 절차적 민주주의의 위기 혹은 일상적 주체의 정치 개입의 조건과 경로가 봉쇄되었음을 보여주는 실제적 반증이라고 해야 한다. 가령, 촛불집회를 두고 말해보더라도, '촛불집회'를 계기로 한국 민주주의를 둘러싼 격렬한 토론회가 열리게 되었는데, 2008년 6월 16일 경향 신문과 참여사회연구소 등이 공동 주최한 '촛불집회와 한국 민주주의' 토론회의 주요 쟁점이 바로 참여민주주의(거리의 정치)와 대의민주주의(제도로서의 정치)의 상관성에 관한 것이었다. 민주주의에 대한 다각도의 성찰과 함께 민주주의에 대한 새로운 논의가 전면화되고 있는 것이다. 달리 말하자면, 민주주의 문화의 성숙 없이는 민주주의가 언제든 퇴행과 반전의 위험 속에 내몰릴 수 있음을 1990년대 이후 현재까지의 한국사회가 산 역사로서 증거하고 있으며, 이에 따라 역사를 살고 있는 우리는 민주주의가 결코 저절로 영속화될 수 없으며 그렇기에 민주주의를 실현하고 유지하기 위해서 무엇보다 '민주주의 문화'를 성숙시켜야 한다는 사실을 다시금 확인하고 있다고도 할 수 있다. 권지희 외, 『촛불이 민주주의다』, 해피스토리, 2008 ; 당대비평 기획위원회, 『그대는 왜 촛불을 끄셨나요』, 산책자, 2009 등 참조.

8) 이러한 측면에서 보자면, 한국의 민주화가 자유주의적 전환의 계기를 가지지 못했다는 사실이야말로 한국정치와 사회가 처한 난국의 근본원인 가운데 하나라고 해야 할 것이다.(최장집, 「왜 다시 국가-시민사회인가?」, 『민중에서 시민으로』, 돌베개, 2009 ; 최장집, 『민주화 이후의 민주주의』, 박상훈 개정, 후마니타스, 2010(2002) ; 김동춘, 「한국의 우익, 한국의 '자유주의자'」 「한국의 자유주의자」, 『1997년 이후 한국사회의 성찰』, 길, 2006 참조.) 따라서 어쩌면 자율적 '시민사회'에 대한 인식이 충분히 성숙하지 않은 한국사회에서 운동과 일상, 제도와 일상 사이의 원활한 소통과 연계가 '자연스럽게' 이루어지기를 상상했다는 사실 자체가 민주주의에 대한 소박한 접근법의 일면을 드러내는 것인지 모른다.

9) 김연수, 『밤은 노래한다』, 문학과지성사, 2008, 212쪽.

10) 이광호, 「혼종적 글쓰기, 혹은 무중력 공간의 탄생」, 『이토록 사소한 정치성』, 문학과지성사, 2006, 96~97, 105쪽.

11) 황종연, 「민주화 이후의 정치와 문학」, 『탕아를 위한 비평』, 문학동네, 2012, 74쪽.

12) 황종연, 같은 글, 100쪽.

13) 서동진, 「불안의 시대와 주변의 공포」, 『문학과사회』 2004년 겨울호 ; 서동진, 『자유의 의지 자기계발의 의지』, 돌베개, 2009 ; 한병철, 『피로사회』, 김태환 옮김, 문학과지성사, 2012 등 참조.

14) 로버트 달, 『정치적 평등에 관하여』, 김순영 옮김, 후마니타스, 2010, 43, 64쪽. 로버트 달은 '정치적 평등'이 인간들 사이에 널리 퍼져 있는 현실적 조건이 아님을 지적하면서, 그럼에도 그것의 실현 불가능성이라는 속성이야말로 '정치적 평등'이 실현을 위해 끊임없이 노력해야만 하는 이상이며 지속적으로 추구되어야 하는 목표임을 확증하는 근거임을 역설한 바 있다.

15) 본고에서 새로운 입법 주체를 논의하기 위해 활용하고자 하는 관념은 '보편적 개별자'이다. 『사도 바울』에서 완전한 파편화를 파국 자체로 인식하는 알랭 바디우는 '보편적 개별성의 조건'을 질문하면서 사도 '바울'을 소환하고, 법에 의해 어떤 정체성도 갖지 못하는 사건-주체와 그것을 선언하고 있는 사태 외에 아무런 '증거'도 없는 주체를 구조화하는 방법을 탐구한다. 바디우에 의해 기독교가 종교이기 이전에 새로운 '(율)법'의 수립이었던 측면이 부각되고 있다 해도 『사도 바울』의 논의가 기독교 역사와 거리가 있는 우리에게 친숙하지 않은 것은 사실이다. 하지만 민주주의의 본질에 대한 고민이 보편적 개별성에 대한 탐구와 깊이 연동되어 있다는 점에서 바디우에 의해 재해석된 '바울'의 방식, 즉 "지배적인 추상들에 반대하는 동시에 공동체적 즉 특수주의적 요구들에 반하는 보편적 개별성을 강조하는"(알랭 바디우, 『사도 바울』, 현성환 옮김, 새물결, 2008, 32~32쪽) '바울'의 방식은 민주주의에 대한 우리의 논의에도 시사하는 바가 크다.

16) 황종연, 「문학의 묵시록 이후」, 『탕아를 위한 비평』, 문학동네, 2012, 18쪽.

17) 한국문학에 나타난 '재난' '파국' '재앙' '종말'에 관한 논의로는 정여울, 「구원 없는 세계에서 살아남기―2000년대 한국문학에 나타난 '재난'과 '파국'의 상상력」, 『문학과사회』 2010년 겨울호 ; 황정아, 「재앙의 서사, 종말의 상상―근래 한국소설의 한 계열에 관한 검토」, 『창작과비평』 2012년 봄호 등 참조.

18) 칼 폴라니, 『거대한 전환』, 홍기빈 옮김, 길, 2009 ; 김동춘, 「'민주화 이후' 한국사회」, 『1997년 이후 한국사회의 성찰』, 길, 2006, 13~32쪽.

19) 지그문트 바우만, 『지구화, 야누스의 두 얼굴』, 김동택 옮김, 한길사, 2003, 112~118쪽.

20) 박민규, 『핑퐁』, 창비, 2006, 17쪽.

21) 토크빌을 빌려 최장집이 강조했던바, 민주주의가 절차적 최소 요건을 갖춤으로써 스스로 자기발전의 경로를 따라 움직이는 것이 아니라 그 사회가 어떤 지적, 도덕적, 문화적 토양을 발전시키는가에 따라 더 좋은 내용으로 발전할 수 있는 '사회의 상태'라는 규정에 동의한다면(최장집, 『민주화 이후의 민주주의』, 박상훈 개정, 후마니타스, 2010/2002, 10쪽), 현존 인류의 종말을 상상하고 있음에도 『핑퐁』에서 '배제된 자'들이 실행하는 것이야말로 민주주의 혹은 민주주의 실현을 위한 실천 자체라고 해야 한다.

22) Sighard Neckel, "Blanker Neid, Blinde Wut? Sozialstrucktur und Kollektive Gefühle" in *Leviathan: Zeitschrift für Sozialwissenschaft* Vol 27, 1999, pp.145~165 참조.

23) 한병철, 『피로사회』, 김태환 옮김, 문학과지성사, 2012, 50쪽.

24) 낸시 프레이저, 「세계화되는 현실에서의 정의, 새로운 틀구성」, 이행남 옮김, 페리 앤더슨 외, 『뉴레프트리뷰』 1, 길, 김정한 외 옮김, 2009, 446~449쪽.

25) 울리히 백, 『위험사회』, 홍성태 옮김, 새물결, 1997, 77쪽.

26) 미셸 푸코, 『안전, 영토, 인구』, 오트르망 옮김, 난장, 2011, 100~105쪽.

27) 사카이 다카시, 『통치성과 '자유'』, 오하나 옮김, 그린비, 2011, 238~281쪽.

28) 그 사유의 공간이란 다음과 같은 함의를 지닌다. "모든 사유는 엄격히 말해서 고독 속에서 행해지며, 나와 나 자신 사이의 대화이다. 그러나 이와 같은 하나 속의 둘의 대화는 나의 동료 인간들의 세계와의 접점을 상실하지 않는다. 그들은 내가 그들과 함께 사고의 대화를 이끄는 나 자신 속에 재현되기 때문이다. 고독의 문제는 이러한 하나 속의 둘의 대화가 다시 하나가 되기 위해서 타자들을 필요로 한다는 것이다. 하나란 그 정체성을 어떤 다른 존재의 정체성과 혼동할 수 없는 교환 불가능한 개별자이다. 나는 그들을 다시 "전체로" 만들고, 그들을 불명료하게 남아 있는 사고의 대화에서 구해주며, 그들이 교환 불가능한 한 사람의 단일한 목소리와 대화하도록 만드는 정체성을 회복시키는 것은 사귐이 고독한 인간에게 가지는 놀라운 구원의 은총이다." 한나 아렌트, 『전체주의의 기원』, 이진우·박미애 옮김, 한길사, 2006, 280쪽.

29) 김대호, 「2013체제는 새로운 코리아 만들기」, 『창작과비평』 2011년 가을호, 104쪽.

소설과 공동체

1) 찰스 테일러, 『근대의 사회적 상상』, 이상길 옮김, 이음, 2010, 152~153쪽. 테일러는 하버마스의 '공론장(public sphere)' 개념을 원용하면서 그 동질성의 시공간을 '새로운 장소 초월적(metatopical) 공간' 즉 사회구성원들이 서로의 생각을 교환하면서 공통의 정신에 이를 수 있는 '공론장'의 출현으로 이해한다. 공공적 영역에 장소성의 의미를 덧붙이고 있는 것이다.

2) 자크 데리다의 '디세미네이션(dissemination)' 개념을 원용해서 근대사회의 한 형태로서의 네이션이 개념구성적으로(혹은 본래적으로) 내장한 양가성을 지적하면서 호미 바바가 폭로하고자 한 바가 바로 공동체 개념의 허구성이다. 호미 바바, 「디세미-네이션」, 『국민과 서사』, 류승구 옮김, 후마니타스, 2011, 461~467쪽. 허구성 인식은 동시에 포스트 담론의 영향과도 폭넓게 연동하고 있는 '일자로서의 다자' 관념에 대한 근본적인 회의와 연관되어 있다. 모리스 블랑쇼, 『밝힐 수 없는 공동체/마

주한 공동체』, 박준상 옮김, 문학과지성사, 2005 ; 장 뤽 낭시, 『무위의 공동체』, 박
준상 옮김, 인간사랑, 2010 ; Jean-Luc Nancy, *Being Singular Plural*, trans. Rob-
ert D. Richardson and Anne E. O'byvre, Stanford, Calif.: Stanford University
Press, 2000 등.

3) 남진우, 「저 너머에 있는 사랑」, 『문학동네』 2009년 겨울호, 562~563쪽 ; 김홍중,
「하루키에 대한 몇 가지 단상들」, 『문학동네』 2009년 겨울호, 588~589쪽.

4) 당연하게도 공동체에 대한 이러한 논의는 법과 정의의 정당성과 그 토대들에 대한
질문으로 이어진다. 발터 벤야민, 「폭력의 비판을 위하여」, 자크 데리다, 『법의 힘』,
진태원 옮김, 문학과지성사, 2004.

5) 모리스 블랑쇼, 『밝힐 수 없는 공동체/마주한 공동체』, 박준상 옮김, 문학과지성사,
2005, 13~14쪽.

6) 슬라보예 지젝, 『폭력이란 무엇인가』, 이현우·김희진·정일권 옮김, 난장이, 2011,
58쪽. 지젝은 가시적 폭력과 대별되는 구조적 폭력에 대한 성찰을 기반으로 우리 사
회의 진정한 악이 이윤 추구에 대한 끈은 놓지 않으면서도 배타적 인종이나 종교 단
체에 이르는 다양한 종류의 자기-폐쇄적 공동체 공간을 일궈나간 해방적 시도 자체
가 아닌가를 반문한 바 있다.

7) 공동체와 조합을 매개로 한 연대감과 유대의 약화, 탈규제와 개인화의 과정이 불러
오는 근대적 공포와 불안을 다루면서 바우만이 언급했듯이, 유토피아에 대한 열망
이 실현되기 위해서는 두 개의 조건이 필요하다. 이 세상이 제대로 돌아가지 않으
며 따라서 철저하게 뜯어고치지 않으면 안 된다는 강력한 느낌이 하나라면, 인간에
게 그런 과제를 해결할 잠재력이 있다는 확신이 다른 하나다. 유대와 연대의 상실
이 새로운 공동체에 대한 열망으로 이어지지 않은 채 불확실성에 기반한 공포와 불
안 양산의 동력이 되는 것은 후자의 획득 불가능성에 대한 인식과 긴밀하게 연관되
어 있다. 지그문트 바우만, 『모두스 비벤디』, 한상석 옮김, 후마니타스, 2010, 25~30,
104~157쪽 참조.

8) 사이토 준이치, 『민주적 공공성』, 윤대석·류수연·윤미란 옮김, 이음, 2009,
27~30쪽. 사이토 준이치는 '닫힌 공동체'와 '열린 공공성'을 대립적으로 이해한다.
이 글에서 필자는 그와 같은 개념 규정이나 구별보다 그간의 공공성 개념의 상대화
가 우선적으로 요청된다는 점을 강조하고자 한다.

9) 슬라보예 지젝, 「경제의 영구 비상사태」, 마이크 데이비스 외, 『뉴레프트리뷰』 3, 공
원국·안효상·정병선·진태원 외 옮김, 길, 2011, 246~247쪽 ; 지그문트 바우만, 『지
구화, 야누스의 두 얼굴』, 김동택 옮김, 한길사, 2003, 127~153쪽 ; 가라타니 고진,
「자본-네이션-스테이트를 어떻게 넘을까」, 김항 옮김, 『창작과비평』 2011년 여름호,
361~375쪽 ; 트랜스내셔널한 공론장에 관한 논의는 낸시 프레이저, 「공론장의 초

국적화」, 『지구화 시대의 정의』, 김원식 옮김, 그린비, 2010, 150~172쪽 참조.

10) 이에 따라 민족/국가 단위를 벗어난 영역을 다루기 위해 공동체를 '비-개인적인' 층위로 치환해볼 것이다. '개인적인 것'의 바깥이자 '개인적인 것'의 내적 차이를 지시하는 것으로 '비-개인적인 것'을 이해하면서 공동체 개념을 상대화하고자 하는 이 작업은 '공동체의 기원적 속성으로서의 구조적 폭력성을 탈각한 공동체가 과연 가능한가'라는 질문에서 시작된 하나의 사유실험이라고 할 수 있다. 구체적으로는 1990년대 이후 한국소설을 대상으로 소설과 공동체의 상관성에 대한 논의를 '개인적인 것'과 그것을 넘어선 영역으로서의 '비-개인적인 것'이 소설과 만나는 방식에 대한 탐구 형식으로 진전시켜볼 것이다. 공동체에 관한 논의는 공동체의 일원이 될 수 없는 존재들까지 포착할 수 있는 관점, 즉 구성요소로서의 인간 존재 자체에 대한 선행 고찰을 요청하며, 이 작업을 통과한 후에야 비로소 이른바 '비-개인적인 영역'에 대한 탐구를 시작할 수 있을 것으로 판단되기 때문이다.

11) 한편으로 이러한 변화는 인문학계, 지성계의 지각변동의 과정적 산물이자 전면화의 결과로서, 현실 사회주의 체제의 몰락과 전 지구적 자본화 그리고 모더니티(포스트모더니즘) 논쟁으로 압축되는바, 세계사적 이데올로기 지형의 전환기이자 한국 인문학계의 변혁기인 1989년에서 1991년의 시간 경험과 무관하지 않을 터다. 그간 긍/부정적 측면에서 포스트-담론의 영향력이 강화되었으며, 그에 따라 학술문화계 전반의 관심 또한 중심에서 주변으로, 주체에서 타자로, 정치경제적 차원에서 사회문화적 차원으로 움직이고 있었다.

12) 황종연, 「문제적 개인의 등장」, 『비루한 것의 카니발』, 문학동네, 2001, 238쪽.

13) 시차를 두고 발표된 황종연의 비평문인 「민주화 이후의 정치와 문학—고은 『만인보』의 민중-민족주의 비판」(『문학동네』 2004년 겨울호)에서 재확인할 수 있는바, '현대사회의 타당한 통합원리는 민주주의뿐이며, 민주화 이후 한국사회의 혼란이 요구하는 해법은 철저한 민주화일 수밖에 없다'는 인식(386~387쪽)이 보다 강조되고 있었다. 황종연의 비평을 중심으로 한 1990년대 이후의 문학과 비평의 성격, 비평과 사회의 상관성에 대해서는 앞서 검토한 바 있어 간략히 다룬다. 소영현, 「비평의 미래」, 『현대문학의연구』 44, 2011, 471~482쪽.

14) 이십대 청년들의 암울한 삶과 방에서 방으로 전전하는 서울살이의 기록은 이제 떼려야 뗄 수 없는 연관성 속에서 한국소설의 중심 테마로 자리잡고 있다.(윤성희, 박민규, 김애란, 김미월, 장은진 등)

15) 말하자면 "루소와 헤르더 이후의 낭만주의에서 시작되어 키르케고르, 하이데거, 사르트르 등의 실존주의적 감성 속에 구현되어 있는 도덕적 기획으로서, 외부로부터 부과되는 사회적 역할과 자신의 고유한 욕망 사이에 형성된 간극을 적극적으로 극복하고자 하는 근대적 주체의 자기 통치 기획의 한 양태"인 진정성의 윤리가 전면적

으로 추구되지 못했던 것이다. 김홍중, 『마음의 사회학』, 문학동네, 2009, 19쪽.

16) 박솔뫼, 「안 해」, 『그럼 무얼 부르지』, 자음과모음, 2014, 69~70쪽.

17) 진정성의 추구와 소설의 허구성의 상관성에 대해서는 황종연의 「문제적 개인의 행방」, 「진정성, 개인주의, 소설」(『비루한 것의 카니발』, 문학동네, 2001) 등을 참조할 수 있다.

18) 최근 일본이 겪은 자연재해와 가공할 원전 사고에 대한 대책에 있어 개인적인 차원과 그것을 넘어서는 비개인적인 차원의 사유와 행동이 전혀 다른 것에서도 확인할 수 있는바, 개인적인 영역 너머의 문제인 '시민사회의 요구, 연대활동의 의무, 자연환경 보존의 필요성, 전 지구적 인류 공존의 방책' 등에 대한 논의의 층위를 마련하기는 쉽지 않은 상황이다.

19) 찰스 테일러, 『불안한 현대 사회』, 송영배 옮김, 이학사, 2001, 21쪽.

20) 김혜나의 『제리』(민음사, 2010)가 보여주듯, 끝없이 세분화된 위계질서 혹은 자본의 논리가 노래바의 호스트조차 피할 수 없는 이 세계의 단 하나의 이데올로기가 된 현실은, 수도권의 별 볼일 없는 이 년제 야간대학조차 겨우 다니는 이들에게 꿈이라는 게 있을 리 만무한 상황을 차갑게 확증한다.

21) 박민규, 『죽은 왕녀를 위한 파반느』, 예담, 2009, 308쪽.

22) "늘 뭐 하나 제대로 하지 못하는 문제아였고 인간쓰레기"(김혜나, 『제리』, 106쪽)였던 존재들, "집에서건 학교에서건 사회에서건 평생 소외만 받으며 살아갈, 그야말로 글러 먹은 인생"들(107쪽), 피어싱을 늘려가며 살을 뚫는 고통의 시간만을 살아 있음의 유일한 증거로 여길 수밖에 없는 존재들. 이러한 존재 규정을 채우는 것은 온전히 사회적 시선이지만, 해결할 수 없는 난점처럼 이 규정은 철저하게 '개인화된' 형태로만 경험될 뿐이다.

23) 박민규, 『죽은 왕녀를 위한 파반느』, 276쪽.

24) 신형철, 「『百의 그림자』에 부치는 다섯 개의 주석」, 『百의 그림자』 해설, 민음사, 2010 ; 권희철, 「당신의 얼굴이 되어라」, 『창작과비평』 2010년 여름호 ; 한기욱, 「문학의 새로움과 소설의 정치성」, 『창작과비평』 2010년 가을호 ; 백지연, 「공동체와 소통의 상상력」, 『창작과비평』 2011년 여름호 등 참조.

25) 박민규, 『핑퐁』, 창비, 2006, 17쪽.

26) 박민규, 「딜도가 우리 가정을 지켜줬어요」, 『더블』 side B, 창비, 2010, 204쪽.

27) 소영현, 「폭력과 비인간」, 『현대문학』 2011년 7월호, 314쪽.

28) 박민규, 「아스피린」, 『더블』 side B, 창비, 2010, 169쪽.

29) 아즈마 히로키, 『동물화하는 포스트모던』, 이은미 옮김, 문학동네, 2007, 123쪽. 알렉상드르 코제브의 『헤겔독해입문』 제6장의 주6)에서 비롯된 인간/동물/속물 논의는 이후 미국과 일본을 비롯한 서구 사상계에서 사회를 설명할 수 있는 흥미로

운 사유로 발전한 바 있다. 한국에서 스놉/스노비즘 관련 대표적 논의로 김홍중의 『마음의 사회학』에 실린 글들이 있으며, 현재 한국사회를 설명할 수 있는 유용한 키워드로 활용되고 있다. 속물/동물화에 대한 본격적 논의는 본고의 범위를 넘는 것이므로, 여기서는 냉소/속물에 대한 이 글의 관심이 386세대에 대한 향수를 담고 있는 김홍중의 논의와 취지를 달리한다는 점만을 간단히 밝혀둔다. 김홍중의 속물/동물론에 대한 비판적 검토로 서동진, 「환멸의 사회학」, 『문화와사회』 9, 2010, 197~208쪽 ; 김종엽, 「동물, 속물, 괴물」,(『비평과 비인간』, 국학연구원-UTCP 공동 워크숍 발표집, 2011. 6. 11) 등을 참조할 수 있다.

30) 찰스 테일러, 『근대의 사회적 상상』, 이상길 옮김, 이음, 2010, 33~39쪽. 테일러는 근대적인 질서원리의 정착과정을 '공동체의 희생을 대가로 한 개인주의의 부상'으로 읽어내고자 하는 관점은 근대성이 새로운 사회성 원리들의 부상이기도 하다는 점을 간과한 것임을 지적한다. 마찬가지 맥락에서 그는 낡은 지평이 붕괴되고 나면 근대의 개인주의적 양식이 저절로 안착되는 것이 아님을 강조한다.

31) 도래하는 공동체의 성격에 관해서는 Giorgio Agamben, *The coming community*, trans. Michael Hardt, Minneapolis: University of Minnesota Press, 1993, pp.9~11 참조.

32) 그러나 이야기-우주로 이루어진 인간론이 소설과 공동체의 관계 정립의 신뢰할 만한 새 표본인 것만은 아니다. 김연수의 소설적 성취를 충분히 인정한 채로 그럼에도 염두에 두어야 할 점은 김연수의 이야기 우주가 소설과 공동체의 상관성을 문학 내적 문제로만 한정하고 있다는 사실이다. 황정은과 박민규의 소설적 시도들에 앞으로도 지속적 관심을 기울여야 하는 이유가 여기에 있다. 공동체의 불가능성에 대한 확증의 기록들을 남길 뿐이라 해도 그들의 모색은 분명 지금-이곳의 현실에 대한 정면 대결의 결과물인 것이다.

폭력과 비인간

1) 이 글에서 다룬 작품은 다음과 같다. 구경미, 「추방」, 『현대문학』 2011년 6월호 ; 구병모, 『고의는 아니지만』, 자음과모음, 2011 ; 권여선, 『비자나무 숲』, 문학과지성사, 2013 ; 박민규, 「로드킬」, 『자음과모음』 2011년 여름호.

2) 권여선의 「소녀의 기도」에 담긴 폭력 장면들은 불편하다. 불편함의 일차적인 원인은, 인간의 폭력성에 대한 자연주의적 기록이 적지 않음에도 권여선의 소설에서 폭력의 기록과 만났다는 사실 자체에서 비롯한다. 그러나 따지자면 물리적 폭력보다 더 치명적인 폭력의 실체를 보여주고자 했던 점에서 폭력에 대한 논의를 통해 그간의 권여선 소설이 폭력의 구조나 원리와 깊이 연관되어 있었음을 돌이켜 환기해볼 수 있는 기회이기도 하다.

3) 지그문트 바우만, 『모두스 비벤디』, 한상석 옮김, 후마니타스, 2010, 1장 참조.

4) 할 포스터, 『실재의 귀환』, 이영욱·조주연·최연희 옮김, 경성대학교출판부, 2003, 222~254쪽 참조.

5) 그렇다고 프롤레타리아 로봇이 쓰레기 인간보다 계급적으로 우위를 차지한 존재라고 단언해서는 안 된다. 버려진 동물의 사체를 수거하고 흥건한 피와 살점, 그리고 내장과 같은 물컹물컹한 것을 처리하는 거리 청소부 로봇이 어느 날 문득 자신의 존재 이유에 대한 질문을 던진다. "인간은 왜 동물을 버리는 걸까."(「로드 킬」, 195쪽) 이 질문은 왜 도로에는 조각난 사체들이 물컹물컹한 채로 넘쳐나는가라는 질문을 거쳐, 왜 버려진 동물들의 잔해를 수거해야 하는 자신들과 같은 로봇이 필요한가라는 질문으로 이어진다. 이러한 질문 연쇄의 정반대편에, 인간 시체를 두고 사체 처리 로봇에게 "그건 동물"(207쪽)임을 선언하고 수거를 명령하는 인간 '요사'가 놓여 있다. 기껏해야 '프롤레타리아로 남게 된' 인간일 뿐이므로, '요사' 역시 프롤레타리아 로봇이나 쓰레기 인간보다 그리 많은 것을 가졌다고 할 수는 없다. 그럼에도 '요사'를 통해 인간과 비인간의 자리가 뒤집혀 거꾸로 서 있는 세계의 정황에 관해 어느 정도 파악은 가능하다.

가짜 현실성의 향연 사이로

1) 이 글에서 다룬 작품은 다음과 같다. 김영하, 「옥수수와 나」, 『세계의문학』 2011년 봄호 ; 박지영, 「팀파니를 치세요」, 『세계의문학』 2011년 봄호 ; 손보미, 「그들에게 린디합을」, 『현대문학』 2011년 4월호.

2) 황종연, 「민주화 이후의 정치와 문학—고은 『만인보』의 민중-민족주의 비판」, 『문학동네』 2004년 겨울호 참조.

3) 아이러니와 관련해서 흥미로운 것은 자본이 문학을 '접수'하는 과정을 보여주는 이 소설에서 계약금만 받고 원고를 넘기지 않는 작가들을 악성 채권 발행자로 여기는 월가 출신 출판사 사장에 의해서 광기와 구분되는 예술혼이 재가치화된다는 점이다.

4) 가령, 첫 소설집(『오란씨』, 민음사)을 출간한 한 젊은 소설가(배지영)에 의해 소설의 사회적 임무가 결연하게 선언되기도 했다. "소설은 현실의 어두운 부분을 들여다봐야 합니다. 주변부의 삶, 조명받지 못하고 소외된 이들의 이야기를 쓰는 게 소설이라고 생각해요. 보고 싶지 않은 걸 봐야 하고, 간과하고 싶은 걸 열심히 챙겨 봐야 하는 게 소설의 운명이라고요. 그런 현실의 어두움을 잊게 만드는 달콤한 소설, 가령 칙릿 같은 소설은 쓰고 싶지 않아요."(최재봉, 「주변부 인생의 신산한 삶… 그리고 어두운 진실」, 한겨레 2010년 2월 18일자.

5) 루카치와 벤야민은 서구로부터 기원한 소설이 역사적 주기를 마치고 있다고 판단하

고 있었다. 거기에는 세계대전 이후 유럽 사회의 절망과 환멸의 무드가 스며 있으며, 유럽 바깥에서 새로운 가능성을 발견하고자 한 시대적 경향이 아로새겨져 있다. 진전 없이 공전하기 쉬운 논제, 소설의 죽음과 신생이 진지하게 다루어질 필요가 있겠지만, 그런 문제에 관해서라면 굳이 이 자리가 아니어도 좋을 것이다. 소설에 관한 고색창연한 이론들을 거론하면서 이 대목에서 강조하고 싶은 것이 한국소설의 형식적 종말은 아니기에 더욱 그렇다. 단언컨대, 최제훈의 소설을 통과하면서 소설이 한국에서도 죽음을 맞이하고 있다고 말하려는 것은 아니며, 소설의 진화가 소설의 정의를 되묻게 하는 새로운 소설을 통해 혁신적으로 지속되었다는 사실을 외면하려는 것도 아니다. 소설의 장르적 폭식성을 떠올려보자면 소설에 있어 생명의 한 주기는 다른 주기를 잇는 더 강력한 생명력의 분출이라고 해야 할지도 모른다.

세계의 바깥을 꿈꾸다, 흐물흐물하고 말랑말랑한
1) 칼 폴라니, 『거대한 전환』, 홍기빈 옮김, 길, 2009, 366~369쪽.
2) 조르조 아감벤, 『장치란 무엇인가』, 양창렬 옮김, 난장, 2010, 44~45쪽, 48쪽 참조.
3) 에바 일루즈, 『감정 자본주의』, 김정아 옮김, 돌베개, 2010, 43~57쪽.
4) 배상민, 「조공원정대」, 『조공원정대』, 자음과모음, 2013, 43쪽.
5) 최진영, 『나는 왜 죽지 않았는가』, 실천문학사, 2013, 116쪽.
6) 최진영, 「엘리」, 『팽이』, 창비, 2013, 138쪽.
7) 최진영, 「월드빌 401호」, 『팽이』, 창비, 2013, 163쪽.
8) 지그문트 바우만, 『왜 우리는 불평등을 감수하는가』, 안규남 옮김, 동녘, 2013, 101~104쪽. 서로 교환 가능한 사물의 관계가 되는 것은 서로 폐기하거나 대체할 수 있는 존재가 된다는 것을 뜻한다. 우리가 일상적으로 행하고 있다시피, 그와 같은 관계에 놓이게 되면, 유용성을 상실한 상품은 삶에서 쓰레기가 된다. 우리는 상점에서 구매한 상품들 즉 사물들에 충성을 맹세하지 않는다. 소유자/사용자는 더이상의 유용성이 보장되지 않는 사물을 다른 사물들로 대체한다. 이것은 인간의 관계가 아니다.
9) 최진영, 「엘리」, 『팽이』, 창비, 2013, 141쪽.
10) 박솔뫼, 「겨울의 눈빛」, 『창작과비평』 2013년 여름호, 146쪽.
11) 학교, 정신병원 등 다양한 이데올로기적 장치들이 통치 권력을 어떻게 마련하는가를 도해하듯 보여주는 동시에, 체제에 의해 인류의 다른 가능성은 체제를 위협하는 존재/영역으로 배제되고 교화되어야 할 대상/영역으로 재배치되면서 삭제될 뿐임을 추적한다.
12) 통치 권력은 인류의 행복을 꿈꾸었는가. 『콩고, 콩고』는 아니었음을 일갈한다. 『콩고, 콩고』는 체제를 유지하기 위한 정치경제적 통치 권력이 얼마만한 혼신의 힘으로

행복한 세계의 도래를 막았는가를 고발한다. 소설 내에서 바이러스든 마약이든, 체제 유지를 위한 권력을 통해 행복은 감염을 막아야 하는 나쁜 에너지로 명명되며, 행복을 전도하는 이들은 체제파괴적 존재로 규정되었다.

13) 지그문트 바우만, 『왜 우리는 불평등을 감수하는가』, 안규남 옮김, 동녘, 2013, 80쪽 참조.

14) 박솔뫼, 「해만」, 『그럼 무얼 부르지』, 자음과모음, 2014, 75쪽.

15) 박솔뫼, 「차가운 혀」, 같은 책, 9쪽.

16) 박솔뫼, 「해만」, 같은 책, 102쪽.

17) 박솔뫼, 「겨울의 눈빛」, 『창작과비평』 2013년 여름호, 133쪽.

18) 박솔뫼, 「그럼 무얼 부르지」, 『그럼 무얼 부르지』, 151쪽.

19) 지그문트 바우만, 『방황하는 개인들의 사회』, 홍지수 옮김, 봄아필, 2013, 165~167쪽.

알바 청년에게 묻다, 노동은 신성한 것인가
1) 청년유니온, 『레알청춘』, 삶이보이는창, 2011, 70쪽.

2) 오찬호, 『우리는 차별에 찬성합니다』, 개마고원, 2013, 18쪽, 71쪽.

3) 조화순, 「빅맥 먹는 이태백」, 송호근 외, 『위기의 청년세대』, 2010, 나남, 314쪽.

4) 지그문트 바우만, 『새로운 빈곤』, 이수영 옮김, 천지인, 2010, 13~45쪽 참조.

5) 김금희, 「아이들」, 『센티멘털도 하루 이틀』, 창비, 2014, 127~128쪽.

6) 「대담: "저항할 줄 아는 국민이어야만 안전한 사회 지킨다"」, 한겨레 2014년 5월 17일자.

서발턴을 위한 문학은 없다
1) 이 글에서 다룬 김이설의 작품은 다음과 같다. 김이설, 『나쁜 피』, 민음사, 2009 ; 『아무도 말하지 않는 것들』, 문학과지성사, 2010 ; 『환영』, 자음과모음, 2011 ; 「미끼」, 『자음과모음』 2011년 겨울호.

2) 여성이 물건이 아니라는 비판은 '화장기 없이 단화 신은' 여자들의 질시 정도로 치부되기 일쑤다. 전 세계적 열광의 대상이자 심지어 국가적 위상을 높여주고 있는 아이돌을 '섹시한-어린-여자'로 보는 이들은 되레 '성적 매력을 상실한-늙은-여자'들이라고, 그들의 눈이 불순하다고 손가락질 당하기 십상이다.

3) 경찰과 검찰에 만연해 있는 가해자 온정주의가 가부장적 사회의 야만성을 보여주는 단면이라면, 가정폭력에 의한 이주여성의 죽음의 행렬은 한국사회가 내지르고 있는 비명이라 해야 한다. 가정폭력의 심각성이 이주여성 중심의 다문화가족으로 집중되는 경향은 가정폭력이 사회적으로 관리되어야 할 범죄임을 재확인시키는 것

이다. 가정폭력에 관해서는 사단법인 한국여성의전화 홈페이지 참조. http://www.hotline.or.kr

4) 언론에 보도된 사건만을 대상으로 〈한국여성의전화〉가 가정폭력의 가해자를 조사한 결과이다. 전홍기혜, 「2009년 남편·애인에게 살해된 여성 최소 70명」, 프레시안 2010년 1월 19일자.

5) 김현, 「문학사회학:서장(序章)을 대신하여」, 『문학사회학』, 민음사, 1983, 14쪽.

6) 오정희, 「중국인 거리」, 『유년의 뜰』, 문학과지성사, 1981, 81쪽.

7) 모성-가부장의 면모와 폭력의 상관성에 관해서는 「여성의 몸을 말하는, 21세기형 사회소설」(『문장웹진』, 2011년 12월호)에서 이미 다룬 바 있다.

8) Gayatri Spivak, "Can the subaltern Speak?", *Marxism and the Interpretation of Culture*, Cary Nelson and Lawrence Grossberg(eds.), Urbana and Chicago: Univ. of Illinois Press, 1988. pp.271~313.

빈곤과 여행

1) 이 글에서 다룬 작품은 다음과 같다. 김애란, 「호텔 니약 따」, 『비행운』, 문학과지성사, 2012 ; 박솔뫼, 「해만」, 『그럼 무얼 부르지』, 자음과모음, 2014 ; 윤고은, 「요리사의 손톱」, 『알로하』, 창비, 2014.

2) 지그문트 바우만, 『지구화, 야누스의 두 얼굴』, 김동택 옮김, 한길사, 2003, 61~62쪽.

3) 지그문트 바우만, 같은 글, 4장 참조.

마이너리티, 디아스포라

1) 이 글에서 다룬 작품은 다음과 같다. 김탁환, 『리심』 상·중·하, 민음사, 2006 ; 신경숙, 『리진』 1~2, 문학동네, 2007 ; 강영숙, 『리나』, 랜덤하우스, 2006 ; 황석영, 『바리데기』, 창비, 2007.

2) 김은실, 「지구화, 국민국가 그리고 여성의 섹슈얼리티」, 『여성학논집』 19, 2002 ; 김은실·민가영, 「조선족 사회의 위기 담론과 여성의 이중 경험 간의 성별 정치학」, 『여성학논집』 23(1), 2006 ; 김현미, 「국제결혼의 전 지구적 젠더 정치학」, 『경제와사회』 70, 2006 ; 양정혜, 「소수 민족 이주여성의 재현:국제결혼 이주여성에 관한 뉴스보도 분석」, 『미디어, 젠더 & 문화』, 7, 2007 등 참조.

3) 지그문트 바우만, 『쓰레기가 되는 삶들』, 정일준 옮김, 새물결, 2008, 111~119쪽.

4) 물론 국경을 넘는 여성들을 시간적으로 과거화하고 공간적으로 외부화하는 방식의 등장은 2000년대 이후에 지속되고 있는 역사소설 붐과 무관하지 않다. 가령, 김훈의 『남한산성』(학고재, 2007)이나 김경욱의 『천년의 왕국』(문학과지성사, 2007)과 같은 작품을 통해 확인할 수 있는바, 주요인물이 과거적 존재이거나 타국에서 온 이

방인인 경우가 적지 않으며, 무엇보다 그들은 생물학적인 여성이 아니면서도 남성성이 극히 약화된 존재들로 복원되는 경향을 보여준다. 이러한 정황은 탈국경 서사와 역사소설이 공히 거대서사가 배제했거나 누락한 존재들을 복원하는 작업에 주력하고 있음을 말해준다.

5) 최근 결혼이주여성에 관한 논의가 주목의 대상이 되고 있는데, 이 현상은 다문화 담론의 부상과 긴밀하게 연관되어 있다. 다문화 담론을 둘러싼 논의는 김남국, 「한국에서 다문화주의 논의의 전개와 수용」, 『경제와사회』 80, 2008. 참조.

6) 마찬가지 맥락에서, 한국을 포함한 아시아의 이주 여성들이 국경을 넘어 다른 공간으로 이주하게 되는 것은 물론 경제적인 이유에서다. 그러나 그 이면에는 폭력적인 결혼/가족 제도와 가정의 테두리로부터 벗어나고자 하는 여성들의 열망이 스며있기도 하다.

7) 이 글은 이러한 점에 대한 착목에서 시작된다. 이 글에서는 우선, '여성적 글쓰기'가 아니라 '여성에 대한 글쓰기'를 말하고자 할 때 상기해야 할 지점들, 가령 여성주의적 시각이 내장한 정치성과 서사의 완결성이나 인물의 통합적인 아이덴티티를 전제하는 이른바 '가부장적 미학' 사이에 존재하는 근본적 모순을 재검토하고자 한다.(토릴 모이, 『성과 텍스트의 정치학』 3장 참조) 구체적으로는 스피박이 마르크스의 저작을 재독하면서 언급한바, 모더니티 기획에서 배제된 마이너리티의 권리, 즉 대표성과 재현의 논리에 내장되어 있는 불연속적 갈등의 지점들에 주의를 기울이면서, '탈국경 서사'가 이질적인 공간성을 점유하고 있는 '여성들'과 만나는 방식의 타당성과 한계 그리고 가능성을 재고해볼 것이다. 이를 통해 당대적 의미를 소거하는 이러한 서사화 방식에 대한 메타적 검토의 필요성을 제기하고자 한다.

8) Caren Kaplan, *Questions of Travel*, Durham and London: Duke University Press, 1996, pp.143~146.

9) 혼종성 담론이 내장하고 있는 위험성에 대해서는 아리프 딜릭, 『포스트모더니티의 역사들』, 황동연 옮김, 창비, 2005, 351~355쪽 참조. 아리프 딜릭은 혼종성이 정체성의 사물화를 비판하는 개념임에도 정체성 개념에 기대고 있다는 점에서 결과적으로 정체성의 사물화를 강화할 수 있으며, 또한 쉽게 추상화될 수도 있기 때문에 혼종성은 그 극복대상인 문화적 본질화와 역설적으로 재결합할 수 있다는 점 등을 지적한다. 그는 혼종성의 호소력을 정치적, 문화적 실체들과 사회적·문화적 분석의 범주들을 붕괴시킴으로써 새로운 방식으로 세계를 인식할 수 있도록 상상력을 풀어놓는 점에서 찾는다.

10) 호미 K. 바바, 『문화의 위치』, 나병철 옮김, 소명출판, 2002, 6장 참조.

11) 문화연구자들 사이에서 호미 바바가 강조하는 혼종성 공간, 문화 충돌이 빚어내는 'in-between' 혹은 '제 3의 공간'의 정치적 의미에 대한 상반된 평가가 공존하고 있

음은 잘 알려진 사실이다. 문화론의 추상화 경향에 대해 경계해야 할 필요성을 알려주는 지점이라고 해야 할 것이다. 그럼에도 이 글에서 '혼종적 혹은 제3의 공간'이라는 용어를 채택한 것은 문화의 접면이 보여주는 자체의 이질성과 그 접면의 고정 불가능성을 강조하기 위해서다.

12) '리진/리심'을 역사와 여성의 만남이라는 관점에서 검토하는 논의로는, 김화영, 「리진, 여자가 역사를 만나다」, 『문학동네』 2007년 가을호 ; 김정숙, 「풍경과 감정: 역사를 상상하는 두 개의 다른 시선」, 『비평문학』 30, 2008 등.

13) 신경숙, 『리진』 1, 문학동네, 2007, 97쪽.

14) 김탁환, 『리심』 중, 민음사, 108~109쪽.

15) '오리엔탈리즘과 토착주의'는 레이 초우가 미국 문화연구 내에서 중국연구 분야의 지식인이 종종 의식하지 못한 채 내비치는 모순을 비판하기 위해 활용하는 용어들이다. 레이 초우, 『디아스포라의 지식인』, 장수현·김우영 옮김, 이산, 2005, 33쪽. 1, 5장 참조.

16) Aijaz Ahmad, *In Theory: Classes, Nations, Literatures*, London-New York: Verso, 1992, pp.190~197.

17) 따지고 보면 언제나 통합적으로 재현되는 '민족국가'의 이미지는 혼종적이라고도 말할 수 있는 무수한 불균질성과 불확정성을 통해 마련되는 것이기도 하다. 무엇보다 이식된 모더니티에 대한 인식은 그것을 극복하려는 작업들을 통해서 다시 한번 부정할 수 없는 모더니티의 확정성을 입증하게 되는 것이다.

18) 김탁환, 『리심』 하, 14~15쪽.

19) 신경숙, 『리진』 2, 186쪽.

20) 레이 초우, 『디아스포라의 지식인』, 장수현·김우영 옮김, 이산, 2005, 33쪽.

21) '고향'의 불가능성에 대해서는 찬드라 탈파드 모한티, 『경계없는 페미니즘』, 문현아 옮김, 여이연, 2005, 1부 3장 참조.

22) 이혜령, 「국경과 내면성」, 『문예중앙』 2006년 가을호, 240쪽.

23) 이명원, 「약속 없는 시대의 최저낙원 — 황석영의 『바리데기』에 대하여」, 『문화과학』 2007년 겨울호, 306쪽.

24) 황석영, 『바리데기』, 창비, 112~113쪽.

25) 강영숙, 『리나』, 랜덤하우스, 93~94쪽.

26) 지그문트 바우만, 『지구화, 야누스의 두 얼굴』, 김동택 옮김, 한길사, 2003, 4, 5장 참조.

27) 소영현, 「포스트모던 서사시」, 『리나』 해설, 랜덤하우스, 359쪽.

28) 황석영, 『바리데기』, 140쪽.

29) 국제결혼은 당사자들 간의 문제인 동시에 국적이나 시민권 등을 둘러싼 법률적 차

원 혹은 국가제도 차원에서 다루어져야 할 문제이다. 엄밀한 의미에서 국제결혼을 통한 이주를 다루고 있지는 않다고 해도, 『바리데기』가 제도와 법률적 갈등의 측면들을 도외시하고 있다는 점은 국경을 넘는 여성들의 이주와 정주에 대한 작가의 시선이 추상적이고 낭만적이라는 점을 보여준다고 해야 한다.

30) 황석영, 『바리데기』, 225쪽.

31) 황석영, 같은 책, 226쪽.

32) 결혼이주여성에 관한 다음과 같은 기사 분석의 결과—불쌍하고 어린 부녀자로 보는 경향, 가족 해체시대에 새롭게 강화·유지·부활되는 '가족'을 강조하는 경향, 결혼이주여성을 타자화/유아화하는 경향, 고향과 전원의 푸근함과 그것을 지켜주는 사람들을 강조하는 경향, 아무것도 하지 않는(못하는) 정부와 고군분투하는 민간단체라는 대립 구도를 강조하는 경향, 단일민족주의와 혈통주의를 강조하는 한국을 다문화사회로 보는 경향—를 통해 결혼이주여성이 미디어에 의해 어떻게 다루어지고 있는가를 단적으로 확인할 수 있다. 김혜순, 「결혼이주여성과 한국의 다문화사회 실험」, 『한국사회학』 42(2), 2008, 51~52쪽.

33) 태혜숙, 「대항지구화와 여성주의 주체생산 모델」, 『대항지구화와 '아시아' 여성주의』, 울력, 2008, 36쪽.

애도 없는 현실, 종결 없는 소설

1) 해리 하르투니언, 『역사의 요동』, 윤영실·서정은 옮김, 휴머니스트, 2006, 서론과 2장 참조.

2) 이 글에서 다룰 김지우의 작품은 다음과 같다. 『나는 날개를 달아줄 수 없다』, 창비, 2005 ; 「건달 1—모스크바 맨드라미」, 『내일을 여는 작가』 2006년 봄호. ; 「서프라이즈」, 『문학들』 2006년 가을호.

'여성—약자—하류계층', 그녀들의 생존법

1) Judith Butler, *Gender Trouble*, Routledge, 1990, 1장 ; 조앤 스콧, 「젠더와 정치에 대한 몇 가지 성찰」, 배은경 옮김, 『여성과사회』 13, 2001 참조.

2) 물론 이러한 입장들이 여성(women) 혹은 젠더라는 범주의 정치적 유용성이나 재현의 정치학 자체를 전적으로 거부하는 것은 아니다. 여전히 재현의 정치학은 특정한 지점에서 유효한 효과를 발휘하고 있기도 하다.

3) 조앤 스콧, 같은 글, 232쪽.

엄마의 귀환

1) 「엄마의 말뚝 1」, 『엄마의 말뚝』, 세계사, 2012, 47쪽.

2) 이러한 경향은 박완서의 소설이 중산층의 형성 과정과 연관되어 있는 사정과 무관하지 않다.

3) 오정희, 「유년의 뜰」, 『유년의 뜰』, 문학과지성사, 1981, 14쪽.

4) 오정희, 같은 글, 25쪽.

5) 이후 한국소설에서 '엄마'들은 서사의 수면에서 사라지고 여성소설의 주인공은 커리어 우먼인 골드미스로 바뀐다.

철의 시대를 기억하라

1) 소영현, 「미래가 되는 과거들, 인간 소외의 발생사」, 『문예중앙』 2007년 봄호, 339쪽.

2) "천천히 숨을 돌리고, 이런 가정을 해봅시다. 어느 날 어느 마을에 선박의 완성을 위해 힘써 일할 일백인(一百人)의 선박 노동자들이 모여듭니다. 그들은 가열하게 선박의 완성을 위해 노동을 합니다. 그들이 의지하고 구할 것은 노동밖에 없습니다. 노동은 그들에게 종교이자, 구원이며, 미래입니다. 그러나 어느 날 일인(一人)의 선박 노동자가 노동을 박탈당합니다. 노동으로부터 소외를 당하는 거지요. 그리고 또 어느 날 일인의 선박 노동자가 노동을 박탈당하고, 살아남은 선박 노동자들은 강박처럼 박탈을 두려워하게 됩니다. 그들은 살아남기 위해서도 가열하게 노동에 매달립니다. 그들이 매달린 대상은 여전히 노동밖에 없고, 선박이 완성되는 순간, 그들이 한낱 노동자에서 위대한 노동자로 격상될 것을 믿기 때문입니다." (김숨, 「울산 기(紀)」, 『문예중앙』 2007년 봄호, 326쪽.)

여성이 일상을 사는 방식

1) 크리스토퍼 래쉬, 『여성과 일상생활』, 오정화 옮김, 문학과지성사, 2004, 127~128쪽 참조.

2) 엘리자베스 그로츠, 『뫼비우스 띠로서 몸』, 임옥희 옮김, 도서출판 여이연, 2001, 87쪽.

3) 이 글에서 다룰 박향의 텍스트는 다음과 같다. 『영화 세 편을 보다』, 문학수첩, 2005 ; 「홍시」, 『문학과경계』 2005년 봄호 ; 「즐거운 게임」, 『문학수첩』, 2007년 봄호.

4) 앙리 르페브르, 『현대세계의 일상성』, 박정자 옮김, 세계일보, 1990, 71쪽.

발표 지면

1. 소설, 공동체, 휴먼

데모스를 구하라―민주화의 역설과 한국소설의 종말론적 상상력 재고 … 『한국문예창작』 27집, 2013.

소설과 공동체―연대 없는 공동체와 '개인적인 것'의 행방 … 『상허학보』 33, 2011.

폭력과 비인간―프롤레타리아 로봇, 쓰레기 인간 … 『현대문학』 2011년 7월호.

말과 공동체 … 창비블로그 『창문』 2012년 6월.

가짜 현실성의 향연 사이로 … 『현대문학』 2011년 5월호.

세계의 바깥을 꿈꾸다, 흐물흐물하고 말랑말랑한 … 『자음과모음』 2014년 여름호.

알바 청년에게 묻다, 노동은 신성한 것인가 … 프레시안 2014년 5월 29일자.

2. 몫 없는 자들의 전언

서발턴을 위한 문학은 없다 … 『자음과모음』 2012년 봄호.

여성의 몸을 말하는, 21세기형 사회소설 … 『문장웹진』 2011년 12월.

모욕의 공동체, 고귀한 삶의 불가능성 … 김숨, 『여인들과 진화하는 적들』(현대문학, 2013) 해설.

빈곤과 여행―우정, 떠돌이들, 고등어 … 『현대문학』 2011년 3월호.

마이너리티, 디아스포라―국경을 넘는 여성들 … 『여성문학연구』 22호, 2009.

애도 없는 현실, 종결 없는 소설 … 『내일을 여는 작가』 2007 여름호.

'여성-약자-하류계층', 그녀들의 생존법 … 표명희, 『3번 출구』(창비, 2005) 해설.

3. 공동체의 유령들

엄마의 귀환 … 『웹진민연』 34, 2014.

중국 공략 비즈니스 실전 가이드, 『정글만리』 … 교수신문 2014년 3월 3일자.

철의 시대를 기억하라 … 김숨, 『철』(문학과지성사, 2008) 해설.

우아하거나 수동적인 가부장의 유령들 … 서하진, 『요트』(문학동네, 2006) 해설.

여성이 일상을 사는 방식 … 『오늘의문예비평』 2007년 겨울호.

디스토피아 통신 … 『문학수첩』 2009년 가을호.

고독의 권장 … 구효서, 『별명의 달인』(문학동네, 2013) 해설.

4. 공공감정과 공통감각을 찾아서

불안을 그리다 … 『창작과비평』 2012년 봄호.

비밀의 위안 … 『문학과사회』 2013년 겨울호.

상상된 기억, 감정의 맛 … 『창작과비평』 2010년 겨울호.

존재의 기척을 나누는 시간 … 『문학과사회』 2012년 봄호.

생명의 사실성의 기록 … 『문학웹진뿔』 2011년 1월.

씌어지지 않는, 쓸 수 없는, ( )을 향한, 거부의 기록 … 『세계의문학』 2010년 가을호.

블록버스터 소설의 출현과 위안의 상상력 … 『대산문화』 2015년 겨울호.

추상화풍 에필로그 … 『문지웹진』 2011년 10월.

중간지대―이야기로 지은 비정도시 … 『자음과모음』 2015년 여름호.

그렇게 삶은 소설이 된다 … 『문학동네』 2015년 여름호.

원형질을 찾는, 아무것도 아닌 이야기들 … 『문학과사회』 2007년 봄호.

부코스키들의 엉뚱한 산책 혹은 느슨한 연대 … 『창작과비평』 2009년 여름호.

예술과 공동체들 … 『실천문학』 2013년 가을호.

문학동네 평론집
하위의 시간
ⓒ 소영현 2016

1판 1쇄 2016년 7월 18일
1판 2쇄 2016년 12월 12일

지은이 소영현
펴낸이 염현숙
책임편집 이경록 | 편집 홍진
디자인 김마리 최미영 | 마케팅 정민호 이연실 정현민 김도윤 양서연
홍보 김희숙 김상만 이천희
제작 강신은 김동욱 임현식 | 제작처 한영문화사

펴낸곳 (주)문학동네
출판등록 1993년 10월 22일 제406-2003-000045호
주소 10881 경기도 파주시 회동길 210
전자우편 editor@munhak.com | 대표전화 031) 955-8888 | 팩스 031) 955-8855
문의전화 031) 955-3576(마케팅) 031) 955-3572(편집)
문학동네카페 http://cafe.naver.com/mhdn | 트위터 @munhakdongne

ISBN 978-89-546-4176-0 03810
* 이 도서의 국립중앙도서관 출판예정도서목록(CIP)은 서지정보유통지원시스템 홈페이지
  (http://seoji.nl.go.kr)와 국가자료공동목록시스템(http://www.nl.go.kr/kolisnet)에서
  이용하실 수 있습니다.(CIP 제어번호: 2016015870)

www.munhak.com